J. S. Ellen
Maganon
Band 2

J. S. Ellen

Maganon –

Erkennen

Urban Fantasy

Impressum

Bibliografische Information der Deutschen Nationalbibliothek:
Die Deutsche Nationalbibliothek verzeichnet diese Publikation
in der Deutschen Nationalbibliografie;
detaillierte bibliografische Daten sind im Internet
über http://dnb.dnb.de abrufbar.

Coverdesign : Carmen Schneider - www.covermanufaktur.art

Verlag: BoD · Books on Demand GmbH, In de Tarpen 42,

22848 Norderstedt, bod@bod.de

Druck: Libri Plureos GmbH, Friedensallee 273, 22763 Hamburg

ISBN: 978-3-7597-9239-6

Was bisher geschah

Als ihre Mutter auf mysteriöse Weise verschwindet, kommt eine Lawine an Ereignissen ins Rollen, die Sam vor schier unüberwindbare Herausforderungen stellt. In den Fängen des Königs - einer ihr bis dahin unbekannten Welt - wird ihr das Herz entrissen und die pure Dunkelheit eingepflanzt. Sie verliert sich selbst und wird übermächtig. Doch so ganz ist Sam noch nicht verloren. Die -gute- Sam ist als winziger Teil in der Bösen zurückgeblieben und kämpft um ihren Körper, um ihren Geist und ihre Macht. Ihr Freund Elias befreit sie auch den Fängen des Königs und Sam kehrt mit ihm gemeinsam ins Hauptquartier einer geheimen Garde zurück. Sam fällt in ein tiefes Loch aus Scham und Schuld, zweifelt an sich und daran, die Prophezeiung abwenden zu können. Zweifelt daran, dass Elias ihr verzeihen kann, was im Schloss geschehen ist. Doch die Liebe der beiden ist stark genug zu überstehen, egal was geschieht. So finden sie zum Ende des Buches die Hoffnung, die Sam so dringend brauchte und das Wissen, dass egal wie schlecht eine Zukunft auch aussehen mag, sie nie unabänderbar ist.

Kapitel 1

Wir standen aus dem Gras, in das ich ihn voller Freude und Hoffnung geworfen hatte, wieder auf. Ein unbändiges Kribbeln ließ meine Lippen vibrieren. Meine Augen blitzten vor lauter Begeisterung auf und spiegelten das Glück wider, das ich empfand.

„Wir haben sie schon verändert", plapperte ich darauf los. Meine Worte überschlugen sich fast in meinem Mund, so schnell wollten sie raus. „Die Prophezeiung." Abwechselnd sah ich meinen Vater und Elias an, doch keiner reagierte. „Versteht ihr denn nicht? Das heißt, dass das Ende nicht mehr festgeschrieben steht. Die Elemente sagen, wir haben es in der Hand nun etwas zu ändern. Nichts ist unabänderbar."

Elias, der direkt neben mir stand, schwang seine Arme um meine Taille, zog mich an sich und sah liebevoll auf mich herab. Sein Lächeln wurde so breit wie meines.

1

Du kannst es nicht schaffen. Vergiss nicht, wer ich bin.

Die Stimme meines bösen Teils echote in meinem Inneren. Obwohl ich sie zu ignorieren versuchte, zeigte sie mir doch genau, was die Elemente eben noch meinten. Kurz strauchelte ich, straffte dann jedoch die Schultern. Ich ließ mich jetzt nicht unterkriegen. Meine Hoffnung und mein Kampfgeist wuchsen. „Sie sagten aber auch, dass der Kampf, der eigentlich nach außen getragen werden sollte, nun in mir herrscht und dass mir die Zeit davonläuft.", nachdenklich blickte ich zurück zum Wald.

Gänsehaut überzog meinen Körper, als meine Gedanken von den guten zu den schlechten Nachrichten der Elemente wanderten. Doch ich erzählte weiter, auch vom Rest der Begegnung mit den Elementen und ihre kryptischen Andeutungen. Ich ließ nichts aus. Keinen gesprochenen Satz. Nicht das Ritual mit den Gegenständen, die wir finden mussten. Und auch die Karte, die uns den Weg wies, vergaß ich nicht. Mein Vater und Elias schienen alles gespannt zu verfolgen. Mal spürte ich Elias' Wärme und Stärke durch seinen Griff deutlicher. Fühlte, wie sich seine Liebe und Zuversicht durch mich hindurch ausbreiteten. Mein Vater hingegen wirkte vor allem angespannt. Seine Körperhaltung zeugte von innerer Unruhe und aus seinen Augen sprach die pure Sorge. Doch sie ließen mich ausreden. Mit dem letzten Echo meiner hastigen Worte, legte sich ein dichter Mantel der Stille über uns, so gewichtig und undurchdringlich, als hätte jemand lautlos die Tür zu einem schalldichten Raum hinter uns geschlossen.

Die Stirn meines Vaters zog Falten, seine Augen wurden schmal wie Schlitze, als würde er versuchen, jedes meiner Worte sichtbar zwischen den Zeilen zu lesen. Elias'

Gesichtsausdruck hingegen konnte ich nicht sehen. Während meiner Erzählungen war er hinter mich getreten, hatte seine Arme um mich gelegt und ich spürte nun das rhythmische Pochen seines Herzens gegen meinen Rücken. Sein Duft stieg mir in die Nase und für einen Sekundenbruchteil schloss ich die Augen, um es zu genießen.

Schlagartig veränderte sich die Atmosphäre. Wurde unruhig und es fühlte sich nach Aufbruch an. Ein Schauer rann mir über den Rücken. Doch ob die Veränderung von uns selbst kam oder ob der Wald diese ausstrahlte, konnte ich nicht ergründen. Sicher war, wir sollten weg.

Also machten wir uns mithilfe meines Portals auf den Weg zurück ins Hauptquartier. Tief in meinem inneren baute es sich auf. Der bekannte Sog entstand, seine Macht umfing mich und lullte mich ein. Als ich den Druck spürte und wusste, dass es fast vollständig aufgebaut war, umfing ich Elias' Hand und er legte die andere auf die Schulter meines Vaters.

Elias wusste, wie es um mich und meinen Vater stand und dass ich es noch nicht übers Herz brachte, auch ihn an der Hand zu nehmen. Zu fremd und zu unwirklich war das alles. War er. Und die Angst, ihn zu verlieren bevor ich ihn richtig kennenlernen konnte, schwebte über allem.

Das Portal zog uns in sich ein, Farben rauschten an mir vorbei. Verschwommene Bilder, Geräusche und fremdartige Gerüche umfingen mich. Genauso lange, bis uns das Portal nach der kurzen Reise im Hauptquartier wieder ausspuckte und alles wieder feste Konturen annahm. Wir standen in der Hauthalle. Im Eingangsbereich. Ich sah mich mit einem kleinen Lächeln auf den Lippen um und atmete tief und zufrieden durch. An diese Art zu Reisen konnte ich mich gewöhnen. Wo konnte man mit dieser Fähigkeit überall hin? Gab es Grenzen? Oder stand mir wirklich alles offen? Klar, kostete das ganze Kraft und Konzentration, doch es war für mich, allem voran, das einfachste Transportmittel.

Unsere Schritte führten uns durch verschiedene aus rauem Stein bestehende Gänge, an einem Gemeinschaftsbad vorbei, dass ich naserümpfend entdeckte, bis hin zu van Borgs Wohnbereich, in das zu Hause meines Vaters. Vielleicht brachte ich hier ein wenig über ihn in Erfahrung. Verstohlen sah ich zu ihm herüber, betrachtete den Mann, der mein Vater sein sollte und fühlte in mich hinein. Da war kein Gefühl der Vertrautheit oder der Zusammengehörigkeit, doch woher auch? Noch war er ein Fremder für mich und genau das zerriss mein Herz. Es war so anders, als ich es ir immer ausgemalt hatte. Mit Tränen der Freude und einem vor Glück zerspringendem Herzen. Nichts. Alles in mir zog sich zusammen.

Die meiste Zeit des Weges richtete ich den Blick gen Boden, pustete nach oben, um meine Tränen, die aufsteigen wollten, zu trocknen. Wir hatten noch keine Gelegenheit unser Verhältnis zu ändern. Und obwohl ich ihn in Gedanken „Vater" nannte, musste er es sich noch verdienen, dass ich es auch aussprach. Auch wenn ich seine Geschichte glaubte und zu Teilen auch nachvollziehen konnte, hatte er mich und meine Mutter allein gelassen. Vierzehn Jahre war er einfach nicht da gewesen. Hatte mich nie im Arm gehalten, um mich zu trösten oder weil er stolz auf mich war. Mich nicht begleitet als ich den ersten Tag in den Kindergarten oder zur Schule ging. Nie mit mir gelacht, geweint oder gestritten. Er hatte mich nicht aufwachsen sehen. Keine Bindung zu mir aufgebaut. Da war einfach nichts. Hart schluckte ich an dem Kloß vorbei, der sich bei den Gedanken in meinem Hals manifestiert hatte. Für Sentimentalitäten war später noch Zeit.

Also straffte ich die Schultern, trat durch die alte Holztür seiner Unterkunft und wurde von dem Geruch nach Ebenholz und Rauch umfangen. Kurz flog mein Blick zu meinem Vater. Der würzige Geruch war dem im Raum sehr ähnlich. Ich trat also in sein heiligstes und sah mich aufmerksam um. Viel fand ich in seinem Reich nicht vor und war enttäuscht. Kahle, grob gehauene Steinwände und ein eher unebener Boden, auf dem ein kleiner Teppich die gröbste Kälte vertrieb. Ansonsten standen hier ein Bett, ein Tisch und ein Schrank. Keine Fenster. Was zu erwarten war, immerhin lag das Quartier tief unter der Erde. Der Raum hatte nur eine Tür. Die, durch die wir gerade getreten waren und die von Elias nun geschlossen wurde. Für den Rundumblick im Zimmer brauchte ich nur zwei Wimpernschläge. Fast vergeblich suchte ich nach persönlichen Gegenständen. Nach dem Charakter des Raumes. Nach dem, das ihm Leben einhauchte. Und mein Herz zog sich dabei zusammen. Und das einzig persönliche, das ich in dem ganzen Zimmer entdecken konnte, war ein Bild. Ein Bild, das meine Mutter mit einem Kind auf dem Arm zeigte. Dieses Kind, welches sie hielt, war sicherlich ich. Wenn man mein jetziges Aussehen betrachtete, konnte das sogar passen. Noch immer hatte ich Schwierigkeiten, mich als Prinzessin zu sehen. Mit all den Veränderungen. Nach wie vor fühlte ich mich wie das kleine, pummelige, lockenköpfige Mädchen und nicht wie das, was ich jetzt war. Groß, schlank, schwarzhaarig, erhaben.

Behutsam ging ich auf das Bild zu. Wartete insgeheim darauf, dass mich einer der beiden unterbrechen würde. Mit jedem Schritt schlug mein Herz schneller, als würde ich einen Marathon laufen und nicht mich schleichend fortbewegen. Vielleicht war es aus Angst. Angst davor, die Gewissheit in Händen zu halten, dass van Borg wirklich mein Vater war. Tief in mir wusste ich es, wollte es aber nicht wahrhaben. Warum das so war, verstand ich selber nicht genau. Konnte ich es meinem Herzen zutrauen, mich dem Unausweichlichen zu stellen? Das ein Mann, der all die Jahre lebte und sich nie bei mir gemeldet hatte, mein Vater war. Ein Mann, der sein Kind und seine Frau schutzlos in einer fremden Welt gelassen hatte. Sich nie die Mühe gemacht hatte nach mir zu sehen. Konnte er mich lieben, wie ein Vater sein Kind? Viel wichtiger: Würde ich im Zweifel mit seiner Ablehnung zurechtkommen?

Beim Bild angekommen, betrachtete ich es lange und intensiv. Dabei brannte sich mein Blick förmlich durch das Glas. Ich legte den Kopf schief, mal nach rechts geneigt, mal nach links. Als versuchte ich, etwas anderes zu sehen, als zu sehen war. Etwas, das vielleicht in dem Bild verborgen lag. Aber da war nichts. Am Bild änderte sich nichts. Meine Finger streckten sich fast automatisch danach aus, Adrenalin schoss durch meine Venen und ließ mein Herz erneut schneller schlagen. Ich fuhr mit den Fingerspitzen über den kalten Rahmen, fühlte das Metall, dass das Bild umfing und nahm es dann in die Hand.

Erinnerungen an meine Mutter fluteten mein Sein. Ich sah sie, als sie völlig erschöpft von der Arbeit heimkam. Sah sie am Küchentisch sitzen, die Zeitung lesen und hörte ihre Stimme leise flüstern. Mein Herz schrie schmerzhaft auf und meiner Kehle entwich ein Seufzen. Nicht nur mein Herz sehnte sich nach meiner Mutter. Ich betrachtete das Bild weiter und besah ihr Gesicht, fuhr mit den Fingern über ihr Haar und dann über meins. Versuchte ihr nahe zu sein und sah ihr in die Augen. Ich schluckte, als ich unendliches Glück in ihnen erblickte. Glück, das ich aus meiner Erinnerung bei ihr nicht zu erkennen vermochte. Trauer umgriff meine Seele. Das offene, fröhliche Glück, das sie auf dem

Bild umgab, war mir völlig fremd. Hier schien sie fern aller Schwere zu sein, voller Optimismus und herzlicher Liebe. Ein krasses Gegenteil zu der Mutter, die ich kannte. In meiner Erinnerung trug sie über all diese Gefühle ein dunkles Tuch wie einen Schatten mit sich herum. Kurz stolperte mein Herz vor Schmerz. Ich vermisste meine Mutter immer mehr und eine einsame Träne kullerte, mit den Gedanken an sie, meine Wange hinunter.

Vorsichtig trat Elias von hinten an mich heran. Legte seine Hand in meinen unteren Rücken und sein Kinn auf meine Schulter. Leise flüsterte er mir zu: „Wir werden sie retten. Wir werden sie nicht dort lassen. Das verspreche ich dir." Ein flüchtiger Kuss traf auf meine Schläfe, bevor er sich mit etwas Abstand zu mir hinstellte. Ich fühlte mich allein. Wieso blieb er nicht einfach neben mir stehen?

Nachdem ich das Bild wieder zurückgestellt und mich halbwegs gefangen hatte, drehte ich mich zu Elias um und suchte nach seinem Blick. Als sie sich trafen, sendete er mir mit ihm Kraft und Zuversicht. Mit einem tiefen Gefühl der Zufriedenheit sog meine Seele seine Gefühle ein und schöpfte aus ihnen neue Stärke. Nach einem kurzen Nicken meinerseits reichte er mir wortlos das alte Buch, das wir aus der zerstörten Wohnung geholt hatten. Zögerlich nahm ich es entgegen und schlug es willkürlich auf. Als ich es so in den Händen hielt, war es, als würde eine Magiewelle über mich und durch mich hindurch ziehen. Die Luft flimmerte und knisterte. Etwas Altes und Mächtiges lag in ihr und die Macht, die um uns herumschwirrte, konnte ich nicht benennen. Sie war fremd und neu. Eigentlich wie alles andere hier für mich. Ich betrachtete die beiden Männer an meiner Seite. Auch ihre Blicke waren, ebenso wie meiner, fest auf das Buch gerichtet. Unglaube stand in ihren Gesichtern. Es begann in den verschiedensten Farben zu leuchten. Die Farben schlängelten sich wie Bänder um meine Arme. Liebkosten meine Haut und zogen mir neckisch an den Haaren. Die Magie spielte mit mir und ich lächelte. Es war, als würden wir zusammengehören. Als wären wir schon immer eins gewesen. Vielleicht, wenn das alles überstanden war und wir auf diese Zeit zurückblickte, würde meine Mutter mir erklären, was das alles zu bedeuten hatte.

Irgendwann ...

Der erneute Gedanke an meine Mutter trieb viele weitere Gedanken an. Sie war schon so lange in der Gefangenschaft des Königs, ihrem Ehemann. Ging es ihr gut oder folterte man sie? Lebte sie noch? War sie stark genug, um das alles zu überstehen? Trotz all der Widrigkeiten und allem, was passierte, war ich mir bei Einem ganz sicher. Sie würde nie aufgeben so lange für das Gute noch eine Chance bestand. Schließlich war sie die Königin dieser Welt und kannte ihre Pflichten, aber sie wusste auch um ihre Macht. Sie war so viel stärker, als dass man sie hätte einfach vernichten können. Ich glaubte an sie. Sie würde auf uns warten und wissen, dass wir sie retteten.

Die Energie, die sich vom Buch ausgehend um mich herum ausgebreitet hatte, zog sich zurück und sammelte sich in meinem Herzen. Und ich verstand diese einzigartige Geste. Das Buch hatte eine Verbindung zu mir, die ich nicht erklären konnte. Und doch spürte ich die Macht, wie sie sich in mir ausbreitete und mich mit wohliger Wärme überzog. Meinen Blick gehoben, sah ich von meinem Vater zu Elias. Die Reaktionen der beiden einfangend, erkannte ich eine ganze Menge Emotionen. Von Skepsis über Bewunderung bis hin zur Sorge. Vor allem Elias machte sich Sorgen.

„Wir müssen also wirklich in die andere Welt zurück?", fragte er und machte einen Schritt auf mich zu.

„Die Elemente haben es so gesagt, ja", erwiderte ich. „Dann müssen wir Lena finden und ihr das hier" ich deutete auf mein Gesicht und meinen Körper „irgendwie erklären. Sie muss uns glauben, dass ich *ich* bin, sonst wird sie uns nicht helfen."

Der Gedanke an die andere Welt, von der ich dachte, dass sie meine Heimat war, schürte Angst und ließ mich trocken schlucken. Nicht, weil ich mich nicht auf Lena freute, sondern genau deswegen. Was, wenn sie uns nicht glaubte, es nicht verstand oder uns nicht helfen wollte. Was, wenn sie mir keine Chance gab zu erklären? Was, wenn sie mich vergessen hatte? Doch den letzten Gedanken verwarf ich schnell. Lena war zwar auf den ersten Blick oberflächlich, aber eine sehr loyale Freundin. Trotz allem fiel es mir schwer zu glauben, dass Lena verstehen konnte, was passiert war. Nichts, aber auch gar nichts von all dem konnte ich logisch erklären. Wir hatten zwar die Erlaubnis meines Vaters, sie in alles einzuweihen, ihr zu erklären, was für eine Bedrohung über uns schwebte und vor allem meine Rolle bei der ganzen Sache und doch waren solche Geschichten für Außenstehende nie leicht zu verkraften. Trotz allem hoffte ich darauf, dass sie sich von ihrer Mission überzeugen ließ. Dass sie verstand, wie notwendig genau sie für das Gelingen war. Wenn sie erkannte, dass es noch eine weitere Welt gab, eine in der Magie wirklich existierte, vielleicht konnte sie dann glauben, dass ich ihre Sam war. Ihre Freundin. Ob sie dann auch verstand, wie wichtig sie für uns war, konnte ich nur hoffen. Denn Lenas erster Gedanke ging immer an sie selbst. Vielleicht reichte ihr das Wissen, sie würde die Welt retten. Wir mussten sie überzeugen.

„Wenn das wirklich die einzige Chance ist, die wir haben, dann sollten wir sie nutzen", ergriff van Borg das Wort und sah uns nacheinander an.

Elias trat neben mich und sah von oben auf mich herab. Seine Augen glänzten voller Sorge und Liebe. Ich hob meine Hand, als er auch schon in meinen Nacken griff und mich für einen leidenschaftlichen und sehr intensiven Kuss zu sich zog. Während ich seine Lippen schmeckte und seiner Zunge Einlass gewährte, strich seine andere Hand sanft über meine Wange. In meinem Herzen pulsierte Elias Herzschlag. Seine Finger hinterließen ein Prickeln auf meiner Haut, als er immer wieder über meine Wange, meinen Nacken oder meine Arme fuhr. Genießerisch schmiegte ich mich in diese Geste und zog tief seinen Duft und seinen Geschmack in mich auf. Ein Seufzen verließ meine Kehle. Nur für den Fall, dass etwas schiefgehen sollte, wollte ich ihn vollkommen in mir versiegeln. Mir alles merken, alles spüren, was er für mich war. Meine Liebe, mein Leben. Während meine linke Hand auf seiner Brust ruhte und seinem Herzschlag nachspürte, hielt meine rechte ihn zärtlich am Kragen, damit er nicht fortging. Ich spürte seine Liebe bis unter meine Haut. Sie pulsierte durch meine Venen und ließ mich kurzzeitig erzittern. Meine Knie wurden weich und ich drohte beinahe umzukippen. Zum Glück waren Elias Arme fest um mich geschlungen, er hielt mich.

Als jemand räuspernd um Aufmerksamkeit bat, lief ich knallrot an. *Oh mein Gott!* Mein Vater stand ja auch noch im Raum. Den hatte ich kurz vergessen. Obwohl es mir unsagbar peinlich war, dass er dies mit angesehen hatte, war es mir gleichzeitig aber irgendwie auch total egal. Schnell kühlte sich mein Gesicht wieder ab und ich stellte mich aufrechter hin. Ich, nein, wir brauchten diesen Moment. Keiner von uns wusste, wann es diese Momente nicht mehr gab. Wann uns vielleicht das Ende schon kurz bevorstand. Ich stellte mich meinem Vater entgegen, mit aufrechter Haltung und Feuer in den Augen. Und mir strahle absolute Autorität entgegen, als er uns entschlossen ansah. Meine Gedanken sprangen zu meinem Wunsch, einen Vater gehabt zu haben. Wie gerne hätte ich ihn näher kennengelernt. Gewusst wie er aussah, wenn er sauer, wütend, bestürzt, glücklich oder zufrieden war. Doch das einzige Gesicht, dass ich kannte, war das, das er uns gerade zeigte. Hinter der Autorität und der wilden Entschlossenheit lagen seine Augen tief und sorgenvoll in den Höhlen. Wie sehr hatte ich mir gewünscht zu wissen, wie seine Stimme klang, wenn er lächelte. Doch gab es nicht viel zu lächeln. Auch, dass wir uns wiedergefunden hatten, hatte seine Augen nicht bis ins Letzte zum Leuchten gebracht. Wie gerne hätte ich eine Beziehung zu diesem Mann aufgebaut. Mich halten lassen, wenn es mir schlecht ging. Oder uns gegenseitig gehalten, solange wir Mom noch nicht bei uns hatten. Doch das alles musste warten. Vielleicht passierte es aber auch nie. Keiner wusste, wo die Reise endete. Doch eines wussten wir. Wir wussten, es gab keinen anderen Weg. Wir wussten, dies war meine Reise. Und wir wussten, er musste mich gehen lassen und ich ihn. Ein schmerzhafter Stich durchzog mein Herz. Auch wenn wir noch keine große Bindung hatten aufbauen können, hatte ich ihn doch gerade erst gefunden, nachdem ich so lange vergeblich nach ihm gesucht und gefragt hatte. Ein tiefer Seufzer entwich meiner Kehle und Elias legte, als wüsste er, was in mir vorging, seinen Arm um meine Taille. Zog mich an sich und sah mich liebevoll an. Als Zeichen, dass ich das schon schaffte, nickte ich ihm kurz zu. Beide lauschten wir den Befehlen van Borgs.

„Ihr werdet das Mädchen ausfindig machen, sie einweihen und ihr erklären, was sie zu tun hat. Startet direkt mit der Suche. Schindet keine Zeit. Denn etwas, das wir nicht haben, ist Zeit."

Ja, danke auch. Diese Erinnerung brauchte ich nicht wirklich.

„Wir wissen nicht, wohin die Reise dich oder euch führen mag oder wie lange sie dauern wird. Sobald ihr wieder in Maganon seid, müsst ihr euch beeilen. Ich möchte mich ungern wiederholen, aber habt bitte im Hinterkopf, dass wir nicht wissen, wie viel Zeit dir noch bleibt, bis das Böse in dir stärker ist als du."

Mein Mund reagierte schneller als der Rest von mir. „Oh ja, klar. Kein Druck und so. Als wäre das nicht auch ohne deine blöde Ansprache schon ätzend genug!" Die Worte waren raus, bevor ich auch nur drüber nachdenken konnte. Während ich dies sagte, war ich zwei Schritte auf meinen Vater zugegangen. Erschrocken zuckte er zusammen. Genießerisch sah ich zu ihm auf. Das Dunkle in mir zog auf.

Los, jetzt nutze deine Macht. Mache ihn fertig.

Ohne auf die fordernde Stimme zu achten, machte ich auf dem Absatz kehrt. Ich musste hier weg. Harsch ergriff ich Elias' Hand und nach einem kurzen Blick in sein Gesicht erkannte ich, dass der Griff doch etwas zu fest war. Seine Lippen waren zusammengepresst und aus seinem Gesicht waberte mir Besorgnis entgegen.

„Entschuldige", hauchte ich ihm zu, lockerte meinen Griff und versank in seinem Blick, der wieder weicher wurde. Ich vergaß alles um uns herum. Genoss den Moment und suchte nach dem Portal. Verlor mich dabei in seinen Augen, in denen die Liebe zu mir meine Atmung flach werden ließ und mein Herz zerriss. Uns gegenüberstehend dachte ich an mein Zuhause. An das zu Hause, das es einmal war. Mit Leben in den Räumen und ohne die

Zerstörung. Meine Gedanken sprangen zu der Nacht, in der wir uns liebten. Zu Elias Blick, als er mich das erste Mal nackt sah, an seine Hände auf meinem Körper. Zu Elias Körper, wie er sich anfühlte. Wie *es* sich anfühlte. Mir wurde ganz warm und wenn ich weiter nur an diesen Augenblick dachte, konnte ich für nichts mehr garantieren. Also dachte ich wieder an die Wohnung. An den Ausblick aus dem Wohnzimmerfenster und schon begann der Sog.

***

Sekunden später standen wir im ausgebrannten Wohnzimmer meines einstigen Zuhauses und sahen uns fragend an. Zwar hatten wir beide die Worte van Borgs gehört und vermutlich auch verstanden, doch hatten wir noch immer keinen Plan, wie genau wir bewerkstelligen sollte, was vor uns lag.

„Wie sollen wir Lena das alles erklären? Wie soll sie verstehen können, wieso ich bin, wie ich bin?" fragte ich verzweifelt.

„Uns wird schon was einfallen." Er sah sich um und fuhr sich fahrig mit der Hand durchs Haar. Durch diese Geste zerzaust, ließ er sie wild vom Kopf abstehen. „Was meinst du, wo sie ist?", fragte er schließlich.

Kurz sah ich auf die schief an der Wand hängende Uhr. Mit dem Sprung im Glas konnte man die Uhrzeit fast nur noch raten. Wir hatten etwa 15:25 Uhr. Nach kurzer Überlegung und der Vermutung, dass wir heute einen Wochentag hatten, an dem Schule war, sprach ich meine Idee aus: „Ich denke, sie wird noch auf dem Weg nach Hause sein. Lass sie uns am Café abpassen."

Elias nickte und wir machten und händchenhaltend mit einem Plan, wo wir sie treffen konnten, aber ohne einen für die Erklärungen, auf den Weg durch den Park. Unsere verflochtenen Hände waren mehr als eine zarte Geste; sie symbolisierten ein stillschweigendes Bündnis, ein Bollwerk gegen das unbekannte Grauen, das unseren Spuren folgte, und ein festes Band, das uns zusammenhielt. Elias und unsere Verbindung waren für mich so lebenswichtig wie der Sauerstoff in unseren Lungen und der Mörtel, der die Steine eines Hauses zusammenhält. Ohne diese Bindung wäre jeder Schritt undenkbar schwer.

Der Park präsentierte sich von seiner schönsten Seite. Vögel zwitscherten in den mit Laub behangenen grünen Bäumen. Das Gras strahlte uns im satten Grün entgegen. Die Blumen betörten mit ihrem Farbenspiel. Kurz: Der Sommer hatte Einzug erhalten. Und für einen winzigen Moment war ich geneigt, dem Drang nachgeben, der Sonne entgegenzusehen. Sie auf meinem Gesicht zu spüren und ihre Wärme in mich aufzunehmen. Durch die Worte meines Vaters ermahnt, entschied ich mich jedoch seufzend dagegen. Wir hatten keine Zeit.

„Wie geht es dir, Sam?", durchbrach Elias das Schweigen mit einer Stimme, die sanft an der Schwelle meiner Wahrnehmung klopfte. Ich versank jedoch tiefer in die grüblerische Stille, während ich meinen Blick über das leuchtende Gras schweifen ließ, das sich sorglos im Sommerwind wiegte – so frei von der Last, die meine eigenen Gedanken niederdrückte.

Mein Blick sank dann aber traurig zu unseren ineinander verschlungenen Händen hinab. Ein Seufzer entfloh mir, der mehr sagte als tausend Worte – ein Seufzer der Resignation, der die Last einer ungewissen Zukunft, den Sog des Stillstands trug. Meine Stimme erstickte an den aufsteigenden Tränen, als ich auf unsere verknoteten Hände starrte. Ein Lufthauch schien mein Haar zu berühren, sanft und tröstend, doch ich konnte ihn nicht fühlen; die Last auf meiner Brust war zu schwer, drückte den Atem flach. „Was ist, wenn wir Lena wirklich nicht überzeugen können?"

Elias drehte mich ein wenig, sodass ich dann doch mein Gesicht in die Sonne hielt und sah mich lächelnd an. „Wenn du die Sonne in dein Herz lässt, dann wird sie auch aus dir heraus scheinen. Lena wird dir glauben. Ihr kennt euch schon ewig. Du wirst sie überzeugen. Dessen bin ich mit sicher.", er hauchte mir einen Kuss auf die Stirn und lief dann, mit mir an der Hand, weiter.

Während wir so daher gingen, hing ich meinen Gedanken nach. Es war ein fast perfekter Tag. Wenn man das kleine Detail außer Acht ließ, was der Hintergrund unseres eigentlichen Herkommens war. Das Damoklesschwert, welches sich immer weiter senkte. Die fehlende Zeit, die wie feinster Sand durch unsere Finger rann.

Mit schnellen Schritten liefen wir über den knirschenden Weg. Nahmen die kürzeste Strecke und kamen schnell in der Mitte des Parks an. Und hier strauchelte ich das erste Mal. Wurde langsamer und blieb schlussendlich stehen. Während ich auf den vertrauten Brunnen zuging, spürte ich, wie sich mein Herzschlag beschleunigte. Eine unbestimmte Regung, ein instinktives Ziehen in meinem Unterbewusstsein signalisierte, dass sich etwas an diesem Ort verändert hatte. Zwischen den sich leicht kräuselnden Wellen war ein Schatten, eine Andeutung, die gestern noch nicht da gewesen sein konnte. Ich sah es schon von weitem. Doch mit jedem Schritt, den wir auf ihn zu machten, wurde es deutlicher. Nun stand ich davor und betrachtete ihn genauer. Legte meinen Kopf schief und konnte es dennoch nicht benennen. War ich schon so nervös, dass ich Geister sah? Die ganze Zeit war Elias nie von meiner Seite gewichen. Immer passte er sich meinem Tempo an und blieb eben auch, wie jetzt, mit mir stehen. Er umschlang mich von hinten und legte sein Kinn auf meinen Scheitel. Ich spürte seinen Atem an meinem Haar. Nach außen das verliebte Pärchen mimend, standen wir also vor dem Brunnen. Obwohl ich wusste, dass wir uns beeilen sollten, kam ich nicht vom Brunnen los. Ich kam nicht dahinter, was das Gefühl auslöste.

„Sam? Stimmt was nicht?", meldete Elias sich durch meine Gedanken zu Wort.

Dankbar für die Unterbrechung meines Kopfchaos drehte ich mich in seinen Armen zu ihm um, sah auf und zuckte abermals mit den Schultern. „Ich weiß es nicht sicher", war das Einzige, was ich erwidern konnte.

Also liefen wir weiter. Unsere Schritte beschleunigten sich, doch nicht so sehr, dass wir rannten. Und als wir den Weg weiter entlang hetzen, ließ mich das Gefühl weiterhin nicht los, dass mit dem Brunnen etwas nicht stimmte. Beklemmung breitete sich in mir aus. Denn was mir beim Brunnen mit einem Blick in das spiegelnde Wasser auch aufgefallen war, machte mir fast noch mehr Sorgen, als der Brunnen an sich. So klammerte ich mich an Elias. Ab diesem Moment waren wir kein händchenhaltendes Pärchen mehr. Denn jetzt war ich die klammernde Freundin am Rockzipfel ihres Typen. Ich umklammerte wortwörtlich seinen Arm. Meine Angst baute sich mehr und mehr zu einer herannahenden Panik auf. Ich hatte Angst, Angst davor schon wieder von jemandem erkannt zu werden und dass wir allein wegen meiner Stellung in Gefahr geraten würden. Ich sah über meine Schulter, suchte nach verdächtigen Menschen und witterte hinter jedem Baum die nächste Gefahr. Etwas Entscheidendes hatten wir in den ganzen Trubel nämlich vollkommen vergessen: Einen Magier zu bitten mich wieder zu tarnen. Folglich lief ich hier als Prinzessin von Maganon durch die Straßen. Die Person, die der König so unbedingt in seine Hände bekommen wollte. Elias Blick huschte ebenfalls immer hin und her, in seinem Blick lag absolute Wachsamkeit und sein Griff um mich wurde auch zu keiner Zeit lockerer. Von Entspannung war noch lange keine Rede, doch hielt ich zumindest nicht mehr die Luft an. Das hätte auch gar nicht mehr geklappt, andernfalls wäre ich erstickt. Ich musste mich entspannen. So hysterisch wie ich gerade wirkte, war ich viel auffälliger. Also lenkte ich mich ab. Besah die Umgebung und die Menschen.

Es war ein groteskes Gefühl. Da ging ich durch meine alte Heimat und doch war es nicht dasselbe. Denn ich war nicht dieselbe. Es war, als würden mich viele Leben von meinem Alten trennen. Als trüge ich neue Schuhe, die mich auf eine Reise durch meine vergessenen Fußstapfen schickten. Ich fühlte mich seltsam verloren und umgriff Elias Arm noch fester. Und das Gefühl zu versagen, umschlang mein Herz, begann es langsam aber stetig zu zerquetschen.

Natürlich ging das alles nicht an Elias vorüber. Wie denn auch? Bei jedem unserer Blicke fühlte es sich an, als würde Elias eine unsichtbare Schnur enger um uns beide ziehen, eine Verbindung, die unendlich privater war als jeder gesprochene Satz. Als hörte er die ungesagten Worte meiner Seele, während meine Lippen versiegelt waren. Vielleicht war es genau das, was ihn innehalten und sich mir zuwenden ließ. Dabei löste er vorsichtig meine Hand von seinem Arm und sah mich fragend an. „Was ist los, Sam?"

Er wartete und ich fand nicht die passenden Worte. Es war, als wollte alles gleichzeitig aus meinem Kopf. Es sortierte sich nur nicht. Ich wurde immer nervöser. Seine Fingerspitze strich sanft über meine Wange. „Rede mit mir!", flüstere er liebevoll, als er sich ein wenig hinunterbeugte, um mir besser in die Augen sehen zu können. Seine blauen Augen funkelten mich an.

Ich versank in seinem Blick, fühlte mich sicherer. Geborgen. Zu Hause. Und der Damm brach. „Es ist nur … Ich weiß nicht …" Und dann berichtete ich ihm von meinen Gedanken, meinen Sorgen und meiner Angst. Geduldig hörte er mir zu, unterbrach mich nicht. Ich sah ihm an, dass er versuchte meinen Gedanken zu folgen. Als er sein Urteil gefällt zu haben schien, zog er mich zärtlich an sich heran, legte seine Arme um meine Taille und küsste meine Stirn. Auch ich schlang meine Arme um ihn und hielt ihn fest. Dankbar dafür, dass er da war, lehnte ich meinen Kopf an seine Brust und mein Herz beruhigte sich.

„Mach dir keine Sorgen, Sam. Die Elemente hätten dich nicht auf diese Reise geschickt, wenn sie aussichtslos wäre." Wieder sah er mir tief in die Augen und meinen Körper überzog eine Gänsehaut. „Glaube an dich!"

Ein flüchtiger Kuss folgte, ehe wir unseren Weg fortsetzten. Elias hatte recht. Versagen hieße, dass ich die Welt zerstören würde. Versagen hieße, allen den Tod zu bringen. Auch den Menschen, die ich so liebte. Definitiv keine Option.

Ich richtete meine Gedanken auf Elias, fokussierte mich auf seine Nähe, seinen Geruch und seine Liebe. Denn er gab mir die Kraft zu bestehen und zu glauben. Und jetzt in diesem Moment fühlte ich mich wirklich, wie das verliebte Mädchen, nachdem ich auch aussah. Und für diesen kurzen Augenblick, mit der Sonne im Gesicht, genoss ich den Gedanken daran, wie es sein könnte, wenn wir einfach nur zwei verliebte Teenies wären.

An dem Café angekommen, an dem wir Lena abpassen wollten, drehten wir uns suchend um. Sie war nicht zu sehen.

„Haben wir sie verpasst?", fragte ich fast verzweifelt.

Elias zuckte mit den Schultern und sah sich um. „Ich weiß es nicht, lass uns noch etwas warten. Vielleicht ist sie heute später raus. Du weißt doch wie das manchmal ist", versuchte er mich zu beruhigen. Sanft fuhr sein Daumen kleine Kreise auf meiner Hand. Und wir warteten.

Und tatsächlich erblickten wir nach einigen Minuten wie Lena die Straße entlang trottete. Ich hielt in meiner Euphorie inne noch bevor sie so richtig ausbrechen konnte. Denn Lena war allein. Fragend sah ich zu Elias hoch. Auch er wirkte verwirrt. „Warte. Es wird sich bestimmt erklären lassen. Vielleicht ist Julian krank?", sagte Elias skeptisch.

„Julian war nie krank", warf ich ein.

Also wieso war sie allein? Wo war Julian? Waren sie nicht immer zusammen unterwegs? So wie wir früher zu viert? Verwundert sah ich erneut zu Elias hoch. Doch er nickte nur in Lenas Richtung und ich sah wieder hin. Da erblickte ich Julian. Rennend holte er Lena ein. Obwohl Lena top gestylt war und in ihrem oversized Shirt und den Chucks perfekt für das Wetter gerüstet war, sah sie niedergeschlagen und erschöpft aus. Julian dahingegen war in seinen zerrissenen Jeans und dem dunklen Pullover, wie immer das blühende Leben. Und dann kam der Augenblick. Lena sah hoch. Ich zog zischend die Luft ein. Sie sah total fertig aus. Ihre Augen hingen farblos in den Höhlen. Die Funken waren erloschen.

Als Lena Elias erblickte, stand meine Welt still. Im Augenwinkel sah ich Elias' Lächeln. Er zeigte sich freudig, während Lena mit offenem Mund stehen geblieben war. Gleichzeitig erhöhte Elias den Druck um meine Hand, als hätte er Angst ich könnte weglaufen. Und der Druck in meinem Inneren stimmte seiner Vorsicht zu. Meine Beine begannen zu zittern. Als dann auch Julian Elias erkannte, ging alles rasend schnell. Zu schnell für mein Empfinden. Julian packte sich Lenas Hand und zog sie einfach hinter sich her, während er auf uns zustürmte. Kurz vor einem nahenden Zusammenprall blieben Lena und Julian stehen. Julians Augen starteten ihre Prüfung an Elias' Füßen und kletterten langsam seine Gestalt hinauf, als würden sie jede Veränderung, jeden Muskel und jede neue Linie in Elias' Gesicht katalogisieren. Lenas Musterung dagegen war etwas verhaltener. Mich würdigte sie kaum eines Blickes. Unwohl sah ich zu Boden.

„Wow, Elias, was ist denn mit dir passiert? Hast du trainiert? Ich hätte dich fast nicht erkannt. Und wer ist die heiße Braut an deiner Seite?", überschlugen sich Julians Worte. Kumpelhaft klopfte er Elias anerkennend auf die Schulter und musterte ihn weiterhin.

Immer wieder sah er mich dabei mit merkwürdiger Miene an. Eine Mischung aus Entsetzen, Freude und Gier strich dabei über sein Gesicht. Innerlich zuckte ich zusammen, ließ mir aber nichts anmerken. Ich wollte irgendwas sagen, das Geheimnis lüften. Einfach mit allem raus platzen. Ich hielt es kaum noch aus. Meinen Mut zusammennehmend holte ich tief Luft. „Hi, ..." begann ich, doch Elias unterbrach mich sofort.

„Ich musste mal hier raus. Habe jemanden besucht." Er sah verliebt zu mir herunter. „Und bei diesem Besuch habe ich sie kennengelernt." Liebevoll legte er dabei seinen Arm um meine Taille und zog mich an sich heran. Ganz klar eine Demonstration, zu wem ich gehörte. Dabei hatte ich daran keinen Zweifel. An niemandes Seite wollte ich sonst stehen. „Ihr Name ist Elaine und sie ist meine Freundin." Den letzten Teil betonte er mit einer so rauchigen Stimme, dass mein Körper von einer Welle der Emotionen überflutet wurde. Ich bekam Gänsehaut und lief rot an. So genau hatten wir es noch nicht bezeichnet. Auch uns gegenüber nicht. Gerührt schmolz ich dahin. Obwohl er mir in dieser Geschichte eine andere Identität gab, fühlte es sich toll an.

Lena sah sich suchend um „Und wo ist Sam?" Ihre Augen schimmerten und der tiefe Schmerz dahinter war nicht zu übersehen. Resigniert ließ sie die Schultern wieder sinken, die sie eben aus einer Hoffnung herausgehoben hatte. Sie schien die Hoffnung zu verlieren und zerbrach. Ihr Kinn sank ihr auf die Brust und ein Schniefen erfüllte die Luft. Nie hätte ich erwartet, nie geahnt, dass sie mein Verlust so sehr treffen würde. Am liebsten hätte ich sie in die Arme genommen, sie getröstet und ihr gesagt, dass ich doch hier war. Aber ich hielt mich zurück. Dass Elias mich nicht zu Wort kommen lassen hat, wird vermutlich einen Grund gehabt haben. Also schwieg ich weiterhin, während ich, wie die schlechteste Freundin der Welt, meiner besten, meiner einzigen Freundin dabei zusah, wie sie zerbrach. Mein Herz hämmerte wild gegen meine Brust, wie um zu zeigen, wo es hingehörte. Es schlug in ihre Richtung. Jetzt in diesem Moment schlug es nur für sie, damit sie all dies überstehen konnte.

Elias' Augen flüchteten vor der Frage, wie ein Schatten, der vor der aufkommenden Morgensonne weicht. Ein stummer Ausdruck des Bedauerns breitete sich in seinen Zügen aus, die zuvor so voller Entschlossenheit waren.

Wie eine Schockwelle raste etwas durch Lena, wir sahen quasi gerade dabei zu, wie ihre Sicherungen durchbrannten. „Wir dachten immer, du und Sam, ihr seid durchgebrannt." Sie trat näher an Elias heran „Ich habe immer gespürt, dass da was zwischen euch war." Sie sah ihm tief in die Augen „Und jetzt kommst du mit der", abwertend nickte sie in meine Richtung, „hier an? Ist das dein verdammter ernst, Elias?", ein Schnaufen drang durch ihre vor Zorn geöffneten Lippen. „Und dann scheint es dir auch egal zu sein, dass

Sam weg ist? Erst verschwand ihre Mutter und jetzt Sam selbst?" Wütend ballte sie ihre Hände zu Fäusten. „Verdammt, ich kann das nicht. Wieso ist euch das allen so egal? Sie ist unsere Freundin, ihr könnt sie doch nicht einfach so aus eurem Leben gestrichen haben!" Mit laufenden Tränen stand sie Elias gegenüber, machte sich groß und verpasste ihm eine schallende Ohrfeige. Verzweiflung und Wut sprühten aus ihren Augen.

Während Elias kommentar- und reaktionslos die Ohrfeige entgegennahm, blickte er sie entschuldigend an. „Komm, wir bringen dich nach Hause, Lena." Freundschaftlich und tröstend legte Elias ihr die Hand auf die Schulter und führte sie so schon in eine Richtung. Für Gegenwehr fehlte Lena wohl die Kraft, denn sie nickte stumm und lief los.

Elias warf noch einen Blick über die Schulter zu Julian „Schön das es dir gut geht, Mann. Wir sehen uns!"

So verabschiedeten wir uns von Julian, der mir mit einem lüsternen Blick zuzwinkerte, und begleiteten Lena nach Hause. Sie war völlig aufgelöst und beruhigte sich kaum. Den ganzen Weg über kämpfte ich gegen den Drang, sie in den Arm zu nehmen. Doch der Moment war ungünstig. Sie hasste mich. Weil ich die „neue" von Elias war. Weil sie noch nicht wusste, dass ich, ich war. Also wartete ich. Wartete, bis sich die Situation auflöste. Alles fühlte sich so irreal an. Hier durch die bekannten Straßen zu laufen, sie aber aus einer anderen Perspektive, mit einem anderen Wissen zu betrachten. So zu tun, als wäre ich jemand anderes, während meine beste Freundin neben mir lief und um mich weinte, weil sie dachte, mir wäre etwas zugestoßen – was ja auch bedingt stimmte. Aber eben nur bedingt.

Die Stadt hatte sich nicht verändert. Sie war immer noch laut und überfüllt. Und doch war ein kleiner Funken verschieden. Ich bemerkte die Energien, die durch die Luft schwappten. Die Energien, die von Magie stammten. Oftmals war es nur ein Hauch, aber hin und wieder drang ein großer Schwall an uns vorbei.

Mir wurde mit jedem Schritt, den wir taten mulmiger zumute. Und natürlich bemerkte Elias meine verkrampfte Haltung. Besänftigend legte er seine Hand an meine Hüfte und zog mich erneut näher an sich heran. Wahrscheinlich aus zweierlei Gründen. Zum einen, um mich zu beschützen und zum anderen, um mich zu beruhigen. Und es wirkte. Sofort hielt das Gefühl der Geborgenheit in meinem Herz Einzug. Verträumt sah ich ihn flüchtig an. Meinen Beschützer. Die Gefühle, die mir Elias Gegenwart schenkten, entspannten mich und ein kleiner Teil des Drucks wich von meiner Brust. Lena warf mir einen missbilligenden Blick zu, als sie die Zuneigung zwischen Elias und mir beobachtete. Ihr Blick schnürte mir die Kehle zu.

Während Elias uns sicher durch die Stadt führte, lenkte er uns an überfüllten Plätzen vorbei und nahm stattdessen kleinere Nebenstraßen. Doch, wie ich jetzt bemerkte, steuerten wir gar nicht Lenas Haus an. Wir waren auf den Weg zu Elias Wohnung. Fragend sah ich zu ihm auf. Er schien jedoch nur Augen für die Umgebung zu haben.

Kurz darauf schien auch Lena den Fehler zu bemerken und drehte sich wütend zu ihm um. „Was soll das? Wohin gehen wir?" spie sie Elias entgegen.

Doch er ließ sich davon nicht aus der Fassung bringen. Fast verschwörerisch sah er sie an und antwortete ruhig „Ich weiß, wo Sam ist, Lena. Ich bringe dich zu ihr!" Sein Blick glitt in meine Richtung und kaum merklich nickte er mir aufmunternd zu.

Ich wusste, ich musste nur noch kurz geduldig sein. Bei ihm konnten wir ihr alles in Ruhe erklären.

„Was? Wie? Aber du hast doch gerade gesagt, du wüsstest nicht, wo Sam ist!", sprudelten die Worte aus ihr heraus. „Alles zu seiner Zeit Lena. Wir sollten uns beeilen." In Elias Stimme schwang genug Autorität mit, um ihm ohne Widerworte zu folgen. Es blieb jedoch nicht aus, dass Lena der Mund offenstand.

Obwohl ich es ihr fast nicht zugetraut hatte, denn sie war die neugierigste und ungeduldigste Person, die ich kannte, wartete sie gespannt, bis wir Elias Wohnungstür endlich hinter uns geschlossen hatten. Die Anspannung wich aus meinen Knochen und ich setzte mich auf die Couch. Ironischerweise sah hier alles noch genauso aus, wie an dem Tag, an dem wir uns aufmachten, den Hauptmann zu finden. Als wäre all das nie passiert.

Lena und Elias standen weiterhin im Raum. Während Lena Elias nicht aus den Augen ließ, heftete sich Elias Blick auf mich. Zögerlich richtete ich mich wieder auf. Stellte mich vor die Couch, atmete tief durch und richtete mich an Lena. „Hi, Lena" zaghaft drangen diese Worte über meine Lippen.

„Hi", antwortete sie abgelenkt und drehte sich zu Elias. „Wo ist sie? Geht es ihr gut?", sie wurde nervös, zupfte am Kragen ihres Shirts herum und ließ die Schultern wieder hängen.

Elias ging auf sie zu, packte sie an den Schultern und drehte sie in meine Richtung, sodass sie mich ansehen musste. Sie nicht an mir vorbei blicken konnte.

„Frag sie selbst" Elias sah mich aufmunternd an.

Die Verantwortung lag jetzt bei mir, um Lena für uns zu Gewinnen. Ich richtete meine Aufmerksamkeit auf sie und sah, wie das Unverständnis in ihren Augen wuchs und der Drang zu Entkommen fast greifbar wurde. Ihr Blick huschte zwischen Elias und mir hin und her. Mir schwand der Mut und ich traute mich nicht, Lena das alles zu erklären. Ich wusste nicht, wo ich anfangen sollte. Und so kam kein Wort über meine Lippen. Es war, als versagte alles seinen Dienst. All das war auch für mich noch neu und teilweise nicht verständlich. Hilfesuchend sah ich zu Elias.

„Lena? Elaine ist Sam." Seine Augen ruhten kurz auf ihr, bevor er ohne Unterbrechung weitersprach: „Sie ist eine Magierin aus einer anderen Welt."

Ein kehliges Glucksen brach aus Lenas Kehle hervor. Doch bevor sie dazwischen gehen konnte, sprach Elias einfach weiter: „Es wahr. Ich weiß es klingt unglaubwürdig und total bescheuert. Aber hör mir zu.", er atmete einmal tief ein „Sam ist die Prinzessin dieser anderen Welt. Ihre Mutter ist die Königin und sie waren nur hier, weil sie Schutz suchten. Dieser Schutz beinhaltete Sams Tarnung. So wie du Sam kanntest, wie sie aussah, war nicht ihre wahre Gestalt. Das hier", er nahm mich bei der Hand „ist, wie Sam wirklich aussieht. Das was sie wirklich ist. Eine Magierin. Die mächtigste, die es je gab und geben wird. Und hier liegt auch die Gefahr. In ihr wächst das Böse." Lena räusperte sich, wollte wohl etwas sagen, doch Elias ließ sie nicht. Noch nicht. „Um das Böse aufzuhalten und Sam zu retten", ein trauriger Ausdruck huschte über Elias' Gesicht „brauchen wir deine Hilfe."

Bei jedem Satz den Elias ihr sagte, wurde Lena blasser und blasser, ihr Gesicht verzog sich zu einem merkwürdigen Gebilde. Etwas zwischen Irrsinn und Hass. Als Elias nun geendet hatte, machte ich einen Schritt auf sie zu, wollte sie einfach in die Arme schließen. Doch sie starrte mich voller Schock an und hielt die Hände hoch, als würde sie sich ergeben wollen, hielt mich mit dieser Geste auf Abstand. Niedergeschlagen taumelte ich rückwärts zur Couch und ließ mich auf sie fallen. Es wäre zu schön gewesen, wenn sie es geglaubt hätte, wenn sie das ganze Ausmaß verstehen und uns hätte helfen wollen.

„Ihr wollt mich verarschen, oder?", sie machte einen Schritt auf Elias zu, der sich vorher etwas zurückgezogen hatte, damit wir uns Zeit nehmen konnten. Doch die brauchten wir nicht. Lena sah Elias aus hasserfüllten Augen an.

„Nein Lena, du musst ihm glauben, denn er sagt die Wahrheit. Leider", mischte ich mich ein und sah traurig zu Boden.

„Wie soll ich glauben, dass du Sam bist? Du hast nichts von ihr. Du siehst ganz anders aus als sie. Das ist nicht möglich!" Tränen stiegen ihr in die Augen und dann ließ sie sich einfach auf den Boden sinken. Setzte sich im Schneidersitz hin und versteckte ihr Gesicht hinter ihren Händen.

Wie gerne wäre ich einfach zu ihr gegangen und hätte sie getröstet. Doch scheinbar war das nicht so einfach. Noch glaubte sie mir nicht. Noch war ich eine Person, die sie bis gerade noch mit Hass gestraft hatte. „Ich weiß was du meinst, ich konnte es am Anfang auch nicht glauben. Manchmal, wenn ich an einem Spiegel vorbeikomme, erschrecke ich mich, weil das Spiegelbild nicht zu dem Bild passt, was ich von mir habe. Aber Lena, in meinem inneren bin ich genau die Sam, die du kennst, die du gerade so vermisst." Ich machte eine kurze Pause „Ich habe dich auch vermisst und ich vermisse dich noch." *Tief Luftholen*, sprach ich zu mir selbst „Es ist wahr. Ich bin es. Sam. Die, mit der du im Kindergarten warst und mit der du seitdem befreundet bist. Die, die immer zeitig zu Hause sein musste, weil ihre Mutter sonst Stress gemacht hat. Die, die ohne Vater aufwachsen musste. Wir haben alles gemeinsam erlebt und durchgestanden. Deine erste Liebe, dein erster Herzschmerz, Liebeskummer und die Partys, auf die du mich gezerrt hast, obwohl ich so gar keine Lust hatte."

Langsam entspannte sich ihre Körperhaltung und sie sah mich genau an. Forschend glitt ihr Blick über meinen gesamten Körper. Als sie in meinem Gesicht ankam und mir in die Augen sah, zog ein Erkennen über ihr Gesicht. „Dann waren das keine Kontaktlinsen, die du gekauft hattest? Das sind tatsächlich deine Augen?" Wieder starrte sie mich förmlich an. Betrachtete mich, meine Haare, mein Gesicht, meinen Körper. Sie musterte mich ganz genau. Am liebsten hätte sie mich wohl abgetastet, um zu erkennen, dass ich echt war. Während ihrer Betrachtungen war sie aufgestanden und immer nähergekommen, bis sie sich letztendlich neben mir auf der Couch niederließ. „Kneif mich mal", sagte sie und ich tat wie mir befohlen. Als sie wegen des kurzen Zwickens zusammenzuckte, sah sie mich aus großen runden Augen an. „Wow, Sam, du siehst fantastisch aus." Freudestrahlend warf sie sich in meine Arme.

Eine Weile lang sagte keiner von uns ein Wort, ab und zu hörte man nur ein Schluchzen aus einer unserer Kehlen. Freudentränen liefen über unsere Wangen. Irgendwann machte jedoch Elias wieder auf sich Aufmerksam und holte mich damit wieder in die Realität. In Lenas Armen war es, als wären die letzten Wochen nie passiert. Sie war mein altes Leben.

Nachdem er wieder unsere volle Aufmerksamkeit bekommen hatte, begann Elias zu erklären. „Wie ich dir schon sagte, kommen wir nicht ohne Grund. Eigentlich wollten wir alles klären, ohne Unschuldige oder Unwissende darein zu ziehen. Doch leider ist uns das so nicht möglich. Wir brauchen deine Hilfe."

„Was muss ich tun?" Lena stand kampfbereit auf.

„Öhm … also" verunsichert von ihrer Kampfeslust stammelte Elias rum.

Ihn rettend ergriff ich das Wort. „Wir müssen Gegenstände finden, die mir helfen sollen, ein Ritual durchzuführen, um das Böse aus mir zu vertreiben", während ich sprach, setzte sich Lena wieder uns ich nahm sie an den Händen, sah ihr in die Augen. Sie musste verstehen, wie wichtig das war.

„Aber, ähh … Wie?"

„Mit Magie!", sagte ich selbstbewusster, als ich mich fühlte.

„Magie? Also so Zaubern?" quatschte Lena dazwischen.

„Ja, so in der Art. Das ist etwas kompliziert zu erklären, vielleicht machen wir eins nach dem anderen."

Elias setzte sich uns gegenüber auf den Couchtisch und ich erklärte ihr ihre Rolle. Dass sie für mich, bzw. für uns eine Art Anker in dieser Welt sein musste, damit sie uns den Weg weisen konnte. Denn nur über diese Verbindung würde sich uns der Weg offenbaren und uns zeigen, wo die Gegenstände zu finden waren.

Ich erklärte ergänzend was passieren würde, falls wir die Gegenstände nicht fanden „Wenn wir scheitern, wird das Böse in mir gewinnen und die Welten vernichten, sowohl deine, als auch unsere." Ich gab ihr Zeit das gehörte sacken zu lassen.

Schon merkwürdig, wie schnell sich in meinem Kopf eine Trennung der Welten in ihre und meine verankert hatte. Es fühlte sich fast so an, als wäre ich niemals Teil ihrer Welt gewesen. Auch wenn ich in Maganon noch nicht einen Tag einfach nur gelebt hatte, sondern zwischen Kampf und Flucht, Pläne schmieden und ausführen hin und her gehechtet war, fühlte sich Maganon nach meiner Welt an. Sie war mein Zuhause. Tief im Inneren ist Maganon in mir verwurzelt. Es zieht mich förmlich zu sich. Ruft und braucht mich. Diese Welt hier war auch schön, immerhin habe ich hier mein ganzes Leben verbracht. Aber sie war eben nicht meine.

Lena erschauderte. Doch der Augenblick, in dem sie entschloss, sie anzunehmen, wurde allein durch ihre Körperhaltung sichtbar. Sie richtete sich auf, streckte die Schultern durch und ein Siegeswille, ungekannten Ausmaßes, stand ihr ins Gesicht geschrieben. „Okay, dann sollten wir wohl keine Zeit verlieren!", sie klatschte in die Hände und sah uns auffordernd an.

Ich fand es faszinierend, dass sie ohne zu wissen, was ihr Part war, bereit war, alles zu geben. Ich ließ sie aber nicht im Unwissen und erklärte ihr kurz, was sie genau machen musste. „Du musst über eine Karte wachen und uns den Weg weisen. Durch eine magische Verbindung bist du wohl immer in unserer Nähe. Wie genau das funktioniert und aussieht wissen wir noch nicht. Doch solange diese Verbindung besteht, wird uns wohl der Weg gewiesen.", während ich sprach, merkte ich selber, wie wirr und verrückt das alles klang. Konnte es überhaupt funktionieren? Eine ganze Menge Informationen fehlten uns leider noch. Wir wussten weder, wie das Ritual aufgebaut ist noch, wie viele Gegenstände wir brauchten. Wo man es durchführte, noch wie man einen Erfolg erringen konnte. Woher sollte die Karte wissen, welche Gegenstände wir zu suchen hatten? Welchen Ausgang wir für das Ritual anstrebten. Und was war, wenn das Böse dazwischenfunkte und mich die falschen Ansichten teilen ließ? Tausende Gedanken schwirrten durch meinen Kopf. Tausende Szenarien, was alles schiefgehen konnte, spulten durch meine Gedanken. Doch alles, wenn und hätte nutze nichts. Wenn wir nicht bald anfingen, erhielten wir weder Antworten auf unseren Fragen, noch würden wir es zeitlich schaffen.

Träum weiter Prinzessin. Ihr trödelt doch jetzt schon viel zu viel herum.

In meinem Mund machte sich ein fauliger Geschmack breit, als die Stimme in meinem Kopf erscholl. Doch ich schluckte den Geschmack herunter, blendete die Stimme aus und kam auf die Beine. Ich suchte nach meiner Tasche und als ich sie hatte, kramte ich ihn ihr nach dem Buch und anschließend setzten uns zusammen auf dem Boden um den Couchtisch. Nachdem ich Elias die Karte gegeben hatte, bereitete er sie auf dem Tisch aus und legte die Steine in deren Mitte. Lena sah verwirrt zu mir herüber. Nachvollziehbar, denn noch war die Karte ein leeres Stück Papier, sie zeigte rein gar nichts. Auch Elias und ich sahen uns kurz ratlos an. Denn keiner von uns wusste, wie wir die Karte aktivierten.

Er zuckte nur mit den Schultern. „Sorry, der Hauptmann hat mir den Zauber nie erklärt. Er sagte nur, dass die Karte bei dir besser funktionieren würde und dass es dir leichter fiele sie zu nutzen. Die Karte scheint extra für dich gemacht zu sein."

Ich runzelte die Stirn. Vielleicht hätten wir meinen Vater doch nach mehr Details Fragen sollen, als so überstürzt abzuhauen. Zu spät. Wir betrachteten die Karte. Suchten nach einem Hinweis. Drehten sie um, falteten sie nochmal ein uns aus. Doch wir fanden keinen Hinweis. Einem Impuls folgend legte ich einfach meine Hand flach auf die Mitte der Karte und konzentrierte mich. Ich fühlte tief in mich hinein. Spürte die Macht der Karte und hörte sie unter meinen Händen zu mir flüstern. Bilder formten sich und Worte, bis ich es richtig verstehen konnte und der Zauber sich mir offenbarte. Ich hörte den Zauber, den ich sprechen musste und prägte ihn mir ein.

Karte der magischen Welt,
enthülle mir die Geheimnisse, die du bewahrst.

Lenke meine Schritte zu dem auserwählten Ort,
wo das Schicksal für mich seinen Schatz verborgen hält,
leite mich unentwegt auf meinem Pfad
und verbanne, was nur Unheil bringt.
Der Anker in unserer Mitte
als Wächter an diesem Ort.

Die Welt verändern.
Das Leben retten.
Den Glauben stärken.

Klar und deutlich wiederholte ich die Worte und mit der letzten Silbe begann die Karte zu schimmern. Sie offenbarte sich. Linien wurde zu Umrissen. Zeigten Straßenzüge und Häuser. Und auch die Steine kamen in Bewegung. Sie polterten über das Papier, bezogen Stellung und formten sich zu Figuren.

Beim Anblick der sich bewegenden Steine wich Lena ruckartig zurück und landete unsanft auf dem Rücken. „Krass!", sagte sie, strich mit schmerzvollem Ausdruck über ihren Hinterkopf und setzte sich wieder auf. „Ich dachte echt ihr verarscht mich noch immer."

Ich warf ihr nur einen kurzen Blick zu, lächelte sie an und starrte dann auf die Karte. Ich kannte mich in Maganon nicht aus, deswegen verwirrte mich ungemein, dass mir der gezeigte Ort so bekannt vorkam.

Elias wiederum sah mich irritiert an „Das ist nicht in Maganon, das ist der Park bei dir, Sam!"

Jetzt wo er es aussprach, erkannte ich es auch. Der Park, mit dem Brunnen in seiner Mitte. Alles in allem stellte die Karte ein ruhiges und vertrautes Bild dar. Die Wege waren zart abgesetzt, die Steine bewegten sich langsam, teilweise Pärchen bildend an ihnen entlang, als würden sie spazieren gehen. Ich verstand nur nicht ganz was das zu bedeuten hatte. Verwundert sah ich zwischen Lena und Elias hin und her. „Öhm …", begann ich, fand jedoch keine Worte um zu beschreiben oder zu erklären, was ich ausdrücken wollte. Sagte mein Vater nicht, dass sich die Gegenstände in Maganon befanden? Dass wir dort suchen mussten, während Lena hierblieb.

„Vielleicht hat der Hauptmann sich geirrt" Elias strich vorsichtig über die Karte „oder …", er sah zu mir hoch „deine Mutter hatte einen der Gegenstände bei sich, als sie aus Maganon floh und versteckte ihn dann hier. In der Hoffnung, man würde ihn nie finden?" Langsam stand er auf und kam um den kleinen Tisch herum auf mich zu. „Auf jeden Fall sollten wir nachsehen!" Er nahm mich bei der Hand und half mir hoch.

Unsere Blicke ineinander verhakt, machten wir uns bereit, wollten gerade zur Tür als Lena räuspernd auf sich aufmerksam machte. „Ähm …, aber was mache ich jetzt hier?" Ich ging auf sie zu und kniete mich zu ihr.

„So wie ich das alles verstanden habe, bleibst du hier und bewachst die Karte, solange Elias und ich unterwegs sind." Ich nahm ihre Hand in meine und sah sie aufmunternd an „Du bist unsere Verbindung, damit sich uns der Weg offenbart. Und angeblich sollen wir über die Karte ebenfalls verbunden sein." Kurz zuckte ich mit den Schultern. „Ich weiß zwar nicht, was das bedeutet, aber das werden wir wohl jetzt herausfinden."

Lena sah erst Elias an und dann mich. „Aber ihr kommt wieder, oder?", fragte sie mit zittriger Stimme. Kurzerhand nahm ich sie in den Arm. Ich verstand ihre Angst, ihre Sorge. Das letzte Mal, als wir gingen, waren wir eine gefühlte Ewigkeit fort. Diesmal würde das anders sein. „Versprochen!"

Dann stand ich auf, ergriff erneut Elias' Hand und gemeinsam verließen wir, mit einem letzten Blick auf die verloren wirkende Lena, die Wohnung. Wieder gingen wir in den Park. Hand in Hand. Keiner sagte ein Wort. Die Anspannung war fast greifbar. Unsicherheit lag in der Luft; keiner von uns konnte ahnen, welches Schicksal uns im Park erwartete oder ob uns überhaupt eine Veränderung bevorstand. Dann, wie aus dem nichts, überrollten mich heftige Emotionen. Bewunderung und Skepsis. Freude und Angst. Aber es waren nicht meine. Da war ich mir sicher. Denn ich war nur nervös, nervös und aufgeregt. Gerade als ich versuchte nachzuspüren, woher diese Emotionen kamen, hörte ich eine Stimme in meinem Kopf. Kurz zuckte ich vor Schreck zusammen, merkte aber einen Bruchteil später, dass diese Stimme anders als mein Böses ich, war.

Während die Stimme des Bösen über mein Herz zu mir sprach und nur in meinen Kopf widerhallte, sprach die neue Stimme wirklich in meinem Kopf und sie hörte sich nach Lena an. Sie stammelte wieder und wieder, dass sie es nicht glauben konnte. In Gedanken versuchte ich zu antworten, schickte ihr die Nachricht, dass sie es ruhig für möglich halten konnte und dass das alles wirklich passierte. Den Schrecken, den ich ihr damit scheinbar einjagte, spürte ich auf Anhieb und kicherte als ich verstand was für eine Verbindung zwischen uns bestand.

Mein Kichern offensichtlich hörend und fehlinterpretierend sah Elias mich aus dem Augenwinkel argwöhnisch an. „Drehst du jetzt durch?", fragte er vorsichtig.

Wieder drang ein leises Kichern über meine Lippen. „Nein, Elias. Ich verstehe die Verbindung zu Lena." Ich drehte mich zu ihm, legte ihm meine Hand auf die Brust und sah ihn verträumt an. Noch mehr Hoffnung keimte in mir auf. „Hörst bzw. spürst du sie nicht?"

Als er den Kopf schüttelte, erklärte ich, was gerade geschehen war und was ich verstanden hatte. Ich spürte, dass Lena die ganze Zeit über da war.

Obwohl wir das schönste Wetter hatten, war der Park heute ungewöhnlich leer, selbst die Bänke am Rande der Wege waren nicht wie üblich mit Pärchen besetzt. Und auch die Farben der Bäume und Blumen waren blasser. Zumindest hatte es den Anschein. Erneut sah ich zu Elias. Auch er wirkte mit einem Mal nicht mehr ganz so ruhig, wie zuvor. Meine Euphorie wurde gedämpft. Alles fühlte sich so unheilvoll, so ominös an. Irgendwas passte nicht so recht zusammen. Ich kam nur nicht darauf, was es war. Einst war der Park meine Zuflucht gewesen. Jetzt, so leer und fahl, wirkte er grotesk und ließ mich erschaudern.

Damit wir schnell wieder hier rauskamen, fragte ich Lena in Gedanken, wo genau wir hinmussten. Sie loste uns zum Brunnen. Dort angekommen, sahen wir uns um.

„Was jetzt?" Elias sah mich abwartend an.

Doch ich konnte nur mit den Schultern zucken. Lena hatte uns mithilfe der Karte hierhergeführt, doch was wir nun tun sollten, wusste keiner. Die Karte ließ uns ebenso im Unwissen. Also besahen wir unsere Umgebung und vor allem den Brunnen. Ich betrachtete die Statue in der Mitte. Sie stellte eine atemberaubend schöne Frau dar. Normalerweise streckte sie eine Hand in Richtung Himmel, als würde sie so die Sonnenstrahlen einfangen wollen. Die andere Hand zeigte in Richtung des Wassers unter ihr. Es sah aus, als würde sie das Wasser beschwören und Energie aus ihm ziehen. Leichte Tücher umspielten ihre Gestalt, flatterten wie von einem unsichtbaren Säuseln erfasst um die geschwungenen Kurven ihres Körpers und hüllten sie in ein Gewand aus Anmut, das gerade genug verhüllte. Ihr nackten Füße standen auf einem Stein, der aussah wie eine Klippe. Andächtig fuhr ich mit dem Blick über ihr Gesicht, ihren Körper und bemerkte, dass sie ihre Hand anders hielt als sonst. Heute streckte sie die obere Hand nicht in Richtung Himmel, sondern uns entgegen.

„Siehst du das auch?", fragte ich Elias und deutete auf die Hand der Statue. Er erwiderte skeptisch meinen Blick.

„Ja. Aber was hat das zu bedeuten?" Wieder sah er zur Statue.

Die steinerne Frau, ein Kunstwerk aus längst vergangenen Zeiten, streckte ihre Hand so lebensecht aus, als flehte sie still um unsere Nähe, als sehnte sie sich danach, unsere Hand zu ergreifen und uns in eine andere Welt zu geleiten.

„Sieht so aus, als würde sie uns bitten, ihr zu folgen." Ich sah mich um, ob uns jemand beobachtete oder uns Beachtung schenkte. Doch niemand schien sich für uns zu interessieren. „Sollen wir ihrer Aufforderung nachkommen, was meinst du?" Fragend sah ich Elias an. Was sollte es sonst bedeuten, wenn eine Statue uns ihre Hand entgegenstreckte, während wir auf der Suche nach magischen Gegenständen waren?

Elias nickte und ergriff meine Hand. „Lass auf keinen Fall los, hast du verstanden?" Der Befehlston in seiner Stimme verriet mir, wie viel Angst er hatte, mich wieder zu verlieren. So hielt ich ihn fest. So fest, als würde es um Leben und Tod gehen und ging einen Schritt und trat auf den

steinernen Rand des Brunnens. Auf ihm stehend griff ich
nach der Steinhand der Statue. Sie war eiskalt und glatt. Anders als ich erwartet hatte. Genau in dem Moment, in dem
ich sie berührte, riss der Boden unter unseren Füßen auf.
Wir fielen. Und alles wurde schwarz.

Kapitel 2

Sam

Wind peitschte mir um die Ohren, riss an mir und meine Emotionen glichen einer Achterbahn. Was war passiert? Obwohl ich Elias Hand in meiner spürte, konnte ich ihn durch die Schwärze, die uns umfing, nicht erahnen. Panisch zog sich mein Herz zusammen. Der Impuls zu Schreien wurde durch den Fall gebremst. Ich hatte gar keine Chance dazu, mir wurde sämtliche Luft aus den Lungen gepresst. Wir fielen viel zu lange und gerade als mich die Hoffnung verlassen wollte, irgendwo anzukommen, trafen wir hart auf dem Boden auf. Ächzend spürte ich meinen Gliedmaßen nach. Es war noch alles dran, nichts gebrochen. Einzig der Schock saß tief.

Ich sah mich um, war irritiert, denn dem langen Fall nach zu urteilen hätten wir Tod sein müssen. Wahrscheinlich war es der Magie dieses Ortes zu verdanken, das dem nicht so war. Als warmen Schauer nahm ich sie wahr, fühlte, wie sie über meine Haut tanzte. Als ich meinen Blick nach unten schweifen ließ und Elias und meine Hand weiterhin ineinander verflochtenen vorfand, war ich auf einmal unendlich dankbar, dass Elias mich nicht losgelassen hatte. Wer weiß, wo wir sonst gelandet wären. In meinem Kopf echote ein Schluchzen. Verwundert sah ich mich um. Drehte mich um die eigene Achse und zog Elias kurzerhand mit. Dieses Schluchzen klang weder nach Elias', noch hatte ich es ausgestoßen. Waren wir nicht allein? Mein Blick wanderte über unsere Umgebung. Ich sah Wände und Schatten, doch eindeutig kein Wesen, das Ursprung dieses Geräusches gewesen sein konnte. Als das Schluchzen erneut erklang, erkannte ich, dass es in meinem Kopf echote und nicht im Raum. Gleichzeitig schoss die Erkenntnis durch mich hindurch. Lena. Es war ihr Schluchzen. Und langsam ebbte es ab.

„Lena? Alles okay? Was ist passiert?", frage ich nervös.

Und nachdem sie sich scheinbar halbwegs beruhigt hatte, erklärte sie: „Die Karte verschwamm immer und immer wieder. Weder ein Ort noch eine Figur war erkennbar. Es war, als würde die Karte mir eine Art Tunnel zeigen. Ich dachte, ihr wärt weg und würdet nie wieder herkommen. Du hast nicht geantwortet, egal wie laut ich schrie."

Als sie berichtete, fühlte ich mit ihr mit und eine Gänsehaut überzog meinen Körper. Währenddessen war Elias nah an mich herangetreten und hatte seinen Arm beschützend und beruhigend um meine Taille gelegt. Ich sah zu ihm auf, als sich Lenas Emotionen weiterhin durch mich durchfraßen. Ich spürte ihre Angst, ihr Entsetzen und ihre Sorge. Ich griff nach Lenas Hand, fühlte wie sie zitterte und hielt sie sanft. „Ein ... und aus", flüsterte ich und atmete dabei tief ein und aus. Ihre flackernden Augen suchten Halt in meinen und allmählich beruhigte sich ihr zittriger Atem und passte sich meinem an.

Nachdem sie sich ein wenig beruhigt hatte und die Emotionen sich aus mir zurückgezogen hatten, sprach ich auf sie ein und erklärte ihr, was ich vermutete. Denn wenn ich ihre Beschreibungen und das, was uns widerfahren war, betrachtete, schien es, als wären wir durch ein Portal gereist. Das uns nun irgendwohin gebracht hatte. Nur, dass ich so gar keine Ahnung hatte, wo wir hier waren. Ein Blick in Elias' Gesicht verriet mir, dass es ihm ähnlich zu gehen schien. Also sollten wir erst mal herausfinden, wo wir waren und was wir hier zu tun hatten.

Mit Elias' Hand fest in meiner ging ich vorsichtig ein paar Schritte. Die Luft war kühl und feucht und mein Atem bildete kleine Wolken in der Dunkelheit. Die unregelmäßigen, scharfkantigen Felswände waren durchzogen von moosbewachsenen Rissen, und manchmal tropfte Wasser in kleinen, rhythmischen Plopps von der Decke herab. Es war als würden wir uns unter einem See befinden oder einer Quelle oder zumindest etwas ähnlichem. Und obwohl Wasser an den Wände hinabfloss, war der Boden staubtrocken. Nicht mal an den Rändern, an der Kante von Wand zu Boden, war der er nass oder auch nur ansatzweise feucht. Ich runzelte die Stirn und sah in Elias' Gesicht.

„Die Magie hier drin scheint stark zu sein. Was meinst du?", fragend sah er mich an.

Ich schluckte nur und nickte ihm zu. Er hatte recht. Denn was gerade noch nur ein Tanz auf meiner Haut war, wurde nun zu einem Tumult. Die Magie riss an mir. Sie durchdrang mich und zog mich weiter. Sie rief mich zu sich. Doch ich durfte mich jetzt nicht verleiten lassen. Wer weiß, ob es eine Falle war oder nicht? Ich musste darauf vertrauen, dass Lena uns mithilfe der Karte leitete und nicht die Magie dieses Ortes. So schloss ich das Gefühl, dass die Magie in mir auslöste, weg. Spürte nur Elias' Händen nach. Eine mit meiner verflochten und die andere ruhig an meiner Taille liegend, sahen wir nun in dieselbe Richtung. Die Richtung, die unseren Weg markierte. Dadurch, dass die Höhle nicht sonderlich groß war, gab es auch nur einen Weg. Ein einziges Loch am anderen Ende der Höhle bildete einen Durchgang zu etwas anderem. Dieser Weg war so dunkel, dass ich nicht erahnen konnte, was uns dahinter erwartete und doch war ich mir sicher, dass es nichts Bedrohliches war. „Bereit?", fragte ich Elias sicherer, als ich mich fühlte. Als Antwort sah er mir tief in die Augen und sein Blick nahm mir den Atem. Ein Blick so eindringlich und voller Leidenschaft. Gleichzeitig spürte ich unter seiner Oberfläche die tiefe Sorge, die er zu verbergen versuchte. Sanft zog er mich noch näher an sich heran. Kein Blatt passte mehr zwischen uns und ich sah kurz zu ihm auf, bevor ich meine Wange an seine Brust lehnte und seinem Herzschlag lauschte. Meine Arme fest um ihn geschlungen und meinen Kopf an seiner Brust, zog ich so viel Mut und Kraft aus seiner Nähe, wie mir eben möglich. Und ich vermutete, er tat dasselbe. Elias beugte sich zu mir herunter und ich spürte seine warme, beruhigende Präsenz. Seine Lippen berührten sanft mein Haar, ein flüchtiger, tröstlicher Kuss, der mich in seine Zuneigung hüllte. Meine Arme schlangen sich noch fester um ihn, zogen ihn noch näher an mich heran. So stehend durchfluteten mich die Gefühle für ihn. Der Wunsch, dass dieses Unterfangen gut ausgehen mochte, wurde übermächtig. Ich sog seinen Duft ein. Blickte zu ihm auf und lächelte ihn verliebt an. Er erwiderte es, doch anders als sonst erreichte es seine Augen nicht. Seine Sorge schien den Kampf in seinem inneren zu gewinnen. Mein Herz zog sich bei diesem Anblick schmerzvoll zusammen. Und als dann auch noch Lenas Sorge zu mir überschwappte, schnappte ich nach Luft. Ich lockerte meinen Griff um Elias, trat einen halben Schritt zurück und atmete tief ein und aus. Obwohl ich wusste, dass wir das hier machen mussten und ich vermutete, dass uns nichts geschah, ließ ich mich kurz anstecken. War für einen Moment wie erstarrt. Nur einen winzigen Augenblick später horchte ich in mich hinein. Suchte nach meinen eigenen Gefühlen und fand keine Sorge. Stattdessen fand ich Gewissheit. Ich wusste, ich konnte diese an nichts festmachen, es war irgendwas Altes und intuitives, das mich lenkte und ich vertraute darauf. Uns passierte hier nichts. So sperrte ich die Unruhe und die Gedanken an die Gefahr einfach aus. Wie als hätte ich einen Schalter in meinem Kopf umgelegt. Gleich darauf wurde alles still und auch die Gefühle in und um mich herum blieben stumm.

Was glaubst du, was du bist?

Du wirst sterben

Gänsehaut kroch über meinen Körper und kurz schwappte Übelkeit auf. Klar. Nachdem alles andere still geworden war, hatte *es* wieder Raum. Das Böse suchte nach seinem Platz. Einem Schlupfloch um wieder hervorzukommen. Und fand es.

Ich ignorierte diese Stimme weitestgehend, genau wie das Unheil, was sie brachte. Ganz los ließ mich die Drohung jedoch nicht. Doch egal was es auch sagte, ich musste jetzt auf mich vertrauen. Nur wenn ich an mich glaubte, hatte ich eine Chance, dass alles funktionierte und dann wären die Stimme und somit auch das Böse bald fort. Natürlich versucht es jetzt mit allen Mitteln mich zu schwächen, meine Ängste zu nutzen, damit ich ihr nicht in die Quere kam. Ich grinste in mich hinein, sog Kraft aus meinen Gedanken und stimmte sie immer positiver. Dachte an unseren Erfolg und wie es wäre, wenn das alles hinter mir lag. Malte mir mein Leben in den schönsten und schillerndsten Farben. Das Böse fand das wohl nicht ganz so witzig, denn es wurde immer lauter und drohender. Protestierte gegen meine Handhabe mit ihm.

Vergiss nicht, wer ich bin, Prinzessin.

Ich bin dein schlimmster Albtraum.

Ich werde dir alles nehmen.

Dich in Stücke reißen.

Ich werde dich vernichten.

Und allem Vorhaben zum Trotz schluckte ich schwer. So gern ich es mir eingeredet hätte, mich ließe das alles kalt, konnte ich nicht ignorieren, dass diese Stimme etwas mit mir anstellte. Sie ließ mir das Blut in den Adern gefrieren und meine Gedanken auf Hochtouren rasen. Konnte es mich etwa auch verletzten, solange es in mir war? War es stark genug um die Drohungen in die Tat umsetzen zu können? Erneut schluckte ich gegen den Kloß in meinem Hals an, lockerte den erneuten Griff, der mein Herz im Schraubstock hielt. Ich hoffte, es nie herausfinden zu müssen. Als Elias mein Schaudern bemerkte, zog er mich in seine Arme und sein Flüstern nahe meiner Wange gab mir neue Hoffnung: „Wir schaffen das, Sam!" dieses Versprechen in meinem Ohr und die Woge an Gefühlen, die es mit sich brachte, waren mehr wert, als all die Krieger die hinter mir zu stehen schienen.

Durch den kalten, steinernen Gang schritten wir behutsam vorwärts. Die Wände waren feucht und glitschig, mit moosbewachsenen Strängen übersät, dass jeder Schritt das Risiko des Ausrutschens in sich barg. Das leise Echo unserer Schritte verstärkte das Gefühl, beobachtet zu werden, als könnten jeden Moment leuchtende Augen aus der Dunkelheit hervorstechen. Und der Verdacht unter oder zumindest nahe einem Gewässer zu sein, erhärtete sich. Oder aber ich bildete mir das nur ein und das, was ich unter meinen Händen spürte, wenn ich den Stein berührte, waren irgendwelche ekligen Tierchen. Man wusste ja nie. Immerhin war es so dunkel, dass man kaum etwas erkennen konnte. Meine Gedanken kreisten bereits um das bevorstehende. Durch unser Schweigen hatte ich mir bereits tausende Szenarien ausgemalt, was auf uns warten könnte. Von Fallen, die uns erfassten, über Tiere, die uns angriffen, bis hin zum König, der uns schon mit seiner Magie erwartete und uns vernichten wollte. Als ich meine eigenen Gedanken nicht mehr aushielt und sie mit irgendeiner Unterhaltung stoppen wollte, kamen wir am Ende des Ganges an und standen erneut in einer Höhle. Diese war etwas größer als die Vorherige und dabei noch weniger Aufschlussreich. Denn ab hier würde es schwieriger werden den richtigen Weg zu finden. Vor uns waren dieses Mal drei Öffnungen in den Stein gehauen. Alle samt ebenso dunkel wie unser vorheriger. Fragend sah ich zu Elias, der ebenfalls die drei Gänge betrachtete. Drei Wege, von denen wir nicht wussten, wo welcher hinführte. Wer wusste schon, welche Folgen es haben würde, einem der beiden Falschen zu folgen.

Ich ließ Elias los und strich mir die wirren Strähnen aus dem Gesicht, die der sich bildende Schweiß an meine Haut tackerte. Langsam trat ich näher an die Durchgänge heran. Hoffte auf eine Eingebung. Auf einen Luftzug oder ein anderes Zeichen. Doch Fehlanzeige. Alle drei sahen gleich aus. Rochen gleich. Waren gleich dunkel. Auch kam aus keinem von ihnen ein Windzug. So langsam wurde die Luft hier unten fast unerträglich.

Auf Elias zu gehend fiel mir die Verbindung zu Lena wieder ein. Am liebsten hätte ich mir mit der Hand vor den Kopf geschlagen. Wie konnte ich das vergessen? Lena hatte immerhin eine Karte. Sie musste wissen, wo es lang ging. „Lena, kannst du sehen, welcher Weg der richtige ist?"

Ich wartete und wartete, irgendwann schluckte Lena und ihre Stimme zitterte als sie Antwortete. „Also der linke und der mittlere Weg enden beide in einer Sackgasse. Der rechte Weg führt irgendwann ins Freie." Wieder schluckte sie. „Da müsst ihr aber an etwas vorbei, was ich nicht genau erkennen kann. Es sieht aus, als würde da etwas Leben. Irgendwas großes." Ihre Stimme überschlug sich fast, so nervös wurde sie. „Tut mir leid, dass ich es nicht genauer sagen kann, aber das hier ist alles sehr verschwommen und aus der Form der Steine kann ich nichts erkennen."

„Schon gut, danke Lena!" beruhigte ich sie. „Das hat uns sehr geholfen. Danke!"

Immerhin wussten wir nun, was wohl unser Weg war. Anschließend erzählte ich Elias von Lenas Ausführungen und er richtete sich kampfbereit auf.

„Also ist die einzige Chance hier raus zu kommen, an diesen lebenden – was auch immer – vorbeizukommen?", sein Blick heftete sich auf den Weg, den wir gehen mussten.

„Sieht so aus", zuversichtlich sah ich ihn an „wir sind ja nicht ohne Grund hier. Vielleicht ist dort genau das, was wir finden sollen." Voller Überzeugung überbrückte ich unsere kurze Distanz, legte meine Hände auf seine Brust und sah ihm tief in die Augen. „Denk doch mal darüber nach. Wir sind hergeschickt worden. Das, was wir finden sollen, liegt hier. Uns wird nichts passieren. Ich spüre das. Ich weiß einfach das alles gut werden wird! Vertrau mir."

Ich wusste, dass er mir normalerweise vertraute. Und dennoch standen wir weiterhin in der Höhle und starrten die drei Eingänge an. Ganz der Krieger, der er eben war, hätte Elias wahrscheinlich am liebsten aus weniger gefühlsstechnischen Hintergründen Mut gefasst. Ein Plan oder zumindest eine Idee hätten ihn eher überzeugt, als nur meine Schlussfolgerung loser Vermutungen. Und dennoch straffte er die Schultern, sah auf mich hinab und nickte mir zu. Er neigte den Kopf, griff mit einer Hand um meinen Nacken, mit der anderen um meine Taille und kam mir immer näher. „Ich vertraue dir", flüsterte er leise gegen meine Lippen, kurz bevor er meine mit seinen verschloss. Meine Knie wurden weich und hätte Elias nicht seine Hände um mich gelegt, wäre ich höchst wahrscheinlich einfach zerflossen. Ich spürte sein Lächeln an meinen Lippen. Er musste mein kurzes Einsinken bemerkt haben. Ein erneuter Kuss auf meine Stirn folgte, bevor er einen Schritt zurücktrat und sich wieder den Durchgängen zuwandte.

Trotz seines, in ihm schwelenden, Unmuts griff ich kurz darauf nach seiner Hand und zog ihn hinter mir her. Ich wusste, sein Unbehagen der Sache gegenüber galt einfach meiner Sicherheit. Denn ohne zu wissen, was uns am Ende bevorstand, konnte er mich nicht beschützen. Dabei wollte er nichts mehr als das. Mich vor allem und jedem beschützen. Immer. Manchmal flackerten die Erinnerungen an die brutalen Trainingsstunden mit dem König und seinem Sohn in meinem Kopf auf – die Schreie der Besiegten, das Gefühl von kaltem Metall in meiner Hand, der brennende Schmerz alter Wunden. Ich wusste nun, dass es Dinge gab, die schlimmer waren als der Tod – Dinge, die in den Albträumen der Nacht hinterhältig lauerten. Mitanzusehen wie alle, die ich Liebe, durch meine Hand starben, war eindeutig schlimmer als mein Ende. Auch wenn meine Kräfte durch das Verdrängen des Bösen wieder in den Hintergrund gerutscht waren, wussten wir dennoch, dass es diese Macht in mir gab. Und auch, dass sie stärker und stärker wurde, um so länger wir brauchten. Ich spürte, dass Elias diese Vorstellung nicht gefiel und dass er ebenso, wie jeder andere auf unserer Seite auch, alles daransetzte, um mein Schicksal zu ändern. Letztendlich war es meine Wahl, alles zu beenden, sollte die Aussichtslosigkeit überhand gewinnen. Diese Entscheidung war mein Geheimnis. Tief in mir bewahrt, bis der entscheidende Augenblick nahte.

Umso weiter wir durch den Gang schritten, umso niedriger und schmaler wurde er. Als wir nun, durch die Enge gezwungen, hintereinander hergingen, war ich mir nicht mehr sicher ob Lena uns die Wahrheit sagte, oder nicht? Das konnte doch kaum der richtige Weg sein. Andererseits fiel mir nichts ein, wieso sie lügen sollte. Einigen Meter weiter, war der Gang nun so eng, dass wir hintereinander her kriechen mussten. Immer wieder blieben Strähnen meiner Haare am Gestein hängen und rissen unangenehm an meiner Kopfhaut. Auch die losen Steinchen auf dem Boden ließen meine Hände schmerzen. Und das Elias hinter mir war konnte ich auch nur deswegen mit Gewissheit sagen, weil er fast pausenlos vor sich hin flüsterte. Immer wieder hörte ich den Frust in seiner Stimme. Ich konnte es ihm nicht verdenken. Auch mir wurde immer mulmiger zumute. Wenn wir in dieser Position auf unseren vermeintlichen Gegner treffen sollten, hatten wir keine Chance. Da Elias hinter mir kroch, konnte er nicht nach vorne verteidigen. Und ich, na ja, ich konnte es halt gar nicht. Aus offensichtlichen Gründen. Urplötzlich klang ein Grollen durch das Gestein und brachte es zum Erzittern. Ich erschauderte vor Schreck und blieb stehen. „Hast du das auch gehört?", flüsterte ich Elias zu.

„Ja das habe ich", erwiderte er sauer.

Für ihn war es wohl offensichtlich, dass wir in eine Falle tappten. Ich spürte sein Unbehagen, seinen Willen, wieder zu verschwinden und seine Angst um mich. Trotz meines eigenen Unbehagens, war ich weiterhin vom Guten überzeugt. Uns passierte hier nichts. Ich schickte eine kleine Welle der Ruhe zu meinem Gefährten. Zumindest hoffte ich es. Doch sie kam nicht an. Also konnte ich auch das nicht mehr. Während wir weiter krabbelten, betete ich inständig, dass mein Gefühl mich nicht täuschte und wir hier nicht doch noch sterben würden. Vermutlich von seiner inneren Unruhe gehetzt, versuchte Elias sich an mir vorbeizudrängeln. Aber egal wie schlank wir beide auch waren, es gab keine Chance. Obwohl ich mich an den Rand presste und er sich mir gegenüber, brachte es nichts. Der Gang war zu eng. Immerhin mussten wir mittlerweile auch der Kopf einziehen, um weiterzukommen. Wie also sollten wir einander durchlassen?

„Lass mich vorbei Sam. Ich muss vor dich. Ich kann besser kämpfen, falls es darauf ankommt.", seine Stimme klang fast panisch. Wieder spürte ich eine Hand auf meinem Rücken. Er wollte durch. Doch auch wenn ich mich auf den Boden gelegt hätte, wäre er kaum über mich drüber gekommen. Denn der Gang glich einem Dreieck. Unten breiter als oben. Und mit seinen breiten Schultern wäre er dort oben definitiv stecken geblieben.

„Ich könnte für Ablenkung sorgen damit du abhauen kannst!" Seine Stimme klang gepresst und verzweifelt. Sie spiegelte seinen ganzen Widerwillen der Situation gegenüber wider. Und obwohl ich seine Gedanken nachvollziehen konnte, schnaufte ich genervt.

„Ernsthaft Elias? Für so eine hältst du mich? Du meinst, ich würde dich hier unten zurücklassen, um wegzulaufen?" Hätte er jetzt vor mir gestanden, hätte ich ihm vermutlich vor die Brust geschlagen, weil er überhaupt darüber nachdachte „Du vergisst, dass auch ich kämpfen kann. Und noch viel mehr als das!" Langsam wurde ich echt sauer. Ich war kein bemitleidenswertes kleines Mädchen mehr. In mir wohnte mehr Kraft, als dem reinsten Krieger vergönnt war. Und auch deutlich mehr Kraft als Elias besaß. Auch wenn ich diese gerade nicht zu nutzen vermochte, wusste ich, sie war da.

„Sam, versteh doch. Ich will doch nur, dass dir nichts geschieht. Wie soll ich dich beschützen, wenn du als Erstes in dein Verderben rennst und ich dabei nur zusehen kann? Egal was du auch immer kannst. Du solltest es nicht tun müssen."

Ich hörte den Schmerz in seiner Stimme und wie sehr er es hasste, dass ich konnte was ich konnte. Denn wer viel Macht besaß, musste sie zwangsläufig auch nutzen. Er wusste, dass ich kämpfen musste. Wenn nicht heute, dann irgendwann. Und diese Gewissheit nagte schwer an ihm. Wir krabbelten stumm weiter und umso weiter wir vordrangen, desto mehr bekam ich das Gefühl dem Ziel näherzukommen.

Kurz darauf wurde es heller. Doch das Licht kam nicht von vorne. Ich bemerkte Elias Anspannung, obwohl ich ihn nicht sehen konnte. Und an dem leichten Lichtschein, der von hinten an mir vorbei schien, erkannte ich, dass seine Augen zu leuchten begonnen haben mussten. Was spannte ihn so an? Gerade als ich ihn fragen wollte, kam auch von vorn ein Licht.

Nachdem wir am Ende des Ganges angelangt und vorsichtig raus gekrabbelt waren, standen wir nun auf einem kleinen Felsvorsprung mit dem Rücken zur Wand einer riesigen Höhle. Der Vorsprung, der uns trug, war gerade mal so breit, dass meine Füße nebeneinander darauf passten. Ich sah mich um und als das schauderhafte Grollen erneut ertönte, erkannte ich auch unmittelbar seine Quelle. In der Mitte dieser riesigen Höhle standen Tiere. Riesengroße Tiere. Sie hatten Schuppen und Stacheln, riesige Köpfe mit Mäulern die Feuer spuckten. Die Zähne, die sich beim Feuer präsentierten, waren spitz, lang und scharf. Ich rieb mir über die Augen. Blinzelte mehrfach. Als sich das Bild nicht änderte und ich dem ganzen Glauben schenken musste, erschauderte ich. Das konnte nicht sein. Drachen?

„Was zum …", setze ich an. Völlig unter Schock sah ich zu Elias herüber.

Er schien genauso schockiert zu sein, auch er hatte mit sowas wohl nicht gerechnet. „Das … Das ist unmöglich. Es heißt, sie wären alle ausgestorben. Es dürfte sie nicht mehr geben!"

Ohne Vorwarnung und völlig panisch begann meine Magie in mir zu pulsieren und ich spürte wie sie durch meine Venen peitschte und sich bündelte, sie war bereit. Die ersten magischen Lichtfetzen umspielten meinen Finger, auf mein Zeichen wartend. Bereit für Elias und mein Leben zu Kämpfen. Behutsam drängte ich sie zurück. Nicht dass die Drachen uns sonst schneller bemerkten, als uns lieb war. Wie hatte ich mich so in meinem Gefühl täuschen können?

Sag ich doch, lachte die Stimme in mir los.

Elias und ich warfen gleichzeitig suchende Blicke in die große Höhle. Mein Herz pochte in meiner Brust, bis meine Augen zu kribbeln begannen. Es fühlte sich an, als würden winzige Ameisen darüber hinwegkriechen – ein sicheres Zeichen dafür, dass sie vor Magie leuchteten. Links von uns erkannte ich eine Treppe, die uns zum Boden der Höhle bringen würde. Mein Blick schweifte weiter. Suchte nach dem besten Weg zu entkommen. Doch egal wie ich es betrachtete, wie ich es drehte und wendete, wir mussten an den Drachen vorbei. Langsam und vorsichtig machte ich die ersten Schritte an der Felswand entlang.

Elias griff reflexartig nach meiner Hand. „Was hast du vor?", flüsterte er.

„Wir kommen nur hier raus, wenn wir an ihnen vorbeikommen", flüsterte ich ebenso leise zurück.

Auch Elias suchte hektisch nach einem anderen Weg. Ich gab ihm Zeit. Er musste selber dahinterkomme, dass es keine Alternativen gab. Erst dann, so war ich mir sicher, würde er dem zustimmen. Es gab keinen anderen Weg. Als auch er scheinbar keinen Weg fand, nickte er mir zu und gemeinsam schritten wir die grob in den Stein gehauene Treppe hinab. Langsam und unter größter Vorsicht darauf bedacht kein Geräusch zu machen. Ein Portal zu nutzen und einfach zu verschwinden, kam trotz der Angst nicht infrage. Immerhin waren wir aus einem Grund hergekommen. Wir waren nicht einfach so von der Karte in diese Höhle geschickt worden. Von meiner Mutter, wenn es stimmte, dass sie einst diese Karte erschaffen hatte. Wir mussten hier etwas finden. Etwas, dass uns helfen sollte diese Welt zu retten. So straffte ich die Schultern und machte mich bereit.

Die Treppen hinabsteigend beobachtete ich die vier Drachen in der Mitte der Höhle. Gemächlich liefen sie in der Höhle hin und her. Na ja, nicht wirklich willkürlich. Sie folgten einem Muster. Und blinzelnd erkannte ich, dass sie etwas umkreisten. Sie beschützten etwas. Vielleicht das, was wir holen sollten? Ich stupste Elias an und deutete in die Richtung. Ich beobachtete sein Mienenspiel und erkannte an seinem geschockten Gesichtsausdruck, dass auch er verstanden hatte. Er erstarrte. Er hatte dasselbe gesehen wie ich und seine Magie sprühte aus ihm heraus. Meine Hand fuhr über seinen Arm. Er musste sich beruhigen. Die Drachen würden uns noch früh genug bemerken. Lieber nicht, wenn wir hier auf dieser schmalen Treppe standen, wo wir keine Möglichkeit hatten zu fliehen oder vernünftig zu kämpfen. Endlich am Boden angekommen griff Elias nach meinem Handgelenk und sah mich durchdringend an. „Sam, das wird nicht funktionieren. Wir können nicht gegen vier ausgewachsene Drachen kämpfen und gewinnen. Wir müssen einen anderen Weg finden das Böse zu verbannen, aber das hier", er deutete in Richtung der riesigen Wesen, „das ist der reinste Selbstmord und ich werde nicht zulassen, dass du dich solcher Gefahr aussetzt." Wieder suchte er mit den Augen die Höhle ab. Wieder auf der Suche nach einem anderen Weg. Doch es gab nur drei Wege. Den Weg zurück. Den Weg an den Drachen vorbei oder mein Portal. Doch egal, welchen Weg er vorhatte zu gehen. Für mich kam nur der eine infrage. Den an den Drachen vorbei. Ich konnte nicht beim erstbesten Hindernis alles fortwerfen und einfach aufgeben. Wenn die Gegenstände wichtig für das Ritual waren, dann brauchten wir sie eben auch. Alle. „Aber du weißt genauso gut wie ich, dass es keinen anderen Weg gibt, um das Böse zu besiegen. Entweder das hier", ich zeigte meinerseits auf die Drachen „oder meinen Tod!"

Bei diesen direkten Worten zuckte Elias zusammen. Resigniert senkte er den Blick. „Ich kann dich nicht solcher Gefahr aussetzten. Die Drachen werden uns in Stücke reißen, bevor wir auch nur in die Nähe des Gegenstandes gekommen sind!" Er fasste mich an den Schultern und sah mich aus leuchtenden Augen an. Seine Magie pulsierte unter seiner Haut und griff nach meiner. Und meine reagierte, sie strich über seine, beruhigte und liebkoste. Ließ ihn Zuversicht spüren und an unser Vorhaben glauben. Meine Hände flach an seiner Brust ruhend sah ich ihm in die Augen. Lächelte ihn liebevoll und gleichzeitig erhaben an. „Das glaube ich nicht Elias. Ich glaube das sie uns nichts tun. Mein Gefühl sagt mir, dass sie hier auf uns gewartet haben." Elias sah mich an, als hätte ich den Verstand verloren. „Bist du verrückt geworden? Warum sollten sie hier auf uns warten?" „Weil es ebenso ihre Bestimmung, wie unsere ist, hier aufeinandertreffen!" Mit diesen Worten und voller Zuversicht riss ich mich von Elias los und bewegte mich zur Mitte der Höhle. Aufrecht und voller Stolz. Den Blick gehoben, die Schultern durchgedrückt. Als wäre es das normalste der Welt, ging ich auf die Drachen zu. Vor vermeintlichem Schock starrte Elias mir erst kurz hinterher, ehe er sich entschloss mit mir zu gehen. Er holte auf und so gingen wir Seite an Seite auf die Drachen zu. Hin zu den Monstern, die darüber entschieden, ob wir lebten oder starben.

Der größte der Drachen bemerkte uns als erster. Zeitlupenartig drehte er sich in unsere Richtung, was mir noch einen Moment gab, um ihn in Augenschein zu nehmen. Ihn zu betrachten. Seine im Grund schwarzen Schuppen, glänzten Rot im Licht der einfallenden Sonne. Sonne? Ein kurzer Blick an die Decke werfend erkannte ich ein Loch, das gerade groß genug war, damit die Drachen hier entfliehen konnten. Als er seine Drehung vollendet hatte und in unsere Richtung stand, erschrak ich fast zu Tode. Mein Atem ging Stoßweise und für einen kurzen Moment war ich mir mit meinem Vorhaben nicht mehr so sicher. Meine Haltung korrigierte ich sofort, als ich bemerkte, dass ich auch offensichtlich gestrauchelt hatte. Während der Drache sich vollends zu seiner vollen Größe aufrichtete, schienen auch die anderen drei Drachen sein Verhalten zu bemerken und taten es ihm nach. Ich schluckte trocken. Spürte Elias in meiner direkten Nähe. Merkte seinen Arm an meiner Schulter und war unendlich froh, dass er diesen Wahnsinn einfach mitgemacht hatte. So standen wir von Angesicht zu Angesicht vier ausgewachsenen Drachen gegenüber. Mein Körper spannte sich ganz automatisch an, ich war bereit mich zu verteidigen, falls nötig. Meine Arme angewinkelt mit nach oben gerichteten Handflächen, war ich bereit mein Geschoss loszulassen, wenn es der Umstand erforderte. Innerhalb von Sekunden hätte ich meine Energiegeschosse bereit zum Abschuss.

Das Bild, das sich für Außenstehende bot, musste imposant gewesen sein. Vier ausgewachsene Drache unterschiedlicher Herkunft, unterschiedlicher Größe, Farbe und Art vor zwei im Vergleich winzigen, aber nicht weniger mächtigen Magiern. Abwartend standen wir voreinander. Keiner bewegte sich. Keiner sagte etwas. Kaum ein Geräusch drang durch die Höhle. Bis der größte, der schwarze Drache, mit einem Zischen einen Schwall Rauch aus seinen Nüstern in unsere Richtung blies. Hustend hielten wir uns die Hände vor Mund und Nase. Wichen jedoch nicht zurück. Auch, wenn ich kurz das Bedürfnis danach verspürte. Okay … Vielleicht doch keine meiner besten Ideen, einfach so hier rein zu stapfen.

Nachdem sich der Rauch verzogen hatte und ansonsten nichts weiter passiert war, betrachtete ich die Drachen genauer. Obwohl die Drachen sich einander sehr ähnlich schienen, waren sie so unterschiedlich wie Tag und Nacht. Der körperlich Größte war der schwarze Drache. Der, der direkt vor uns stand. Die Schuppen glänzten rot wie Feuer und an seinem Schwanz befanden sich vier riesige Stacheln, die er nur kurz schwenken hätte müssen, um uns zu durchlöchern. Links neben ihm stand ein roter Drache, dessen Schuppen im Licht grün schimmerten. Es sah sonderbar aus. Wenn ich es jemandem erklären müsste, dann würde ich es beschreiben, als würde Wiese über Feuer wachsen. Aus seinem Kopf prangten zwei gebogene Hörner hervor, die nach oben hin spitz zuliefen. Zum Glück hatte er nicht auch noch Stacheln am Schwanz. Rechts vom schwarzen Drachen war ein kleinerer, aber nicht minder angsteinflößender Drache. Er hatte dunkelbraune Schuppen, die blau schimmerten, wenn das Licht darauf traf. Seine Augen sahen uns durchdringend an und es war, als würde er durch uns durchsehen. Doch der imposanteste und schönste der vier war auch gleichzeitig der kleinste. Na ja, sofern man so Wesen als schön bezeichnen konnte. Seine Schuppen waren reinweiß und wenn das Licht darauf schien, glitzerten sie wie tausende Sterne. Er hatte weder Stacheln noch Hörner und wirkte friedlicher als die anderen.

Und dann kam langsam Bewegung in die Drachen. Der Weiße schritt bedacht auf mich zu. Betrachtete mich, genau wie ich ihn. Elias neben mir versteifte sich und Griff nach meiner Hand, zur Flucht bereit.

„Wer seid ihr?", richtete der Weiße seine Worte an uns. Dabei sprach er nicht wirklich. Seine Stimme war in nur in meinen Gedanken. Obwohl ich es vernahm, hörte es sich dennoch so an, als würde er tatsächlich sprechen. Wenn man genau hinhörte, hörte man den kleinen Hall, den seine Stimme in meinem Kopf erzeugte. Eben, weil es keine gesprochenen Worte waren.

Kurz nickte ich, bevor ich zu sprechen begann. Ob ich damit grüßte oder mir selbst das Einverständnis gab zu sprechen, war mir selber nicht klar. Doch bei einem war ich mir sicher. Ich wusste, was ich wollte. „Ich bin Samantha von Elysion, Prinzessin von Maganon. Wir sind gekommen, um den Gegenstand zu holen, der sich in eurem Besitz befindet!" Ich sprach mit so einer Selbstverständlichkeit und Autorität in meiner Stimme, dass ich selbst von mir beeindruckt war. Ich war fokussiert und würde weder Schwäche noch Angst zeigen. Mit hocherhobenem Kopf und stolzer Haltung erwartete ich die Reaktion des Drachen. Elias spiegelte scheinbar meine Körperhaltung, straffte ebenfalls die Schultern und stellte sich aufrecht hin. Immer wenn ich ihn so stehen sah, wurde mir warm ums Herz, weil ich wusste, dass dieser Stolze Mann zu mir gehörte und ich wusste, dass ich mich immer auf ihn verlassen konnte. Der Krieger in ihm war bereit, ich sah es an seinen Augen, die weiterhin leicht glühten. Wie ein Fels in der Brandung war er an meiner Seite und starrte den Drachen an. Seine Muskeln schienen bis zum äußersten gespannt und ich sah seine Halsschlagader vor Anspannung pulsieren.

Der Drache riss mich aus meinen Gedanken. „Was wollt ihr mit dem Spiegel?"

Spiegel? Es war ein Spiegel? Es war irgendwie suspekt, dass wir nach Gegenständen suchen mussten, von denen wir nicht mal wussten, um welche es sich handelte. Wie sollte ein Spiegel für ein Ritual nützlich sein? Egal. Ich warf die Gedanken beiseite und konzentrierte mich wieder auf das hier und jetzt. Später konnte ich mir dann Gedanken um das Ritual machen. „Wir brauchen ihn für ein Ritual!"

„Welches Ritual wäre wichtig genug, einen der mächtigsten Gegenstände Maganons gebrauchen zu müssen? Was wollt ihr bezwecken?" Der Drache sprach in drohendem Ton, er würde uns den Spiegel nicht einfach so überlassen. Die Chancen ohne Ärger hier raus zu kommen, schwanden geschwind.

Meine stolze Haltung ein wenig aufgebend, gewährte ich den Drachen einen Blick in meine Seele. Mein wahres ich war gespalten zwischen Schuld und Angst. „Ich teile mir meinen Körper mit dem Bösen. Ihr könnt es nicht sehen, aber es ist da." Kurz senkte ich den Blick, bevor ich wieder voller Eifer den Drachen mit meinem Blick, meiner Entschlossenheit durchbohrte. „Solange es in mir ist, besteht für jedes Lebewesen Gefahr. Sowohl in Maganon, als auch in der Menschenwelt. Es gibt keinen Weg an diesem Ritual vorbei. Ich muss es durchführen, um es aus mir zu bannen!"

Kommentarlos drehte sich der Drache zu seinen Artgenossen um und sah einem nach dem Anderen durchdringend in die Augen. Es wirkte, als würden sie stumm kommunizieren. Umso länger es dauerte, umso unwohler wurde mir. Tief einatmend schloss ich die Augen und konzentrierte mich darauf Ruhe zu bewahren.

Elias trat ganz nah an mich ran. „Keine Angst Sam, wir bekommen das schon irgendwie geregelt." Kurz darauf knuffte Elias mich in die Seite und ich öffnete die Augen.

Der Drache hatte sich wieder uns zugewandt und trat einen kleinen Schritt in meine Richtung. „Wir können ihn euch nicht einfach überlassen, ohne zu prüfen, ob es stimmt, was ihr sagt."

„Aber wie …", mitten im Satz spürte ich die Kralle des Drachens an meiner Schläfe und wie sie in meinen Kopf eindrang. Er hatte sich so schnell bewegt, dass ich es nicht einmal wahrgenommen hatte. Der Schmerz zerriss mich, breitete sich von meinem Kopf in Sekundenschnelle durch meinen gesamten Körper aus und verbrannte mich von innen. Und mit dem erstickten Schrei Elias' im Ohr, brach ich zusammen.

Benommen blinzelte ich gegen die Helligkeit an. Versuchte zu erkennen, wo ich war. Die Augen fast vollständig zusammengekniffen erkannte ich einen Raum. Oder war es gar kein Raum? Zumindest sah ich keine Wände, keinen Boden und keine Decke. Ich stand einfach nur irgendwo irgendwie rum. Ich spürte nichts und meine Gedanken waren trüb. Alles war dumpf. Alles irgendwie im Hintergrund. Nichts bekam ich zu fassen. Als ich an mit herunterblickte, erkannte ich, dass ich nackt war. Wieso war ich nackt? Hmm ... Schulterzuckend nahm ich auch das hin. Zeitverzögert und langsam kamen die Bilder zurück. Die Bilder der Höhle, der Drachen und der Schmerz, als die Kralle in meinen Kopf eindrang. Gerade als der Schmerz sich erneut ausbreiten wollte, materialisierte sich vor mir der Weiße Drache.

„Hallo Samantha, du hast meine Prüfung bestanden. Na ja, nennen wir es eher einen Test. Denn, wenn du es nicht ernst gemeint hättest mit dem, was du mir sagtest, würdest du jetzt nicht so hier stehen."

Prüfung? Wann war ich geprüft worden?

„Da du hier als deine reine, deine gute Form vor mir stehst, heißt es, dass du aus der richtigen Motivation handelst. Dass du keinen Hintergedanken hattest." Er nickte mir zu. Es erinnerte entfernt einer Verbeugung. „Du stehst hier vor mir, in deiner Urform. Die Form, die dir vorherbestimmt war, bevor der Kampf in deinem Inneren entbrannte. Du bist der helle, der gute Teil. Doch das Böse, was dir innewohnt, wird dir diesen Teil nicht lassen. Es wird mit allem, was es hat, versuchen dich zu stürzen. Sei wachsam." Er machte eine kurze Pause, ließ die Worte wirken. Und sie verfehlten ihre Wirkung nicht. Schauer durchliefen meinen Körper. „Doch du bist mächtig. Glaube mir, wenn ich dir sage, dass du keine Vorstellung davon hast, wie mächtig du wirklich bist und sein kannst. Und leider weißt du auch nicht, zu was das Ritual imstande ist und was es mit dir macht." Er sah mich durchdringend an, fast beschwörend „Denn das Ritual kann zwei Ausgänge haben. Entweder erreichst du was du willst, das Böse wird gebannt und du lebst. Oder du stirbst bei dem Versuch das Böse zu bannen. Du wirst kämpfen müssen. Immer und immer wieder." Sein Blick richtete sich kurzweilig in die Ferne, ehe er mich wieder fixierte „Wir waren nur der Anfang. Versuche Menschen, die dich Lieben um dich zu sammeln. Liebe war und ist noch immer die stärkste Waffe gegen das Böse ... Samantha, ich habe deine Aufrichtigkeit gesehen und gespürt. Deine Liebe empfunden und dein Leiden geteilt. Deinen Schmerz gesehen und deine Einsamkeit gespürt. Du bist reinen Herzens. Und da du als reinstes Herz vor mir stehst, kann ich deiner Bitte nachgehen und dir den Spiegel überlassen. Achte darauf, dass niemand außer dir und deinem Begleiter erfährt, dass du ihn hast. Lass den Schatten deiner Seele nicht das Licht deiner Zukunft bestimmen." Mit diesen Worten war ich zurück in die Realität geschleudert worden.

Auf dem Boden kauernd, meine Knie umschlungen, wachte ich auf. Meine Umgebung nahm langsam Konturen an und der Boden, auf dem ich lag, gab mir schmerzlich zu verstehen, wie steinig, uneben und kalt er war. Mein gesamter Körper zitterte. Bei mir erkannte ich Elias in seiner Krieger Gestalt. Über mich gebeugt, hielt er Energiegeschosse in seinen Händen, die er auf die Drachen richtete, um mich vor ihnen zu beschützen.

„Elias?", machte ich krächzend auf mich Aufmerksam.

Er sah zu mir herunter, erleichtert, hielt die Hände aber weiterhin kampfbereit erhoben.

„Sie tun uns nichts, Elias!" versuchte ich ihn zu besänftigen.

„Ach ja? Und was war das, was der gerade mit dir gemacht hat, hm?" fragte er gereizt.

„Ich werde es dir erklären, aber hör damit auf, bitte." Während ich versuchte zu ihm durchzudringen, deutete ich auf seine Hände und setzte mich aufrecht hin. Man war das alles anstrengend. Ich schnaufte vor Erschöpfung. Die Geschosse verpufften, als Elias seine Hände senkte und sich zu mir auf dem Boden setzte. Ohne darüber nachzudenken, zog er mich liebevoll und vorsichtig auf seinen Schoß. Mit meinem Kopf an seine Schulter gelehnt, erklärte ich ihm, was gerade passiert war. Und die Drachen ließen uns allein.

Nachdem ich Elias alles berichtet hatte und ich mich wieder fit genug fühlte, um aufzustehen, begaben wir uns ohne weitere Zwischenfälle in die Mitte der Höhle und ich sah den Gegenstand. Sah die Drachen, die uns wachsam beobachteten. Abwartend standen sie im Halbkreis um den Spiegel herum.

Die Höhle wirkte mit einem Mal viel größer, viel imposanter. Wo gerade eben noch einzig rauer Stein in der Wand zu entdecken war, strahlten uns nun verschiedenfarbige, mit Edelsteinen besetzte, Ornamente entgegen. Überwältigt von ihrer Schönheit blieb ich stehen und sah mich um. In Stein gehauene Geschichten sprangen mir förmlich ins Auge. Ich erkannte Wälder und mir unbekannte Wesen. Dörfer und Menschen.

Mich um meine eigene Achse drehend, fuhr mein Blick zu jedem einzelnen Bild. Weiter links besah ich das Abbild einer kleinen Familie, wobei die Eltern das Kleinkind freudestrahlend in die Luft warfen, um es einen Augenblick später wieder aufzufangen. Eine Frau mit einem Kind in liebevoller Umarmung. Ein Mann vor seinem Schloss von Stolz gewellter Brust. Ein Mädchen allein in einer fremden Welt. All diese Bilder folgten keinem Muster und doch schienen sie mir etwas mitteilen zu wollen. Als mein Blick beim letzten Bild haften blieb, nahm es mir den Atem. Ich sah hunderte Drachen auf dem Boden liegend. Durch die viele roten Edelsteine, die dieses Bild verzierten, wurde mir klar, was es darstellen sollte. Ich schluckte gegen die Übelkeit an, die mich übermannen wollte. Denn ich erkannte, was hier gemalt war und verstand jetzt, wieso Elias glaubte, es gäbe keine Drachen mehr. Auf dem letzten Bild sah man die letzten Augenblicke der Drachen. Aller, außer der vier, die vor uns standen. Mit Tränen in den Augen sah ich sie an.

„Man kann nicht ewig Leben, das Schicksal hatte sich gegen uns entschieden." Es hörte sich überzeugend an. Doch unter der ganzen Fassade spürte ich den Schmerz und eine einsame Träne bahnte sich seinen Weg.

„Mach dir keine Sorgen Prinzessin, wir wussten, was auf uns zukam und wissen was auf uns zukommt. Wir sind bereit."

In Ermangelung an Worten nickte ich ihm nur zu. Wie konnte man so im Reinen mit sich und der Welt sein? Ich ging den letzten Schritt und trat vor den Spiegel, der fast lieblos auf dem Boden lag. Es wirkte fast so, als hätte jemand den Spiegel einfach verloren oder vergessen. Eine Welle der Erleichterung durchströmte meine Venen. Obwohl es der erste von vielen war, wurde die Hoffnung, der Glaube an unseren Erfolg immer größer.

Sorgsam nahm ich den Handspiegel an mich und betrachtete ihn. Zerbrechlich und geheimnisvoll lag er in meiner Hand. Kaum vorstellbar, was für Kräfte ihm innewohnen mussten, um Teil eines scheinbar so mächtigen Rituals sein zu können. Und gleichzeitig war er wunderschön. Meine Finger strichen sanft über das kühle Metall des Spiegels. Silbern glänzend, als war er gerade noch poliert worden, strahlte er mir entgegen. Etliche geschlossene

Rosenknospen bildeten den Rahmen des Spiegels. Der Griff erstrahlte ebenfalls silbern und sah aus, als würde er mehreren ineinander verwobenen Rosenstielen bestehen, die etwas dunkler gearbeitet worden waren. Auch einige Dornen konnte ich an ihm erkennen. Kurz berührte ich das Glas des Spiegels und spürte eine kleine Welle seiner Energie, seiner Macht, die sich noch vor uns verborgen hielt. Neugierig drehte ich den Spiegel um und erkannte auf seiner Rückseite eine Inschrift, in einer mir unbekannten Sprache. Fragend sah ich zu Elias, der jedoch nur mit den Schultern zuckte. Was diese Inschrift zu bedeuten hatte, würden wir noch herausfinden, dessen war ich mir sicher.

Die Drachen kamen näher an uns heran und blieben in einer Linie uns gegenüber stehen, ehe der Weiße erneut seine Worte an uns richtete. „Wir werden an eurer Seite kämpfen, Samantha. Wenn es so weit ist, werden wir da sein und uns dem Stellen, was den Rest von uns ausgerottet hat."

Als wollten sie sich vor mir verbeugen, neigten sie ihre Köpfe. Demutsvoll erwiderte ich diese Geste. Und gerade als ich zum Dank ansetzen wollte, ergriff uns ein Sog und wir wurden fortgerissen. Die Höhle verschwand. Ebenso die Drachen.

Kapitel 3

Elias

Taumelnd und mit rudernden Armen versuchte ich, nicht zu fallen, während es um mich herum ohrenbetäubend krachte. Vergeblich. Denn ich traf unsanft auf dem harten Boden auf. Ich war jedoch nicht der einzige. Irgendetwas fiel ebenfalls, denn es klirrte und kurz darauf hörte ich ein Fluchen.

„Scheiße, was war das?"

Ich sah mich ruckartig um, suchte die Umgebung nach Gefahren ab und atmete tief durch. Ich fühlte, wie die Anspannung aus meinen Schultern wich, als das vertraute Bild meines Wohnzimmers um mich herum aufstiegt. Denn anstatt mit einem Portal weiterzureisen, waren wir von den Drachen wieder zurückgeschickt worden. Wir waren inmitten meiner Wohnung.

In dem Moment, als das Portal uns verschluckte, wich der Krieger in mir zurück. In meiner normalen Gestalt saß ich nun, mit Jeans und Shirt bekleidet, mit dem Hintern auf dem Boden. Erneut ließ ich den Blick über die vertraute

Umgebung streifen und suchte fast panisch nach Sam, weil ich sie nicht sofort erhaschte. Als ich sie einen Bruchteil später entdeckte, wie die den Spiegel schnell in ihre Tasche packte und sich dann zu mir umdrehte, atmete ich befreit ein und meine Panik wich. Ein feines Lächeln umspielte meine Lippen. Auch Sam wirkte erleichtert. Wir waren unserem Ziel einen Schritt nähergekommen. Denn wir hatten nicht nur den ersten Gegenstand, sondern auch ein Versprechen, das uns Mut machte. Die Drachen waren auf unserer Seite. Und im Falle des Falles würden sie an dieser mit uns Kämpfen.

Ich stand auf und machte zwei Schritte in Sams Richtung, kam jedoch nicht weit. Lena war schneller. Sie war von ihrem Platz aufgesprungen, schnitt mir dabei den Weg ab und warf sich in Sams Arme. Die Erleichterung, die von den beiden zu mir herüberschwappte, war fast körperlich spürbar. „Was ist passiert? Was musstet ihr tun? Habt ihr es geschafft, sind wir hier fertig? Was habt ihr gefunden? Können wir weg?", stammelte Lena.

Mir schwirrte der Kopf bei so vielen Fragen. Und noch während ich diese zu sortieren versuchte und nach den richtigen Worten rang, hatte Sam sich schon gefangen. Mit starrem aber gefasstem Blick sah sie Lena an und schob sich behutsam aus der Umklammerung. „Wir sind ein Stück weiter, ja. Aber geschafft haben wir es noch nicht", antwortete Sam gedämpft. Dabei sah sie traurig und niedergeschlagen erst zu Lena und dann zu mir. Obwohl der Blick nur für den Bruchteil einer Sekunde getrübt war, habe ich es genau gesehen. Die perfekte Fassade wieder aufgesetzt, wandte sie sich an Lena. „Ich danke dir für deine Hilfe. Ohne dich hätten wir es nicht geschafft!" Erneut nahmen die beiden sich in den Arm.

Für mich sprach Sams Gesicht und ihre Haltung Bände. Die letzten Wochen waren nicht spurlos an ihr vorübergegangen. Sams Schultern sanken und ihre Arme zitterten leicht. Tiefe Schatten lagen unter ihren Augen, die normalerweise funkelten, jetzt aber matt wirkten. Die Bürde, die ihr zu tragen auferlegt wurde, kostete sie in diesem Moment zu viel Kraft. Sie sog viel zu schwer an ihr. Ich sah die Erschöpfung in ihren Augen. Sie blickten mir matt entgegen. Müde. Trostlos und ohne Leben.

Lena hingegen schien das alles nicht aufzufallen. Es war, als würde sie nur das erkennen, was Menschen ihr zeigen wollten. Sie blickte nicht hinter die Masken eines Menschen. Sie akzeptierte ganz einfach das ihr vorgespielte. So mimte Sam nach außen hin die Starke, die Selbstsichere, doch innerlich war sie noch immer meine Sam, die schüchterne, die zurückhaltende. Nicht die, die im Mittelpunkt stand, von der alles abhing und die, die Last der Welt trug.

Meinem Herzen und meiner Liebe folgend ging ich auf sie zu. Wie von einer unsichtbaren Macht zu ihr hingezogen, bewegten sich meine Beine fast von selbst. Ich konnte dem nichts entgegensetzen, selbst wenn ich die Kraft dazu gehabt hätte. Meine Hände ballten sich unwillkürlich, als ob ich sie schon in meinen Armen halten würde. Jedes Mal, wenn unsere Blicke sich trafen, wollte ich sie an mich ziehen und ihr meine Stärke leihen. Ich wollte sie halten und nie mehr loslassen. Wollte sie wissen lassen, dass ich immer bei ihr sein würde, dass sie die Last nicht allein tragen musste.

Gerade einmal zwei Schritte hatte ich getan, als sie zurückwich und ihre Augen panisch durch den Raum irrten. Mein Verstand setzte wieder ein und ich tat es ihr nach, suchte ebenfalls nach der Gefahr, die sie zu spüren glaubte. Schnell besah ich unsere Umgebung, doch schien für mich alles normal zu sein. Die Gerüche der Stadt, die Farben der

Welt, selbst die Geräusche, die ich vernahm, waren alltäglich. Menschen, Autos, Busse. Es war alles wie immer. Und doch hatte sich irgendwas innerhalb des Bruchteils einer Sekunde verändert. Und als ich erneut zu Sam sah, verstand ich. Die Gefahr war nicht um uns herum. Sams Augen schossen hektisch hin und her, als ob sie unsichtbare Gespenster verfolgten. Ihre Lippen bewegten sich lautlos und ein seltsames Vibrieren breitete sich um sie aus, ließ die Luft flimmern. Nach und nach griff sie auf die Umgebung über. Und selbst für Lena schien es spürbar zu werden, denn sie trat langsam zurück, obwohl sie nicht genau wissen konnte was los war.

Mein Körper zitterte und ich stellte mich sicherer hin. Aber es waren nicht meine Knochen oder Muskeln, die das Vibrieren verursachten. Nein! Der Boden unter uns begann zu beben. Die Macht pulsierte wild und unbändig. Wie eine Windhose sammelte sich die Luft, sichtbar durch die Magie, die sie durchzog, um Sam. Sie selbst bildete das Auge des Orkans. Und alles außerhalb dieses Auges wurde vom Luftstrom erfasst und mit voller Wucht weggedrückt. Umso länger er andauerte, umso stärker wurde dessen Kraft. Dieses Konstrukt entwickelte sich zu einem Energiestrudel, der alles vernichten wollte.

„Haut ab!", presste Sam aus zusammen gebissenen Zähnen hervor. Ihre Anstrengung zeigte mir, dass sie bereits kämpfte. Ihre ganze Körperhaltung sprach von einem enormen Kraftakt. Ihre Haare flogen wild umher, die Kleidung zerrte an ihrem Körper und wurde von den Energien mitgerissen. Immer wieder änderten sie die Richtung. Sie kniff ihre Augen fest zusammen, die Hände zitternd zu Fäusten geballt. Ihr gesamter Körper schien unter Hochspannung zu stehen. Doch egal, was sie glaubte, ich ließ mich von ihr nicht vertreiben. Egal was für einen Kampf sie ausfocht, ich würde an ihrer Seite stehen.

So ging ich langsam auf sie zu. Gegen ihre Energien ankämpfend strauchelte ich mehr, als dass ich gerade lief. Doch egal, was sie mir entgegenbringen wollte, ich würde mich dagegen wehren, ich würde mich nicht vertreiben lassen. Auf meinem Weg zu ihr überlegte ich mir einen Plan, irgendetwas, um ihr zu helfen. Ich beobachtete ihre Haltung, ihre Magie, ihren Kampf, als mich ihre Augen plötzlich fixierten und ich das Böse darin aufblitzen sah. Kurz zuckte ich zurück. Erschrocken von der Macht dieses Blickes. Ich schluckte und schüttelte den Kopf. Nur einen Bruchteil einer Sekunde erlaubte ich mir diese Regungen, dann straffte ich die Schulter, fasste mich wieder und ging nun noch langsamer als vorher auf sie zu. Ich musste genau beobachten was sie tat. Immer darauf bedacht, auszuweichen oder ihr entgegenzuspringen, je nachdem, was nötig war. Zwar wusste ich nicht genau, was los war, aber ich musste etwas unternehmen. Entweder half ich Sam oder war wenigstens bei ihr. Als sich ihr Körper anspannte und sie sich breitbeiniger hinstellte, schluckte ich hart. Sie suchte einen festeren Stand, fast so, als wollte sie mich angreifen.

Ich drehte mich zu Lena, die wie angewurzelt im Raum stand. Panisch sah sie zu Sam, wurde immer blasser und zitterte am ganzen Leib. „Lena, hau ab!", schrie ich ihr zu.

Genau in dem Moment, als ich meinen Blick wieder auf Sam richtete, machte sie einen Satz in meine Richtung. Und nun standen wir etwa eine Armlänge voneinander entfernt. Der Energiestrudel umfasste uns beide. Inmitten dieses Monsters aus Energie fasste er nach meiner Kleidung und peitschte seine gesamte Magie um mich herum. Anders als Sam stand ich nicht exakt in der Mitte. Immer wieder spürte ich, wie dieser Strudel nach mir greifen, mich mit sich zerren und mich vernichten wollte. Als ich halbwegs sicher Stand, hob ich den Blick und sah in Sams Gesicht. Wut schoss durch meine Venen. Denn ich erkannte, was ich bereits vermutet hatte. Das hier war nicht meine Sam. Das Lächeln, das ihr Gesicht zierte, jagte mir eine Gänsehaut über den Körper. Und als sie ihre Hände nach oben nahm und Magie in ihnen sammelte, wurde es auch nicht besser. Die Geschosse, die sie in Händen hielt, waren pechschwarz. Ich schluckte, wusste ich doch genau, was das bedeutete. Fieberhaft suchte ich nach einem Ausweg und griff nach allem, was mir einfiel. „Sam, ich bin es! Elias." Ich versuchte nach ihr zu greifen, doch sie wich mir aus „Sam, sieh mich an!" Meine Stimme wurde immer lauter und panischer. Meine kurze Wut schlug in Verzweiflung um. Niemand hatte uns gesagt, was wir in solchen Momenten unternehmen sollten, wie wir es schafften, dass Sam wieder meine Sam wurde. Also tat ich, was mir durch den Kopf schoss. Ich rief den Krieger, spürte wie meine Kleidung durch die Kampfmontur ersetzt wurde. Das Zerren der Magie wurde weniger. Ich spürte der Panzerung nach, die erschien um sowohl meine Brust und meinen Rücken, als auch die wichtigsten Organe zu schützen. Und obwohl ich es nicht nutzen wollte, ließ ich auch mein Schwert erschienen. Sams Reaktion darauf war ein diabolisches Lachen. Tief aus ihrem Inneren. Als wollte sie sich über mich lustig machen. Das Blut gefror in meinen Adern. Was war passiert, dass das Böse so zurückkam?

Und dann funktionierte ich nur noch. Komplett in den Kriegermodus gewechselt und alle Fragen in den Hintergrund gedrängt, sprang ich mit einem Satz um sie herum. Sie tat es mir nach. Und obwohl sie schnell war, war sie nicht gut genug trainiert. Ihr fehlte die praktische Anwendung im Kampf. So konnte ich ihre fehlende Deckung nutzen, stieß meine Hand mit dem Schwert vor und schlug ihr den Knauf meines Schwertes in den Magen. Es tat mir fast körperlich weh, ihr Schaden zuzufügen, doch hatte ich eine Wahl? Auf den Treffer hin keuchte sie und sackte kurz zusammen. Als wäre sie von dem Schrecken abgelenkt, schrumpften und verpufften die Geschosse in ihren Händen vollends. Und ich sah meine Chance. Ihre Verwirrung nutzend stellte ich mich hinter sie und klammerte mich so fest ich konnte an sie. Mit meinen Armen fixierte ich ihre Hände vor ihrem Körper. Mein Schwert ließ ich verschwinden.

„Lass mich los, elender Krieger! Ich werde dich töten!" Ihre Stimme troff vor Hass.

„Sam, bitte", flüsterte ich liebevoll in ihr Ohr „Sam, das bist nicht du, du willst das hier alles nicht. Lass es nicht gewinnen. Du bist stärker als …"

Aus dem Nichts riss sie ihren Kopf vor und noch ehe ich reagieren konnte, ließ sie ihn schon wieder nach hinten krachen. Dabei traf sie mich hart am Kinn. Schmerz jagte durch meinen Kiefer und ich strauchelte kurz, ließ sie aber nicht los. Ich wusste, würde ich sie jetzt loslassen, waren wir beide verloren. Ich musste mir etwas einfallen lassen, irgendwas, wobei ich Sam nicht verletzte. Doch egal, wie lange ich überlegte, ohne Kampf würde das nicht funktionieren. Meine Arme zitterten vor Anstrengung. Immer noch hielt ich sie eng umschlungen und rief erneut mein Schwert. Sammelte die Macht des Kriegers in meinem Körper. Spürte der Magie nach, wie sie meine Knochen und Muskeln härtete. Von dem Kampf angestachelt rauschte das Blut durch meinen Körper. „Es tut mir leid Sam!" Mit diesen Worten drehte ich sie um die eigene Achse und trat gleichzeitig zwei Schritte zurück. Als sie mit Abstand zum Stehen kam, beäugten wir uns abwartend. Aus ihren mattschwarzen Augen sah sie mir entgegen und ich wusste, dass das Böse mich nicht verschonen würde, wenn ich auch nur einen Fehler machte. Kurz sah ich mich um, Lena war zum Glück schon verschwunden.

„Du wirst mich nicht besiegen, genauso wenig wie die Prinzessin das jemals gekonnt hätte. Ihr werdet alle sterben!", spie mir die böse Sam entgegen.

„Das werden wir noch sehen!" Mit der linken Hand beschwor ich meinen Schutzschild auf und ließ gleichzeitig mein Schwert verschwinden. An seiner statt formte ich ein Energiegeschoss und ging langsam auf Sam zu. Kurz zuckte Sam vor mir zusammen und die Augen wurden wieder die meiner Sam. Doch nur kurz. Ich musste etwas tun. Jetzt! Denn wieder übermannte das Böse meine Sam und ihre schwarzen Augen starrten mich hasserfüllt an. Ich fand nur diesen einen Ausweg. Ich musste sie Bewusstlos schlagen. Also tat ich das, was ich hierfür benötigte, sprang nach vorne und drückte Sam mein Energiegeschoss gegen die Brust. Mit einem halben Lächeln auf den Lippen hob ich den Blick, wollte dem Bösen in die Augen sehen. Wollte meinen Triumph genießen. Und bemerkte zu spät, dass nicht die Böse Sam mir entgegenblickte, sondern meine. Sofort erstarb meine Euphorie und Panik machte sich in mir breit. Was hatte ich getan? Aus ihren Augen sprang mir pures Entsetzen entgegen kurz bevor sie auf die kreisrunde Wunde in ihrer Brust hinabsah. Vor der noch immer meine Hand lag.

Ihr flackernder Blick traf meinen, ehe sie versuchte aus all dem ein Bild zu machen und zu sprechen. „Elias? Was ...?" Hauchte sie noch, ehe sie zusammenbrach.

„Sam? Nein, verdammt. Sam ...!" Scheiße. Scheiße. Scheiße. Den Schachzug hatte ich nicht kommen sehen. Es hatte mit mir gespielt und gewonnen. Ich hatte meine Sam angegriffen. Bevor Sam auf dem Boden aufschlug, fing ich sie auf. Ich hielt sie fest, ließ uns gemeinsam sinken und bettete ihren Kopf in meinem Schoß. Wie konnte ich so dumm sein? Ich hätte wissen müssen, dass das eine beschissene Idee gewesen war, doch eine bessere hatte ich auch nicht gehabt.

Sam atmete hektisch, ihr Puls raste. Schweiß bildete sich auf ihrer Stirn. Sie litt Schmerzen und ich war schuld. Ein toller Beschützer war ich. Meine Hände zitterten, während Schweißperlen über meine Stirn rannen. Ich zwang mich, ruhig zu atmen, doch mein Herz hämmerte wild in meiner Brust. Dafür schlich sich Panik in meinen Adern. „Hey, kannst du mich hören? ... Sam ...?", behutsam strich ich ihr über die Wange, an der eine einzelne Träne hinab rann. Ich schluckte. Strich ihr eine Strähne hinters Ohr. Wollte, dass sie aufwachte, dass sie mich ansah. Doch es passierte nichts. Ich besah die Wunde in ihrer Brust. Ich wusste, dass sie nicht tödlich war, denn dafür hatte ich zu wenig Magie genutzt. Dieses Wissen machte es jedoch nicht besser. Das Einzige, was mir dieses Wissen brachte, war, dass ich wusste, sie überlebte. Doch wie sollte ich mir je verzeihen können, sie angegriffen zu haben? Und wie sollte sie es? Um ihr zu helfen, schickte ich ihr meine Heilmagie und nahm ihr einen Teil des Schmerzes ihrer Wunde, doch den Schmerz des Verrates konnte ich ihr nicht nehmen.

Es vergingen ewig dauernde Minuten, ehe Sam sich regte. Die ganze Zeit über traute ich mich kaum zu Atmen. Traute mich nicht, mich auch nur einen Millimeter zu bewegen. Und dann spürte ich, wie ihr Herz kräftiger schlug. Ihr Atem nicht mehr flach, sondern regelmäßig kam. Ihre körperliche Reaktion übertrug sich auf meine Anspannung. Sie zog sich langsam zurück und ich ließ geschlagen die Schultern sinken. Der Krieger aus mir wich und so blieb nur ich übrig. Ich als der Verursacher dieses Unglücks. Ich als der, der sie angegriffen und fast getötet hatte.

Um uns herum herrschte Chaos. Nichts stand mehr an seinem Platz. Der Tisch war umgestoßen, die Karte und die Figuren lagen überall verteilt in der Wohnung. Die Couch war weit an die Wand gedrückt und das Bett halb umgeworfen. Doch egal, was auch immer alles kaputtgegangen sein mochte, es war mir egal. Ich hatte Sam verletzt. Ich hatte das Mädchen verletzt, welches ich mehr liebte als mein Leben.

Dann geschah mein Wunder, denn langsam öffnete Sam ihre Augen. Blinzelte einige Male, als würde sie so das Bild, was sie sah, erst scharfstellen. Und als sie mich entdeckte und erkannte, sah sie mir tief in die Augen und lächelte. Sie lächelte? Unendlich erleichtert und gleichzeitig verwirrt, wollte ich sie hochnehmen. Sie in meine Arme schließen. Doch als sie ihren Mund bewegte, hielt ich inne. Ich hatte sie nicht verstanden. Das Blut rauschte zu laut in meinen Ohren. Sie holte erneut Luft, setzte zum Sprechen an und flüsterte kaum hörbar „Danke", dann glitt sie wieder weg. Ihre Augen fielen zu. Ihr Körper erschlaffte in meinen Armen. Jegliche Spannung war aus ihr verschwunden. War sie …?

„Sam?" Panisch zog ich sie näher an mich und griff an ihren Hals um ihren Puls zu fühlen. Hatten meine Heilkräfte nicht genügt? War das Geschoss doch zu mächtig? Eine erneute Panik drohte mich zu überschwemmen. Und dann konzentrierte ich mich, hielt meine Hand still, um den Puls zu erspüren. Und er war da. Stark und gleichmäßig. Sie lebte. Eine Welle der Erleichterung bereitete sich in mir aus. Behutsam nahm ich sie in meine Arme und trug sie zum Bett. Trat gegen das Gestell, um es wieder korrekt auf den Boden zu stellen und legte sie vorsichtig hinein. Als ich sicher sein konnte, dass sie bequem lag, setzte ich mich auf die Bettkante. Den Rücken zu Sam. Ein Gedanke ließ mich dabei nicht mehr los. Und egal, wie lange ich darüber nachdachte, ich wusste keine Antwort. Wieso hatte sie sich bedankt? Was würde ich darum geben in Sams Kopf zu gucken! Ich verstand die Welt nicht mehr. Da hatte ich sie fast umgebracht und sie bedankte sich dafür?

Meine Hände auf die Knie gestützt, dachte ich über die letzten Stunden nach. Was alles passiert war und wieso es möglich gewesen war, dass das Böse Sam übernahm. Doch all das brachte nichts. Nur Sam konnte mir sagen, was los gewesen war. Hierfür musste sie nur wieder wach werden. Resigniert hob ich die Hände und legte sie mir vor die Augen, ehe ich diese schloss. Ich zog die Luft tief in meine Lungen, versuchte mich zu beruhigen und lehnte mich weiter nach vorn. Stütze meinen Kopf nun auf meinen Händen ab. Und hörte Sams Atmen in meinem Rücken. Hörte ihm zu, wie er ein und aus floss.

***

Ich schien eingeschlafen zu sein. Denn als ich die Augen öffnete, war es bereits dunkel draußen. Mein Körper schmiegte sich an die Matratze, auf der ich lag. In dem Bett, auf dessen Kante ich vorher noch gesessen hatte. Sam lag auf der anderen, zumindest glaubte ich das. Es war zu dunkel und meine Augen hatten sich noch nicht an die Dunkelheit gewöhnt, um etwas zu erkennen. So suchte ich tastend nach Sam. Als ich beim anderen Ende des Bettes angekommen war und sie nicht gefunden hatte, sprang ich auf und schrie ihren Namen. Tausend Gedanken schossen mir durch den Kopf und Hilflosigkeit umgriff mein Herz. Ich rief so lauf ich konnte, während ich vom Bett aufsprang und mich suchend umblickte. Doch ich erhielt keine Antwort.

Ich rannte durch die Wohnung, vorbei an dem ganzen Chaos, blickte mich um und sah sie nirgends. War sie wirklich abgehauen. Und wenn ja, warum? Einen Bruchteil bevor ich aus der Wohnungstür verschwunden war, erhaschte ich einen Lichtschein. Zaghaft drang er unter aus dem Badezimmer. Lauschend, weil ich im Zweifel nicht stören wollte, blieb ich vor der Tür stehen. Konzentrierte mich auf die Geräusche dahinter. Doch mehr als das laufende Wasser der Dusche konnte ich nicht hören. Ich klopfte an und wartete. Als ich keine Antwort erhielt, griff ich nach der Klinke und öffnete die Tür einen Spalt. Von meinem Standpunkt aus konnte ich nicht viel entdecken. Ich sah das Waschbecken und den Spiegel, aber nicht das, wonach ich suchte. Also schob ich sie ein Stück weiter auf, immer damit rechnend, dass sie mich anpfiff, die Tür zu schließen. Doch es kam nichts. Keine Stimme die mich aufhielt. Kein Schrei. Einfach nichts. Langsam trat in den Raum, schloss den Durchgang hinter mir und sah zur Dusche. Der Duschvorhang war nicht ganz verschlossen, das Wasser der Dusche lief noch immer. Soweit ich erkennen konnte, stand unter der Dusche niemand. Irritiert ging ich einen Schritt näher, ließ meinen Blick weiter nach unten schweifen und entdeckte Sam endlich. Fast erleichtert betrachtete ich sie. Immerhin war sie nicht verschwunden. Doch die Erleichterung währte nur kurz. Sie lag zusammengekauert in der Duschwanne. Umschlang sich selber mit ihren Armen, als würde sie sonst auseinanderbrechen. Trauer ergriff mein Herz. Zaghaft machte ich auf mich aufmerksam. Wollte sie nicht erschrecken. „Sam?"

Doch sie reagierte nicht. Als sie auch nach dem zweiten Versuch nicht reagierte, trat ich noch näher an sie heran. Und erst, als ich genauer hinsah, erkannte ich den Schrecken. Das Wasser zog leichte rote Schlieren. Blut vermischte sich mit Wasser. Ich erstarrte. Was hatte sie getan?

Den Vorhang gänzlich zur Seite reißend stapfte ich neben sie ins Wasser. Zog sie aus der Dusche, packte ihren schlaffen Körper und legte sie auf den Badezimmerboden. Sie war blass, die Lippen leicht bläulich. Überall an ihr klebte Blut. An ihrem Gesicht, das halb im Wasser gelegen hatte. An ihrer Kleidung, ihrer Haut, einfach überall. Ich ließ meinen Blick prüfend über sie schweifen, suchte nach der Wunde und entdeckte sie an ihren Unterarmen. Je ein langer Schnitt an jedem Arm vom Handgelenk bis zur Armbeuge. Scheinbar hatte sie genau gewusst, was sie tat. Sie hatte ein klares Ziel. Ein schmerzhafter Stich fuhr durch meine Brust. Mein Herz setzte fast aus, während ich dem Blut dabei zusehen konnte, wie es ihren Körper fluchtartig verließ.

Mein Herzschlag pochte in meinen Ohren. *Poch ...* Meine Gedanken rasten. Hektisch sah ich mich um. *Poch ...* Suchte nach Dingen, die mir helfen konnten und fand genau das Gegenteil. *Poch ...* In der Dusche lag mein Rasierer, auch an ihm klebte Blut. Vermutlich hatte sie ihn genutzt. Wie lange war es schon her? *Poch ...* Das Blut floss weiterhin pulsierend aus der Wunde. Also schlug das Herz wohl noch. Und dann wurde mein Herzschlag zur Nebensache. Er wurde vom Rauschen meines Blutes verdrängt, während ich immer panischer wurde und versuchte die Blutungen zu stoppen. Kurzerhand schlag ich meine Hände um ihre Oberarme, übte Druck auf und sah mich weiter um. Ich konnte kaum mehr klar denken. Wieso hatte sie das getan? Wie konnte ich ihr helfen? Immer wieder wanderte mein Blick durch den Raum. Meine Atmung überschlug sich, mein Herz stolperte.

Warte, was tat ich hier? So konnte ich Sam nicht retten. Ich besann mich meiner Ausbildung und schloss für einen Wimpernschlag die Augen, atmete kurz durch und schaltete endlich. Rief den Krieger in mir und spürte seine Kraft.

Nutzte meine Heilmagie. Spürte, wie sie sich in meinem Herzen aufbaute, über meine Schultern in meine Arme wanderte und dann auf meine Hände überging. So schickte ich sie geradewegs in ihre Wunden. Ich sah bei der Heilung zu. Langsam versiegte das Blut, die Wunden schlossen sich und Narben entstanden. Es war nicht vollständig. Ich war noch geschwächt von der Heilung ihrer vorherigen Wunden. All meine Bemühungen reichten nicht aus. Sams Herz hörte auf zu schlagen. Die Atmung setzte aus. Sie starb.

Erneut streckte die Panik ihre Hände nach mir aus. Doch ich wusste, würde ich ihr jetzt verfallen, hatte Sam verloren. Kurz atmete ich durch. Ich musste handeln so lange ich konnte. Ich erinnerte mich an meinen Erste-Hilfe-Kurs und versuchte mich an Mund-zu-Mund-Beatmung. Gerade auf den Rücken legen, Kopf in den Nacken, Nase schließen und Atem geben. Punkt am Herzen suchen und pumpen. Ich wiederholte das Prozedere mehrere Male und hatte Erfolg. Sams Körper folgte meinen Bemühungen und ihre Atmung setzte wieder ein, das Herz pumpte gemächlich. Erleichtert darüber packte ich sie und wickelte sie sorgsam in eins meiner Handtücher. Beherzt hob ich sie hoch, trug sie vorsichtig zum Bett und legte sie behutsam ab, aus Angst ich könnte sie noch mehr verletzen. Mit kurzem Zögern legte ich mich eng an sie. Sie sollte spüren, dass ich da war. Sollte wissen, dass ich sie nie aufgeben würde.

***

Die ganze Nacht wachte sie nicht auf. Derweil bekam ich kein Auge zu. Immer wieder prüfte ich, ob ihr Herz noch schlug. Lehnte mein Ohr an ihren Mund, um ihren Atem zu spüren. Meine Sorge um Sam wuchs von Sekunde zu

Sekunde. Wieso hatte sie versucht sich umzubringen? Wie konnte sie uns das antun?

Als die Sonne den Horizont schon weit überschritten hatte, regte sich Sam. Hin und her wälzend versuchte sie mich abzuschütteln, doch ich ließ sie nicht los. Ganz im Gegenteil. Zu groß war meine Angst, sie könne sich wieder etwas antun. Also rückte ich, wenn möglich, noch näher an sie heran. Nahm sie behutsam in meine Arme. Gab ihr Wärme und Trost.

Nach einer kurzen Weile wurde sie ruhiger. Sie wehrte sich nicht mehr und drehte letztendlich ihren Kopf in meine Richtung. Aus ihrem Tränen übersäten, Gesicht sah sie mich mit erschöpften Augen an. Die Trauer und die Angst saßen tief. Ließen jeden Funken aus ihren einst glänzenden und strahlenden Augen erlöschen. Stumpf und glanzlos sahen sie mich an. Abgekämpft, aufgebend. Mein Herz zersprang unter diesem Blick in tausend Teile.

„Wieso Elias?", hauchte sie mit verkratzter, brechender Stimme.

Worauf sich das Wieso bezog, wusste ich nicht. Wollte sie wissen, wieso ich sie angegriffen hatte, oder wieso ich sie nicht habe sterben lassen? Wieso ich wollte, dass sie lebte?

„Wieso hast du mich nicht sterben lassen?", fragte sie mit zitternder Stimme in meine Gedanken hinein.

Ich zuckte vor dieser Frage zurück, lockerte meinen Griff und wollte ihr in die Augen sehen. Ihr sagen, warum nicht. Doch sie nutzte die Lücke, hob ihre Hände und schlug mir gegen die Brust. Ich rutschte dadurch unbeabsichtigt ein Stück von ihr weg. Sie war stark, doch es war mir egal. Blitzschnell umschlang ich sie mit meinen Armen, hinderte sie am Schlagen und legte mein ganzes Sein mit all meiner Liebe in diese Umarmung. Nie mehr wollte ich sie loslassen. Nie mehr wollte ich sie solche Gedanken in Erwägung ziehen lassen. Nie mehr sollte sie das Gefühl haben, so etwas tun zu müssen. „Wie sollte ich dich sterben lassen können, Sam? Wie könntest du von mir verlangen, dir dabei zuzusehen?" Behutsam strich ich ihr eine Strähne hinters Ohr. Fixierte ihren Blick. „Du bist meine Vergangenheit, meine Gegenwart und meine Zukunft. Du bist alles für mich. So wichtig, wie die Luft zum Atmen. Ich brauche dich so sehr, wie der Tag die Sonne braucht und die Nacht die Sterne."

Sie schlug die Lider nieder. Tränen rannen ihre Wangen hinab. Ihr Körper bebte.

Ich gab ihr kurz ihren Raum, doch nach einer kleinen Ewigkeit hakte ich nach. „Wieso hast du das getan?" Meine Stimme zitterte ebenfalls. Zu tief saß der Schock, dass sie so etwas wirklich hatte durchziehen wollen. Aber ich musste es wissen, musste versuchen nachzuvollziehen, woher der Gedanke kam, damit ich ihn beim nächsten Mal bereits im Keim ersticken konnte.

Wutentbrannt sah Sam zu mir auf. Ihre Augen waren nun nicht mehr so dumpf. Pure Wut schoss mir entgegen. „Wieso? … du fragst wirklich nach einem Wieso, Elias?" Sie schnaufte, strich sich grob die Haare nach hinten und setzte sich auf, rutschte weg. Und ich ließ sie gewähren. „Vor allem du müsstest wissen, wieso! Warst du es nicht, der mich angegriffen hat? Du warst es, der mir das Geschoss in die Brust gejagt hatte und mich fast umgebracht hätte!" Mit jedem Satz wurde ihre Stimme lauter, frustrierter und brach am Ende. Tränen traten ihr in die Augen.

Ich schluckte. Wagte kaum zu atmen. Sie hatte sich meinetwegen umbringen wollen? „Aber, Sam, ich hatte nicht dich angreifen, sondern das Böse aus dir verdrängen wollen. Ich sah keine andere Chance, als das. Ich …!"

„Nein! Ich habe nicht deswegen nicht weiter Leben wollen!"

Erleichtert und gleichzeitig voller Sorge sah ich sie an, verstand immer noch nicht was los war. „Aber …!" begann ich. Versuchte zu verstehen …

„Du hast keine Ahnung, Elias." Resigniert sah sie auf ihre Hände hinunter. „Du kannst dir nicht vorstellen, wie sich das anfühlt. Wie es ist, wenn es dich einfach überrennt. Meine Schwäche, meine Zweifel an mir und unserem Unterfangen nutzt und sie von der kleinen Glut zu einem Inferno aufleben lässt." Sie zog die Knie an, verschränkte ihre Arme und hielt sich selbst. Und ich saß ihr nutzlos gegenüber, nicht in der Lage sie zu trösten, nicht in der Lage sie zu halten. Ich würde nur alles schlimmer machen. „Und als wir hier ankamen, spürte ich, wie es nach mir griff und mich von mir fortzog. Es nutzt meine Unsicherheit, meine Angst davor zu versagen und meine Überforderung mit dieser Verantwortung. Es drängte mich nach hinten und ich konnte nur noch zusehen. Ich verlor die Kontrolle über meinen Körper." Ein Zittern durchlief ihren Körper. Wie gern hätte ich sie gehalten. Sie vor all dem beschützt. Doch wie sollte ich sie vor etwas schützen, dass ihr innewohnte? „Ich hörte wie es sprach, was es dachte. Ich sah wie es sich bewegte. Wurde weiter und weiter nach hinten gedrängt. Es will uns trennen, weil wir das Einzige sind, was es scheitern lassen kann." Ihr Blick traf mich unvorbereitet. Kurz loderte etwas in ihren Augen auf, dass ich nicht benennen konnte. Bevor ich es hätte genau erkennen können, war es auch schon wieder verschwunden. „Liebe ist stärker als Hass und das weiß es auch. Also hat es dich provoziert und es wusste, dass du mich angreifen würdest. Es dachte, wenn ich sehe, wie du mich angreifst, würde das mein Vertrauen zu dir brechen."

Während Sam erzählte, stockte mir der Atem. Ich konnte mir nicht vorstellen wie es war, in ihrer Haut zu stecken. Mit dieser Last zu Leben. Ich bewunderte sie dafür und gleichzeitig machte es mir unendliche Angst. Denn all diese Erfahrungen hatten sie zu ihrem Entschluss getrieben.

„So schubste es mich nach vorne, als deine Hand mit dem Geschoss auf meine Brust traf. Im ersten Moment verstand ich die Welt nicht mehr. Du hattest mich angegriffen, du wolltest mich töten. Ein einziger Gedanke schwirrte wieder und wieder durch meinen Kopf als ich zusammenbrach. Der Mann, den ich über alles liebte, wollte mich töten." Ihre Schultern bebten erneut. Den Kopf geneigt, legte sie ihre Stirn auf den Knien ab. „Doch das Bild änderte sich, jemand rückte es gerade und ich spüre, dass du mich gerettet hattest. Wenn du mich nicht angegriffen hättest, hätte das Böse einfach weitergemacht und irgendwann hätte es dich getötet." Sie hob den Kopf und sah mich an. Neue Tränen stiegen ihr in die Augen und ich wollte sie einfach halten. Für immer. „Denn was noch schlimmer gewesen wäre, als von dir getötet zu werden ist, dass ich dich getötet hätte."

Es tat weh, sie so zu sehen und nichts für sie tun zu können. Ich wusste nicht weiter. War völlig überfordert. Und stellte doch wieder die Frage, die noch immer offen zwischen uns hing: „Aber wieso wolltest du dich umbringen, wieso wolltest du mich alleine lassen, Sam?"

„Weil ich nicht ertrage, es in mir zu haben und nicht zu wissen, wie ich mich dagegen wehren kann. Ich habe Angst, dass es dich irgendwann umbringen könnte. Also dachte ich, ich rette dich und die Welt und gebe mich dafür auf!"

Ich überbrückte die Distanz, setzte mich hinter Sam und zog sie ganz eng an mich. Meine Beine links und rechts von ihr, umschlang ich sie mit den Armen und vergrub mein Gesicht in ihren Haaren. „Nie wieder darfst du so etwas tun. Hörst du? Nie wieder!" Ich strich über ihre Arme, fühlte die vernarbte Haut an ihren Unterarmen. „Wir schaffen das.

Wir holen es aus dir heraus und solange es in dir ist, werden wir einfach vorsichtig sein. Wie sollte ich weiterleben, wenn du nicht mehr da wärst? Ich könnte nicht Leben ohne dich. Bitte, ich flehe dich an, Sam, tu so etwas nie wieder." Ich rückte ein Stück um sie herum, nahm ihr Kinn in meine Hand und drehte ihren Kopf in meine Richtung, wollte das sie mich ansah. Doch sie hatte ihre Augen geschlossen, im Augenwinkel sammelten sich bereits die nächsten Tränen. „Sam? Sieh mich an. Ich bin hier. Ich weiß es hört sich blöd an, aber ich weiß, dass wir einen Weg finden werden. Bitte, gib dich nicht auf."

Langsam öffnete sie die Lider und eine einsame Träne tropfte von ihren Wimpern, floss ihre Wange hinunter. Ich küsste ihre Augenwinkel, nahm ihr die Tränen und hielt sie für einen kleinen Moment davon abzufließen. Ich sah ihr in die Augen und bis tief in ihre Seele. Mit einem Blick, der mehr sagte, als Worte es jemals vermocht hätten, schickte ich ihr alles, was ich aufbringen konnte. Alle Gefühle für sie, die Zuversicht in unser Unterfangen und das Wissen, dass wir alles schaffen konnten, solange wir daran glaubten. Mit einem unschuldigen Kuss besiegelte ich mein Versprechen und sie seufzte. Erst in diesem Moment wurde mir so richtig bewusst, wie knapp wir einer Katastrophe entkommen waren. Es schüttelte mich vor Grauen. Dann warf ich ihn ab und drückte Sam noch fester an mich. Wir hatten es überstanden.

Nachdem unser Kuss geendet hatte, schloss Sam ihre Augen und fiel in den Schlaf. Sie war erschöpft und der Blutverlust tat sein Übriges. Behutsam bettete ich sie in die Kissen und ließ sie schlafen. Immer noch mit dem Wissen, dass ich keine Ruhe finden würde. Ich hatte Angst, dass sobald ich die Lider schloss, mir jemand Sam nahm. Und wenn es sie selber war, die diese Entscheidung traf. Ich konnte es nicht zulassen. Sie war mein Leben. Das war sie schon immer gewesen. Seit ich sie das erste Mal gesehen hatte. In unserer Stadt, als sie mich mit ihren blonden Locken und ihren wunderschönen Augen angelächelt hatte. Ich war ihr verfallen. Schon immer.

Kapitel 4

Obwohl ich mir sicher war, die Augen noch nicht geöffnet zu haben, blendete mich die Sonne. Das Kitzeln ihrer Strahlen auf meiner Haut weckte mich. Ungehindert drangen sie durch das Fenster und legten sich wie eine warme Decke auf mich. Vollkommen erschöpft öffnete ich die Lider und blinzelte gegen das grelle Licht. Obwohl dieses Bild etwas Schönes haben sollte, fühlte ich mich von der Sonne verhöhnt. Genervt kniff ich die Augen zusammen und hielt mir die Hand vors Gesicht. Wie war es ihr möglich, bei all dem Durcheinander, bei all dem was passiert war, so hell zu leuchten? Wie konnte es sein, dass sich bei all dem was passierte, die Welt einfach weiterdrehte? Merkte sie denn gar nicht, dass etwas Wichtiges fehlte?

In diesem Moment machte ein Stechen in meiner Brust mir meinen Verlust mehr als deutlich. Wie ging es meiner Mutter? War sie wohlauf? Lebte sie noch? Die Gedanken von mir werfend reckte ich mich. Ich würde meine Mutter nicht retten, indem ich über sie nachdachte. Ich musste handeln. Der erste Schritt dafür, war, wach werden. Meine Arme waren träge und ließen sich nur mühsam bewegen. Das Stecken meiner Glieder tat mehr weh, als ich vermutete. Es war, als wäre alles verrostet. Fehlte nur noch das Knirschen der Gelenke. Doch nach zwei oder dreimal, lief es runder. Ich drehte mich auf dem Bett und überlegte, wie lange ich wohl geschlafen hatte, als ich eine Bewegung in unmittelbarer Nähe wahrnahm.

„Hey", flüsterte Elias mir dann ins Ohr.

Und endlich drehte ich mich zu ihm um. Erstaunt und selig stellte ich fest, dass ich in seinen Armen lag. Meine Freude weilte jedoch nur kurz und ich rückte ein kleines Stück ab. Legte mich seitlich neben ihn. Er spiegelte meine Position und wir betrachteten uns. Er sah schrecklich aus. Die blasse Haut seines Gesichtes schien von Leid und Sorge zu zeugen und betonte auf merkwürdige Weise die tiefen lilafarbenen Ringe unter seinen sonst strahlend blauen Augen. Seine schwarzen Haare standen zerzaust in alle Richtungen ab. Doch den Dolchstoß ins Herz verpassten mir seine Augen. Sie lagen matt in ihren Höhlen, jeglicher Glanz war daraus verschwunden. Einzig einen tiefen Schmerz, gemischt mit großer Sorge, fand ich in ihnen. Ruckartig drehte ich mich von ihm weg. Starrte aus dem Fenster, versuchte zu ignorieren, was ich sah und was meine Gabe mich spüren lassen wollte. Ich zog die Mauern höher, umschloss mein Herz und schloss das Fremde aus. Bewusst darüber, dass ich der Grund dafür war, dass es ihm so schlecht erging, konnte ich ihn nicht ansehen. Konnte ihm nicht nahe sein. Doch Elias ließ mich nicht fliehen. Ganz im Gegenteil. Ich spürte seine Hände an meiner Schulter, wie sie an mir zogen und mich wieder zu sich drehten. Ich konnte mich kaum wehren und so drehte er mich behutsam um, sodass ich ihn ansehen musste und dann lächelte er mich an. Mir klappte fast die Kinnlade runter. Dem konnte ich nicht folgen. Verwirrt starrte ich ihn an. Wie konnte er jetzt lächeln, jetzt, wo ich ihm die Qualen so deutlich ansah? Wo sie ihn so massiv zeichneten?

„Sam?"

Immer noch starrte ich ihn nur an. Wie er neben mir lag. Mit Trainingshose und einem schwarzen T-Shirt bekleidet. Er wirkte so erschöpft und gleichzeitig wie der stärkste Mann der Erde. Wie mein Fels in der Brandung. Sein Anblick ging mir unter die Haut.

„Es tut mir so leid, Elias! Ich wollte das alles nicht!", flüsterte ich in seine Richtung. Zu ihm gewandt versuchte ich mich zu verstecken. Legte mein Kinn auf meine Brust um ihn zumindest nicht mehr ansehen zu müssen.

Doch er hatte andere Pläne, umfasste mein Kinn und hob meinen Kopf so, dass ich ihn ansehen musste. So, dass ich keine Chance mehr hatte, mich vor ihm zu verstecken. Das Lächeln, das nun seine Lippen zierte, war kein fröhliches. Es war ein bedauerndes, ein trauriges Lächeln. „Du musst dich nicht bei mir entschuldigen, Sam. Ich weiß, dass du das alles nicht wolltest, nicht willst. Bitte nicht mich um Verzeihung." Seine Augen brannten sich in meine. Sein Atem strich über mein Gesicht. „Du leidest so sehr, dass es mich verrückt macht." Niedergeschlagen fuhr er sich durch sein Haar, zerzauste es noch mehr „Und ich habe keine Ahnung, wie ich dir helfen kann. Ich fühle mich so machtlos. Ich kann das Böse nicht aus dir herausholen und ich kann es auch nicht besiegen, solange es in dir ist!", er machte eine kurze Pause und holte verzweifelt Luft. „Sag mir was ich tun kann, um dir zu helfen? Sag irgendwas." Ein tiefer Seufzer entwich seiner Kehle, als er seine Augen schloss. Ich bettete meinen Kopf an seiner Brust. Atmete seinen Geruch ein und prägte ihn mir ein. Die Aufgabe, die uns gestellt wurde, schien uns zu übermannen und gleichzeitig schien sie ins Unermessliche zu wachsen.

Kurz lagen wir einfach nur da, während mein Gedanken rasten. Nach einem Ausweg suchten und alles immer wieder von neu betrachteten. Und dann schoss es mir wie ein Blitz durch den Kopf. Wenn ich stärker wäre, hätte ich vielleicht eine Chance gegen das Böse in mir. Wenn ich meine Kräfte bewusst nutzen und steuern konnte, wäre ich vielleicht in der Lage mein Schicksal ohne Zweifel und Angst zu akzeptieren. Und mich letztendlich auch zu wehren. Motiviert und mit neuem Elan setzte ich mich auf. „Trainiere mich, Elias. Damit ich stärker werde. Dann kann ich mich dagegen wehren. Dann kann es mich nicht so leicht überrennen und mich auch nicht mehr kontrollieren."

Völlig perplex von meiner Idee setzte er sich ebenfalls auf und fuhr sich mit seinen Händen durch das strubbelige Haar. Er überlegte lange und in seinem Gesichtsausdruck spiegelten sich seine Emotionen. Alles war vertreten. Von Schreck über Besorgnis bis hin zu Zweifel. Und zu guter Letzt Erleichterung, als er mich endlich anlächelte. „Okay!", schwungvoll sprang er vom Bett und riss mich an den Händen mit sich, im Kreis wirbelnd bewegten wir uns durch seine Wohnung. „Das ist die Idee, Sam, wieso ist uns das noch nicht früher eingefallen? Am besten fangen wir sofort an. Wir sollten zum Hauptmann und ihm erzählen was wir gefunden haben und das wir trainieren wollen ..."

Hastig unterbrach ich ihn in seiner aufschäumenden Euphorie, ergriff sein Gesicht mit den Händen und sah ihm tief in die, vor Erleichterung leuchtenden, Augen. „Nein, wir dürfen es ihm nicht sagen. Die Drachen sagten doch, wir sollten es keinem sagen, hast du das vergessen?"

„Oh ... Aber wie?"

„Wir müssen irgendwo unauffällig trainieren. Irgendwo, wo mich keiner erkennt!"

Ein Schatten huschte über Elias Gesicht. „Jeder kennt dich. Jeder kennt die verschwundene Prinzessin."

Es wurde Still. Meine Gedanken schweiften ab und ich dachte hin und her, bis mein Blick auf meiner Tasche landete und ich an das Buch meiner Mutter dachte. Da fiel der Groschen. Natürlich. „Das Buch!", schrie ich Elias freudestrahlend entgegen.

Er sah mich nur irritiert an, konnte mir nicht ganz folgen. Na ja, ich hätte mir bei meinen zusammenhanglosen Wortfetzen auch nicht folgen können. Also setzte ich zur Erklärung an. „Der Zauber zur Tarnung, er ist in dem Buch, ich kann ihn sprechen, also zumindest, wenn es stimmt was alle sagen. Angeblich kann ich doch Magie wirken?"

Elias sah mich an und ich merkte, dass er der Sache nicht ganz traute. „Aber das ist nicht ungefährlich, denk nur an die Schmerzen, als der Zauber dich verließ. Ich ertrage es nicht, das erneut mit ansehen zu müssen!"

Gedanklich schoss ich zu dem Tag, als die Tarnung vollends fiel. Ich spürte den Schmerz, als würde es jetzt passieren. Wieder kam es hoch. Das Gefühl von schmelzenden Knochen. Unbändige Hitze. Reißender Haut. Wie ich wie ein nasser Sack zusammengebrochen war und mir gewünscht hatte, ich würde Sterben. Ich schluckte mehrfach gegen die aufkommende Panik und die Schmerzen, die nicht wirklich da waren. Sie waren Vergangenheit. Und tat so, als wäre es alles egal. Denn was blieb uns denn sonst?

Trotzig, wie ein kleines Kind, reckte ich mein Kinn in die Höhe. Meine Entscheidung war gefallen, ob es ihm passte oder nicht. In der Tasche nach dem Buch suchend stieß ich auch auf den Spiegel. Ein Schauer überlief mich. Bisher hatten wir ihn nur an uns genommen. Er war wunderschön und dennoch wussten wir nicht, was wir damit anstellen sollte. Wir wussten nur, dass er, laut der Aussage der Drachen, sein Geheimnis preisgab, sobald wir alle Teile für das Ritual beisammenhatten. Blieb nur zu hoffen, dass wir dafür nicht zu lange brauchten. Nicht auszudenken, wozu das Böse in der Zwischenzeit fähig wäre, wenn ich es nicht schaffen sollte, es zurückzuhalten. Nachdem ich das Buch aus der Tasche gezogen hatte und die passende Seite mit dem Zauber aufgeschlagen war, setzte ich mich auf die Kante des Bettes. Konzentrierte mich auf mich und auf Elias. Ich hoffte, ich konnte ihn ebenfalls tarnen. Und so begann ich zu lesen. Mit jeder Silbe, die meinen Mund verließ, spürte ich die Magie in mir erwachen, spürte wie sie sich über mich hinaus im Raum ausbreitete und wie sie nach Elias und mir griff. Es fühlte sich an, als würde sich ein Film meiner Magie wie eine Hülle um uns legen. Dabei schimmerte sie in den schönsten Farben und sickerte in uns ein. Ich konnte genau spüren, wie sie Elias veränderte und merkte auch meine Veränderung. Leider behielt Elias Recht und die Prozedur ging nicht ganz schmerzfrei an mir vorbei. Das Tarnen war zwar nicht ganz so schmerzhaft wie die Rückveränderung, aber doch nicht ganz schmerzlos. Ich atmete mehrfach tief ein und aus, um mir ein schmerzvolles Schnaufen zu verkneifen. Während die Magie wirkte, konnte ich meinem Körper bei der Veränderung zusehen. Es war gruselig und ehrfurchtsvoll zugleich. Meine Beine, meine Arme, mein ganzer Körper wurden wieder kürzer. Als würde ich schrumpfen. Mein Haar verkürzten sich ebenfalls und kräuselte sich, gleichzeitig wurde es deutlich heller, bis ich wieder den blonden Lockenkopf zur Schau trug, den ich all die Jahre gehasst hatte. Durch den veränderten Körperbau und die etlichen Kilos mehr spannte sich meine Kleidung unangenehm. Um dem größten Druck zu entgehen, stellte ich mich kurzerhand hin. Glich den Druck somit zumindest zu Teilen aus, der sich in mir ausbreitete. Ich sah auf meine Hände und ergriff mein Gesicht. Es war rund. Oh man ... Ich schluckte schwer gegen den Kloß in meinem Hals. Vielleicht war das doch keine so tolle Idee. All die Jahre hatte ich mich, meinen Körper und mein Aussehen gehasst. Mich lieber versteckt als gezeigt. Alles dafür getan, etwas anderes als ich zu sein. Und dann, als ich endlich mein wahres ich entdeckt hatte, musste ich mich wieder hinter dem hässlichen Entlein verstecken, das ich spielte. Aber besser das, als aller Leute Zielscheibe zu sein.

Ich erhaschte einen Blick auf Elias. Auch er sah wieder aus, wie der Elias, den ich vor langer Zeit kennengelernt hatte. Etwas schlaksig, nicht so breit gebaut wie ich ihn noch vor einigen Momenten gesehen hatte, er war wieder mein Elias. Mein Herz machte einen Satz. Da war er. Der Mann, der immer an meiner Seite gestanden hatte und weiterhin stand und ich es zu lange einfach so hingenommen hatte. Als selbstverständlich. Doch jetzt wusste ich es besser, er war geschickt worden, für mich, nur für mich. Er gehörte zu mir, wie ich zu ihm.

Eine halbe Ewigkeit sah ich ihn einfach nur an. Und er tat es mir gleich. Er strich mit seinem Blick von meinen Haaren über mein Gesicht. Ich spürte ihn, wie eine zarte Berührung und eine Gänsehaut bildete sich auf meinem Körper. Mit leicht schräg gelegtem Kopf lächelte er mich an.

„Was?", fragte ich. Kurz musste ich den Impuls ignorieren, mir durch das Gesicht zu fahren oder mich umzudrehen.

„Du siehst bezaubernd aus. Aber dennoch sollten wir dir neue Klamotten besorgen!" Ein Lachen verkneifend schlug er sich die Hand vor den Mund.

Ich drehte mich suchend um die eigene Achse. Irgendwo in seiner Wohnung mussten noch meine alten Klamotten liegen. Als ich sie fand, verschwand ich mit ihnen ins Bad. Nachdem ich dort lange vor dem Spiegel gestanden hatte, weil ich das Bild, was sich mir zeigte, nicht aus den Augen lassen konnte, stelle ich mich vor Elias. Er sah mich Stirnrunzelnd an. Am liebsten hätte ich mich verkrochen, so sehr war ich dieses Aussehen leid, doch ich hatte verstanden, dass wir nur so halbwegs sicher waren.

„Sollen wir direkt anfangen?", erinnerte er mich an meinen Einfall, zu trainieren. „Das ein oder andere können wir bestimmt hier erledigen, doch das Kampftraining sollten wir vielleicht nicht unbedingt in der Wohnung machen, nachher ist von ihr nicht viel übrig!", er grinste mich an.

„Okay, lass uns anfangen. Auf deine Verantwortung" Nervös lächelte ich ihn an. Die Angst davor, zu versagen, ließ mich nicht ganz los. Ich hatte große Angst, Angst davor zu versagen. Nie stark genug zu sein für das, was uns bevorsteht.

„Ich würde sagen, wir klären erst mal die grundlegenden Dinge."

Wir stellten uns voreinander auf und Elias erklärte mir, wie ich meine Energie umwandeln konnte, um damit einerseits zu zerstören und andererseits heilen zu können. Und obwohl ich das schon mal erklärt bekommen hatte, in meiner Zeit beim König, war es jetzt als würde ich es von Neuem lernen. So rief ich meine Magie. Ließ sie als Prickeln von meinem Herzen über meine Haut bis in meine Hände wandern und sammelte sie dort, bis sie die bekannten Geschosse bildeten. Trotz meines Wissens über meine Stärke, schaffte ich es kaum, die Energie umzukehren. Ich hielt mein Energiegeschoss in der Hand und erinnerte mich daran, dass es zum Heilen die Farben umkehren müsste, aber es gelang mir nicht. Meine Arme zitterten vor Anstrengung, als ich weiterhin mein Geschoss anstarrte, als würde allein mein Blick die Wandlung bringen.

„Vielleicht fehlt ein Anreiz!", sagte Elias in meine Anstrengungen.

Wie bei einem Katapult schleuderte mich dieser Satz gedanklich zurück in die Zeit beim König, als Ethan genau denselben Einfall hatte. Vor Schreck riss ich den Kopf hoch und ließ versehentlich mein Geschoss los. Es flog gegen das Bett und zerschmetterte die Bretter. Schuldbewusst sah ich zu Boden. „Oh!", flüsterte ich. Zu beschämt über meinen Kontrollverlust, als das ich hätte mehr sagen können.

Das Bett qualmte vor sich hin und ich spürte Elias Blick auf mir, ehe er sich räusperte. „Es ist okay Sam, niemand kann sowas auf Anhieb, alle von uns mussten lange und intensiv Üben."

Meine Stimmung schlug um. Ich bis mir auf die Zunge, als meine Gedanken mich zu verurteilen begannen. >Du hast es schon einmal geschafft.< Mein Puls beschleunigte sich. >Du warst so viel stärker als jetzt< Meine Hände begannen zu zittern. >Hast du alles vergessen, was in der Zeit passiert war, hast du etwa alles verlernt?< Mein Verstand hatte recht. Vor nicht allzu langer Zeit strotze ich vor Macht. Ich hatte Ethan schon von einer Wunde geheilt, die ihn sonst getötet hätte. Eine Wunde, die ich ihm vorher zugefügt hatte. Kaltherzig wie ich war und aus reiner Neugierde. Ein Schaudern durchfuhr mich und ich sah Elias in die Augen. „Du verstehst nicht. Ich habe diese Magie schon beherrscht und habe schon mal jemanden geheilt." Wütend prasste ich meine zu Fäusten geballten Hände an meine Seite und sah Elias aus großen Augen an.

„Was? Wann? Wen?", seine Fragen überschlugen sich fast.

„Als ich da war, also beim König. Als ich nicht ich selbst war. Aber trotzdem weiß ich, dass diese Kraft in mir ist und das ich heilen kann." Seufzend drehte ich mich weg, verlegen und verloren. „Ich verstehe nicht! Wieso kann ich es denn dann jetzt nicht mehr? Wieso bin ich so viel schwächer, wenn ich *ich* bin?" Ich schlang die Arme um mich, hielt mich selbst. Und riss kurz darauf die Hände wütend wieder runter. Presste die geballten Fäuste gegen meine Seiten und atmete.

„Du bist nicht schwach Sam, aber du hast ein Gewissen, du hast eine Geschichte und vielleicht ist der Druck zu groß, den du dir selber machst!"

Wütend drehte ich mich wieder um. Angestachelt von meinem Wissen, es bereits geschafft zu haben, ließ ich ein Geschoss in meiner Hand entstehen und konzentrierte mich auf die Umkehrung. Doch es wollte einfach nicht funktionieren. Immer und immer wieder verpuffte das Geschoss in meiner Hand. Es frustrierte mich im Übermaß und ich wurde rasend vor Zorn. Mein Blickfeld wurde kleiner. Und dann spürte ich, wie das Böse zurückkommen wollte. Ich spürte sein zerren. Es griff nach mir.

„Elias? Es ...", weiter kam ich nicht. Mein Körper gehorchte mir nicht mehr. Meine Arme, meine Beine, alles wurde taub. Meine Sicht verschwamm und die Geräusche um mich herum rückten in den Hintergrund. Als meine Knie nachgaben, wurde alles schwarz. Den möglichen Aufprall spürte ich schon nicht mehr.

***

Dunkelheit. Kälte. Und dann nichts. Jede Empfindung dauerte nur einen winzigen Augenblick. Dann zuckten dunkelblaue Blitze um mich auf, ehe sich um mich herum etwas aufbaute. Einen Wimpernschlag später befand ich mich in einem Raum, der meinem alten Zimmer sehr ähnelte. Als ich registrierte, dass es sich tatsächlich um mein Zimmer handelte, richtete ich mich auf und sah mich zögernd um. Alles sah genauso aus, wie ich es in Erinnerung hatte. Mein ungemachtes Bett, mein Schreibtisch, meine Poster, alles war da, wo ich es liegengelassen hatte, selbst das Chaos, das hier immer herrschte, war da. Ein Blick aus dem Fenster werfend machte ich den Park aus. Also alles so wie ich es kannte. Und doch war irgendetwas anders. Nach langem Überlegen fiel mir auch auf, was es war. Anstatt harter Konturen, verschwamm alles, sobald ich nicht ganz genau hinsah. Alles wirkte so surreal. Ich befand mich in einem Traum.

„Ein Albtraum würde ich sagen, Prinzessin", vernahm ich hinter mir eine – leider – vertraute Stimme. Denn es war die meine.

Vorsichtig drehte ich mich um, stand nun von Angesicht zu Angesicht vor dem Bösen. Mit vor stolz geschwellter Brust stand es da. Sich seines Sieges sicher, drehte es sich um die eigene Achse. Präsentierte sich mir von allen Seiten, genau so als hätte es sich gerade ein neues Kleid gekauft und ich sollte beurteilen, ob es ihm stand oder nicht. Arrogant und zu allem bereit blickte es mir dann in die Augen. Gänsehaut jagte über meinen Körper und es schauderte mich. Meine Muskeln anspannend stellte ich mich kampfbereit hin. Wohl wissend, dass ich nicht gewinnen konnte. Doch kampflos würde ich mich nicht geschlagen geben. „Was willst du?", blaffte ich ihm entgegen.

„Das weißt du ganz genau! Ich will dich, bzw. deinen Körper. Ohne Körper ist es doch schwierig etwas zu bewirken, meinst du nicht auch? Und irgendwie auch echt langweilig." Eine kurze Pause folgte, als es zwei Schritte auf mich zumachte. „Ich will deinen Tod."

Furcht durchzog meine Adern. Ich wusste, wie stark und wie erbarmungslos das Böse war. Denn seine Gedanken und Taten waren meine. Seine Macht, die Meine. Ich musste versuchen zu fliehen. Suchte nach einem Ausweg und bemerkte, dass sich die Umgebung veränderte. Das Zimmer verschwand und wir standen plötzlich in der Nähe eines Brunnens. Genau des Brunnens im Park, nahe meines zu Hauses und ein Grinsen überzog mein Gesicht. Denn hier war mein Ausweg. Der Brunnen, sein Zugang zu den Höhlen. Ich rannte, so schnell mich meine Beine trugen. Sprichwörtlich um mein Leben. Doch sehr weit kam ich nicht. Keine zwanzig Schritte später knallte ich unsanft, mit dem Gesicht voran, ins Gras. Der Schmerz in meinem Rücken ließ mich aufkeuchen und ich krümmte mich kurz. Meine Haut brannte höllisch an der Stelle, an der – vermutlich – ein Geschoss meinen Rücken getroffen hatte. Ich spürte das Kribbeln an den Wundrändern. Wie sich die Wunde vergrößern wollte und ihr jedoch die Kraft fehlte. Sie war auch schon so groß genug. Sie bedeckte fast die gesamte Fläche zwischen meinen Schulterblättern. Ich biss die Zähne zusammen und richtete mich stöhnend wieder auf. Ich wusste, ich durfte auf keinen Fall liegen bleiben. Trotz meiner Bemühungen war es zu spät. Die erste Hand zur Stütze auf den Boden aufgesetzt, prallte ein Fuß in meinen Rücken, übte Druck aus und drückte dadurch mein Gesicht abermals ins feuchte Gras. Verdammt, für einen Traum waren die Schmerzen und die Panik viel zu real. Unter mächtigem Kraftaufwand gelang es mir, mich auf den Rücken zu drehen und ich sah in sein Gesicht. Wieder lächelte es siegessicher. Na ja gut, was hatte ich auch anderes erwartet? Mir gefror das Blut in den Adern. Genau für solche Augenblicke wollte ich doch trainieren. Eben damit ich mich jetzt nicht schutzlos dieser Situation stellen musste. Doch es war egal, ob ich schon trainiert war oder nicht. Ich gab bestimmt nicht Kampflos auf. Wer wäre ich, wenn ich es nicht wenigstens versuchte? So konzentrierte ich mich auf meine Mitte, auf das Zentrum meiner Macht. Suchte nach der Magie, meiner Energie und formte mit dem Wunsch, dass Böse zu besiegen ein Geschoss in meiner rechten Hand.

Das Lächeln des Bösen wurde immer breiter. Anstatt ebenfalls ein Geschoss zu formen oder zum Angriff überzugehen, sah es mich aus unheilvoll blitzenden Augen an. Das Lächeln wurde immer breiter. „Ernsthaft, Prinzessin? Du meinst immer noch mich aufhalten zu können?" Es machte sich über mich lustig. Suchte nach meinen Zweifeln, um den Samen zu pflanzen. Diesmal jedoch fiel ich nicht darauf rein.

„Nein! Ich weiß, ich kann dich nicht besiegen. Noch nicht. Aber ich werde dich ganz bestimmt nicht einfach so damit durchkommen lassen. Nie würde ich stillschweigend hinnehmen, dass du Unheil bringen willst", angestachelt von meiner Wut, richtete ich mich auf. Das Böse hatte etwas Abstand von mir genommen. Beobachtete mich weiterhin und grinste in sich hinein.

„Unheil? Du hast nicht verstanden worum es geht, oder? Du glaubst wirklich, ich will nur Unheil stiften?" Das Lachen, was seiner Kehler entwich, ließ mich erschaudern. Es war nicht nur unheilvoll, sondern todbringend.

Alles in mir zog sich zusammen. Innerlich verabschiedete ich mich von Elias und meiner Mutter. Meinem Vater, den ich gerade erst kennengelernt hatte und entschuldigte mich für mein Versagen. Mit den Gedanken an meine Familie ließ ich mein Geschoss auf das Böse zurasen. Doch es handelte sekundenschnell und schoss ebenfalls eins ab. Als sie sich trafen, explodierten sie in einem hellen Licht. Die Energien schossen als Wellen über den Rasen und nahmen alles mit sich. Ich hob die Arme vors Gesicht, wollte es schützen, vor den Splittern der Bäume, dem Stein des Brunnens und dem sonstigen Unrat, der an mir vorbeizischte. Es flogen Massen auf mich zu und dennoch spürte ich keinen Schmerz. Denn beim Aufprall verpufften sie zu Rauch. Nichts Physisches berührte mich. Einzig die Energie war spürbar. Wellenartig wurde sie immer stärker, bis sie alles hinfort nahm, inklusive mir und mich hart auf den Boden aufschlagen ließ.

**

Blinzelnd versuchte ich zu verstehen, was gerade los gewesen war. Ich wusste, etwas hatte sich verändert. Obwohl ich noch immer auf dem Boden lag, war es kein Gras, dass ich unter meinen Händen spürte. Ich wurde auch nicht mehr ins Gras gepresst oder war in einem Zimmer ohne Konturen. Stattdessen hockte jemand beschützend an meiner Seite und beugte sich über mich. Elias sah mich sorgenvoll an. Einige Male musste ich blinzeln, um zu verstehen, dass das Böse nicht mehr da war. Dass nicht *es* es war, das mir entgegensah. Endlich wieder bei Sinnen schreckte ich hoch und sah mich genau um. Hatte es sich nur versteckt? War es nur ein neues Trugbild?

„Sam? Bist du es?", fragte Elias vorsichtig.

„… Ja … Ich denke schon."

Elias sah mir prüfend in die Augen, schließlich lächelte er mich sanft und vorsichtig an und nahm mich beruhigend in den Arm. Ich schmiegte mich hinein. Fühlte, dass ich in Sicherheit war. Und ließ meinen Kopf erschöpft an Elias' Brust sinken. Doch wie lange war ich in Sicherheit?

„Was war los? Du hattest was sagen wollen und dann warst du einfach zusammengebrochen.", er nahm mein Kinn, hob es an und sah mir prüfend in die Augen.

„Ich weiß nicht, wo ich war, doch ich habe dort gegen das Böse gekämpft. Aber wieso auch immer bin ich jetzt wieder hier."

„Wo habt ihr gekämpft? Du warst nicht weg oder ...?", nachdenklich sah er mich an.

Und ich kam nicht umhin zu bemerken, dass er sich ernsthaft Sorgen um mich machte. Immer. Wie sollte er jemals wieder beruhigt sein, wenn ich in seiner Nähe war? Irgendwas musste ich ändern, sonst würde das alles Elias zerstören. Ich musste stärker werden. Vielleicht war ein Training mit Elias nicht das, was ich brauchte? Vielleicht mussten drastischere Methoden her. Die Zeit für Samthandschuhe und Hätschelei waren vorbei. Es wurde Zeit die Kriegerin zu werden, die der Prophezeiung etwas entgegenzusetzen hatte.

„Worüber denkst du nach, Sam? Rede mit mir!", flehte Elias.

Mein Plan nahm Form an, überzeugte mich mehr und mehr. Elias konnte dem nicht widersprechen. Wusste ich doch, dass ihm ebenfalls klar sein musste, dass es keinen anderen Weg gab. „Wir müssen anders trainieren, viel härter, viel erfolgversprechender!", entschlossen blickte ich in seine Augen.

„An was denkst du?" Mit schräg gelegtem Kopf versuchte Elias das kommende zu erraten, doch auf diese Idee, wäre er selbst im Traum nicht gekommen.

„Die Drachen!"

Kapitel 5

Elias

Nur ein paar Augenblicke später standen wir vor der Höhle der Drachen. Sam hatte uns mithilfe ihres Portals zum Brunnen gebracht und waren anschließend den uns bekannten Weg gefolgt. Jetzt, fast in der Höhle angekommen, überfielen mich Zweifel. Ich ballte meine Hände zu Fäusten, um das Zittern zu verbergen, das in ihnen aufkommen wollte. Der Gedanke daran, dass die Drachen vielleicht nicht mehr hier verweilten, ließ einen Schauer über meinen Rücken laufen. Was wenn sie ihre neue Freiheit genutzt hatten und weitergezogen waren? Immerhin hatten die Drachen ihre Aufgabe erfüllt, wozu in dieser Höhle waren. Der Spiegel hatte sie an diesen Ort gebunden. Was würden wir tun, wenn sie wirklich fort waren? Und was wenn nicht?

Würden sie uns helfen wollen? Zwar hatten sie ihre Unterstützung im Kampf angeboten, das hieß jedoch noch lange nicht, dass sie auch beim Training helfen wollten. Doch alles hätte, wenn und vielleicht brachte uns jetzt nicht weiter. Es würde schon nicht schiefgehen. Hoffte ich.

So gingen wir weiter und weiter durch den schmaler werdenden Gang, erreichten den Punkt, der uns auf die Knie zwang und krochen hindurch. Mit ihrem nun wieder fülligeren Körper hatte Sam sichtlich Schwierigkeiten durch die schmalste Stelle zu kommen. Ich spürte ihre Anstrengung, hörte sie Schnaufen und sagte dennoch nichts. Wusste ich doch zu genau, dass sie es hasste so zu sein, wie sie jetzt war. Jahrelang hatte sie versucht jemand anders zu sein, dünner, hübscher, beliebter. Ohne zu wissen, dass genau das in ihr verborgen lag. Dieser perfekte Mensch. Und ganz ohne zu merken, dass sie mit ihrem jetzigen Äußeren für Menschen ebenso perfekt sein konnte. Für mich zum Beispiel.

„Verdammt, hätte ich das gewusst, hätten wir das mit der Tarnung erst später gemacht!", murmelte Sam in meine Gedanken hinein.

Endlich dem Gang entkommen, schimpfte Sam weiterhin in einer Tour. Sowohl die Anstrengung, als auch der Frust standen ihr ins Gesicht geschrieben. Leuchtend rot machten sie auf sich aufmerksam. Durch ihre wild fuchtelnden Arme konnte ich die kleinen Wunden sehen. Sie hatte sich etliche Kratzer zugezogen. Ich griff nach ihren Händen und sah ihr in die Augen. Ich bot ihr an, sie zu heilen doch sie winkte nur ab.

„Heben wir uns unsere Kräfte für später auf. Denn wenn das klappt, was ich vorhabe, werden wir alles an Energie brauchen, was wir aufbringen können." Durch diesen einen kleinen Satz bereitet sich ein unangenehmes Flattern in meinem Magen aus. Meine Hände wurden kalt und ich spürte förmlich, wie mein Herz kurzzeitig aus dem Takt geriet. Eine Sorgenfalte bereitete sich auf meiner Stirn aus und ich zwang meine Füße weiter der Höhle entgegenzutreten, obwohl jeder Schritt schwerer wurde. Ich stellte mich vor sie, hielt sie an den Schultern und sah ihr tief in die Augen. Sorge griff nach meinem Herzen. Bis jetzt hatte sie mir nicht verraten wollen, was ihr Plan genau beinhaltete. Doch um mich jetzt zu beruhigen, brauchte ich Antworten. Natürlich konnten wir hier in Ruhe trainieren. Doch das Funkeln, dass jetzt in Sams Augen aufblitzte, war mehr als nur die Freunde über einen Trainingsplatz. Und ja, sie freute sich wirklich. Ich erkannte es an ihrer Körperhaltung, an ihrem Lächeln. Sie hatte einen Beschluss gefasst und ließ sich davon nicht abbringen. Sie hatte ihren Ausweg gefunden und wollte unbedingt trainieren, um das Böse besiegen zu können.

„Was ist los, Sam? Sagst du mir jetzt endlich den genauen Grund, wieso wir hier sind?"

Sie druckste kurz herum, bevor sie mit der Rede rausrückte. „Ja, also … Ich hatte gedacht, dass wir vielleicht mit den Drachen trainieren könnten. Ich vermute, dass sie nicht so viel Rücksicht auf uns und unsere Befindlichkeiten nehmen würden, wie wir." Ich setze gerade zu einer Gegenrede an, als sie mir kurz den Wind aus den Segeln nahm, mich schüchtern und entschuldigend anlächelte und dann einfach weitersprach. „Und genau den Anreiz brauchen wir, bzw. ich. Ich muss mich wirklich verteidigen wollen und vielleicht müssen wir wirklich verletzt werden, um heilen zu üben. Vielleicht hilft es uns weiter!" Sie sah mich aus ihren großen Augen an. Völlig von ihrer Idee überzeugt. Ich war es nicht.

„Und vielleicht war das eine dumme Idee! Sam das sind verdammt viele Vielleichts! Was wenn sie uns dabei töten, hast du darüber nachgedacht?" Aufgebracht schnaufte ich durch die Nasenlöcher. Ließ ihre Schultern los und fuhr mir durchs Haar.

Da stand sie, meine Sam, gerade noch stark und überzeugt, jetzt zweifelnd und ängstlich. Ihre Schultern sackten nach unten, als sie flüsternd zu erklären begann. „Was haben wir für eine Alternative, Elias? Wir werden sterben, wenn wir nicht endlich etwas haben, was wir ihm entgegensetzen können. Ich will dich nicht verlieren und vor allem will ich nicht diejenige sein, die dich tötet. Kannst du nicht verstehen, dass ich dafür alles tun würde?"

Von ihren direkten Worten entwaffnet, ging ich auf sie zu. Zog sie an mich heran und nahm sie in den Arm. Ich hasste es, dass sie sich selber so in Gefahr begeben musste, weil sie keinen anderen Weg sah, sich und ihre Umwelt zu schützen. „Du würdest nie etwas tun, was Anderen schadet. Du würdest auch mich nie töten." Ich drückte sie fest an meine Brust und sendete ihr mit aller Macht, dass ich schwor, sie für immer zu beschützen. Sie nicht mit dem allein zu lassen, was ihr auferlegt wurde und sie nie mehr zu verlassen. Ich hoffte, sie würde es auch verstehen.

„Ich weiß, dass ich dich nie töten könnte oder würde, doch was wäre, wenn es dich tötet und dabei genau vor dir stünde. Wen würdest du als letztes sehen? Wen würdest du als Mörder vor dir haben? Unser Aussehen unterscheidet sich nicht im Geringsten. Unsere Stimmen und unsere Bewegungen sind gleich. Du würdest mich sehen. Deine Mörderin wäre ICH!" Ihr Schluchzen setzte mich Schach matt. Was hatte ich dem entgegenzusetzen? Sie hatte ja recht. Meine Arme noch enger um sie gelegt, hielt ich sie fest. Strich ihr über den Rücken und durchs Haar, bis sie sich beruhigt hatte. „Schon gut Sam, wir werden einfach alles tun, um es nicht so weit kommen zu lassen."

Ich straffte meine Schultern und signalisierte ihr, dass ich zu allem bereit war. Dann schob ich sie einige Zentimeter von mir weg, nahm ihr Gesicht in meine Hände und hob ihren Kopf an, damit sie mich ansah. „Für dich würde ich alles tun, meine Prinzessin", flüsterte ich und senkte meinen Kopf in ihre Richtung. Meine Lippen trafen die ihren und besiegelte damit mein Versprechen.

Ein Scharren riss uns wieder ins hier und jetzt. Ein Geräusch von Krallen, die über Stein gezogen wurden. Wo kam es her? Ein unangenehmer Geruch kitzelte in meiner Nase. Es roch ein wenig nach Schwefel. Und als das Geräusch erneut durch den Raum hallte, drehten wir uns erschrocken um. Dabei hielt ich Sams Hand fest in meiner, aus Angst sie könnte mir entrissen werden.

„Was wollt ihr hier?" Erscholl eine Stimme in meinem Kopf.

In der Höhle, am Ende der Treppe, war man wohl auf uns aufmerksam geworden. Wir traten die Stufen hinab und stellten und mit etwas Abstand zu dem weißen Drachen auf. Hoheitsvoll und abwartend blickte er auf uns herab. Ich richtete ich mich weiter auf. Zeigte keine Schwäche, keine Angst, keinen Zweifel. Sam neben mir jedoch bewegte und regte sich nicht mehr. Ob sie in ihrem Entschluss schwankte? Da sie nicht antwortete, tat ich es.

„Wir sind hier, um zu trainieren!", brachte ich unser Begehr auf den Punkt. Obwohl ich das Wort an den Drachen gerichtete hatte, sah er gebannt auf Sam hinab. Und da schoss es mir wie ein Blitz durch den Kopf. Als wir das letzte Mal hier waren, war ihre Erscheinung eine andere gewesen. Ich wurde nervös. War ich von der ganzen Sache von Anfang an nicht richtig überzeugt gewesen, hätte ich nun am liebsten den Rückzug angetreten.

Obwohl Flucht nicht das erste war, dass man in der Ausbildung lernte, war das Einschätzen einer Situation aber der wichtigste Punkt. Und ich wusste, würde der Drache sich für den Angriff entschieden, hätten wir keine Chance. Ich schluckte hart und wartete ab. Sams Hand zuckte in meiner und wieder wandte ich ihr den Blick zu. Langsam blickte sie in meine Richtung und sah mich bittend an. Doch die Situation konnte ich nicht beeinflussen, wenn der Drache sie nicht erkannte. Wenn er uns nicht glaubte, hatten wir verloren. Wie sollten sie glauben, dass sie die Prinzessin war? Wenn sie es nicht taten, würde das hier alles schwieriger als angenommen.

„Wieso hier?", wollte der Drache wissen, musterte Sam weiterhin skeptisch und ging auf sie zu.

Unmerklich richtete sich Sam auf, ihre Schultern strafften sich und ihr Blick wurde stählern. Ihr Kinn hob sich und die anfängliche Unsicherheit in ihren Augen verwandelte sich in ein unerschütterliches Feuer. Sie trat einen Schritt vor, als ob sie mit jedem Herzschlag an Größe gewann, und ihre Augen fixierten den Drachen unerschrocken. „Bitte! Wir können sonst nirgends trainieren. Überall würden wir auffallen und auffliegen. Ich hatte gehofft, dass ihr uns helfen würdet. Immerhin hattet ihr zugesagt, uns beizustehen, wenn wir Hilfe brauchten. Dass wir sie so schnell brauchen würden, war uns nicht klar", schüchtern sah sie zu mir auf und ich nickte ihr bestätigend zu. „Aber hier stehen wir und erbitten eure Hilfe. Ich muss trainieren, um eine Chance zu bekommen. Eine Chance gegen das Böse zu kämpfen und als Sieger aus dem Kampf hervorzugehen. Ohne diesen Sieg haben wir alle keine Chance."

Nachdem Sam geendet hatte, sah ich zwischen ihr und dem Drachen hin und her. Während er abzuwägen schien, was er tun sollte, kamen die anderen Drachen langsam näher. Ob der Weiße sich Rat einholen wollte oder sie zum Kampf zusammentrommelte, konnte ich nicht erkennen. Diese Viecher hatten ein absolutes Pokerface. Ich stellte mich so nah neben Sam, dass ich sie beinahe vor den Drachen verdeckte. Nur um auf Nummer sicher zu gehen.

„Wie sollten wir euch helfen können?", fragte der Drache, „Wir sind Drachen und keine Magier!" Er sah zu seinen Artgenossen, die interessiert immer näherkamen und sich schließlich in einer lockeren, dennoch nicht willkürlich gewählten Formation um den weißen Drachen stellten.

Wieder war es Sam, die ihm voller Zuversicht entgegensah und mit voller Stimme antwortete: „Ihr müsstet gegen uns kämpfen, uns angreifen, uns verletzen und Mürbe machen." Um ihren Worten Nachdruck zu verleihen, ging sie einen Schritt vor, wollte wohl noch näher an ihn herantreten, doch ich hielt sie an ihrer Hand zurück. „Wir, also vor allem ich, brauchen Kampferfahrung. Ich weiß, dass ich stark bin, also zumindest, wenn das Böse die Oberhand hat, also muss diese Stärke irgendwo in mir sein. Ich muss sie finden und nutzen lernen. Bevor sie mich nutzt und wir alle verloren sind." Eine kurze Pause entstand und sie sah jeden Drachen an. „Werdet ihr uns helfen?"

Ohne eine Erwiderung wurden wir stehen gelassen. Die Drachen zogen sich zur Beratung zurück.

Jetzt, da wir allein hier standen, konnte ich meine Bedenken äußern und das waren einige. „Findest du es nicht merkwürdig, dass sie nicht fragen, wer du bist? Dass sie es genau zu wissen scheinen?", richtete ich meine dringendste Frage an Sam.

Sie runzelte die Stirn und dachte nach. Ich beobachtete ihr Mienenspiel, strich ihr dabei eine verirrte Strähne hinters Ohr und sah sie einfach an. Mich überrannte eine Welle des Stolzes, als ich ihr ins Gesicht sah und jede einzelne Sommersprosse begutachtete. Das, was sie gerade geleistet hatte, sich einfach so vor die Drachen stellte, ohne Wenn und Aber, ohne Angst verdiente meinen höchsten Respekt.

„Nein, eigentlich nicht. Ich vermute, dass sie Menschen auf einer anderen Ebene wahrnehmen, als wir das tun. Immerhin sind es Drachen, mystische Wesen aus uralten Zeiten. Wer weiß, vielleicht können wir noch mehr von ihnen lernen, als zu kämpfen." Auf ihrem Gesicht bereitete sich ein Lächeln aus und ich genoss es, sie für einen kurzen

Moment so voller Hoffnung zu sehen. Sie ist es, die wir brauchen werden. Hoffnung. Hoffnung auf unseren Sieg. Schweigend gingen wir zum Rand der Höhle und warteten auf die Entscheidung der Drachen. Langsam aber sicher wurde ich nervös. Es dauerte einfach zu lange. Zumindest für meinen Geschmack. Sam hingegen war total entspannt, sie wirkte weder nervös noch beunruhigt. Sie wartete einfach ab. Voller Ehrfurcht betrachtete ich ihr Gesicht, ihren Blick und ihre Haltung. Sie wirkte nicht mehr so verloren, wie damals, als ich sie kennenlernte. Nicht mehr so klein und unscheinbar, wie vor einigen Wochen noch, als sie verstand, was ihre Rolle war. Und nicht mehr so ängstlich, wie vor kurzem, als sie vom König zurückkehrte. Sie stand hier, so aufrecht und voller Würde, dass man ihr direkt ansah, dass sie eine Prinzessin war. Während ihre Körperhaltung voller Macht strotze, funkelten ihre Augen mit den Sternen um die Wette. Sie schien zu wissen, wie die Entscheidung ausfallen würde.

Nach einer gefühlten Ewigkeit kamen die Drachen auf uns zu. Wieder folgten sie einander in einer abgestimmten Formation. Und immer war es der Weiße, der den Anfang machte. Mit angespannten Muskeln versuchte ich mich vor Sam zu stellen. Doch sie dachte nicht mal daran, sich von mir schützen zu lassen und stellte sich mit ebenso gespannten Muskeln neben mir auf. Okay, dann stehen wir das eben Seite an Seite durch.

„Wie habt ihr entschieden?", fragte ich den weißen Drachen.

„Wir werden euch helfen und mit euch trainieren, wir können aber nicht voraussagen, inwieweit es gut für euch ist, mit uns zu trainieren. Kämpfen wir doch ganz anders als Magier es tun."

Für einen kurzen Augenblick knickte Sam ein und ließ die Schultern sinken. Doch nur einen Bruchteil später richtete sie sich wieder auf. Sah die Drachen nacheinander an und bedankte sich bei ihnen. Gleichzeitig mit ihrem Dank, senkte sie den Kopf, deutete einen Knicks an und die Drachen schnauften amüsiert. Irritiert zog ich die Augenbrauen hoch. Machten sie sich über Sam lustig? Bevor ich voreilig reagieren konnte, klärte sich jedoch die Situation schon wieder auf. „Nein Prinzessin, ihr braucht euch nicht zu bedanken, noch nicht." Erwiderte der Weiße.

Sam sah die Drachen erneut an. Hielt ihrem Blick stand und ich sah, wie es hinter ihrer harten Fassade arbeitet. Sie suchte einen Weg, das hier angenehmer, na ja zumindest nicht so angespannt zu gestalten. Wahrscheinlich wollte das Eis brechen, das uns so schlittern ließ und uns somit auf eine freundschaftliche Ebene heben. Und, wie es einer Prinzessin würdig ist, schaffte sie genau das. Mit einer ganz einfachen Frage. „Wie heißt ihr?"

Amüsiert sah ich sie an. Es war einfach wunderbar, nur sie konnte in so Situationen darauf kommen, Freundschaft schließen zu wollen.

„Mein Name ist Zo, ich bin die Anführerin und die letzte meiner Art. Na ja, genau genommen ist jeder von uns der letzte seiner jeweiligen Art." Obwohl Zo bei diesen Worten traurig aussah, wirkte sie gleichzeitig sehr gefasst.

Aber auch die anderen Drachen schienen so, als hatten sie sich alle damit abgefunden, der oder die letzte zu sein. Ich konnte mir gar nicht ausmalen, wie es wäre, der letzte zu sein. Ohne Chance auf ein richtiges Leben. Der letzte zu sein erschien mir wie eine Sackgasse. Etwas, das einem keine Zukunft bot. Auch wenn ich es nicht wollte, fühlte ich mit ihnen mit. Hoffte, dass sie mit ihrem Schicksal wirklich im Reinen waren.

„Hier rechts neben mir steht Foita. Er ist der Rang nächste unter mir" sie deutete auf den schwarz– roten Drachen neben sich „Daneben steht Gi, er folgt in der Rangfolge nach Foita", wieder deutete sie in die Richtung des Drachen, den sie Vorstellte, es war der rot-grüne Drache „Und der letzte in der Folge wäre dann Nero." Der braun- blaue Drache nickte uns freundlich zu. „Jeder von uns hat spezielle Talente. Doch die werden wir hier nicht erörtern, wir zeigen sie euch im Training. Ihr müsst auch auf unvorhersehbares vorbereitet sein. Denn soweit ich weiß, stehen auch einige gefährliche Kreaturen auf der dunklen Seite."

Ich sah, wie Sam bei diesen Worten neben mir zusammenzuckte und schluckte. „Aber ich wollte doch nur das Böse aus mir vertreiben!", sprach sie ihren, vermeidlich einzigen, Wunsch aus.

„Und die Königin, Prinzessin? Wolltest du nicht auch sie retten?", erwiderte Zo und sah sie dabei durchdringend an.

„Natürlich will ich das. Aber durch das Training und das Verbannen des Bösen habe ich doch genug Kraft den König zu überrumpeln und meine Mom zu retten. Ich will keinen Krieg losbrechen, ich möchte nur meine Mom wieder und dann in Ruhe gelassen werden." Ihr Schmerz brach wie Wellen über mir zusammen und ich legte meinen Arm um ihre Taille. Ihre Schultern bebten, während sie schluchzte.

„Ich habe in dich gesehen, Prinzessin. Ich weiß, dass auch dir bewusst ist, dass es damit nicht enden wird. Du hast gesehen, was auch ich sah. Der König muss dich und die Königin vernichten, um zu bekommen, was er will. Er will die Macht, die euch zuteilwird, wenn ihr ernannt werdet. Das Ritual was eure Kräfte vollends erweckt, kann er nur durchführen, wenn er in den Raum der Mächte gelangt. Doch dazu fehlt ihm etwas Entscheidendes!"

Gespannt starrte ich den Drachen an. Wie konnte er so lässig davon sprechen, was in der Zukunft lag und Sam die Hoffnung auf ein friedliches Leben nehmen? Sein Blick schoss in meine Richtung und ich erschrak.

„Krieger, du irrst. Ich nehme ihr nichts. Wir müssen ihr ihre Rolle zuweisen, damit sie lernt mit der Situation umzugehen, wenn es so weit ist. Sie muss den Willen haben über sich hinauszuwachsen und alles zu geben. In ihr sind Mächte, die noch nie ein Drache gesehen oder gespürt hat. Sie ist das mächtigste magische Wesen was wir kennen, dennoch ist sie schwach. Sie nutzt nichts von ihrer Macht und das müssen wir ändern. Dabei helfen aber keine Kuscheleinheiten. Wir können sie nicht in Watte packen, um sie dann ins Verderben rennen zu lassen!" Zo sah Sam traurig und mitfühlend an. „Es tut mir leid, Prinzessin, aber um die Welten zu retten, brauchen wir dich. Und zwar alles von dir!"

Wie erstarrt sah Sam zu Boden. Ich wollte sie in den Arm nehmen und sie trösten. Wie einem Kurzschluss gleich, drehte Sam sich weg und lief los. Meinem Impuls folgend wollte ich direkt hinterherrennen, doch Zo hielt mich auf. „Sie wird wiederkommen, gib ihr ein wenig Zeit zu verdauen, dass sie wichtiger und mächtiger ist, als sie dachte.

Es wird für sie nicht einfach werden. Und sie wird dich brauchen, Krieger. Ich sehe das deine Gefühle für sie stark und echt sind. Lasst diese Gefühle in euch wachsen und euch stärken. Es wird euch beide noch stärker machen, denn auch du Krieger, bist stärker als du ahnst."

Ich sah Sam hinterher und ließ die Worte sacken. Würden wir es schaffen?

Kapitel 6

Sam

„Verdammte Scheiße!!!" Mit einem wütenden Aufschrei raste ich durch die Dunkelheit, meine Sicht vernebelt von den Tränen, die unaufhörlich über meine Wangen strömten. Jeder Herzschlag pochte laut in meinem Kopf und der kalte Schauer der Angst lief mir den Rücken hinunter. „Warum kann mich niemand aus diesem Albtraum aufwecken?", schrie ich verzweifelt in die Leere. Dass das alles nicht wirklich gerade mir passierte? Das nicht das Schicksal zweier Welten auf mir lastete? Solange meine Beine mich trugen, rannte ich an der Höhlenwand entlang. Meine Hand dabei immer sorgsam an der Wand entlang schleifend damit ich die Orientierung nicht verlor. Durch den rauen Stein waren meine Fingerkuppen bereits wund. Doch das war mir egal. Leider ging mein Ausflug nicht so lange, wie ich mir erhofft hatte. Meine Brust brannte und jeder Schritt fühlte sich an, als würde er mich erdrücken. Der Schweiß lief mir in

Rinnsalen den Rücken hinab, als ich kurz innehielt und keuchend auf meine Oberschenkel stützte. Die Wut über mein eigenes Spiegelbild kochte wieder in mir hoch und entlud sich in einem rauen, keuchenden Fluch. Wie sollte ich trainieren, wenn ich nach so kurzer Anstrengung schon aus der Puste war? Wie sollte ich alles aus mir herausholen, wenn ich es nicht mal schaffte zu rennen, ohne gleich vor Übelkeit umzufallen, weil mein Körper bereits jetzt am Ende seiner Kräfte war? Ich sackte an der Höhlenwand zusammen. Kniete mich hin und starrte auf den Boden. Tränen benetzten den Boden und ließen mich mehr und mehr brechen. Ich schlug zu. Mit der Faust drosch ich auf den Boden ein. Erst einmal, dann zweimal und nahm den Schmerz dankend an. Lenkte er mich doch von der Tatsache ab, dass weit mehr von mir verlangt wurde, als ich dachte. Viel mehr, als ich imstande wäre zu bewältigen. Wie konnte mir dieser blöde Drache sagen, dass ich mehr tun musste, als nur meine Mutter zu retten? Reichte es denn nicht?

Verdammt, verdammt, verdammt. Gemeinsam mit meinen Flüchen schlug ich rhythmisch auf den Boden ein. Solange, bis meine Hände blutig waren und ich durch die Tränen nichts mehr erkennen konnte. Ich schmeckte die Galle in meinem Mund und spürte, wie die Erschöpfung nach mir griff und mich mit sich ziehen wollte. Doch ich wehrte mich. Ich schloss meine Augen, holte tief Luft und schrie. Ich schrie mir die Seele aus dem Leib.

Irgendwann spürte ich, dass sich jemand vor mich hockte und meine Hände in seine nahm. Elias. Ich hob den Kopf, versuchte ihn zu erkennen. Und sah doch nur, dass er mich ansah.

„Du bist nicht alleine. Niemand verlangt von dir, das alleine zu machen. Doch du bist die Einzige, die überhaupt etwas machen kann. Die, die Kraft dafür besitzt." Sorgsam strich er mir eine Strähne aus dem Gesicht. Dann nahm er wieder meine Hände in seine und strich sanft mit dem Daumen über sie. „Sam, ich glaube an dich, an uns, ich weiß, dass wir das alles schaffen können. Die Drachen werden uns helfen. Und ich weiß, dass der Hauptmann, sobald er davon erfährt, auch auf unserer Seite kämpfen wird."

Ich stand Ruckartig auf und sah von oben auf ihn herab. „Und dann, Elias? Was dann? Ihr werdet Seite an Seite mit mir kämpfen? Das sollen die Aussichten für unsere Zukunft sein? Ich werde alles verlieren, alles, was mir wichtig war und ist. Ich werde euch alle verlieren, weil ihr mit mir in den Kampf zieht. Ich werde euch alle verlieren, weil ich zu schwach bin. Weil ich nicht in der Lage war mich gegen *es* zu wehren!" Ich schluckte, mir bleiben die Worte im Halse stecken und dicke Tränen rannen über meine Wangen. Ich konnte das alles nicht. Bebend schlang ich meine Arme um meinen Oberkörper und versuchte mir selber Halt zu geben, wo keiner mehr war. Die Situation schien so Ausweglos zu sein.

Elias stand langsam auf und beobachtete mich genau, er wirkte unentschlossen. Wusste nicht, wie er reagieren sollte. „Sam, ich weiß, wie das für dich aussehen muss. Es werden bestimmt Menschen zu Schaden kommen. Aber weder deine Mutter, noch dein Vater oder ich werden dabei sterben, das verspreche ich dir. Wir werden alles tun, um sie zu schützen. Wir werden härter trainieren, als jeder andere. Wir werden stärker werden und wir werden gewinnen. Habe vertrauen." Langsam kam er auf mich zu und ich blieb regungslos stehen. Ich hatte keine Kraft mehr. Der Kampf hatte noch nicht richtig begonnen und ich war jetzt schon müde des Kämpfens. Was sollte das alles ändern?

Elias zog mich sanft in seine Arme. Sein warmer Atem strich über mein Ohr, während er leise Worte murmelte. Die Nähe seiner Brust, das sanfte Heben und Senken seines Atems – all das trug ein stummes Versprechen in sich, ein Versprechen, das mich umhüllte und mir eine flüchtige Hoffnung auf Beständigkeit schenkte. Hoffnung auf eine Zukunft. Auf ein Leben. Obwohl er mir dieses Gefühl oft gab, war ich für jedes einzelne Mal unendlich dankbar. Ich war so unsicher mit all dem, dass mir die Wiederholung seiner Worte auch im Innern halt gab.

Ein heißer Stich traf plötzlich meinen Nacken und breitete sich rasend schnell aus. Das Brennen wurde unerträglich, eine flammende Warnung. Instinktiv packte ich Elias am Arm und zog ihn mit einem heftigen Ruck zu Boden, den Schock in seinen Augen ignorierend. Etwas zu hart kam ich auf dem Boden auf. Doch es war egal. Denn wir waren gerade rechtzeitig unten angekommen, um einem Feuerball auszuweichen, der auf uns zugerast war. Dieser krachte in die Wand direkt hinter uns. Genau an der Stelle, an der wir eben noch gestanden hatten. Er hätte uns voll erwischt, wenn ich es nicht irgendwie gespürt hätte. Kurz sah ich zu Elias, der sich erschrocken umblickte. Und dann richtete ich meinen Blick erneut zur Wand und entdeckte dort ein Fußball großes Loch, dass an seinen Rändern noch glühte.

Angst durchfuhr mich, vielleicht waren die Trainingsmethoden der Drachen doch eine Nummer zu groß für uns. „Was zum Teufel sollte das?", schrie Elias Foita an.

„Ich dachte ihr wolltet trainieren!", lässig – sofern man bei einem Drachen von lässig sprechen konnte – schritt er um uns herum und lächelte uns an.

„Gib ihr wenigstens einen Moment, um sich zu sammeln!" Elias war außer sich vor Wut. Schob mich hinter sich, machte sie seinerseits bereit zu kämpfen. Rief seinen Krieger und stand bereit, mit seinem Schwert in der rechten Hand.

„Im Krieg gibt es keine Pausen! Besser ihr lernt das jetzt, als später", erwiderte Foita trocken und ging wieder an den Rand der Höhle. Die Dornen an seinem Schwanzende kratzen dabei geräuschvoll über den Boden. Er wollte loslegen. Vor allem aber wollte er uns spüren lassen, welche Kraft ihm innewohnte.

„Ich muss ihm leider recht geben. Auch wenn ich seine Methoden nicht gutheiße, sollten wir mit dem Training beginnen. Es wurde schon genug Zeit verplempert!" schaltete sich Zo ein.

Nach einigen tiefen Atemzügen und als ich mir sicher war, dass meine Beine mich trugen, stellte ich mich vor Zo, die geduldig auf mich gewartet hatte und sah zu ihr hoch. Obwohl sie die kleinste der Drachen war und auch keine Stacheln oder Hörner hatte, wirkte sie doch am bedrohlichsten. Ein Schaudern durchlief meinen Körper, als ich so abwartend vor ihr stand.

„Wir werden prüfen müssen, wie stark du bist und dann werden wir sehen, wie wir am besten an dir und an deinem

Begleiter arbeiten können, um alles aus euch herauszuholen."

Sie drehte sich um und machte Platz. Wofür sie Platz machte, wusste ich nicht. Ich sah mich etwas verloren um. Folgte ihren Bewegungen und versuchte zu ergründen, was hier vor sich ging. Leider erfolglos. So stand ich also in der Mitte der Höhle und wusste nicht, was ich tun sollte. Ich wartete. Zo hatte Elias mit sich fortgezogen und gab ihm keine Möglichkeit, zu mir zu gelangen. Ganz klar nach dem Motto: ‚Das musste sie allein hinbekommen'.

Ungeduldiges Kratzen hallte durch die Höhle, als Fotias Dornen über den Felsen schrammten. Ein rascher Schwanzschlag und Steinsplitter regneten herab. Ich zuckte zusammen, das Geräusch hallte ohrenbetäubend in meinen Ohren wider. Wurde immer kleiner auf meinem Platz und sah mich suchend um.

„Zeig was du kannst, zeig uns, was du bisher gelernt hast!" Fotia, der das Wort an sich gerissen hatte, bedachte mich mit einem amüsierten Lächeln.

Vom Ehrgeiz gepackt, streckte ich die Schultern durch und konzentrierte mich auf meine Energie, ließ sie durch meine Arme in meine Hände fließen. Das Kribbeln, das dabei entstand, ließ mein Blut schneller fließen und ich merkte, dass sich mein Körper für einen Kampf rüstete. Ich sah das Leuchten meiner Energiegeschosse und spürte, dass auch meine Augen zu leuchten begannen. Mein Blick veränderte sich abermals. Ich sah Konturen, Farben und das Flirren der Luft jetzt ganz deutlich. Ich konzentrierte mich weiter auf meine Energie, auf mein Geschoss, um es weiter anschwellen zu lassen. Doch die Kugel, die mein Geschoss bildete, blieb klein, etwa so klein wie ein Handball. Schweiß stand mir auf der Stirn und bahnte sich einen Weg über mein Gesicht nach unten. Ich sammelte all meine Kraftreserven, um es zu schaffen, doch es gelang mir nicht es anwachsen zu lassen, es blieb wie es war. Dabei war die Energie, die es verströmte wunderschön. Meine Kugel leuchtete in den schönsten Farben und das weiß, was in ihrem Kern strahlte, war so rein, dass es mich fast schmerzte, damit jemanden Schaden zufügen zu können. Meine Kugeln wirkten wie das Leben, zauberhaft und doch, wenn es falsch angewendet wurde, absolut tödlich. Doch es frustrierte mich, dass ich nicht in der Lage war sie wachsen zu lassen. Dass sie nie die Macht besitzen würde, die ich ihr geben wollte. Ich würde es nicht schaffen. Ich versagte vor den Drachen und vor Elias. Gerade zeigte ich sehr deutlich, wie nutzlos ich war. Ein wütender Schrei entwich meiner Kehle und ich ließ die Kugel in meiner Hand verpuffen. Aus Scham senkte ich den Blick und wäre am liebsten in mein Bett unter die Decke gekrochen. Meine Gedanken drehten sich im Kreis.

Bei der Flucht aus dem Palast hatte ich eine riesige Kugel erzeugt und viele Angreifer gleichzeitig erledigt. Und jetzt gelang mir nichts Größeres, als diese mickrige Kugel?

Aus dem Augenwinkel sah ich, dass Elias, der bis jetzt zwischen den Drachen gestanden hatte, zu mir kommen wollte. Doch er wurde zurückgehalten. Nero stand neben ihm und legte seinen Schwanz vor Elias Füße. Fragend und gleichzeitig wütend sah Elias ihn an, aber Nero schüttelte nur kurz den Kopf.

Elias Blick streifte den meinen. Es tat weh, zu sehen, was er fühlte. Er wollte helfen, doch konnte es nicht. Ich spürte, dass er mir all das gerne erspart hätte. Spürte, wie sehr es ihn schmerzte, dass ich so hier stand. Ich sah sein Mitleid und wollte so gerne in seine Arme sinken und aufgeben. Doch was dann? Immerhin hing alles von mir ab, einfach alles.

Zo bedachte mich mit einem skeptischen Blick. „Was hält dich zurück, Prinzessin? Ich habe die Kraft gesehen, die in dir steckt. Hast du sie verborgen?"

Pff ... Langsam wurde ich sauer. Meinte der Drache echt, wir wären hier, wenn ich meine Kraft bewusst verstecken würde? Ich riss den Kopf hoch und starrte den Drachen mit hasserfüllten Augen an. Wie konnte er glauben, dass ich das extra tat?

„Nein Prinzessin, so meinte ich das nicht. Aber ich befürchte, dass diese Tarnung, die ihr tragt, eure Kräfte einschränkt. Also werden wir erst richtig trainieren können, wenn die Tarnung gefallen ist." Eine kurze Pause entstand, in der sich die Drachen wieder stumm zu unterhalten schienen. „Solange, bis es so weit ist, werden wir uns um deinen Geist kümmern. Dazu brauchen wir diese Art der Kräfte nicht. Dafür nutzt man andere Ressourcen."

Ich machte große Augen, nicht nur, dass sie scheinbar meine Gedanken lesen konnte, war ich vor allem verwundert, was sie wohl mit dem Geist meinen könnte.

„Ich werde es dir zeigen, Prinzessin." Zo kam auf mich zu. Beschritt einen Kreis und zog ihn mit ihrer Schwanzspitze nach. Die Konturen begannen rot zu schimmern. Als der Kreis geschlossen war und sie wieder vor mir stand, griff sie mit ihren Krallen nach meinem Kopf. Dabei übte sie leichten Druck aus und mein Körper sackte in sich zusammen, während mein Geist einfach stehen blieb. Schockiert starrte ich zu Zo, die mich beruhigend ansah.

>*Der Kreis um uns herum bewahrt deinen Geist, er wird ihn davon abhalten zu verschwinden und er beschützt das heilige Ritual.*< Zos Stimme war in meinem Kopf, hörte sich aber gleichzeitig so an, als würde sie tatsächlich mit mir sprechen.

„Erklärt ihm derweil, was ich tu", sie nickte in Elias Richtung, „und bring ihn nach draußen. Dort könnt ihr schon mal mit dem Training beginnen. Wir brauchen hier etwas Ruhe. Und Zeit", richtete sie ihre Worte an die anderen Drachen, weil Elias schon panisch auf dem Weg zu meinem Körper war.

>*Kann er mich denn nicht sehen?*< fragte ich und erschrak als ich bemerkte, dass ich ebenfalls keine Stimme mehr besaß.

>*Nein, Menschen sehen nur die Hüllen. Selten sehen sie die, die sich darin befinden. Bei dir musste ich nur aufpassen, dass ich nur dich rausholte und nicht das Böse. Prinzessin, das Böse ist schon stärker, als wir befürchteten. Die Zeit läuft uns davon. Deswegen werden wir das alles nicht so schonend durchziehen können, wie wir uns das erhofft hatten. Es gibt Möglichkeiten, deine Kräfte zu wecken. Aber diese werden nur erfolgreich sein, wenn dein Geist stark ist, wenn du dir sicher bist, dass du das alles willst. Denn deine Zweifel sind zu groß. Wir müssen sie beseitigen, ich helfe dir. Bist du bereit?*<

Ich erschauderte >*Bereit wofür?*< Ich hatte den Atem angehalten, das hier war alles mehr als ich verstehen konnte.

>Was weißt du über dich?< Zo ging behutsam im Kreis. Aus Angst sie würde mich erschrecken, bewegte sie sich deutlich langsamer als die letzten Male.

>Na ja, nicht viel, würde ich sagen. Ich bin Nachfahre einer Königin und eines Kriegers. Und in mir sollen sich alle magischen Fähigkeiten verbinden. Angeblich bin ich sehr stark<, sagte ich ein wenig verschüchtert. Ich mochte es nicht, so über mich zu reden, noch war das alles zu neu und ungewöhnlich.

>Das stimmt. Also weißt du auch, dass du die Fähigkeit der Weitsicht hast?<

>Na ja das hatten wir vermutet, aber gezeigt hat es sich noch nicht. Ich bin mir nicht mal sicher was das genau bedeuten soll.<

Zo, die ihre Krallen wieder oberhalb meines Kopfes, also meines Geister-Kopfes, hielt, stach jetzt mit einer Kralle genau zwischen meine Augenbrauen. Der Schmerz, der mich durchfuhr, war mit nichts zu vergleichen. Ich sah aus dem Augenwinkel, dass das Glühen der Ränder des Kreises sich in eine Feuerfront verwandelten und in mir stieg Panik auf. Würde ich jetzt hier verbrennen? Die Feuerfront, die sich um uns zog, war undurchdringbar und in einem unnatürlich roten Ton. Dennoch sah man ganz genau, wie sich Flammen nach oben züngelten. Der Schmerz glich dieser Feuerfront. Lichterloh brannte er in mir auf. Bahnte sich seinen Weg von meiner Stirn aus über meinen ganzen Körper und endete in meinem Herzen, was jetzt deutlich schneller schlug. Es schlug um sein, um unser, Leben. Es zerriss mich innerlich und mein Herz drohte zu explodieren. Ich hatte keine Kontrolle mehr und schrie auf. Es war ein animalischer Laut der die gesamte Höhle durchdrang und sie ausfüllte. Jeder hätte ihn spüren können, meinen Schmerz.

>*Versuch dich zu entspannen, dann wird der Schmerz weniger*< Zos Stimme klang, als käme sie von weit her. Als wäre sie auf dem Weg von mir fort.

>*Ich* ...< Meine Stimme versagte ... selbst die meiner Gedanken. Wie sollte ich ihr mitteilen, dass ich es nicht ertrug und es nicht schaffte, mich zu entspannen.

>*Es tut mir leid, Prinzessin, aber ich muss die Barrieren, die in dir liegen und deinen Geist verschließen, aufreißen. Atme tief ein und aus, versuche dich darauf zu konzentrieren und ich tue alles, damit es schnell vorbei ist.*<

Gehorchend atmete ich tief ein und aus. Und tatsächlich, nach einigen Momenten wurde der Schmerz weniger. Nur um kurz darauf wieder anzuschwellen. Was war das?

>*Ich bin auf eine Barriere getroffen, die ich nicht so einfach einreißen kann, ich werde dich Mental angreifen müssen und sie dadurch zerstören. Bist du bereit?*<

Gerade als ich nein schreien wollte, schwoll ein kräftiges Rot vor meinem inneren Auge an und ging langsam über ein Blutrot ins Schwarze über. In mir tobte ein Kampf, an dem mir eine Teilhabe verwehrt blieb. Wie als wäre ich lediglich der Schauplatz und nicht die, um die es ging. Die, die mit all ihrem Sein versuchte zu bleiben, wo sie war. Ich wurde hin- und hergerissen, immer zwischen Angriff und Verteidigung. Alles in mir bäumte sich dagegen auf. Es fühlte sich an, als würden zwei Seiten an mir ziehen und zerren, mich zerquetschen und gleichzeitig zerreißen. Ich wehrte mich dagegen, konnte die Schmerzen nicht mehr ertragen.

>*Lass es zu Prinzessin!*< Zos Stimme war nur noch ein leises Geräusch im Hintergrund. Alles verlor sich. Aber, was

sollte ich zulassen? Kein klarer Gedanken ließ sich mehr fassen. Ich wusste nicht mehr, was los war. Es war, als würde ich vergessen. Vergessen was ich hier tat, vergessen, warum ich das hier tat und vergessen, wer ich war. Ich war dabei mich selbst zu verlieren.

Durch das immer stärker werdende Zerren in mir, wusste ich, dass es fast vorbei war. Dass der Angriff durch die Barriere ging und ich hoffte, dass es das Richtige war. Denn ich war mir nicht mehr sicher, was Richtig und was Falsch war. Wer ich war. Wie ich hieß oder was ich hier tat.

Meine Welt verdunkelte sich und ich konnte kaum mehr stehen. Dabei war ich doch nur ein Geist, etwas mehr als Luft und deutlich weniger als mein Körper. Wie konnte ich mich dann derart schwer fühlen? Ich schwand dahin und mein Bewusstsein verließ mich.

Kapitel 7

Sam

Undefinierbare Geräusche durchdrangen den Nebel und tauchten in mein Bewusstsein ein. Sie ließen sich nicht ausblenden, schmerzhaft pochten sie in meinem Kopf. Dumpf und doch eindeutig schwappten sie zu mir herüber. Nicht ganz klar und nichts Bekanntes. Doch waren sie meine Begleiter, als mich meine Bewusstlosigkeit langsam wieder freigab. Die unangenehme Geräuschkulisse wurde zu einem fast unerträglichen Lärm. Der Impuls mir die Hände auf die Ohren zu legen wurde übermächtig. Ich konnte ihm nur nicht folgen, weil mein Körper mir noch nicht gehorchte. Meine Arme waren schwer, fühlten sich an, als gehörten sie nicht zu mir. Meine Hände zitterten, mein Herz klopfte wild in meiner Brust, und ein kalter Schauer lief mir über den Rücken. Was geschah hier? Nicht nur meine Gliedmaßen gehorchten mir nicht, auch meine Augen folgten nicht dem Wunsch, sich zu öffnen. Wie in Zeitlupe nahm die

Welt um mich herum Konturen an. Mein Körper kam nach und nach zu sich. Doch noch immer sah oder fühlte ich nichts. Einzig die Geräusche konnte ich nun klarer definieren. Es waren Kampfgeräusche. Schreiende Menschen, sich wetzende metallene Schwerter, den dumpfen Aufprall der Schwerter auf Schilden und ein ganz präsentestes Geräusch: letzte Atemzüge. Diese Geräusche füllten die gesamte Höhle aus. Doch wie konnte das sein? Wie lange war ich weggetreten, dass sich die Höhle derart füllen konnte? Ich wollte auf mich aufmerksam machen. Fragen, was los war. Doch mein Versuch zu sprechen, scheiterte. Kein Ton entkam meinem Mund. Umso deutlicher aber spürte ich die Verzweiflung, die in der Luft lag. Die Not der Verwundeten stach mir in mein eigenes Fleisch. Mein Körper rebellierte bei all den Gefühlen der Menschen um mich herum. Das Leid und der Schmerz derer, die um mir waren, waren unerträglich. Übelkeit und Schwindel griffen nach mir. Wieder wollten meine Sinne schwinden. Doch ich wehrte mich. Wollte die Augen öffnen und endlich sehen, was los war.

Als ich es endlich schaffte, meine Augen weit aufzureißen, sah ich alles und doch nichts. Es war eine Masse aus Farben, undefinierte Kleckse bewegten sich in meinem Blickfeld, doch mehr erkannte ich nicht. Es dauerte eine gefühlte Ewigkeit bis ich zumindest Schemenhaft etwas sah. Gerade als ich begann etwas zu erkennen, ruckelte das Bild. Immer hin und her. Kurz darauf stand das Bild still und die ersten Dinge wurden klar. Und mit dem ersten Bild wünschte ich mir, es doch nicht sehen zu müssen. Doch nicht nur die Sicht kam zurück, als auch das Gefühl für meinen Körper breitete sich kribbelnd in mir aus. So spürte ich auch einen immer stärker werdenden Druck an meinem Oberarm.

Gleichzeitig drang eine verzweifelte Stimme an mein Ohr: „Sam, wir müssen hier weg, wir können es nicht schaffen. Sam, beweg dich endlich!"

Es war, als wäre ein Bann durch diese Worte gebrochen worden. Der Vorhang fiel und ich konnte endlich alles wahrnehmen, mit allen Details. Wir standen am Rande eines Schlachtfeldes, mitten im Kampf. Der Geschmack von rohen Eiern bereitete sich in meinem Mund aus und Speichel sammelte sich in ihm. Krampfhaft schluckte ich gegen die Galle an. Scheiterte jedoch kläglich. Mit den Händen auf die Knie gestützt beugte ich mich vorn über und spuckte sie ins Gras. Neben meinen eigenen sah ich auch ein anderes paar Schuhe vor mir. Fast hätte ich auf sie gekotzt, aber es war egal. Ich rang nach Atem, meine Gedanken jagten wild durcheinander, und mein Brustkorb fühlte sich an, als würde er jeden Moment zerbersten.

Entgegen dem, was mein Körper mir riet, richtete ich mich halb auf und ließ den Blick weiter umherwandern. An meinem Gegenüber vorbei, den ich nicht erkannte und eher durch ihn hindurchsah. Sofort schrie mein Instinkt nach Flucht. Doch mein Körper war wie festgefroren. Gleichzeitig saugte mein Verstand jedes Detail in sich auf. Hinter mir erstreckte sich die Weite des Waldes. Ich spürte in meinem Rücken die Seelen der Bäume. Sie waren ebenso aufgereiht, wie die Krieger, die Schulter an Schulter ihrem Gegner entgegenblickten, kurz bevor sie mit lautem Getose in ihren sicheren Tod rannten. Die Bäume sperrten die Magier aus, ließen keinen hindurch, der nicht hindurch gehörte. Über eine weite, blutgetränkte Lichtung hinweg, erblickte ich das Schloss des Königs. Und auf eben dieser Lichtung brannte die Hölle. Mein persönlicher Albtraum. Wir wurden überrannt. Hunderte Krieger standen vor mir und kämpften. Einige mit Waffen, andere mit Geschossen und wieder andere sah man murmeln. Doch die Masse an Kriegern, die aus dem Schloss herausstürmten, schien kein Ende zu nehmen. Der König hatte tausende Magier auf seiner Seite. Wir würden es nicht schaffen.

Der Wald in meinem Rücken versprach mit einem Mal ein gutes Versteck zu bieten. Ich sah mich um und suchte nach bekannten Gesichtern. Weit vor mir, an vorderster Front kämpfend, entdeckte ich meinen Vater. Er verteidigte sich gleich gegen zwei Angreifer gleichzeitig, während sie ihn in die Mangel nahmen. Mit einer fließenden Bewegung parierte er den Hieb des einen Angreifers, während er mit einem schnellen Seitenhieb den anderen Krieger zurückdrängte. Sein Gesicht war konzentriert, seine Bewegungen präzise und kraftvoll. Mit seiner rechten Hand schwang er gekonnt sein Schwert, was wie seine Magie und seine Augen in einem hellen Schein erstrahlte. Mit der linken Hand feuerte er immer wieder Geschosse ab. Gerade als ich dachte, er hätte alles im Griff, näherte sich ein weiterer Krieger. Er war getarnt und für die Augen meines Vaters nichts auszumachen.

„Dad! ...", schrie ich, ich wollte ihn auf seinen Angreifer aufmerksam machen, doch ich kam zu spät. Der dritte Angreifer positionierte seinen Stoß mit dem Schwert sehr gezielt und durchbrach die Rüstung meines Vaters. Das Schwert durchbohrte von hinten sein Herz und kam zwischen den Rippen an seiner Brust wieder raus. Ich sah meinen Vater auf seine Brust schauen, sah wie er scheinbar verstand, dass es kein Zurück mehr gab. Und als hätte er gespürt, dass ich zu ihm kommen wollte, trafen sich unsere Blicke. Trauer und panische Angst hielt mein Herz wie im Schraubstock gefangen, als ich sah, wie er vornüberkippte.

„NEIN ......!", schrie ich aus voller Kehle und rannte los. Ich wollte mich den Angreifern stellen und formte meine Geschosse in beiden Händen. Sammelte meine Magie und wollte sie loslassen. Doch als ich auf meine Hände blickte, blieb ich entsetzt stehen. Meine Geschosse waren nur so groß wie Tennisbälle. Wie war das möglich? *Scheiß drauf.* Dann musste es halt anders gehen. Wie von Sinnen rannte ich weiter, immer näher zu meinem Dad, als mich plötzlich etwas von den Füßen riss. Elias hatte sich auf mich gestürzt. Ein Energiegeschoss schoss über uns hinweg und ich drehte mich um, sodass ich mit dem Rücken im Gras lag, meine Sicht war verschwommen. Tränen liefen mir das Gesicht hinunter und Elias griff nach meiner Hand. „Bitte Sam, wir müssen gehen ... Wir können hier nicht mehr helfen ... Versteh doch, wir müssen versuchen dich in Sicherheit zu bringen ... Wir haben keine Chance mehr hier etwas auszurichten."

„Aber mein Dad ...", mir brach die Stimme und der Schmerz in meiner Brust drohte mich zu übermannen.

„Wir können nichts mehr für ihn tun, seine Magie ist erloschen." Er sah mich aus traurigen Augen an.

„Woher willst du das wissen? Wir können ihn heilen!", schrie ich ihn an.

Elias zerrte mich hoch und zog mich hinter sich her auf den Waldrand zu. Ich wehrte mich mit all meiner Kraft. Ich war doch eigentlich viel stärker als er, wie konnte er mich einfach so hinter sich herziehen? „Elias, wir müssen helfen. Wir müssen kämpfen. Wo ist meine Mom? Sie kann uns helfen, sie ist stark!"

Elias bleib ruckartig stehen und sah mich verwirrt an. „Sam, was ist los mit dir? Du weißt genau wo deine Mom ist! Deswegen sind wir hier!"

Verwirrt blickte ich zurück. Mein Blut gefror in meinen Adern. Panisch sah ich Elias an. Wurde mein Albtraum gerade wahr? „Was ist passiert?", fragte ich kaum hörbar und wappnete mich für das schlimmste. Doch die Worte, die folgten, waren noch schlimmer, als ich erwartet hatte.

„Die Königin ist Tod, sie wurde zu Tode gefoltert. Sie wollten Informationen und die hat deine Mutter ihnen nicht gegeben. Als der König ihr Blut hatte, ließ er sie töten. Wir bekamen die Nachricht über ein Mahnmal, dass vor den Toren des Schlosses errichtet wurde. Es war die Leiche deiner Mutter, die sie auf einen Stab gespießt vor das Tor gestellt hatten. Darunter stand die Nachricht ,die alte Ordnung ist gefallen'." Elias sah mich abwartend an, während ich vor Schock erstarrte. „Du wusstest es nicht? Sam, wir haben den Angriff lange geplant und du warst dabei."

Ich schüttelte leicht den Kopf. Ich ertrug den Gedanken nicht. Meine Eltern waren beide Tod. In mir zerbrach etwas. Etwas, das einst mein Herz darstellte, riss meine Seele in winzige Fetzen. Von mir blieb nichts mehr übrig. „Du hast mir versprochen, dass wir das alle lebend überstehen. Du hast es versprochen."

In den Baumkronen vor uns bewegte sich etwas. Ich sah aus dem Augenwinkel die Elfen, wie sie uns zur Rettung eilen wollten, jedoch von irgendetwas aufgehalten wurden. Aber alle Hilfe kam zu spät. Ich schmetterte meine Fäuste gegen Elias Brustpanzer. Immer und immer wieder trafen sie, für mich schmerzend auf. Elias hingegen zuckte nicht einmal mit den Wimpern. Er sah mich nur aus traurigen Augen an. Nach einigen weiteren Schlägen fing er meine Hände auf und zog mich behutsam an seine Brust. Bevor ich mich jedoch an seiner Brust hätte anlehnen können, sah ich einen hellen Lichtblitz hinter ihm auftauchen. Elias ging mit schockiertem und schmerzerfülltem Blick zu Boden. Ich versuchte ihn zu halten, war aber viel zu schwach. Er fiel mir in die Arme und gemeinsam gingen wir zu Boden. Er riss mich einfach mit sich. Ich hatte dem nichts entgegenzusetzen. Das Geräusch, welches beim Aufprall des Geschosses erscholl, ging durch mich durch. Es war ein reißen und ein Krachen. Es war, als hätte man Elias gespalten.

Auf dem Boden hockend versuchte ich herauszufinden, was eben geschehen war. Als ich bemerkte, dass Elias sich nicht mehr rührte, ging es mir endlich auf. Wir waren angegriffen worden. Elias wurde getroffen und verwundet. Schnell versuchte ich zu agieren und drehte ihn mit viel Mühe so, dass ich seine Wunde inspizieren konnte. Seine Kleidung und seine Haut waren aufgerissen und in seinem Rücken klaffte ein großes Loch, an dessen Rändern es unheilvoll glühte. Die Wunde fraß sich weiter durch sein Fleisch. Immer tiefer hinein. Der Geruch von verbrannter Kleidung und Fleisch ließ mich erneut Galle schlucken. Ich musste mich jetzt zusammenreißen. Mir blieb nur eine

Möglichkeit. Ich versuchte meine Magie umzukehren. Wollte ihn heilen, doch es gelang mir nicht. Egal, wie sehr ich es versuchte. Ich scheiterte. Wieder und wieder. Ich hockte neben ihm, meine Hände auf seinem Rücken abgelegt und ignorierte den Kampf um uns herum. Den Kopf in den Nacken gelegt, schrie ich meinen Schmerz heraus, versuchte so meine Magie zu kanalisieren. Wollte alles, was ich konnte in seine Heilung schicken. Das Glühen an den Rändern der Wunde verblasste allmählich, aber das große, klaffende Loch in seinem Rücken blieb. Kein Blut floss mehr, dennoch wirkte die Verletzung tief und unheilbar. Ich sah mich um und flehte jemand möge uns helfen, doch wer sollte uns helfen können, war doch jeder in seinem eigenen Kampf gefangen? Mein ganzer Körper zitterte und bebte. Ich versuchte erneut all meine Kraft in meine Magie zu legen, nutzlos. Elias starb, hier und jetzt. Und ich konnte nichts anderes tun, als ihm dabei zuzusehen. Tränen tropften von meinem Kinn und ich streichelte Elias sanft über das Gesicht. Ich hielt ihn fest. „Elias, es tut mir leid ... Ich liebe dich", schniefte ich. Ich gab ihm halt, zeigte ihm, dass er nicht allein war, während er meine Seite der Welt verließ und seine Augen ins Leere starrten. Auch lange, nachdem sein Herz aufgehört hatte zu schlagen, saß ich, mit seinem Kopf in meinem Schoß am Rande des Waldes und hoffte, dass auch mich bald jemand umbringen würde. Hoffte, dass das alles ein Ende fand. Stumme Tränen liefen mein Gesicht hinunter.

Ich hätte den Rest meines Lebens hier bei Elias sitzend verbracht, wenn ich nicht unsanft von ihm weggerissen wurde. Meine Kopfhaut brannte höllisch, als mich jemand an meinen Haaren packte und hinter sich herzog. Ich wehrte mich nicht mehr. Wofür auch? Die Verachtung und der Groll, die in dieser Geste lagen, konnte kaum das überbieten, was ich mir gegenüber fühlte. Wieso tötete mich derjenige nicht einfach? Wieso war mir dieser Ausweg verwehrt? Es war doch eh keiner mehr da. Alles andere interessierte mich nicht mehr. Was jetzt mit mir geschah, war mir egal. Das Recht auf ein Leben hatte ich verspielt.

Jeder Ruck an meinen Haaren ließ mich kurz zusammenzucken, doch das Brennen fühlte sich merkwürdig fern an, als ob mein Körper durch Watte gepolstert war. Sollte die Welt doch untergehen, sollten sie mich doch töten. Ich hatte alles verloren. Alles. Langsam wurde die Welt um mich herum stumm und die Farben blass, bis nichts mehr übrig blieb außer Schwärze und Stille.

Ich wusste nicht, wie lange der Zustand anhielt, wusste nicht, was mit mir geschehen war. Alles fühlte sich so taub an. Als wäre ich nicht mehr wirklich Teil meines Körpers. Ich hoffte nur noch, dass meine Gedanken und mein Herz bald ruhen würden, dass ich Frieden fand. Ich ertrug diese Welt nicht mehr länger. Als es nach einiger Zeit wieder hell wurde, stöhnte ich auf. Ich wollte nicht zurück, wollte mich nicht dem stellen, was unweigerlich auf mich wartete. Und doch wollte mein Körper mir diesen Gefallen nicht tun. Er zog mich unbeirrt ins hier und jetzt zurück. Wurde wacher und wacher.

***

Unter mir spürte ich einen kalten und harten Untergrund. Meine Finger fuhren über das feuchte Gestein und an mein Ohr drangen geflüsterte Worte. Ob meine Gegner wohl besprachen, was sie mit mir machen sollten? Obwohl ich es nicht wollte, kam ich wieder ins hier und jetzt zurück. Doch spürte ich neben mir eine wohlige Wärme und an meiner Wange etwas, das mir wieder und wieder über die Haut strich. An der unablässig Tränen runterrannen. Irgendwas stimmte nicht. Wer würde hier sitzen und mich trösten? Immerhin wollten sie mich töten.

„Was hast du mit ihr gemacht? Wieso kommt sie nicht wieder zu sich?" Die Stimme, die ich nun deutlich hörte, kam mir bekannt vor. Doch noch sprangen meine Gedanken hin und her und konnten sich nicht fokussieren.

„Gib ihr noch etwas Zeit, es war sehr anstrengend für sie. Es wird nicht leicht zu verstehen sein, was sie gesehen hat!" Durch die verschiedenen Stimmen wirkten meine Gedanken nicht mehr ganz so diffus. Sie waren wie eine Art Anker und legten sich mit Gewicht so, dass meine Gedanken in die richtige Richtung zogen. So klärten sie sich auf. Zo hatte gerade Elias beruhigt. Elias? War das möglich?

„Elias?" Ich setzte mich ruckartig auf und sah mich um. Elias, der scheinbar neben mir gesessen hatte, lag nun rücklings auf dem Boden. Ich hatte ihn anscheinend umgehauen als ich mich so schnell aufsetzte. An meiner Schulter pochte ein unangenehmer Schmerz. Wahrscheinlich hatte ich ihn mit ihr getroffen und umgehauen. Tief atmend bemerkte ich, dass ich in der Mitte der Höhle saß, genau da, wo ich mit Zo gesprochen hatte, als mich der Schmerz mit sich getragen hatte. Ich versuchte die Bilder übereinander zu legen, versuchte zu versehen, wie das alles zusammenpasste. Aber die Situation klärte sich damit nicht auf. Verwirrt sah ich von einem zum anderen und ließ meinen Blick dann auf Elias ruhen. „Wie ist das möglich? Du bist gestorben, in meinen Armen." Mein Herz schnürte sich abermals zu, ich schniefte und sah Elias genau an. Überprüfte, ob er wirklich hier war, ob er mein Elias war, ob er Verletzungen hatte. Und das alles ohne mich zu bewegen oder ihn aus den

Augen zu lassen. Kein Kratzer war auf Elias' Haut zu sehen. Mein Kopf brummte, wie nach einer durchzechten Nacht, und ich konnte kaum glauben, dass er wirklich vor mir stand, unverletzt und lebendig.

Elias hingegen sah mich verdutzt und etwas ratlos an.

„Was ist passiert, Sam?" besorgt sah Elias mich an.

„Ich weiß es nicht. Ich war mit Zo hier und wir sprachen über meine Fähigkeiten und plötzlich war da dieser Schmerz ...Und dann befand ich mich im Krieg. Meine Mom war Tod, mein Dad und du ..., ihr starbt vor meinen Augen." Wieder füllten sich meine Augen mit Tränen und ich musste schlucken um weiter reden zu können. „Viele sind gestorben und dann haben sie mich mitgenommen."

„Hey ..." Elias nahm mein Gesicht tröstend in seine warmen Hände und strich sanft mit dem Daumen über meine Wange. „Ich bin hier und ich werde nicht sterben. Ich würde dich nie alleine lassen, das habe ich dir doch versprochen!" Elias zog mich auf seinen Schoß und so saßen wir und warteten gemeinsam darauf, dass ich mich in seinen Armen beruhigte. Seine Anwesenheit und seine Stärke entspannten mich. Die sanften, gleichmäßigen Bewegungen seiner Hand in meinem Rücken, ließen mich ankommen. Mich verstehen, dass das alles nicht passiert war. Ich atmete tief durch und hob langsam den Kopf, um ihn ansehen zu können. Wie mit einem Schlag bemerkte ich die Veränderung. Seine Tarnung war fort. Er war wieder der Elias, der er war, wenn er in Maganon verweilte. Kurz stutzte ich. Wie war es möglich, dass seine Tarnung so schnell gefallen war? Dann sah ich an mir herunter und bemerkte, dass auch meine Tarnung verflogen war.

Elias sah meinen verwirrten Gesichtsausdruck und sah mich aufmunternd an „Das erkläre ich dir gleich." Dann wandte er sich an Zo. „Kannst du uns erklären, was das war und was es zu bedeuten hat, das Sam unseren Tod gesehen hat?"

„Das ist schwierig zu erklären. Ich habe schon beim ersten Mal als ihr hier wart gespürt, dass die Prinzessin ihre Kräfte nicht nutzt. Ob sie sie nicht kannte oder sie selber vor sich verborgen hielt, wusste ich zu dem Zeitpunkt noch nicht. Das eben, war der Beweis dafür, dass sie von etwas Blockiert wurde. Ich befürchte, dass das Böse in ihr sehr stark ist, denn *es* war es, das diese Barrieren errichtet hat. Für jede einzelne der Fähigkeiten die du nutzen musst, um dein Ziel zu erreichen. Ich konnte die Barriere für die Macht der Weitsicht und die Macht der Krieger durchbrechen, habe dann aber aufgehört. Sams Geist hätte weiteren Attacken nicht standgehalten, außerdem driftete sie in eine Vision ab. Dann musste ich mich zurückziehen, um sie nicht nachhaltig zu schädigen." Zo sah mich bedauernd an „Das was du gesehen hast, liebe Prinzessin, war eine Möglichkeit der Zukunft. Ich habe nur unterbewusst spüren können was du sahst. Es war die Version der Zukunft, wie es kommen würde, wenn du verleugnest, was du bist, wenn du nicht trainieren willst. Ich hätte dir von dieser Zukunft auch erzählt, aber jetzt kamst du mir zuvor und ich bedauere, dass du Das sehen musstest."

Also war das meine Zukunft? War es das, was mir bevorstand?

„Nein, nur die Version, in der du nicht trainiert hast, in der du alles von dir weggeschoben hast." Zo redete sanft auf mich ein. Doch darauf hatte ich keinen Nerv. „Raus aus meinem Kopf!", brüllte ich sie an.

***

Einige Zeit später saß ich mit Elias am Rand der Höhle und erzählte von meiner Vision und vor allem davon, wie es zu dem Krieg gekommen war. Dass sie meine Mutter folterten und am Ende sogar töteten, um zu bekommen, was sie wollten. Es machte mich wahnsinnig, nicht zu wissen, ob sie es in diesem Moment auch taten oder ob es noch in weiter Zukunft lag. Ich hoffte, dass meiner Mutter und uns noch Zeit blieb. Ich musste trainieren, soviel stand fest. Doch für heute hatten wir genug getan. Elias und die Drachen hatten während meiner Erfahrung mit Zo nicht nur trainiert, sondern auch im hinteren Teil der Höhle eine Art Bett für uns bereitet. Es bestand hauptsächlich aus Blättern, Gras und Moos, aber es würde reichen. Erschöpft legte ich mich auf das Provisorium, schmiegte mich in Elias' Arme, die mich beschützend hielten, und fiel in den Schlaf.

In meinen Träumen suchten mich immer wieder Szenen aus meiner Vision heim oder waren es andere Visionen? Ich sah auch, dass meine Eltern sich wieder trafen und glücklich lebten. Ich sah eine Hochzeit, bei der Elias am Altar stand. Ob ich wohl die Braut sein würde? Ich sah aber auch noch mehr Krieg. Immer wieder mussten wir kämpfen. Und immer wieder starben die Menschen, die mir am Herzen lagen. Ein Traum jedoch blieb am längsten und er machte mir die meiste Hoffnung. In diesem Traum kämpften wir auch, aber hier hatte sich die Energie des Kampfes gedreht, die Macht stand auf unserer Seite. Um mich herum waren nicht nur Menschen, sondern auch die Drachen, die Feen und unter meinen Füßen spürte ich die Macht der Gräber. Sie alle standen auf unserer Seite. Meine Macht pulsierte durch meine Adern und ich ließ den Blick schweifen. Auf mein Nicken hin machten sich alle bereit, Elias und mein Vater direkt an meiner Seite. Jeder Krieger, einschließlich mir, ließ seine Macht durchbrechen. Der Kampfanzug mit der Rüstung entstand an jedem von Ihnen. Es konnte losgehen.

Kapitel 8

Elias

Am nächsten Morgen wachte ich mit verspannten Gliedern auf und stütze mich eher unbeholfen auf meine Ellbogen und suchte nach Sam. Anders als ich sprühte sie anscheinend voller Tatendrang und war bereits das blühende Leben. Während ich noch verschlafen in unserem provisorischen Bett lag, lief sie schon durch die Höhle. Der gestrige Tag hing mir noch in den Knochen. Das Ganze hätte auch anders ausgehen können. Und auch die Vision, die Sam hatte, ließ mich nicht mehr los. War das wirklich nur eine Möglichkeit und konnten wir sie noch abwenden? Während meiner doch eher trüben Gedanken, beobachtete ich Sam dabei, wie sie in der Höhle hin und her lief. Sie wirkte viel gelöster, viel Hoffnungsvoller. Mit einem Lächeln auf den Lippen ließ ich mich zurück ins Bett sinken und schloss nochmal kurz die Augen. Die dunklen Ringe unter meinen Augen erzählten von Nächten ohne Schlaf. Jede Bewegung von Sam ließ mein Herz schneller schlagen, als würde sie im nächsten Moment verschwinden. Meine Hände zitterten unkontrolliert, während ich still betete, dass sie nicht den letzten Schritt wagte. Ich atmete auf. Denn, so wie es schien, hatte sich zumindest das geregelt. Mit einem Ziel vor Augen und dem Wissen, wofür sie dies alles tat, schöpfte sie Hoffnung und übertrug sie auf mich.

Plötzlich spürte ich eine Bewegung neben mir und roch einen mir doch sehr bekannten Geruch. Schmunzelnd öffnete ich die Augen gerade rechtzeitig, um zu sehen, dass Sam mir einen Kuss auf die Lippen drücken wollte. Mein Schmunzeln verzog sich zu einem breiten Lächeln. Als ich ihre erschrockenen, aufgerissenen Augen direkt vor mir sah, so nah vor mir, dass ich ihren Atem auf meiner Haut spüren konnte, musste ich mir ein Lachen verkneifen. Sie war einfach zu süß.

Ganz unschuldig wollte sie sich von mir zurückziehen. „Ich dachte, ich wecke dich mal auf!" Sie grinste mich schüchtern an und mein Herz beschleunigte den Takt.

Doch ich ließ sie keinen Millimeter zurückweichen. Griff in ihren Nacken und zog sie schwungvoll zu mir herunter. Quietschend landete sie auf mir. Sams strahlendes Lächeln und ihr lebhafter Schritt reichten aus, um die dunklen Wolken meiner Gedanken zu vertreiben. Für einen Moment schien die Welt wieder in Ordnung, als würde ihre Energie direkt in mich überfließen. Ihre Lippen trafen auf meine und ich seufzte erleichtert auf. Mit ihrem beängstigend geringen Gewicht lag sie nun auf mir. Und ich genoss die Nähe, die sie mir bot und ich hielt sie, bis sie beschloss, dass es zu reichen schien.

Dann drückte sie sich hoch, stahl sich einen und stand auf. „Los, das Training beginnt." Beherzt griff sie nach meinen Händen und zog mich schwungvoll hoch. Ihre körperliche Kraft erinnerte mich an alles. Und mit einem Schlag war alles wieder da. Der Druck, die Last und die Bürde. Anders als mich, schien sie das nicht mehr so zu belasten. Also trottete ich ihr mit hängenden Schultern und schmerzenden Muskeln hinterher. In die Mitte der Höhle, wo die Drachen bereits im Kreis standen und sich berieten.

Bei ihnen angekommen begann Zo damit, uns den Plan zu erklären, den sich die Drachen hatten einfallen lassen. „Wir haben uns überlegt, euch getrennt zu trainieren. So wird es beschleunigt. Denn jeder von euch hat einen anderen Stand im Training. Jeder von euch weiß mehr oder weniger. So werden wir schneller Erfolge sehen. Je nach Trainingserfolg werdet ihr auch gegeneinander Trainieren müssen." Ich holte Luft, um etwas zu sagen, wurde jedoch sofort unterbrochen „Zwar können wir eure Technik trainieren und einen Angriff starten, doch werden wir nie wie ein Magier angreifen können. Wir werden nie einen realen Kampf simulieren können. Doch stehen uns andere Kräfte zur Verfügung. Auch mit und gegen diese werden ihr antreten." Zo machte eine kurze Pause, sprach dann langsam weiter „Sam du gehst mit Fotia und Elias du trainierst mit Nero. Ich werde …"

Oh … Wow … Mein Magen verkrampfte sich, als hätte jemand einen eisigen Griff um mein Herz gelegt. „Sam soll gegen den da kämpfen?", brach es aus mir heraus, meine Finger zitterten, als ich auf Fotia zeigte. „Er hat sich doch nicht mal im Griff. Er wird sie verletzen!".

Sam legte eine Hand auf meinen Arm, den ich unbewusst schon erhoben hatte. Bereit ein Geschoss zu rufen. Doch nicht sie war es, die zu mir sprach. Wieder war es Zo, die ihre Worte mit Bedacht wählte. „Sorge dich nicht, Elias. Meine Aufgabe wird sein, euer Training zu überwachen und ein Auge auf euch zu haben. Niemand wird so weit zu Schaden kommen, dass es nicht mehr heilbar wäre."

Na klar … Ich war mir nicht ganz sicher, ob das jetzt so viel besser war. Konnte der Drache wirklich abschätzen, ob wir nur leicht oder schwer verletzt waren? Oder merkte er vielleicht zu spät, dass es keine Rettung mehr für uns gab? Wieder spürte ich Sams Hand. Diesmal griff sie nach meiner. Ich bemerkte ihre Unruhe. Nahm ihre Hand in meine und drückte sie fest. Meinen Blick ihr zugewandt erkannte ich sehr deutlich, dass sie zwar gefasst und selbstbewusst aussah, es im inneren aber nicht war. In ihr tobte der Widerstand.

„Sam? Versuch dich zu konzentrieren. Bleib hier."

Ich rieb mir die Augen, als Zo sich Sam näherte. Was geschah hier? Sams Körper spannte sich wie eine Saite und ihre Fingergriffe wurden weiß, so fest drückte sie sie zusammen. Mein Herz setzte einen Schlag aus, als ich sie an den Schultern packte. Sie fühlte sich kalt und starr an, als hätte sie die Leblosigkeit selbst umhüllt. Wieder schlug mein Herz in einem ungesunden Takt. Was passierte hier? Gänsehaut überzog meinen Körper, als ich versuchte unsere Blicke zu kreuzen. Ihre Augen waren leer. Sie sah einfach durch mich hindurch.

„Sam? Kannst du mich hören?" Zo war bei Sam angekommen, stellte sich unmittelbar vor sie. Doch sie reagierte nicht. Kein Blinzeln, kein Zucken, nicht die kleinste Regung. Zo zögerte keine Sekunde und trat noch näher an Sam heran. Nun trennte sie nur noch eine Armlänge. Der Drache überragte Sam um ein Vielfaches und dennoch reagierte sie noch immer nicht. Als wäre sie nicht mehr in ihrem Körper. Angst schnürte mir den Hals zu, umgriff mein Herz und ließ mich straucheln. Was passierte hier? Vollkommen mit der Situation überfordert, versuchte ich erneut Sams Aufmerksamkeit zu erlangen, doch Zo ließ es nicht zu. Sie legte die Schnauze auf Sams Kopf und hüllte sie durch ihren Atem in eine weiße, durchscheinende Wolke. Ein skurriles Bild bot sich mir und allen die zusahen. Sams Blick wurde noch teilnahmsloser, ihr Körper verlor an Spannung und dann ging ein Ruck durch ihre Glieder. Direkt darauf entdeckte ich die nächste Regung. Leider keine positive. Denn ich bemerkte die Veränderung in ihren Augen. Stück für Stück durchzog Schwarz ihre Iriden, Stück für Stück verlor Sam sich selbst. Das Böse. Es kam zurück. Durch die weiße Wolke, die aus Zos Nüstern floss, von Sam weggedrängt, musste ich ihre Hand loslassen. Schmerzhaft stach es in meinem Herzen. Ich verfluchte mich selbst dafür, dass ich ihr nicht helfen konnte, dass ich zum Zusehen verdonnert war und hilflos danebenstand. Und doch war es das Einzige, was mir blieb. Zuzusehen und Zo vertrauen. Sie war ein so altes und weises Wesen, dass ich hoffte, sie wusste was sie tat.

Ich trat zurück. Die Wolke drängte mich so weit an den Rand der Höhle, dass ich nun neben den anderen Drachen stand. Und genau von dort aus betrachtete ich die Szene. Es war ein erhabenes Gefühl. Ich stand neben den Wesen, die wir alle schon seit ewigen Zeiten für ausgestorben hielten.

Die Sagen und Geschichten, Legenden und Märchen füllten. Die so viele Leben nahmen und gleichzeitig retteten. Riesig und voller Stolz standen sie, wie Berge, in der Höhle, die sie ihre Heimat nannten. Gespannt beobachteten wir gemeinsam, was geschah. Es war skurril und irgendwie nicht von dieser Welt. Ich verfolgte gespannt was passierte. Immer wieder musste ich gegen den Drang ankämpfen nach vorn zu stürmen und Sam zu retten. Doch, aus welchem Grund auch immer, wusste ich, dass ich nichts tun konnte. Das Zo die Einzige war, die Sam jetzt brauchte. Ich war zum Zusehen verdonnert.

Sams Körper zuckte und strampelte, trat und schlug um sich. Und obwohl wir nichts hörten, sah ich, wie sich ihr Mund zum Schrei verzog. Und dann war meine Sam weg. An ihrer statt stand erneut das Böse vor uns. Hitze stieg in meinem Inneren auf. Die Wut ließ mein Blut förmlich überkochen. Es rauschte überhitzt durch meine Adern. Ich hasste, was ich sah und konnte doch nichts tun, außer zu hoffen, es endlich aus ihr herausholen und vernichten zu können. Wie konnte es es wagen?

Instinktiv war ich einige Schritte auf Sam zugegangen. Kam jedoch nicht allzu weit. Denn als ich den nächsten Schritt ansetzte, stockte ich in der Bewegung. Ich konnte meinen Fuß nicht mehr heben. Auch der andere machte nicht mehr mit. Bewegte sich nicht mehr. Und als ich zu ihnen hinabsah, traute ich meinen Augen kaum. Meine Füße befanden sich im – also wirklich im – Boden. Ich blickte mich um und die Drachen kicherten. Sie schienen sich prächtig zu amüsieren. Hatten die denn nichts Besseres zu tun? Während meine Freundin gerade vom Bösen überrannt wurde, hatten sie nur Gekicher im Kopf? Und dann knallte in mir eine Sicherung durch. Auf einmal schien meine Wut alles zu beherrschen. Ohne ihn gerufen zu haben, brach der Krieger aus mir heraus. Seine Macht durchflutete meinen gesamten Körper. Die verhärteten Knochen, die gestählten Muskeln, die widerstandsfähigere Haut. Das Schwert, was beim Rufen immer mit erschien, ließ ich direkt wieder verschwinden. Stattdessen erschuf ich Geschosse und richtete sie gegen den Stein um meine Füße. Versuchte meine Füße frei zu schießen. Die ersten Steine bröckelten und das Kichern der Drachen schwoll zu Lachsalven an. Jetzt reichte es. Ich sah nur noch rot. Meine gesamte Macht sammelnd richtete ich ein letztes Geschoss auf den Stein zu meinen Füßen. Mit großem Getöse sprang der Stein auf und ließ meine Beine wieder frei. So lief ich wutentbrannt und zum Angriff bereit auf die Drachen los.

Dann geschah alles gleichzeitig. Zo brüllte mir irgendwas hinterher, während ich Geschosse formte, die immer größer wurden. Ich sah, wie durch einen roten Schleier. Konturen verschwammen und ich war kaum mehr Herr meiner Sinne. Kaum noch Herr meiner Macht. Sie entglitt mir. Meine Wut hatte die Kontrolle über meine Handlungen übernommen. Genau das, was dank des Trainings, dass ich jahrelang hab ertragen und durchführen müssen, nicht passieren sollte, geschah. Und es gab kein Zurück.

„Elias beruhige dich!" Zwar erreichte mich Zos Stimme, doch interessierte es mich nicht. Was bildeten die Drachen sich ein mich aufzuhalten, wenn ich meiner Freundin helfen wollte? Wer waren sie, mir dazwischenzufunken? Sollten sie mich doch kennenlernen. Die Wut gewann, ich hatte keine Chance. Einem Kurzschluss gleich ließ ich meine Geschosse auf die Drachen zufliegen. Bevor sie irgendwo aufschlagen konnten, wurde es schlagartig dunkel. Gleichzeitig prallte ich mit voller Wucht gegen eine Wand. Landete unsanft auf dem Boden. Mein Schädel brummte. Benommen schüttelte ich den Kopf. Woher war die Wand so plötzlich gekommen? Soweit ich mich erinnerte, war ich auf keine Wand zugelaufen. Vorsichtig griff ich an meine Stirn und spürte etwas Feuchtes an meinen Fingern. *Jap.* Definitiv eine Platzwunde. Meine Hand an meiner Hose sauber wischend stand ich auf und sah mich um. Versuchte in der Dunkelheit irgendwas auszumachen. Aber sie war undurchdringbar. Die Geräusche um mich herum dumpf, kaum wahrnehmbar. Ich tastete die Wand ab. Fuhr den rauen Stein nach und fand weder Anfang noch Ende. Die Wand schien mich zu umschließen. Sie war geformt wie ein Ball. Mit einem Hohlraum, in dem ich saß. *Klasse!* Mein Überlebensinstinkt reagierte sofort. Wenn das Ding hier um mich herum geschlossen ist, würde mir der Sauerstoff bald ausgehen. Der Größe nach zu urteilen blieb mir auch nicht allzu viel Zeit. Ohne weiter nachzudenken, schleuderte ich ein Geschoss nach dem nächsten auf die Wand. Und irgendwann schien das erste Licht durch winzige Risse im Stein zu mir herein. Mit dem nächsten Geschoss zerbröckelte mein Gefängnis mit lautem Gestose und fiel in sich zusammen. Erschöpft sackte ich auf die Knie und schnaufte vor Anstrengung. Endlich war ich frei und mein Kopf war sortierter. Die Wut um ein Vielfaches reduziert. Als ich schnaufend aufblickte stand Gi vor mir. Eigentlich eben dieser Drache, der am wenigsten auffiel, weil er sich am Rand des Geschehens aufhielt. „Wieder beruhigt?", fragte er fast amüsiert.

„Wenigstens habt ihr euren Spaß." So würdevoll wie möglich stand ich auf und funkelte ihn aus bösen Augen an „Was zum Teufel soll das alles? Habt ihr da etwa Spaß …" Ich unterbrach mich selbst. Etwas zog an mir. Und ich drehte mich um meine eigene Achse. Bis ich sie sah. Sam! Immer noch war sie in die weiße Wolke gehüllt. Dabei schien sich ihr Körper jedoch endlich zu entspannen. Da ich auf die Entfernung ihre Augen nicht erkennen konnte, ging ich langsam auf sie zu. Immer auf der Hut. Immer bereit, direkt zurückzuweichen. Ich wollte zu ihr, ihr helfen, sie halten. Irgendwas tun. Doch was?

„Warte, sie kommt wieder zu sich, dann kannst du sie halten." Zo sprach durch zusammengepresste Lippen. Es schien anstrengend zu sein, was sie da tat.

Also wartete ich und wartete. Eine innere Unruhe überlief mich und als ich gerade schreien wollte, blickte Sam mich mit traurigem Blick an. Die weiße Wolke fiel von ihr ab. Verpuffte, als wäre sie nie da gewesen.

„Es tut mir leid!", sie sank auf die Knie und weinte. Schnellen Schrittes war ich bei ihr, zog sie an mich und hielt sie fest.

„Es muss dir nicht leidtun, du kannst nichts dafür!" Innerlich flehte ich, dass sie endlich verstehen würde, dass sie an nichts von alldem schuld war.

Zo räusperte sich hinter uns. „Prinzessin, du musst die Angst und die Zweifel an deinem Unterfangen beseitigen. Du hast doch verstanden was auf dem Spiel steht, oder?"

„Ja", schluchzte Sam nach einem kurzen Moment. „Ja das habe ich, aber das heißt nicht, dass ich das alles gut finden muss. Ich habe mir wirklich Mühe gegeben. Aber kann ich vielleicht erst mit Nero trainieren oder mit Gi? Ich habe ..." Sie schluckte. „Na ja, Fotia wirkt so unberechenbar. So angriffslustig. Da kann man nur Angst haben." Beschämt sah sie zu Boden und knetete ihre Hände.

„Du irrst dich Prinzessin, Fotia ist stark, das stimmt. Jedoch können die anderen beiden da locker mithalten, wir sind uns fast ebenbürtig. Nur Fotias Temperament ist etwas anders als das unsere. Er kommt aus einer Gegend, in der man zum Spaß kämpfte. Es fehlt ihm, also provoziert er gerne."

Nachdem wir die Rahmenbedingungen des Trainings geklärt hatten, begannen wir. Ich trainierte mit Gi und Sam mit Nero. Beide waren wir nervös. Denn niemand von uns hatte jemals mit so einem Gegner zu tun gehabt.

Und es war sogar noch anstrengender als ich vermutet hatte. Obwohl ich ein voll ausgebildeter Krieger war, hatte ich mächtig Schwierigkeiten gegen Gi zu bestehen. Schon nach kürzester Zeit war ich verschwitzt und hechelte nach Luft. Gi hingegen schien noch nicht einmal warm zu sein. Während wir kämpften – sofern man dieses Ungleichgewicht als solches bezeichnen konnte – beobachtete ich ihn genau. Es war erstaunlich zu was er in der Lage war. Denn er konnte den Stein um uns herumbewegen und ihn neu Formen, ihm Leben einhauchen und ihn dann gegen mich kämpfen lassen.

Immer wenn ich dachte, ihn durchschaut zu haben und an ihn heranzukommen, hatte er etwas Neues auf Lager.

Immer wieder ein neuer Trick. Stein der mich umschloss, der eine Wand vor mir bildete, mich als Figuren angriff oder sich wie ein Laufband unter mir bewegte. Ich hatte keine Chance. Keine Ahnung wie ich jemals nah genug an ihn herankommen sollte, um ihn zu verletzten oder ihn zu besiegen. Es war faszinierend und angsteinflößend zugleich. Gleichzeitig sprang mir ein gänzlich anderer Gedanke im Kopf umher. Welche Mächte lagen wohl noch in Maganon verborgen? Und wenn ich ehrlich war, wollte ich die Antwort nicht wissen. Denn wenn wir diese Mächte nicht auf unserer Seite verzeichneten, war es uns unmöglich zu gewinnen. In diese Gedanken versunken, sah ich zu Sam hinüber und betrachtete sie ganz genau. Hoch konzentriert und entschlossen stand sie vor ihrem Gegner. Ihre Schüchternheit, ihre Zurückhaltung war vollends verflogen und sie stand so aufrecht, wie eine Kriegerin. Wie eine Königin. Als hätte sie schon ihr ganzes Leben lang gekämpft und geherrscht. Wäre nie anders herumgelaufen. Und als hätte es die letzten Wochen, Monate und Jahre nie gegeben. Vielleicht lag es tatsächlich an ihrer Abstammung und ihr lag das Kämpfen im Blut. Ich wusste es noch. Gespannt beobachtete ich, wie Nero ruhig und aufmerksam mit Sam trainierte. Er war weder hektisch noch aufbrausend. Er war ein guter Trainingspartner und würde bestimmt nichts …

Plötzlich schoss eine mächtige Wasserwand auf Sam zu und in ihrem Gesicht spiegelte sich reiner Schock wider. Noch bevor sie reagieren konnte, drehte sie sich instinktiv zur Seite, ihre Schultern zogen sich zusammen, ihr Körper machte sich klein, als wolle sie im Boden verschwinden. Als die Wassermassen durch sie hindurch und um sie herum schossen, starrte ich gebannt auf die Szene, die sich mir bot. Klatschnass stellte Sam sich kampflustig, mit erhobenen Schultern und vorgestrecktem Kinn ihrem Gegner. Ein Lächeln machte sich auf ihrem Gesicht breit, als sich hinter ihr die Massen sammelten und erneut eine Wand bildeten. Langsam hob sie die Hände zu beiden Seiten und führte sie dann in einer schnellen Bewegung nach vorne. Ich blinzelte. Konnte meinen Augen kaum trauen. Die Wand formte sich, augenscheinlich unter Sams Befehl, zu einer riesigen Welle, rauschte in die andere Richtung und riss Gi fast von den Füßen, als sie ihn überrumpelten. Hinter dem Drachen fiel das Wasser in sich zusammen und war urplötzlich weg. Als wäre sie vom Boden aufgesogen worden. Verdutzt blinzelte ich erneut. Nicht vor Schock, sondern vor Unglauben.

Sam stand immer noch an ihrem Platz, wrang ihr Haar kurz aus und schüttelte die Arme um Wasser von sich zu werfen. Sie sah Nero mit großen Augen an und sagte irgendwas, das mir jedoch aufgrund der Distanz nicht möglich war zu verstehen. Fast unbemerkt war Gi neben mich getreten und senkte seinen Kopf, damit wir auf Augenhöhe waren. Langsam und die Worte bedächtig gewählt, sagte er: „Deine Freundin ist sehr stark, leider nutzt sie die Stärke nicht bewusst. In Reaktionssituationen nutzt sie das volle Potenzial. In Aktionssituationen leider nicht. Ein langer Weg liegt noch vor euch. Denn auch in dir steckt mehr als du glaubst."

Ich setzte mich auf den Boden, hörte dem Drachen zu, als er mir die Kräfte seines Volkes erklärte. „Meine eigene Kraft kommt aus der Erde. Ich kann die Erde für mich nutzen, sie formen, härten oder erweichen und ihr Leben einhauchen.

Ich bin, genau wie die anderen drei, ein Elementardrache, wir wurden zum Kämpfen geschaffen." Kurz senkte er den Kopf. „Darauf bin ich nicht stolz. Denn obwohl wir diese Kraft besitzen, kämpfen wir nicht gerne. Wir sind friedliebend. Mit Ausnahme von Fotia. Neros Kraft kommt aus dem Wasser, genau wie ich kann er daraus Dinge formen und sie zum Angriff oder zur Verteidigung nutzen. Dabei kann er dem Wasser jedoch kein Leben einhauchen. Seiner eigenen Aussage zufolge hatte er das nicht gelernt. Eine andere Erklärung seinerseits war auch immer, dann man Wasser nicht lange genug in einer Form halten könnte, um zum Leben zu erwachen. Wer weiß, was hiervon stimmt. Fotias Kraft kommt – wie sollte es auch anders sein – aus dem Feuer. Er ist die pure Energie und genießt seine Macht in vollen Zügen. Er kann das Feuer, das er speit, lenken und es verdichten oder erlöschen lassen. Je nachdem, wozu er es gerade nutzen möchte. Auch kann er aus Feuer lebendige Wesen machen, die aber leider zu oft seinem Willen nicht gehorchen. Feuer war einfach immer und egal in welcher Form unberechenbar. Einmal hatte Fotia sich selbst durch sein Feuer verletzt. Zur Freude von uns, natürlich." Ein schadenfrohes Lächeln erschien in seinem Gesicht. Sein Maul verzog sich merkwürdig. Doch für mich war es eindeutig ein Lächeln. „Am beeindruckendsten ist Zo, sie hält das Element der Luft inne. Diese Macht ist nicht zum Angriff fähig, aber gut zur Manipulation. Sie kann über Distanz in die Köpfe der Gegner eindringen und sie verwirren. Sie kann aber auch tiefer sehen als alle anderen. Deswegen wusste sie auch, was für Kräfte die Prinzessin hat. Sie kann den Geist gleichzeitig schützen und ihn im nächsten

Moment zu Dingen zwingen, die man niemals bereit wäre zu tun. Aber Zo ist die friedlichste von uns. Sie würde euch auch nicht helfen, wenn die Sache, für die ihr einsteht, nicht deutlich mehr Frieden bringen würde, als sie sich jemals erhofft hätte. Jeden Schmerz, jedes Leid dieser Welt fühlt Zo mit. Es wird immer schlimmer und sie hoffte auf eine Wendung. Und da kommt ihr ins Spiel."

Kapitel 9

Sam

Seit vier Wochen schmerzten meine Muskeln bei jeder Bewegung, meine Knochen knirschten bei jedem Schritt. Jeder Atemzug fühlte sich an, als würde er durch ein Nadelöhr der Qual gehen. Egal ob es die Knochen oder meine Muskeln waren. Alles erzitterte unter der Anstrengung, aber mein Kampfeswille war ungebrochen. Obwohl ich es jeden Abend fast kriechend nur noch zu unserem Lager schaffte und sobald ich lag, direkt eingeschlafen war, wusste ich doch wofür ich es tat und was auf dem Spiel stand, wenn ich nicht kämpfen würde. Jede Nacht durchzuckten mich die gleichen Bilder: flackernde Schatten, schreiende Stimmen und das Gefühl von endlosem Fall. Ich wachte schweißgebadet auf, mein Herz raste, und ich konnte kaum noch atmen. Und doch spürte ich auch ihre Veränderung. Mit jedem noch so kleinen Trainingserfolg veränderte sie sich. Es waren nur Nuancen der Veränderungen. Es wurde heller. Der Wald war nicht mehr wie ausgestorben oder aber meine Geschosse wurden etwas größer. Noch waren wir nicht siegreich oder hatten weniger Verluste. Doch ich vertraute darauf, dass dies alles noch kommen wollte.

Leider konnte mir Zo bis heute nicht ganz bestätigen, ob diese Visionen tatsächlich welche waren und von meiner Weitsicht kamen oder einfach nur schlechte Träume. Die Vermutung, dass es von meiner Weitsicht kam, lag nahe. Denn wieso sollte ich sonst immer wieder denselben Traum haben, der mir immer wieder unser Scheitern vor Augen führte? Der sich nur so minimal verändert, wie mein Trainingserfolg.

Damit du dich in Sicherheit wägst und ich dich langsam aber sicher vernichten kann.

Eiskalt durchbohrte die Stimme meine Gedanken. Kurz wollte ich erstarren, streckte stattdessen aber meine Schultern durch du dachte an das, was ich bisher erlernt hatte. Glaube an dich selbst und das Böse wird keine Macht über dich haben.

Zurück zu meinen Träumen und der möglichen Weitsicht. Ich fokussierte mich, atmete tief durch. Laut Zo gab es verschiedene Möglichkeiten die Gabe der Weitsicht zu besitzen. Zum einen gab es diejenigen, die die Vergangenheit sahen, die sich auf den aktuellen Moment auswirkte. Wieder andere sahen die Gegenwart. Mit ihren vielen kleinen und großen Wegen, die sie gehen könnten. Und zu guter Letzt waren da diejenigen, die die Zukunft sahen, bzw. eine Möglichkeit der Zukunft. Denn je nachdem, wie eine Entscheidung im hier und jetzt gefällt wurde, lief man eventuell in eine andere Richtung und die mögliche Zukunft schlug einen anderen Weg ein.

Zwar war ich mir ziemlich sicher, die Zukunft zu sehen, doch Zo präzisierte: dass ich das Ganze dann bewusst steuern können müsste. Also nicht das, was ich sah, sondern vielmehr wann ich eine Vision empfing und auch in wessen Zukunft ich einen Blick werfen wollte. Also genau das Gegenteil von dem, was diese *Gabe* gerade so veranstaltete. Sie zeigte sich nur in meinen Träumen, nur wenn ich schlief. Tagsüber und vor allem wollend hatte ich noch keine einzige Zukunftsmöglichkeit empfangen. Obwohl mich das alles mehr und mehr verwirrte, lagen meine Prioritäten gerade ganz klar woanders. Beim Kämpfen und Heilen.

Jäh wurde ich aus meinen Gedanken gerissen, als Zos Stimme auf mich einprasselte. Ich schüttelte den Kopf, um zu verstehen, was dort an meine Ohren drang. „Prinzessin, es bringt dir nichts, wenn du kämpfst, wie jeder Magier es könnte. Du musst endlich verstehen, dass in dir mehr wohnt als nur die Macht der Krieger oder die, der Heiler oder einer der Anderen. Deine Stärke, dein Vorteil liegt in dem Zusammenschluss all dieser Facetten der Magie. Ihre Kombination macht dich stark, nicht der isolierte Gebrauch einzelner Dinge."

Ich ballte meine Fäuste und presste meine Lippen zusammen, um den aufsteigenden Ärger in mir zurückzuhalten. Seit Beginn des Trainings wiederholte Zo diese Phrase, sah sie denn meine Fortschritte nicht? Im Gegensatz zu ihr spürte ich, wie ich jeden Tag stärker wurde, wie ich mich veränderte. Und ich war nicht die einzige. Denn auch Elias veränderte sich. Angefangen mit unseren Körpern, an denen kein Gramm Fett mehr zu finden war. Bis hin zu unseren Techniken, die sich mit den bisherigen nicht vergleichen ließen. Nicht, dass ich jemals Techniken erlernt oder angewendet hatte. Doch jetzt beherrschte ich sie fast im Schlaf. Wir taten ja auch nichts anderes mehr.

Mein Blick huschte zu Elias. Gerade trainierte er mit nacktem Oberkörper nicht weit von mir. Meine Augen folgten dem Schimmer seiner verschwitzten, angespannten Muskeln. Jede Bewegung, die er machte, war geschmeidig und kraftvoll, und er wirkte vollkommen in seinem Element. Ein warmes Prickeln breitete sich in meinem Bauch aus. Sein verschwitzter Körper wirbelte nur so umher. Die nassen Haare fielen ihn in die Stirn aber er betrachtete sie gar nicht, er war total in seinem Element. Elias' Statur war weiter definiert, als ich es je für möglich gehalten hätte. Seine Schultern waren breiter, seine Brust und Bauchmuskeln härter und er sah – na ja für mich zumindest – aus wie ein Engel. Seine leuchtenden Augen gespannt und konzentriert auf Fotia gerichtet, sprang er auf ihn zu und setze zum Schlag an. Natürlich griff er nicht mit der Faust an. Denn er wusste, dass dies wenig Auswirkungen haben würde. So entstand während des Sprungs ein riesiges Energiegeschoss in seiner Hand. Kurz bevor er Fotias Brust damit erreicht hatte, ließ er es verpuffen, landete stolz vor dem Drachen und grinste breit zu ihm hoch. Er hatte es geschafft. Ich hob die Faust in die Luft und schrie vor Freude laut auf. Er hatte es wirklich geschafft. Stolz durchdrang meinen Körper. Er hätte Fotia besiegt, wenn er durchgezogen hätte. Oder Fotia hat ihn gewinnen lassen? Nein, das hätte ihm nicht ähnlichgesehen. Wir waren bereit. Zumindest dachte ich das.

„Dann wird es Zeit, dass ihr gegeneinander antretet!" Mit diesen Worten riss Fotia mich aus meinen Gedanken und mein Blick, der immer noch auf Elias gerichtet war, richtete sich nun fragend auf Zo. Ohne mich anzusehen, nickte sie. Also hielt sie es für eine gute Idee.

„Aber ...", stotterte ich darauf los. „Wie ... Ich kann nicht. Was ist, wenn ich Elias verletzte?" Mein Körper zitterte, Angst griff nach mir und ich schwankte. Elias drehte sich zu mir um und unsere Blicke verhakten sich ineinander. Ich spürte, welche Gedanken ihm durch den Kopf und welche Gefühle durch seine Seele fuhren. Elias' Augen verrieten keine Spur von Angst. Stattdessen sah ich in seinen Iriden nur tiefes Vertrauen, ein Vertrauen, das sich wie eine warme Umarmung um mein zitterndes Inneres legte. Es nicht wollte.

Aber wie sollte ich richtig kämpfen, wenn ich gegen ihn kämpfte? Die Drachen hatten mir gesagt, dass ich rein körperlich deutlich stärker war als er. Obwohl seine Technik besser war als meine und er deutlich mehr Kampferfahrung hatte, reichte doch ein gezielter Tritt, ein Schlag oder ein Geschoss am richtigen Punkt angesetzt und ich würde ihn töten. Meine Gedanken kreisten immer weiter. Der Strudel drohte mich hinunterzuziehen.

Elias' Stimme drang durch den Strudel, fing mich ein und zog mich ins hier und jetzt zurück. „Sam, ich vertraue dir, ich weiß, dass du mich nicht ernsthaft verletzten wirst. Und, wenn doch, kannst du mich ja direkt wieder heilen. Ich weiß, dass du das kannst!", versuchte er mich zu beruhigen.

Anspannung machte sich in mir breit. Ich sah mich Hilfe suchend um. Meine Schultern sackten nach unten. Ich betrachtete die Wände der Höhle, den rauen Stein an ihnen, das Wasser, das stellenweise als Rinnsal daran hinunterlief. Langsam drehte ich mich im Kreis. Die Höhle war meine Zuflucht, meine Trainingshalle und gleichzeitig auch ein wenig mein zu Hause geworden. Doch just in diesem Moment drehte sich das Bild. Jetzt sah ich in der Höhle nur noch den Ort, an dem ich Elias umbringen würde.

Elias trat nah an mich heran und nahm meine Hände in seine. Meine Hände zitterten vor Angst und ich traute mich kaum Elias anzusehen. Ich schluckte. „Hey", er hob mein Kinn so an. Mit geschlossenen Augen legte ich den Kopf in den Nacken. Ich traute mich nicht ihn anzusehen, wusste ich doch, dass in seinem Blick Vertrauen in mich finden würde. „Sam, sieh mich an, bitte!"

Zögerlich öffnete ich die Augen.

„Hi", ein Lächeln zog über Elias Gesicht „Ich bin nicht so schwach, wie du mich gerade darstellst. Ich weiß mich zu verteidigen. Und wir müssen ja nicht in die Vollen gehen. Es geht nur darum zu sehen, wie wir reagieren. Weil die Drachen eine andere Sicht auf die Dinge haben und sich anders am Kampf beteiligen, als Mann gegen Mann. Sie werden helfen, falls etwas schiefgehen sollte."

Ich wusste tatsächlich nicht, wie stark Elias im Verhältnis zu mir war, wir waren immer getrennt trainiert worden. Während er immer hier drin war, trainierte ich draußen vor den Höhlen. Nur beim aller ersten Training standen wir gemeinsam in der Höhle. Nachdem ich gegen Gi gekämpft und ihm sein Wasser wieder entgegengeschleudert hatte, wurde ich aus Sicherheitsgründen nach draußen verfrachtet.

Letztendlich hatte ich keine andere Wahl, stimmte dem Kampf zu und folgte den anderen nach draußen. Die Drachen bildeten einen lockeren Kreis um uns herum, um alles im Blick zu halten und einzugreifen, wenn etwas außer Kontrolle geraten sollte. Ich stellte mich kampfbereit vor Elias hin, ging leicht in die Knie, so wie es mir beigebracht wurde, und beobachtete ganz genau, was er tat. Genau wie ich, stellte er sich hin und sah mich an, ein kleines Lächeln umspielte seinen Mundwinkel, kurz bevor er ernst wurde und den Krieger raus brechen ließ. Ich sah das Schwert in seiner Hand erscheinen und war beeindruckt von dem Bild, was sich mir bot. Er sah gefährlich aus. Gefährlicher denn je. Breiter und präsenter erstrahlte er in seiner Macht. In seinem Kampfdress erahnte ich jeden Muskel und auch seine körperliche Kraft. Auch seine Magie war als Schimmer fast sichtbar. Zumindest für mich.

Doch ich stand ihm in nichts nach. Also tat ich es ihm gleich und ließ ebenfalls den Krieger aus mir herausbrechen. Oder vielmehr die Kriegerin. Es war das erste Mal, dass Elias mich so zu sehen bekam. Bevor wir mit dem Training begonnen hatten, war es mir nicht möglich gewesen nach dem Krieger in mir zu greifen. Jetzt ist es ganz einfach. Vielleicht auch zu einfach. Und – zugegebenermaßen – ab und an auch unfreiwillig. Denn anstatt nur auf *Wunsch* an die Oberfläche zu kommen, kam er leider auch manchmal zum Vorschein, wenn ich sauer, also so richtig sauer, wurde.

Als ich so in meiner Kriegergestalt vor ihm stand, fiel der Unterschied zwischen uns sofort auf. Sein Anzug war schwarz, wie immer. Mit der dicken Panzerung, die durch das Material leicht glänzte, an Brust und Rücken und hauteng anliegend, damit man nirgends versehentlich hängen bleiben konnte oder dem Gegner die Möglichkeit ließ sich festzuhalten.

Mein Kampfanzug hingegen das komplette Gegenteil. Natürlich auch hauteng und an Brust und Rücken gepanzert, aber meiner war nicht schwarz, meiner war im Grund weiß. Die Panzerungen waren schwarz und um meine Hüften schwang ein Stück Stoff, das man mit gutem Willen vielleicht als Rock hätte bezeichnen können. Mir aber, für meinen Geschmack, eindeutig zu kurz war. Das Merkwürdigste an der ganzen Sache war eigentlich, dass mein Anzug zu Beginn des Trainings dem von Elias viel ähnlicher sah. Er war von vornherein ein wenig heller gewesen. Eher wie ein ausgewaschenes schwarz. Ja, fast grau. Doch so wie jetzt sah er erst seit ein paar Tagen aus.

Elias sah mich erschrocken an. Stimmt. Davon hatte ich ihm gar nichts erzählt, wir hatten uns nie in unserer

Kriegerform getroffen. Es war auch nie wirklich Zeit gewesen, sich zu unterhalten. Das Einzige, was unseren Tagesablauf beherrschte, war das Training. Beim Essen saßen wir oft schweigend beieinander. Gespräche führten wir nur über belangloses. Lenkten uns dann von dem ab, warum wir dies hier alles taten. Ich brauchte diese kleinen Fluchten aus dem Irrsinn, in dem wir uns befanden.

Ein Schmunzeln umspielte meine Lippen und ich genoss seinen Blick, der jeden Zentimeter meines Körpers streifte. Spürte seinen Blick, wie einen Hauch auf meiner Haut. Wie er jede Faser in sich aufnahm. Ich schluckte, als seine Augen wieder in meinem Gesicht ankamen und ich in seinen Iriden ein unbändiges Feuer entdeckte. Er fuhr sich mit der Hand durch die Haare, schluckte merklich und richtete sich dann erneut auf. Ganz so, als würde er das, woran er vermutlich dachte, schnell wieder fortwischen. Irgendwann. Irgendwann durften wir vielleicht auch das Paar sein, das solche Momente andern erlebte.

Dann fielen mir noch mehr Unterschiede auf. Denn auch unsere Schwerter unterschieden sich wie Tag und Nacht. Während seins am Heft schwarz und sonst silbern war, war meines am Heft silbern mit einer weißen Klinge. Das Kreuz meiner Waffe war geschwungen und mit einer Art Pflanzengeflecht verziert.

„Wow!" Elias nickte anerkennend. Dieses kleine Wort war wie ein Startschuss und es ging los. Ich schoss mit hocherhobenem Schwert auf ihn zu. Ich Beschleunigte und holte kurz vor ihm mit der Schwerthand aus, um ihn anzugreifen. Doch Elias war schneller. Er wich so schnell aus, dass ich ihm kaum folgen konnte. Er war im großen Bogen um mich gerannt. Um ihn zu beobachten, riss ich mich herum und versuchte ihn nicht aus den Augen zu lassen. Ein ganz schön verzwicktes Unterfangen. Doch mit Mühe schaffte ich es. Erkannte, dass er direkt hinter mit stehen blieb, drehte mich ruckartig. Für eine weitere Reaktion blieb keine Zeit. Er holte bereits mit seiner freien Hand aus und ließ mich mit einem gezielten Schlag vor die Brust zu Boden gehen. Der Aufprall war härter als ich zugeben wollte und presste mir die gesamte Luft aus den Lungen. Gerade als ich aufstehen wollte, beugte sich Elias schon über mich. Ein Energiegeschoss in der Hand, welches immer weiter anwuchs. Er war eindeutig in der besseren Position. Mein Hirn rannte mit meinen Gedanken um die Wette. Wie konnte ich das Blatt wenden? Ich sah mich um, suchte auch weiter in meinem Verstand. Suchte nach dem Schlupfloch, nach einer Lücke im System und starrte zu ihm hoch, als ich vom Rand des Kampfplatzes eine Stimme vernahm.

„Mach schon Prinzessin, hoch mit dir, willst du ihn wirklich so einfach gewinnen lassen?", schlug mir Fotias Stimme entgegen.

Ich wollte ihm unbedingt zeigen, was ich darauf hatte. Wollte beweisen, dass ihr Glaube an mich gerechtfertigt war. So stellte ich mich mit einem geübten Sprung wieder auf die Beine und wich Elias aus. Gab ihm keine Chance das Geschoss auf mich zurasen zu lassen. Aber auch er wollte gewinnen und versuchte mir hinterher zusetzen. Ohne Erfolg. Ich war schneller und riss ihm die Beine mit einem gekonnten Tritt weg. Unsanft und keuchend krachte er auf den Boden, jetzt war es an mir mich über ihn zu stellen.

„So wird das nichts!", genervt spann Fotia die Flügel und flog zu uns auf den Platz. „Ist das euer Ernst?", wütend schnaufte Fotia Rauch aus seinen Nüstern. „Meint ihr wirklich, ihr würdet so kämpfen müssen, wenn es so weit ist?" Langsam und bedrohlich zog er einen Kreis um uns herum. „Sie werden euch nicht nahe genug herankommen lassen, für einen Zweikampf." Mit seiner Flügelspitze schubste er mich an den Rand und vergrößerte so meinen Abstand zu Elias. „Und nun macht schon. Benutzt die Magie, die in euch ist! Verdammt! Sonst wird das hier ein unendlich langes Spiel!"

Etwas verwirrt starrte ich Elias an, aber er schien schneller zu begreifen als ich. Nickend stand er auf und vergrößerte unserem Abstand weiter, indem er ein paar Schritte zurückging. Okay, irgendwie gefiel mir das nicht.

„Los!", schrie Fotia und erhob sich in die Luft.

In meinem Kopf ging ich die Schritte durch, die mir die Drachen bisher beigebracht hatten. Schutzschild. Gegner lesen. Magie einsetzen. Fokus halten. Tief atmete ich ein und aus. Fokussierte vor meinem inneren Auge das Schild.

Gleichzeitig schob ich meine linke Hand nach oben, hielt sie vor meine Brust und versuchte einen halbwegs akzeptablen Schutzschild hochzuziehen. Es war gar nicht so leicht und gelang mir zum wiederholten Male nicht wirklich. Der Schild war nicht meine Paradedisziplin. Bevor ich ihn ganz oben hatte, krachte auch schon das erste Geschoss dagegen. Sofort erkannte ich die Risse, die der Schlag mit sich brachte und der untere Teil brach sogar vollends weg. Das nächste Geschoss, dass auf mich zuflog, vernichtete ihn gänzlich. Mein Blut kochte durch meine Venen. Genervt stieß ich die Luft aus. Ich bekam es verdammt nochmal nicht hin meine Konzentration zu teilen. Ach, was redete ich von teilen. Ich schaffte es ja nicht mal mit ihr meinen Schild hochzuziehen. Wie sollte ich gleichzeitig Elias beobachten, abwägen was er tat und meine Kräfte sammeln? Ich war frustriert und wurde wütend. Als erneut eines seiner Geschosse auf mich zuraste, traf es mich direkt vor die Brust. Keuchend rutschte ich nach hinten. Durch den festen Stand, riss es mich zwar nicht von den Füßen, aber ich rutschte ein ganzes Stück nach hinten. Und von dem Punkt, an dem ich gerade noch stand, bis zu dem, wo ich mich nun befand, waren tiefe Spuren erkennbar. Meine Arme waren mit etwas Abstand vor mir verschränkt. Keuchend stieß ich die Luft aus. Mein Brustkorb hob und senkte sich hektisch. Verdammt, tat das weh. Mein Puls schnellte in die Höhe. Meine Wut wuchs. Okay. Dann los. Die Schonzeit vorbei. Wutentbrannt starrte ich Elias an. Spürte wie meine Magie wuchs, meine Augen zu leuchten begannen und fühlte dem Prickeln meiner Magie auf meiner Haut nach, während ich das Geschoss in meiner rechten Hand erscheinen und wachsen ließ.

Gut so, weiter. Lass es größer werden und wir können ihn schon im Training vernichten. Wieso auch länger warten, wenn wir die Chance beim Schopfe packen können?

Höhnisch drang die Stimme an mein Ohr.
Vor Schreck zuckte ich zusammen, ließ das Geschoss unwillentlich los und sah, wie es auf Elias zuraste. Ein Geschoss in Größe eines Fußballs. Es könnte ihn ernsthaft verletzten. Verzweifelt machte ich schnelle Schritte auf ihn zu. Mit dem Wissen, es nicht einholen zu können. Panisch schrie ich seinen Namen. Hoffte, dass er ausweichen konnte. Wie konnte das Böse wiederkommen? Ich dachte, über das Training hätten wir es im Zaum gehalten. Erleichtert stellte ich fest, dass Elias seinen Schild hochgezogen hatte, bevor das Geschoss ankam. Dennoch wurde er von der Wucht des Aufpralls zurückgeschleudert. Tiefe Furchen zogen sich durch den Boden, genau da wo Elias entlang gerutscht war. Ich wollte einen Schritt auf ihn zu machen und fragen, ob es ihm gut ging, als ich auch schon nichts mehr unter Kontrolle hatte. In meinen beiden Händen bildeten sich Energiegeschosse,

sie wurden größer und größer. Mit Entsetzen bemerkte ich, dass sie nicht die Farbe hatten, die ich gewohnt war. Sie sahen aus als wären sie matter und nicht mehr so strahlend. Sie wirkten grau und wurden immer dunkler. Ich wusste was das hieß. „Elias, renn weg! Bitte!" Ich schrie so laut ich konnte. Ich hoffte er würde es hören und ich hoffte er würde wissen, dass nicht ich es war, die ihm das antun wollte. Aus dem Augenwinkel sah ich, wie die Drachen sich mir näherten, ihre Blicke huschten hin und her. Nur Zo schien zu verstehen was gerade los war. Sie nickte Gi zu, der nun seinerseits zu verstehen begann. Die anderen Drachen folgten. Und dann brach das pure Chaos aus. Wie aus dem Nicht bildeten sich um mich herum Wassersäulen und kreisten mich ein. Wassertropfen trafen meine Haut. Der Geruch von Sommerregen stieg mir in die Nase und dann verband sich Wasser mit Feuer, als das Feuer Teil des Wasserkreises wurde. Es umkreiste mich. Ließ mir keine Möglichkeit zur Flucht. Unter meinen Füßen bebte die Erde. Immer und immer mehr. Die Drachen schlossen mich mit ihren Elementen ein. Ich war vollkommen verwirrt. Wusste nicht wie mir geschah und spürte dann, dass sich neue Geschosse in meinen Händen bildeten und losgelassen wurden. Sie schossen auf die Wand aus Feuer und Wasser zu … Und durchbrachen sie.

Entsetzt schrie ich auf.

Wie war das möglich? Ich war doch Herr meiner Sinne, wie konnte das Böse also Herr meines Körpers sein? Und wieder spürte ich die Magie in meinen Händen und konnte nur tatenlos zusehen, wie die Geschosse anschwollen. Wieder und wieder ließ ich los. Unaufhaltsam bildeten sich neue Geschosse, die wild durch die Gegend rauschten. Wie durch ein Wunder wurde bisher noch niemand getroffen. Elias hockte mit einem Schild vor sich auf dem Boden und beobachtete. Suchte nach einem Weg zu mir. Einen Weg, den ich selber gerade nicht fand. Und dann sah ich nichts mehr, spürte und hörte nichts mehr. Plötzlich wurde alles dunkel und still. Ich spürte, wie die Geschosse versiegten und keine neuen nachkamen. Geschlagen ließ ich mich auf den Boden sinken und blieb zusammengekauert auf ihm liegen. Meine Knie umschlingend weinte ich. Ich verstand die Welt nicht mehr. Wie konnte das passieren?

Du bist so lächerlich

Panik durchzuckte meinen Körper. Und all meine Zweifel und meine Furcht kamen zurück. So sehr hatte ich gehofft, dass ich es geschafft hatte, das Böse so weit in den Hintergrund zu drängen, damit es mich nicht mehr erreichen konnte.

So naiv Prinzessin! *Tzz tzz* schnalzte es in meinem Kopf

Ich bin mit dir stärker geworden. Nur bin ich nicht so dumm wie du.

Das darauffolgende Lachen hallte lange nach und ließ mir das Blut in den Adern gefrieren. Die Angst um die Drachen und Elias ließ mich wach werden. Ich wollte aufstehen, um mich zu vergewissern, dass es allen gut ging, dass ich niemanden verletzt hatte. Aber mein Körper gehorchte mir nicht. Auf keinen meiner Befehle reagierte er. Ich wusste nicht, wie lange dieser Zustand anhielt, doch irgendwann wurde es hell um mich herum und ich erblickte Elias. Er saß genau vor mir. Als säße er schon die ganze Zeit hier. Wartend.

„Sam?", fragte er zögerlich. Augenscheinlich nicht sicher, ob ich es war oder nicht. Mit fragendem Blick sah er mich an und streckte eine Hand nach mir aus, als wollte er mir aufhelfen. Doch so sehr ich sie auch hätte ergreifen wollen. Und das wollte ich wirklich, hielt ich mich zurück. Ich konnte mir selber nicht trauen. Meine Hand schon halb in der Luft ließ ich sie wieder sinken. Senkte ebenfalls den Blick. Wer sagte mir, dass das Böse nicht wieder jeden angreifen wollte, der um mich herum war. Als hätte Elias meine Gedanken gehört, ergriff er ohne zu zögern meine Hand und erklärte damit, dass kein Grund zur Sorge bestand. „Es ist in Ordnung", sagte er. Ich sah von unseren verschränkten Händen hinauf in sein Gesicht, in seine Augen. Dort lag keine Angst. Nur Zuversicht. „Zo blockiert deine Magie. Du bist in Sicherheit."

Wie um eine Bestätigung einzuholen, sah ich mich fragend nach Zo um. Sie nickte und wirkte sehr konzentriert.

„Was ist passiert?", meine Stimme zitterte.

„Wir sind uns nicht ganz sicher. Plötzlich war das Böse da und irgendwie auch nicht. Es war anders, als die letzten Male. Es hatte deine Magie unter Kontrolle und griff uns an. Zo und die anderen haben versucht dich zu schützen und haben dich eingeschlossen und dann mit einem mächtigen Bann belegt. Also zumindest habe ich das so verstanden." Elias sah sich Hilfe suchend nach den Drachen um.

Nero übernahm das Gespräch. „Das ist schon richtig. Wir haben dich mit den Elementen eingeschlossen, um dich und uns zu schützen. Du bist stark und hast den Einschluss einfach gesprengt. Doch glücklicherweise konnte Zo den Bann trotzdem sprechen. Zuerst hat dieser dir so ziemlich alles genommen – wie du ja wahrscheinlich bemerkt hast. Nach und nach hat Zo angefangen den Bann zu lockern, um zu sehen wie du bzw. wer von euch darauf anspringt. Wir hatten Glück, das du es warst, so konnten wir den Bann aufheben. Lediglich deine Magie wird weiterhin blockiert. Sicher ist sicher." Ein kurzer Seitenblick zu Zo folgte, eher Nero weitersprach „Aber nun musst du uns erklären was in dir passiert ist. Hast du eine Ahnung was vor sich ging bevor das alles passiert ist?"

Die Spannung stieg, alle sahen mich gespannt an und ich drehte mich verlegen weg. Ich konnte nicht in Worte fassen was da genau geschehen war, ich hatte keine Ahnung, aber ich versuchte es. Sah dabei trotzdem niemanden direkt an. „Ich weiß es nicht. Wirklich. Ich spürte nur, dass mein Körper mir nicht mehr gehorchte und als die Geschosse sich immer dunkler färbten, hatte ich so eine Ahnung." Ich suchte Elias Blick. „Aber ich verstehe nicht wie *es* von mir Besitz ergreifen konnte, ohne dass mein Bewusstsein verschwand. Sonst wurde ich immer herausgeworfen. So als würde ich nur noch zugucken. Diesmal aber war es, als würde wirklich ich das tun. Als alles um mich herum still wurde, ließ es mich wissen, dass es schlauer sei als ich. Ich war einfach zu naiv gewesen!" Resigniert zog ich die Knie an und ließ die Stirn gegen sie sinken. Auf dem Boden sitzend überschlugen sich meine Gedanken. Was wenn das jetzt immer so passieren konnte? Ohne Vorwarnung oder irgendein Anzeichen dafür, dass nicht ich das war, sondern *es*?

Um uns wurde es plötzlich unruhig. Die Drachen schienen nervös. Sie liefen unentwegt umeinander rum, ehe Zo zum Stehen kam und uns betrachtete. „Ihr müsst aufbrechen, ihr müsst die Gegenstände für das Ritual suchen. Es bleibt keine Zeit mehr. Das Böse. Seine Macht. Ich kann es nicht spüren, es weiß sich sogar vor mir zu verstecken. Also los. Sucht die letzten Gegenstände damit das Ritual vollzogen werden kann. Wenn ihr alle Gegenstände habt, werden wir es wissen und uns zu euch begeben. Beeilt euch. Die Zeit ist knapp!"

„Nein!" Wutentbrannt sprang ich auf, die Hände in die Hüften gestemmt und sah Zo zornig an. Die Wut von meiner Angst geschürt. „Und was passiert, wenn das Böse aus mir herausbricht während wir die Gegenstände suchen?"

„Hoffen wir einfach, dass wir das nicht herausfinden müssen." Zo und die anderen Drachen drehten sich um und gingen davon, sie ließen uns einfach zurück und ich sah Elias an.

„Prinzessin?" Elias trat vor mich und zog mich an sich, hielt mich im Arm. Ich schmiegte meine Wange an seine Brust. Versuchte in diesem Moment zu ertrinken. Ich wollte nichts mehr, als für den Rest unseres Lebens so stehenzubleiben. Diese Geste zeigte nicht nur Vertrautheit oder Liebe, diese Geste war ein Versprechen. Ein Versprechen von uns beiden, an uns beide. Wir würden das Gemeinsam durchstehen.

Ich hob das Kinn, wollte gerade etwas sagen, als sein Mund meine Lippen versiegelte.

„Ich liebe dich!", hauchte ich zwischen zwei sanften Küssen.

„Bis ans Ende der Welt!", flüsterte Elias mir ins Ohr und drückte mich wieder an sich. Seine Hand umfing meinen Nacken und er zog mich näher zu sich, sodass kein Blatt mehr zwischen uns passte. Für ihn würde ich noch weiter gehen, als bis ans Ende der Welt.

Kapitel 10

Während die Sorge über die schwindende Zeit immer spürbarer wurde, hatten wir gerade erst einen einzigen Gegenstand in unsere Hände bekommen. Viel zu wenig, angesichts der drohenden Gefahr, die wie ein Damoklesschwert über uns hing. Das Bewusstsein um diesen Druck brachte sofort eine nächste Frage auf: sollte ich mich erneut tarnen? Ich fühlte die prüfenden Blicke der anderen im Raum, die Spannung war fast greifbar. Als Ziel eines unablässigen Fahndungsaufrufs könnte schon allein meine Anwesenheit uns alle in erhebliche Gefahr bringen. Und mit Tarnung war ich quasi machtlos.

Elias' Stirn war zerfurcht vor Sorge. „Sam, du weißt, was auf dem Spiel steht."

„Aber wenn ich nicht meine volle Magie nutzen kann, sind wir im Angriffsfall verloren", entgegnete ich und presste meine Finger fest in meine Oberarme, die ich im Zorn umgriffen hatte, meine Stimme zitternd vor Entschlossenheit.

Es folgte eine hitzige Diskussion, begleitet von heftigem Kopfschütteln und nervösem Umherwandern. Doch am Ende ließ Elias' nachdenklicher Blick nach und er nickte. Mein Herz schlug schneller, als ich begriff, dass ich ohne Tarnung zurückkehren durfte.

Heimat. So ein komisches Wort, wenn man doch eigentlich gar nicht weiß, wohin man gehörte. Ich konnte mich nur durchsetzen, weil ich in meiner getarnten Gestalt meine Magie nicht voll nutzen konnte. Und im Falle eines Angriffs oder nur im Falle, dass das Böse sich mal wieder zurückmelden wollte, ich allem mehr oder weniger Chancenlos ausgeliefert wäre. Jeder war auf meine Sicherheit bedacht. Und das nutzte ich diesmal zu meinem Vorteil. Natürlich beschützte mich auch Elias. Ich wollte ihn nur meinetwegen nicht zusätzlich in sinnlose Gefahr bringen. Nicht, wenn ich ihr etwas entgegenzusetzen hatte. Und das hatte ich, wenn ich als ich zurückdurfte. Denn dann ich meine eigene Magie als Möglichkeit zur Gegenwehr.

Wir verließen die Höhle über die lange Treppe. Diesmal wollten wir nicht über eins meiner Portale nach Hause, sondern durch den Brunnen, der uns auch hergebracht hatte. Wir wollten so wenig Aufmerksamkeit erregen wie möglich. Und ein Portal setzt auch irgendwie immer einen magischen Marker. Irgendjemand würde den Impuls, den es verströmt spüren. Und an Orten, an denen sich normalerweise keine Portale befanden, würde es nur Fragen aufwerfen. Klar, war es nicht weniger auffällig, plötzlich, wie aus dem Nichts neben dem Brunnen zu erscheinen. Doch hier hofften wir einfach auf das Beste. Und wenn Unwissende uns sehen sollten, konnten wir unser Auftauchen bestimmt überspielen.

Am oberen Treppenabsatz angekommen, drehte ich mich um und ließ meinen Blick über die Drachen schweifen. Jeder

Einzelne von ihnen strahlte eine rohe, majestätische Kraft aus, ihre Augen verbargen eine Tiefe an Weisheit. Ein leises Brüllen von Fotia hallte wider und ließ mein Herz bluten vor Abschiedsschmerz. Mein Nicken war unser stiller Schwur, ein unausgesprochenes Gelübde, sie niemals zu enttäuschen. Sie waren keine schlechten Wesen. Tatsächlich waren sie mittlerweile zu Freunden geworden. Selbst Fotia hatte ich ein wenig ins Herz geschlossen. Obwohl er immer so tough tat, hatte er ein weiches Herz. Hin und wieder hatte ich ihn in der letzten Zeit beobachtet. Hatte dabei gesehen, wie er nach dem Training mit Achtung im Blick in unsere Richtung sah. Und schnell den Blick abwandte, wenn ich es bemerkte.

Schmerzhaft zog sich mein Herz zusammen, ich wollte nicht ohne sie gehen. Natürlich hatte ich Angst, ach was redete ich da? Ich hatte Panik. Wir wussten nicht, was auf uns warten würde, was wir noch alles erreichen mussten. So gerne hätte ich sie bei jedem Schritt an meiner Seite. Als Unterstützung und Rückhalt. Allen voran Zo. Die es immer wieder schaffte, mich selbst nach dem Angriff des Bösen zurück in meinen Körper zu holen und das Böse zu verdrängen. Die mich immer wieder erdete, mir meine Kräfte näherbrachte und mich nicht nur körperlich stärkte. Doch war das alles nicht so einfach. Wie sollte man Drachen in der Welt der Menschen erklären, wenn sie selbst auf Maganon als ausgestorben galten? Ein kleiner Trost blieb. Denn ich wusste, dass sie uns mit ihren speziellen Fähigkeiten im Blick hatten, in welcher Form auch immer bei uns waren und uns auf unserer Reise begleiteten. Dieses Wissen ließ mich gestärkt nach vorn schauen.

Elias und ich stiegen in den schmalen Tunnel und krochen langsam hindurch. Keiner von uns hatte es wirklich eilig. An seinem Ende angekommen legten wir die Köpfe in den Nacken. Suchten nach dem Lichtpunkt, der das Ende dieses Schachtes darstellen sollte. Doch sahen wir nichts. Tatsächlich wussten wir nicht so ganz, wie es ab hier weiterging. Von der anderen Seite aus war es ganz einfach gewesen durch das Portal zu kommen. Hier aber reichte uns keiner die Hand oder gab uns ein Zeichen wie wir das Portal betreten konnten. Nichts deutete auf ein Portal oder einen Zugang hin. Also suchten wir. Jeden Zentimeter abgelaufen, jeden Fitzel Wand berührt, alles betastet und genau betrachtet und doch nichts gefunden. Nichts, was uns aus dieser Höhle hinaufholte, nichts, was uns einsog und oberhalb wieder ausspuckte. Die Hand weiterhin vorsichtig über die Wand schiebend schnaufte ich genervt auf, drehte mich zu Elias und wollte ihn gerade rufen, als er vor meinen Augen einfach verschwand. Geschockt rannte ich zu der Stelle, an der er eben noch gestanden hatte. Er musste den Eingang zum Portal gefunden haben. So tastete ich wie eine Irre an der Wand entlang. Wie eben schon. Millimeter für Millimeter. Aber was ich auch tat, mich verschluckte kein Portal.

Mein Geduldsfaden riss. Scheiß auf die Vorsicht. Völlig genervt, konzentrierte ich mich auf den Park, den Brunnen und Elias, um mich von meinem eigenen Portal wegziehen zu lassen. Mit dem ersten Gedanken begann der Sog. Baute sich in mir auf und begann mich mit sich zu tragen. Doch kurz bevor mein Portal mich gänzlich mitreißen konnte, spürte ich eine Hand auf meiner Schulter. Da war es jedoch schon zu spät. Und der blinde Passagier war bereits mit mir auf Reisen. Während des Wechsels von Ort zu Ort, war es mir nicht möglich mich umzudrehen, um zu schauen, wer oder was sich da mit mir auf die Reise begeben hat. Das Portal, mit seiner Energie, war zu stark und zog unerbittlich in die eine Richtung.

Unsanft landete ich vor dem Brunnen auf Knien und Händen, sprang sofort auf und hieß den Mitreisenden gebührend willkommen. Mit den Geschossen in den Händen drehte ich mich um und fand mich Elias gegenüberstehend wieder. Ich sah mich hektisch um. Warf den Blick von links nach rechts. Das konnte doch nicht sein. Der oder das konnte doch unmöglich verschwunden sein. Doch so schien es. Nur Elias und ich standen vor dem Brunnen und gerade als ich mich erneut Ausschau haltend drehen wollte, ergriff Elias meine Hand. Mit schräg gelegtem Kopf sah er mich lächelnd an. „Alles in Ordnung, Prinzessin?"

Ich schüttelte leicht den Kopf. Zum einen um seine Frage zu verneinen, zum anderen aber auch, um den Gedanken an den Verfolger loszuwerden. Vielleicht hat mein Unterbewusstsein mir einen Streich gespielt und es war keiner da gewesen. Sicher war ich mir jedoch nicht. „Hast du gesehen, wer mit mir hergekommen ist? Ich hatte ein Portal erschaffen, weil ich das, was du benutzt hast, nicht gefunden habe, aber dann packte mich jemand an meiner Schulter und kam mit mir her!" Erneut sah ich mich nervös um.

„Das war ich!", Elias grinste schief „Nachdem ich hier landete und wusste, dass ich verschwunden war, ohne dir was zu sagen, bin ich wieder zurück zu dir. Als ich ankam, warst du schon dabei das Portal zu erschaffen, also habe ich nur nach dir gegriffen und bin mit dir hergekommen."

Erleichtert ließ ich die Luft aus meinen Lungen weichen. Ich hatte kurz die Befürchtung, wir hätten kurz nach der Ankunft kämpfen müssen. Nachdem diese Situation unspektakulär geklärt war, richtete ich mein Augenmerk auf unsere Umgebung. Mit meinen Sinnen tastete ich sie ab. Kam dann zu dem Schluss, dass uns keiner auffällig beobachtete. Denn niemand drehte sich in unsere Richtung, niemand lief panisch davon. Also hatte man unser plötzliches Erscheinen nicht bemerkt.

Dann drehte ich mich um. Sog den Geruch des Parks, nach Wiese, Laub und frischem Wind tief ein. Der Park war wieder mein Ort der Geborgenheit. Seine Wiese erstrahlte in sattem Grün und die sorgsam ausgewählten Blumen am Wegesrand leuchteten in den schönsten Farben. Die Wärme der Sonne durchdrang meine Haut und das Streicheln des sanften Windes umfasste mich wie eine vertraute Umarmung. Überall blühende Blumen, deren vertrauter Duft Erinnerungen an friedliche Tage auffrischten. Hier, im satten Grün des Parks, spürte ich, wie eine Last von meinen Schultern glitt. Genau hier fand ich meine Ruhe, wenn ich sie brauchte. Die Bäume erstreckten sich bis in die Wolken. Träumend und etwas abgelenkt, drehte ich mich um die eigene Achse und sog den Park und sein Gefühl in mich auf.

Ich hörte auf mich zu drehen, wollte in meiner Tasche gerade nach meinem Handy greifen, um Lena anzurufen, als Elias mich zurückhielt und etwas grob nach meiner Hand griff. „Was machst du da?", fragte er verwirrt.

Und ich glotzte ihn doof an. Noch nie hatte er mich in meinem Tun so aufgehalten, wie er es jetzt tat. „Ich wollte Lena anrufen, wir müssen uns mit ihr treffen." Skeptisch zog ich die Augenbraue hoch und starrte abwechselnd von seinem Gesicht auf seine Hand. Bis er diese zurückzog.

„Ja natürlich müssen wir das." Er sah sich ebenfalls um „Lass sie suchen gehen. Dabei können wir ein bisschen spazieren und den Kopf freibekommen!"

„Okay."

Das Verhalten passte nicht so recht zu Elias. Eigentlich wollte er doch ebenso wie ich, so schnell wie möglich alles erledigen, um die Gegenstände zu finden, damit wir dem Bösen ein Ende bereiten konnten. Ich atmete tief durch.

Suchte nach einer Erklärung für sein Verhalten. Und fand nichts wirklich Konkretes. Letztendlich fand ich mich damit ab, dass in den letzten Wochen viel passiert war und auch in Zukunft noch einiges auf uns zukommen würde. Seine Reaktion könnte also Stressbedingt sein. Ich hoffte, Zeit würde das für uns Regeln. Vielleicht sollte ich mit ihm das bisschen Normalität, dass wir uns schaffen konnten wirklich voll genießen. Kurzerhand griff ich nach seiner Hand, zog ihn hinter mir her und so machten wir uns auf den Weg zu Lena.

***

Wir sahen Lena, als sie vor einem Laden sehnsüchtig durch das Schaufenster blickte. Hinter dem Glas konnte ich in Szene gesetzte Ballkleider und Schmuck, Schuhe und Taschen erkennen. Genau an solchen Kleinigkeiten merkte man, dass der Ball des Jahres in absehbarer Zukunft stattfinden würde. Ein Ball, den ich bereits verdrängt hatte. Ganz verträumt starrte sie auf das seidene, hellblaue Kleid, was sie am liebsten direkt gekauft hätte, so wie ich sie kannte. Welch ein Zufall, dass sie ausgerechnet jetzt bummeln ging. So mussten wir gar nicht lange nach ihr suchen. Die Wiedersehensfreude sprudelte in mir über und ich sprang sie kurzerhand einfach von hinten an. Legte ihr meine Hände auf die Augen und flüsterte ihr geheimnisvoll ins Ohr. „Hallo Lena!"

Vor Schreck quietsche sie, wie ein kleines Ferkel, laut auf und drehte sich zu uns um. Ich sah ihr an, wie sie versuchte eins und eins zusammenzuzählen und irgendwie auf nichts kam. Als es ihr dann doch dämmerte, zog sie mich in eine herzliche Umarmung. Ich genoss diesen Moment der Normalität.

„Wo seid ihr so lange gewesen? Ihr hättet euch ruhig mal melden können!" Sie sah vorwurfsvoll zwischen Elias und mir hin und her. „Ihr seid einfach verschwunden. Mal wieder." Bei diesen Worten knuffte sie mir in den Arm und ich sah beschämt zu Boden.

„Lena es tut mir leid, ich wusste nicht … also keine Ahnung, ich glaube, ich habe nicht darüber nachgedacht. Ich konnte einfach nicht hierbleiben, es bestand zu viel Gefahr. Und im Moment bin ich mir nicht sicher, wem ich trauen kann und wem nicht. Ich hatte wahrscheinlich einfach Angst, dass jemand etwas mitbekommt, wenn ich dir erzähle, wo ich war und dann hätte ich, hätten wir …", ich sah Hilfe suchend zu Elias, doch er wirkte eher teilnahmslos. Anders als ich es von ihm gewohnt war. Ich legte die Stirn in Falten und wandte mich wieder Lena zu „… ein großes Problem bekommen!"

Lena wirkte nicht sehr sauer. Sie sah froh aus, anscheinend froh darüber, dass wir wieder da waren. „Dann erzählt mal. Wo war ihr, was habt ihr getrieben?" Sie nahm uns unter die Lupe „Ihr seht irgendwie anders aus!" Skeptisch legte sie die Stirn in Falten und zog die Nase kraus. Nicht sicher, wie sie unsere Veränderung finden sollte, sag betrachtete sie uns abwartend.

„Das ist eine lange Geschichte", winkte ich ab „Lena? Wir brauchen nochmal deine Hilfe." Durchdringend sah ich ihr in die Augen und versuchte mit diesem Blick deutlich zu machen, dass wir das Gespräch an einem geeigneteren Ort fortsetzen sollten.

Als Elias keine Anstalten machte sich zu bewegen, griff ich nach seiner Hand und zog ihn leicht hinter mir her. Ich übernahm die Führung und so gingen wir zu Elias' Wohnung. Während unseres Spaziergangs erzählte Lena uns was wir hier, in der normalen Welt, alles verpasst hatten. Es war nicht sonderlich viel. Der übliche alltägliche Wahnsinn in einer Stadt, in der nie etwas passierte. Noch immer drehten alle durch, weil der Ball bald stattfinden sollte. Die meisten Paarkonstellationen hatten sich bereits gebildet. Lena erzählte von all ihren Anfragen und wie vehement sie diese ablehnte. Wieso sie alle ablehnte, verriet sie nicht. An ihrem Gesichtsausdruck jedoch konnte ich festmachen, dass sie wohl auf jemand bestimmten wartete. Erschreckender Weise stellte ich fest, dass der Abschlussball schon in weniger als drei Wochen stattfinden sollte. Waren wir wirklich schon so lange von hier fort gewesen?

Die Stadt war unverändert hektisch und voller Leben. Menschen drängten sich geschäftig durch die Gassen auf ihrem Weg von A nach B. Huschten an anderen vorbei uns rempelten sich gegenseitig abgelenkt an. Nach einiger Zeit bemerkte ich etwas Merkwürdiges. Denn anders als früher rempelte mich keiner an. Damals, als ich noch die dicke Sam war, wurde ich ständig übersehen und angerempelt. Was zu Folge hatte, dass mich auch niemand wirklich zu bemerken schien. Jetzt war ich präsent. Ich wusste, dass ich mich verändert hatte. Lustig nur, dass einem das auffällt, wenn man am wenigsten damit rechnet. Ich dachte immer ich würde es erst dann bemerken, wenn ich im Kampf mit jemandem meine vollen Kräfte entfalten und nutzen würde.

Als ich mich weiter umsah, fand ich doch etwas, was sich verändert hatte. Und diese Veränderung gefiel mir gar nicht. Die Stimmung der Stadt war düsterer und unheilvoll. Ich konnte es an nichts bestimmten Ausmachen, aber die Spannung war greifbar. Es war, als wäre dies die Ruhe vor dem Sturm. Ob das was mit unserem Unterfangen zu tun oder ob der König bereits seine Finger bis hier her ausgestreckt hatte, konnte ich nicht ahnen. Gänsehaut überzog meinen Körper, als ich mir ausmalte, wohin alles gehen konnte, wenn ich nicht bald schaffte, was mir aufgetragen worden war.

***

Endlich in der Wohnung angekommen, ließ ich mich auf der Couch nieder und atmete tief durch. Es fühlte sich merkwürdig an wieder hier zu sitzen. Hier auf der Couch, wo so vieles begonnen hatte. Nichts hatte sich verändert. Außer der Staubschicht, die noch um einiges dicker war als vorher. Mein Blick ging durch den kleinen Raum und blieb an Elias hängen, der sich skeptisch umsah. Er betrachtete seine eigene Wohnung, als würde er sie das erste Mal sehen. Oder er suchte etwas. Sicher war ich mir nicht. Kurz beobachtete ich ihn, bis sich Lena neben mich setzte und mich aus meinen Betrachtungen riss. Elias' Augen huschten rastlos umher, während er den Raum durchquerte. Es war kein vertrauter Blick, eher einer voller Sorge und Geheimnisse. Ein leises Beben überkam seine Hände, jedes Mal, wenn er dachte, niemand bemerkte es. Die Anspannung in meiner Brust wuchs, als ich schwor, dieser seltsamen Veränderung auf den Grund zu gehen.

Zu Lena gewandt erzählte ich, was in den letzten Wochen passiert war und warum wir nun wieder hier waren. Erzählte von den Drachen und dem Training. Und, dass es unabdingbar gewesen war. Uns aber auch Zeit gestohlen hatte, die wir nicht mehr hatten. Denn sie rann uns wie Sand durch die Finger. Als ich zum Punkt kam, wieso wir hier waren, hielt Lena schon fast die Luft an. Ihre Augen wurden mit jedem Wort, das ich sprach, größer und größer. Als könnte sie nicht glauben, was ich ihr erzählte.

„Kannst du uns nochmal helfen?", sprach ich die Bitte aus, die wichtiger war, als alles andere. Zwar machte ich ihr die Dringlichkeit bewusst, ließ aber die Information, dass das Böse in mir stärker war als geahnt unter den Tisch fallen. Und wie erhofft, nahm sie die Aufgabe an. Genau wie beim letzten Mal hockten wir uns gemeinsam an den Tisch. Wie auch beim letzten Mal nahmen wir jeder für sich seinen Platz ein. Fragend sah Lena und an und wartete auf ihren Einsatz. Ich kramte die Karte aus meiner Tasche und bereitete sie langsam auf dem Tisch aus. Die Steine legte ich in ihre Mitte. Sprach die Worte zur Aktivierung und schon ging es los. Gespannt betrachteten wir, was sie uns heute wohl zeigen wollte. Doch merkwürdigerweise nahmen zwar die Konturen auf der Karte Form an, aber die Steine kamen nicht zum Zug. Sie veränderten sich immer wieder, ergaben aber nie eine klare Figur. Sie wirbelten umher und als sie zum Stillstand kamen, schienen sie nur verschwommen jemanden darstellen zu können.

Ein ungutes Gefühl griff nach mir, denn ich dachte eigentlich, dass diese Karte und ihre Figuren Stör-frei wären. Meinen Blick auf Elias gerichtet, in der Hoffnung, er könnte erklären, was hier vor sich ging, ging ich um Lena herum und stellte mich genau zwischen die Beiden. Der andere Blickwinkel gab auf die Figuren auch kein besseres Bild. Dafür aber erkannte ich, welchen Ort die Karte uns zeigte. „Ich weiß, wo das ist. Das ist mein Zuhause. Seht, hier ist der Park, da der große Baum vor meinem Fenster und hier" die Karte veränderte sich gerade wieder „hier ist der Umriss der Wohnung und das hier ist mein Zimmer." Ich legte den Kopf schief und überlegte. Also führt uns die nächste Spur in unsere Wohnung, genau genommen in unsere Küche. Wieder nicht zu einem Ort in Maganon? Dabei hieß es doch, die Gegenstände während nicht in dieser Welt. „Öhm …
hätte ich nicht merken müssen, wenn ein Portal bei uns in der Wohnung wäre?" Ich richtete die Frage an niemanden

Bestimmten, hoffte aber, dass Elias sie mir beantworten konnte. Eine Antwort blieb aus, dafür lief er, ohne ein Wort zu sagen, bereits in Richtung Wohnungstür davon. „Warte, was machst du?", rief ich hinter ihm her. „Wollen wir nicht hin und sehen was dort ist?" Elias sah mich etwas dümmlich an. Als hätte ich nicht verstanden, worum es ging. In meinem Inneren erzitterte alles und Angst griff nach meinem Herzen. Natürlich wusste ich, was getan werden musste, aber ich verstand Elias' Verhalten nicht. Es war suspekt, wie er sich gab. Was war nur los mit ihm? Hoffentlich war es wirklich nur der Stress und wenn dieser sich bald legte, so hoffte ich, würde er wieder ganz normal sein. Ich nickte Lena kurz zu. Sie wusste, was zu tun war. Holte Elias schnellen Schrittes ein und ergriff seine Hand. Mit einem sanften Druck zeigte ich ihm, dass ich für ihn da war. Immer. Und erschuf ein Portal.

***

In meinem alten Zuhause angekommen, zeigte sich genau das Chaos, was wir das letzte Mal auch vorgefunden hatten. Ob die Polizei eigentlich schon Hinweise hatte, was mit meiner Mom passiert war oder ob sie wohl immer noch im Dunkeln tappten? Mich würde es wundern, wenn sie irgendwas gefunden hätten, denn sie war ja nicht mal mehr in dieser Welt. Ich schluckte hart gegen den Kloß in meinem Hals. Meine Mom war einfach weg teleportiert. Verschwunden aus dieser Welt und zurück in ihre. Tausend Fragen stoben durch meinen Kopf. Wieso war sie nicht an einem sicheren Ort angekommen? Wieso war sie im Schloss? Wie konnte ihr eigenes Portal sie so in die Irre führen? Oder hatte sie bewusst das Schloss als Ziel gewählt? Und wenn ja, warum? Mein Kopf zerbrach bei all diesen Fragen, auf die ich die

Antwort nicht kannte. Und brannte sich dennoch an einer fest. Sie war die Königin und hatte überall landen können, wieso also im Schloss? Genau da, wo sie wusste, dass man ihr nichts Gutes wollte? Mein Blick hing an dem Fleck, der als einziges nicht im Chaos versank, der Ort, an dem sie diese Welt verlassen hatte. Hier fand das ganze Durcheinander seinen Anfang.

Ich drehte mich zu Elias und wollte ihn gerade fragen, was er von dem Ganzen hielt und ob er sich das Ziel meiner Mom erklären konnte, als ich mal wieder bemerkte, dass er gar nicht mehr bei mir war. Langsam aber sicher machte mich sein Verhalten nervös. Normalerweise wich er nie von meiner Seite und auf einmal ist er nicht mal mehr hier an meiner Seite. Ich beschloss ihn lieber früher, als später darauf anzusprechen.

„Prinzessin, komm her!", peitschte Elias Stimme zu mir herüber.

Oh wow, Kommandoton. Das liebe ich. Tzzz. Dennoch tat ich, wie mir befohlen und trat hinter Elias, den ich in der Küche fand. Einen blöden Spruch hatte ich schon auf den Lippen, um ihm klarzumachen, was ich von seinem Verhalten hielt. Doch gerade als ich ihn loslassen wollte, drehte sich Elias zu mir. Sein Blick ließ mich Augenblicklich verstummen. Er sah so zerrissen aus, fast gequält. Was war nur los mit ihm?

Augenblicklich zerfiel mein Groll und ich beschloss, dass er einfach noch etwas Zeit brauchen würde. Er würde sich schon wieder zurechtfinden und dann auf mich zukommen. Sanft legte ich meine Hand auf seinen Arm und sah ihn liebevoll an. Trat noch näher an ihn heran und lehnte mich an seine Brust. Spendete ihm Zuversicht in seiner zerrütteten Welt. Mit meinem Ohr an seiner Brust hörte ich seinem Herzen beim Schlagen zu und atmete seinen unverwechselbaren Duft ein. Irritiert zog ich mich wieder zurück. Riss die

Augen auf und sah ihn verwirrt an. Er roch wie Elias und doch irgendwie anders. Da war eine feine Note, die ich von ihm nicht kannte. Ich versuchte zu ergründen, wo das Problem lag. Was den Unterschied machte und streckte meine Magie nach ihm aus. Er sah wieder in die andere Richtung, als wäre mein Verhalten das normalste der Welt. Doch jedem wäre aufgefallen, dass ich mich nicht langsam zurückgezogen hatte, sondern vor Schreck zurückgewichen war. Das nächste Suspekte folgte. Meine Magie kam nicht durch. Sie prallte immer wieder ab, fand keine Emotionen, keine Gedanken. Da war einfach nichts. Ich spürte weiter, konzentrierte mich voll auf meine Magie und erspürte … nichts. Vielleicht lagen Elias Probleme tiefer. Mit einem unguten Gefühl beließ ich es dabei und sah mich in der Küche um, suchte nach dem, weswegen Elias mich hierher zitiert hatte.

Die Küche war, wie der Rest der Wohnung, das reinste Chaos. Doch etwas darin passte nicht mehr hier her. Das Bild an der Wand. Das Bild, welches mir jeden Tag ein anderes Gefühl mitgegeben hatte, wenn ich es betrachtete. Es bewegte sich. Bei genauerer Betrachtung hätte ich mir am liebsten vor den Kopf geschlagen. Wie dumm konnte ich all die Jahre gewesen sein? Wie konnte ich all die Jahre übersehen, dass es sich nicht um ein Bild handelte? Es war ein Fenster. Ein Fenster in eine andere Welt.

Ich richtete meine Sinne auf Lena und begann in Gedanken an sie zu sprechen. „Lena, kannst du mich hören? Wir haben es gefunden. Wir werden jetzt durchgehen. Bleib bei uns ja?"

Die Antwort kam prompt. „Ja Sam, ich bin hier, ich sehe euch, bzw. glaube ich, dass ihr es seid. Die Steine sehen immer noch so komisch aus!" Lenas Stimme zitterte, sie war nervös. Ich konnte es nachempfinden, denn ich war es auch.

Den Fokus auf das Bild gerichtet, ging ich einen Schritt darauf zu. Blieb genau davor stehen und betrachtete es ausgiebig. Das Bild, bzw. das Fenster lag in einem Rahmen, der bei genauerer Betrachtung tatsächlich ein heller Fensterrahmen war. Er bestand aus wunderschönen geschnitzten Verzierungen, filigranen Ranken mit Blüten und Knospen. An den Ecken verbanden sie sich und verschmolzen zu einem Symbol. Es sah aus wie eine liegende Acht mit einer Feder auf der Mittellinie. Ein Unendlichkeits- Zeichen. Es war wunderschön und bei seiner Betrachtung war es, als würde diese Feder über meine Seele streichen. Mein Herz ging auf. Sofort fühlte ich mich sicher und geborgen. Der Rahmen hatte entlang der Verzierungen eine Inschrift, die besagte:

Sei willkommen,
wenn du bist mir freundlich gesinnt
und nimm mit,
was ist für dich bestimmt.

Das hörte sich nach einer Einladung an. Ich suchte nach weiteren Hinweisen. Vor allem nach einen, der mich durch das Portal schicken würde. Betrachtete den Rahmen noch genauer, hoffte auf einen weiteren Hinweis. Aber egal wie sehr ich suchte, es fand sich keiner mehr. Zögernd streckte ich meinen Arm nach dem Fenster aus und wollte seine Oberfläche berühren. Und bevor ich sie hatte spüren können, erfasste mich ein Sog eines Portals und wurde aus der Küche fortgerissen.

Kapitel 11

Nach einem kurzen Sturz landete ich hart auf einem Schotterboden. Auf Knien und Händen rutschend kam ich zum Stehen. So langsam sollte ich das mit den Landungen echt mal üben. Wenn es so weiterging, sobald ich durch ein Portal gezogen wurde, hätte ich am Ende keine Knie mehr, sondern an großen Klumpen erinnernde Knubbel.

Langsam richtete ich mich auf und begann, den Schotter von meinen Händen und Knien zu wischen. Ein Stechen durchzog meine Handflächen bei jeder Bewegung, als ob Funken von einem Feuerwerk über meine Haut tanzten. Kleine rote Linien zeichneten sich auf den Handflächen ab, aber ich zuckte nur mit den Schultern. Ändern konnte ich es jetzt eh nicht mehr. Erstaunt erkannte ich, dass ich mich tatsächlich in dem Fenster, also im Bild aus der Küche, befand. Es sah genauso aus, wie von unserer Küche aus betrachtet. Ich sah also die Allee entlang, sah die Bäume und Bänke. Grau in Grau blickte mir die Landschaft entgegen. Farbe suchte ich hier vergeblich. Selbst vor mir machten die die verschiedenen Grauschattierungen keinen Halt. An mir herabblickend erkannte ich, dass ich all meine Farben eingebüßt hatte. Auf meiner nun grauen Kleidung bildete sich auf Höhe des Knies gerade ein fast schwarzer Fleck. Wahrscheinlich hatte ich mir das Knie aufgeschlagen.

Ein kalter Schauer durchlief mich. Der Kontrast der Grautöne schien nicht nur visuell an mir zu nagen. Er trübte auch meine Gedanken ein. Bilder von meiner Mutter, ihrer sanften Stimme und besorgten Augen drängten sich in mein Bewusstsein. Elias' Gesicht tauchte auf, sein sonst so lebhaftes Lächeln jetzt starr und unergründlich. Melancholie legte sich über mein Herz wie ein schwerer Mantel. Ich dachte über mich und meine Bestimmung nach. Wieso es ausgerechnet mich traf und niemand anderen. Wieso musste meine Mutter eine Königin einer fremden Welt sein? Bei den Überlegungen wurde mir immer bewusster, wie schwer diese Last auf meinen Schultern lag und wie einfach es doch wäre, einfach hier zu bleiben und die Stille um mich herum willkommen zu heißen. Nicht mehr darüber nachdenken zu müssen, was ich tun oder lassen sollte. Was richtig und was falsch war. Mich einfach dem zu ergeben, was im Inneren auf mich wartete.

Langsam sackte mein Körper in sich zusammen. Meine Schultern sanken hinab, meine Knie wurden weich und knickten zeitlupenartig ein. Meine Haltung verriet, dass ich bald wieder mit den Knien auf dem Boden aufschlagen würde. Und kurz darauf war es der Fall. Ich traf mit dem verletzten Knie auf dem Boden auf und wurde schlagartig wieder wach. Leicht benommen schüttelte ich den Kopf und rappelte mich wieder hoch. Der Grund meines Kommens war nicht mein unnötiges Selbstmitleid. Nein. Es war meine Bestimmung. Ich hatte eine wichtige Aufgabe. Und dazu noch eine Mutter, die auf meine Hilfe hoffte.

Erneut und mit klarerem Blick sah ich mich in meiner neuen Umgebung um. Eine Sache in dieser Szene machte mich stutzig. Denn anders als auf dem Bild saß hier ein kleines Mädchen auf einer Bank zwischen den Bäumen und beobachtete mich aufmerksam. Tief einatmend, um Mut zu sammeln, machte ich ein paar vorsichtige Schritte auf sie zu und wartete ihre Reaktion ab. Doch sie machte gar nicht, sie schien mich nicht mal zu bemerken. Und eben deswegen glaubte ich, dass sie genauso leblos war, wie es in einem Bild normal gewesen wäre. Zwar sah ich, dass sie in meine Richtung blickte, aber das tat sie die gesamte Zeit schon und starrte dabei scheinbar einfach durch mich hindurch.

Ich ging also einfach weiter, den Weg entlang und sah mich um. Die Gegend hier war traumhaft schön, wie aus einem Bilderbuch entsprungen halt nur ohne seine Farben. Obwohl die Landschaft in ihren grauen Schattierungen eine fast unwirkliche Schönheit ausstrahlte, fühlte es sich an, als ob tausend Nadeln durch mein Herz stachen. Ein bittersüßer Schmerz zog sich durch meine Brust, als ob unsichtbare Hände nach meinem Herzen griffen. Eine tiefe Sehnsucht, stärker als jeder Schmerz, zerrte an mir. Sehnsucht nach meiner Mutter und ihrem beruhigenden Atem, nach einem normalen Leben ohne Abenteuer und Gefahren. Und am seltsamsten: Sehnsucht nach Elias, seiner warmen Präsenz und vertrauten Nähe. Aber er war doch mit mir hierhergereist. Doch dieses Gefühl war nicht wirklich das einzige, dass mich erfasste. Ein dumpfes Gefühl nagte im Hintergrund meines Bewusstseins, wie ein leises Flüstern in einer stillen Nacht. Irgendetwas stimmte hier nicht, als ob die Welt selbst den Atem anhielt.

Hier in dieser Landschaft war es still, so still, dass nicht mal meine Schritte ein Geräusch von sich gaben. Dabei müssten sie auf Schotter doch wirklich laut sein. Das Gefühl, das hier alles wunderschön war, verließ mich so schnell, wie es gekommen war. Und als ich mich dann umdrehte und feststellte, dass Elias gar nicht bei mir und ich allein war, rutschte mir mein Herz in die Hose. Ich schluckte gegen die Angst an, versuchte sie zu verdrängen und sah mich erneut um.

Als ich das erste Mal hinter mich blickte, hätte ich am liebsten geschrieben. Denn das Bild, was sich mir bot, war von Skurrilität kaum zu toppen. Hinter mir, mitten in der Luft, hing ein Rahmen. Ein Bilderrahmen um genau zu sein. Er umrandete die Küche, die ich gerade verlassen hatte. Ich sah am Rand den Kühlschrank und den Tisch. Ganz vorne, direkt am Rahmen sah ich Elias stehen. Er versuchte immer wieder das Bild zu berühren. Wieso war er nicht mit mir hergereist? Meine Gedanken begannen zu rennen. Konnte immer nur einer durch das Bild kommen? War dieser Ort hier auf eine Person beschränkt? Oder stimmte etwas mit Elias nicht, dass er nicht herdurfte. Kopfschüttelnd verdrängte ich diese Gedanken und nahm einfach an, dass wirklich nur einer herdurfte. Sicher war ich mir jedoch nicht.

Um ihm zu zeigen, dass ich okay war und dass er sich keine Sorgen machen brauchte, winkte ich ihm zu. Doch er reagierte nicht auf mich. Ob er mich nicht sah oder er nicht reagieren wollte, konnte ich nicht sagen. Vielleicht lag es ja an mir, dass niemand reagierte, immerhin gehörte ich nicht hier her. Sein Gesichtsausdruck jedoch machte mir Sorgen. Anders als erwartet, zeigte sein Gesicht keine Sorge oder Angst, sondern pure Wut und Hass. Was ist nur los mit ihm? Ich versuchte es hinter mir zu lassen und meine verqueren Gefühle gleich mit. Setzte meinen Weg fort und lief die Allee entlang. Mit jedem Schritt, den ich tat, veränderte sich das Bild der Allee minimalistisch. Dabei blieb das, was ich sah im Grunde gleich. Der Allee folgend wurde und wurde der Weg nicht kürzer und ein Ende war auch nicht abzusehen. Obwohl ich mich bewegte, schien es, als würde das Bild einfach bleiben, wie es ist. Es bewegte sich nicht mit mir mit. Ich lief an vielen leeren Bänken oder immer an derselben vorbei und dachte an das kleine Mädchen, dass ich vorhin gesehen hatte. Das ich noch immer in einigem Abstand sehen konnte. Was tat sie so allein hier in diesem Bild, in dieser Gegend? Gefühlte Stunden und etliche Kilometer später beschloss ich mich auszuruhen und nachzudenken und setzte mich kurzerhand auf einer der alten, eisernen Bänke. Die ungeheure Stille lag schwer auf diesem Ort. Fast war es, als würde sie in den Ohren schmerzen. Noch nie im Leben hatte ich etwas so Unheilvolles vernommen. Es war kein Rascheln der Bäume zu hören, obwohl der Wind das Laub bewegte, kein Fiepen der Vögel, obwohl ich sie singen gesehen hatte. Es war, als hätte jemand die stumm- Taste auf einer Fernbedienung gedrückt.

Ich schloss die Augen, neigte den Kopf nach hinten und zog die Luft tief in meine Lungen. Langsam ließ ich den Atem zurückfließen, spürte, wie sich die Anspannung löste und die Klarheit in meinen Gedanken zurückkehrte. Mit jedem Atemzug schien das Chaos in meinem Kopf zu verblassen. Denn irgendwas musste ich hier erledigen, sonst hätte sich die Karte nicht auf diesen Ort scharf gestellt.

Plötzlich wurde ich sanft am Arm gepackt. Erschrocken fuhr ich schreiend herum. Meine Kriegergestalt kam umgehend, ohne dass ich groß darüber nachdenken musste. Immerhin schien das Training erfolgreich gewesen zu sein. In Kampfposition, mit dem Schwert in der einen Hand und einem Geschoss in der anderen, sah ich meinem Gegner entgegen. So dumm konnte auch nur ich sein. In einer fremden

Umgebung einfach mal die Augen schließen. Der Stoff aus dem die Horrorfilme sind. Ich stutze als ich realisierte, wer mich da gerade so erschreckt hatte. Denn vor mir stand das kleine Mädchen und lächelte mich mit schräg gelegtem Kopf an.

„Entschuldige, Prinzessin. Ich wollte dich nicht stören, aber du solltest hier auf keinen Fall einschlafen!", sagte es mit zuckersüßer Stimme. „Auch wenn dieser Ort dir im ersten Moment wie eine Zuflucht erscheint, ist er das nicht. Hier liegen deine Ängste verborgen und sobald du dich zu sicher fühlst, würden sie dich einholen und dich fortreißen. Sie werden dir alles nehmen, was dich ausgemacht hat und lassen nichts mehr von dir übrig. Dieser Ort war einst ein Paradies für all jene, die eines benötigten. Denen zu viel Leid widerfahren war. Und deren Qualen sie innerlich auffraßen. Doch nun, da sie hier leben ist es der Ort der Verdammnis", erklärte sie mit dünner, flüsternder Stimme.

„Wer sind sie?", fragte ich zögernd.

„Sie sind die Magnics!", flüsterte sie weiter und sah sich unsicher um. Als ob sie schauen wollte, ob sie jemand gehört haben könnte.

„Magnics?", fragte ich gerade heraus, ohne jedoch auf meinen Ton zu achten. Ich verstand nicht ganz.

„Psst … Sei leise.", hektisch sah sich das Mädchen um. „Wenn sie dich bemerken, bist du in echter Gefahr. Du strahlst heller als es jemals jemand getan hat, der in diese Welt kam. Also sei vorsichtig bei dem, was du vorhast. Das, was du suchst, befindet sich nicht auf diesem Weg. Es befindet sich in dem Haus dort drüben." Sie zeigte in dessen Richtung und sah mich an. „Du solltest aber wissen, dass der Weg dahin, das ist, worin deine Prüfung besteht. Nicht jeder darf das erlangen, was du dir wünschst." Langsam, als würde sie mich sonst erschrecken, setzte sie sich neben mich. „Einst versiegelten Magier diese Welt und ihre Schätze und gewährten nur denen Zutritt, deren Herz rein und ihre Ambitionen ehrenhaft waren. Doch als die Magnics diese Welt durch Heimtücke betraten, änderte sich alles." Sie sah mich aus trüben Augen an, als wäre sie gerade irgendwo anders.

„Aber was genau sind die Magnics?", ich musste es wissen.

Wieder sah sie sich nervös um, bevor sie antwortete. Diese Dinger mussten wirklich furchteinflößend sein, wenn allein die Erwähnung des Namens solche Unruhe in ihr auslöste.

„Sie sind Geschöpfe der Angst. Sie nähren sich von ihr. Und werden aus ihr heraus geboren. Sie sehen aus wie, wie ...", sie raufte sich die Haare. „Wie soll ich sie dir beschreiben?"

Da sie keine Worte zu finden schien, malte sie mit einem kleinen Stock ein Bild in den staubigen Weg. Geduldig folgte ich den fließenden Bewegungen die ihre Hand vollführten. Und als das Mädchen den Stock sinken ließ und das Bild somit wohl beendet hatte, bekam ich kaum noch Luft. So etwas Furchterregendes hatte ich noch nie gesehen, nicht mal in meinen schlimmsten Albträumen stellte ich mir solche Geschöpfe vor. Es stand auf langen Beinen hatte Krallen an den unförmigen, langen Füßen und zog einen langen Schwanz hinter sich her. Der Oberkörper war in einem merkwürdigen Winkel vornübergebeugt, fast so als würden es die Arme auch zum Laufen nutzen können oder müssen, denn durch diese Haltung streiften die Krallen der Hände den Boden. Das Vieh war geschuppt und hatte einen sehr massigen Oberkörper. Ob die Masse aus Fett oder Muskeln bestanden, ließ sich nicht sagen, immerhin war es nur gemalt. Nervös strich ich mir meine feuchten und brennenden

Handflächen an meiner Hose ab, als ich auch den Rest besah. Seinen Rücken zierten riesige fledermausartige Flügel. Doch das schlimmste ... Das schlimmste war der Kopf. Er war rund, also so rund wie ein Ball, die Ohren waren groß und spitz zulaufend, die Augen genauso rund wie die Form des Kopfes. Sie hatten keine Nasen. Und der Mund. Mein Gott, konnte man das Mund nennen? Von Ohr zu Ohr war ein Spalt, gefüllt mit rasiermesserscharfen Zähnen. Zwischen ihnen lugte eine Zunge hervor, die wie die einer Schlange lang und vorne geteilt war.

„In etwa so, ich kann nicht so gut malen, tut mir leid!"

Ich schluckte gegen den Kloß der Panik an und wünschte mir sehnlichst, dass Elias an meiner Seite wäre. Doch er war nicht hier und auch das Bild, auf dem ich ihn vorhin noch sehen konnte, war in weiter Ferne. „Also du sagst, ich muss zu diesem Haus und mir das holen, was ich suche und auf dem Weg dahin werde ich geprüft?"

„Jap!" Jetzt grinste sie wieder.

Verdammt, was genau war jetzt hier zum Grinsen? „Und wie kommen diese Dinger hier ins Spiel?", fragte ich das Mädchen und das Grinsen erstarb.

Stattdessen trat Angst in ihre Augen. „Du musst dich beeilen, wenn du dich außerhalb dieses Weges befindest. Dort wirst du nicht von den Bäumen und der Stille geschützt. Dort bist du ihnen wie auf einem Präsentierteller auf Gedeih und Verderb ausgeliefert."

Meine Kehle wurde trocken, jetzt stieg doch Panik auf. Mein Blick glitt erneut zu der Zeichnung. Mit diesen langen Beinen sind die Viecher bestimmt unglaublich schnell. Hätte ich überhaupt eine Chance auf ...

Eine kleine Hand legte sich um meinen Unterarm. Das Mädchen sah mich aus ihren hellen Augen an. „Denk an das, was ich dir gesagt habe. Deine Angst lockt sie an. Sei frei von ihr. Sei leer in deinen Gedanken. Dann hast du nichts zu befürchten." Aufmunternd nickte sie mir zu. In diesem Moment wirkte sie so viel älter und vor allem aber reifer, als sie aussah.

Ein letztes Mal tief einatmend drehte ich mich zu dem kleinen Haus. Also gut. Ich musste es tun, ich wusste schließlich, was auf dem Spiel stand, wenn ich es nicht tat. Ich drückte die Schultern durch, stellte mich aufrecht hin und zog die Luft tief in meine Lungen. Den Befehl sich zu bewegen gab sich mein Körper dann ganz von allein. Nach einigen unbeholfenen Schritten auf den Wegesrand zu, nahm ich meine Aufgabe an. Genau dafür war ich hergekommen. Der Wind wehte mir geräuschlos durch die Haare. Zog über meine Haut und ließ mich dann allein. In Gedanken versuchte ich kurz mit Lena Kontakt aufzunehmen, was sich als unmöglich herausstellte. Ich bekam sie nicht ganz zu greifen. Doch immerhin spürte ich sie noch. Sie war bei mir, aber ich spürte ihre Angst. Und da ich befürchtete, sie könnte mit dieser Angst die Magnics anlocken oder mich anstecken, schirmte ich mich abermals von ihren Gefühlen ab.

Am Rande des Weges angekommen, blieb ich stehen und drehte mich zu dem kleinen Mädchen um, nur um festzustellen, dass sie nicht mehr da war. Okay, dann eben ohne sie. Mit dem ersten Schritt außerhalb des Weges kam der erste Ton. Leider kein allzu angenehmer. Mein Herz machte einen Satz. Ein Grollen, wie fallendes Geröll durchzog die Landschaft und ich spürte seinen Nachhall. Spürte es am Beben des Bodens. Gänsehaut bereitete sich auf meinem ganzen Körper aus und ließ das Blut in meinen Adern gefrieren.

Ich schloss kurz die Augen, suchte meine Ruhe, vertrieb die Angst, indem ich an etwas anderes dachte. An Lena und die vielen schönen Dinge, die wir erlebt hatten. Wie das eine Mal, als ich bei ihr zum Plätzchen backen sein durfte. Zumindest war das der Grund, den wir meiner Mom nannten. Es war leider auch das letzte Mal, dass ich zu ihr durfte. Denn anstatt zu backen, waren wir ins Kino gegangen. Wir haben einen total kitschigen Film gesehen, doch ich hatte den Spaß meines Lebens. Doch meine Mutter hatte es irgendwie herausbekommen und mich für den „Verrat" bestraft. Dennoch zog ich das Gefühl von damals in den Vordergrund. Hielt mich daran fest. Natürlich war dadurch nicht alles vergessen, doch die Panik verschwand und auch die Angst. Ich vergaß jedoch nicht, dass ich mich beeilen musste, denn irgendwas war auf dem Weg zu mir. Der Boden schwankte so stark, dass es sich anfühlte, als liefe ich auf einem Luftkissen. Nur, dass dieses hier keinen Spaß machte. Ganz im Gegenteil. Aber wenn das hier meine Prüfung war, dann würde ich das schon schaffen. Ich hatte mit mehr Widerstand gerechnet. Einen Fuß vor den anderen stellend, immer darauf bedacht nicht zu fallen, setzte ich meinen Weg fort. Mein Blick schweifte von links nach rechts, immer wachsam bleibend. Nach etlichen Schritten, war ich mir fast sicher, dass das Grollen nur eine Art Warnsignal gewesen war und mir keine Gefahr drohte.

Und während ich gerade noch über meine Aufgabe grinste, bekam ich jetzt doch wieder Panik. Denn der Boden vor mir brach mit einem ohrenbetäubenden Krachen auch. Der Riss lief so weit, dass ich weder dessen Anfang noch Ende sah. Als wäre das nicht schon schlimm genug gewesen um mir meinen Weg schier unmöglich zu gestalten, kroch auch noch etwas Lebendes daraus hervor. *Oh man ... Scheiße ...* Ich hasse es, wenn meine Mom Recht behielt. Sie sagte so gern diesen blöden Spruch „Hochmut kommt vor dem Fall". Wer kennt ihn nicht? Das hatte ich nun davon. *Mist, Mist, Mist.*

Staub wurde aufgewirbelt und versperrte mir die Sicht. Wie ein kleiner Tornado baute sich der Sturm vor mir auf. Riss an meiner Kleidung, an meinen Haaren und an mir. Er zog mich unerbittlich zu sich und somit genau auf das zu, was sich vor mir zusammenbraute. Ich erkannte nur noch Schemen. Leider reichten diese schon für eine ausgewachsene Panik. Im Auge des Tornados baute sich etwas auf. Etwas Riesiges, das weiterwuchs, bis es mich um ein Vielfaches überragte.

Schweiß ließ mir aus allen Poren. Ich stemmte meine Füße in den Boden, ließ mich auf die Knie fallen und bohrte meine Hände in den Sand. Doch nichts halt. Ich schlitterte immer weiter darauf zu. Obwohl ich mittlerweile fast nur noch hechelte, weil mein Atem durch die Angst so schnell ging, wurde mir doch klar, dass sich vor mir nicht ein Wesen – wie hatte die Kleine es nochmal genannt? Magnics? – materialisierte. Es war definitiv etwas anderes. Etwas viel Größeres.

Noch trennten uns vielleicht zehn Meter. Sofern ich gerade korrekt schätzen konnte. Leider nicht genug um dem Sog zu entkommen oder schnell genug zu entfliehen. Schwer stampfte dieses Etwas auf dem Boden auf. Machte seinen ersten Schritt. Gerade als ich hoffte, es würde nicht in meine Richtung laufen, schnaufte ich genervt. *War ja klar.* Ich verdrehte die Augen. Natürlich musste ich in diesem Punkt Recht behalten.

Ich hatte keine Chance. Der Sog des kleinen Tornados, der aufhörte, als das Wesen aus ihm getreten war, ließ erst nach, als mich das Ungetüm nach nur zwei Schritten erreicht hatte. Obwohl das, was auch immer, nun direkt vor mir stand, war ich nicht mehr in der Lage mich zu bewegen. Ob nun aus Angst oder dem Wissen, dass ich eh nicht schnell genug sein würde um zu entkommen, ließ ich mal dahingestellt. Fasziniert blickte ich das Geschöpf an. Zumindest den Teil, der direkt vor mir und auf Augenhöhe war. Und auch das war nicht erkennbar. Denn es steckte hinter einer dicken Wolke aus Staub, Dreck und Kies. So sah ich nicht mal die Füße, obwohl ich die Schritte gerade noch gehört und gespürt hatte. Da war irgendwie nicht physisches in der dicken Dreckwolke festzumachen. Irgendwo dort drin mussten jedoch jemand sein, dessen war ich mir sicher. Ich hatte eben ganz sicher Schemen gesehen, die eine Gestalt darstellen mussten. Langsam hob ich den Kopf an, um das Ausmaß abzumessen. Größe, Gestalt und am besten noch Gesinnung auszumachen, bevor es mich richtig wahrnahm. Doch irgendwas sagte mir, dass dieses Ding genau wusste, wen oder was es vor sich hatte. Meinen Blick geschärft erkannte ich Arme, Beine, einen Kopf. Alles wirkte menschlich, nur um einiges größer. *Ein Riese?* Schoss ein Gedanke durch mich hindurch. *Egal. Konzentrier dich. Denk an das, was du gelernt hast.* Denn das Erste, was die Drachen mir beibrachten, war, die Schwachstelle meines Gegners ausfindig zu machen und diese dann für mich zu nutzen. Und dann erkannte ich klar und deutlich, was vor mir stand. Ein riesiger Mann schüttelte gerade die letzten Staubkörner aus seinem bunt zusammengewürfelten Gewandt. Strich sich über die Schultern und richtete den Gurt, den er um die Hüfte trug. Dann nahm er seinen ziemlich alten Gehstock unter dem Arm heraus, stellte ihn neben sich auf und stützte sein Gewicht zum Teil darauf. Obwohl er diesen Stock hatte und eigentlich gebrechlich wirken sollte, war er dies mit Sicherheit jedoch nicht. Meine Sinne sagten mir, dass das alles nur Show war. Also suchte ich weiter nach der Schwachstelle. Die sich normalerweise eher versteckte. Doch entweder hatte dieses Geschöpf diese am Rücken oder es war tatsächlich keine vorhanden. Wobei da noch das Problem lag, wie ich an seinen Rücken drankommen sollte. Er ist an die acht Meter groß.

Grollend erhob sich seine Stimme und stieß mich allein durch den Schall ein Stück zurück. „Du betrittst meinen Boden?", er holte mit seinem Stock aus. „Entweder bist du sehr Mutig oder sehr töricht!"

Seine sehr dunkle und drohende Stimme ließ mir das Blut in den Adern gefrieren. Er legte den Kopf schief. Einen Kopf, der eine erneute Welle, erfüllt von Emotionen, über meinen Körper schickte. Doch war es diesmal keine Angst, sondern Mitgefühl. Denn anstatt Augen wies sein Gesicht Verwachsungen auf, die Aussahen, als wären seine Augen vor langer Zeit ausgestochen worden. Ob er mich sehen konnte?

Die dürren Arme vor der Brust verschränkend wartete er auf meine Antwort.

„Ich bin Samantha von Elysion und ich bin gekommen, um das zu holen, was du behütest!" Mit Stolz in Stimme und Haltung wollte ich ihn überzeugen. Meine unterschwellige Angst schluckte ich runter. Dafür ratterte ich mein neues Mantra immer wieder in meinem Kopf hoch und runter. *Ich werde hier und heute nicht sterben … Ich werde hier und heute nicht sterben … Ich werde hier und heute nicht sterben …*

Meine Ansprache schien ihm nicht gefallen zu haben. Denn er kam näher, beugte sich zu mir herunter und zog die Augenbraue hoch. Es war schwer auf der Stelle stehenzubleiben, während sein Atem mich traf. Doch ich zuckte nicht weg oder bewegte mich. Er war meine Prüfung, soviel war sicher. Er war es, den ich überzeugen musste. Oder besiegen.

„Du bist die Prinzessin?", spöttisch sah er an mir herab „Ich habe mir dich irgendwie größer vorgestellt!" Nahm der mich jetzt auf den Arm? „Nicht jeder kann so riesig sein, wie du!", entfuhr es mir leider zu vorschnell und zu pampig. Er gluckste rum. Er gluckste? Hatte ich mich da gerade verhört? „Was willst du also hier?", formulierte er seine Frage deutlicher. Hatte er mir nicht zugehört? „Das habe ich doch schon gesagt, ich brauche den Gegenstand, den ..." „Wofür?", unterbrach er mich harsch. „Ich muss das Böse verbannen und den Krieg gegen den König gewinnen!" „Verstehe. Aber kannst du das auch?", skeptisch musterte er mich. Innerlich wurde ich rasend. Adrenalin schoss durch meine Adern, machte mich leichtsinnig und ließ mich fast einen Fehler begehen. Mein Schwert erschien in meiner Hand und am liebsten hätte ich es einfach erhoben und ihn damit in sein Fleisch geschnitten. Bevor ich jedoch diesen Fehler durchzog, holte ich erneut tief Luft und dachte nach. Er griff genau die Punkte an, die mich selber seit dem Tag zermürben, an dem ich erfahren hatte, was ich tun sollte. Er wollte mich provozieren, mich aus der Reserve locken. Scheinbar kannte er meine Schwachstellen besser, als alle anderen. „Ich ...", setzte ich an und ließ mein Schwert wieder verschwinden. Ich stellte mich wieder aufrechter hin und sah in seine nicht vorhandenen Augen. „Ja, ich kann das. Und weißt du auch wieso? Weil ich nicht alleine bin, nie allein war oder allein sein werde. Außerdem werde ich weiter trainieren und mich stärken. Ich werde Verbündete sammeln und dann werden wir gewinnen können. Über das Böse, über Ungerechtigkeit und über den König!" Trotzig wie ein kleines Kind schob ich das Kinn vor und sendete mit meinem Blick Todespfeile ab. Schade, dass das nicht so einfach funktionierte.

„Tritt näher, kleines Ding!" Die Stimme, gerade noch so dunkel und hart, war nun melodischer, weicher, lullte mich ein und streichelte meine Seele. Sie verführte mich zu etwas, das ich nicht tun wollte.

Ich ging einige Schritte, stand direkt vor ihm und sah zu ihm hoch, wie er so aufgerichtete vor mir stand. Ich fühlte mich unsagbar klein. „Noch näher? Dann stehe ich quasi auf dir, was willst du?"

Der riesige Mann nahm einen tiefen Atemzug, seine massiven Schultern hoben und senkten sich langsam, als ob er ein gewichtiges Wort bereitete. Schließlich formten seine Lippen ein einziges Wort. Sie zitterten dabei leicht, die Augen ausdruckslos und lauernd: „Vertrauen!".

Eine erdrückende Stille legte sich über die Landschaft, als ob die Welt den Atem anhielt. Mein Herzschlag wurde lauter, übertönte jedes andere Geräusch und hallte in meinem Kopf wider. Kalter Schweiß perlte mir auf der Stirn und ein Zittern durchlief meinen Körper, während ich versuchte, ruhig zu bleiben. Immer wieder hielt ich mir vor Augen, dass es eine Prüfung war. Das vielleicht genau dieser Schritt meine Prüfung war. Was ein cleverer Schachzug. Denn wie sollte ich in dem Punkt bestehen, in dem ich im wahren Leben auch so oft gescheitert war? Gedanken rasten durch meinen Kopf, zerschnitten von Bildern vergangener Niederlagen und verratener Freundschaften. Jedes Mal, wenn ich jemandem vertraut hatte, schienen meine Zweifel berechtigt – und nun dieser gigantische Mann? Mein Herz krampfte sich zusammen, als ich mich selbst im Spiegel der

Erinnerung ansah und die Unsicherheit in meinen eigenen Augen erkannte.

Unsichere Schritte trugen mich vor und zurück, als ob ich auf glattem Eis balancierte. Meine Füße fanden keinen festen Halt, mein Körper pendelte ziellos, als wäre ich ein verzweifelter Tänzer, der den Takt nicht fand. Von außen musste es wie ein bizarrer Tanz wirken, doch in meinem Inneren tobte ein Sturm aus Unsicherheit und Angst. Vielleicht konnte man es als Tanz in meinem Inneren betrachten. Wie ich für und wider abwog. Wie ich wie im Tauziehen von einer Entscheidung in die nächste gezogen wurde und mich doch nicht festlegen konnte.

„Dein Zeitfenster schließt sich, Prinzessin." Der Mann trat einen Schritt zurück. „Entscheide dich!", donnerte seine Stimme über das leere Feld.

Fuck ... Ich schloss die Augen, hielt die Luft an und schlang die Arme um meinen Oberkörper, um mir selber etwas Halt zu geben. *Ich werde hier und heute nicht sterben* ...

Weil mir keine Wahl blieb, machte ich einen Schritt. *Ich werde hier und heute nicht sterben* ... Und dann noch einen Schritt ...

Kapitel 12

Sam

Diese verdammten, spontanen Portale. Ernsthaft? Konnten die einen nicht vorwarnen, so von wegen, >*hey, gleich wird es holprig, bitte festhalten*<. Natürlich landete ich abermals auf meinen eh schon zerschundenen Knien. Mühsam richtete ich mich auf und sah mich um.

Ein bitterer Luftzug strich über meine Haut, ließ mich erschaudern und ein leichtes Zittern durchzog meinen Körper, während ich mich langsam um mich selbst drehte. Die Atmosphäre war bedrückend, als ich alles um mich herum musterte. Ich stand in einem nahezu quadratischen Raum. Er war weitestgehend leer. Ich war allein. Sogar Einrichtungsgegenstände waren hier keine vorhanden. Rechts von mir hing ein riesiger Wandteppich. Er bedeckte fast die gesamte Wand, die vielleicht sechs Meter lang und drei Meter hoch war. Auf ihm waren Schlachten abgebildet. Schlachten mit Wesen, die ich noch nie gesehen hatte. Doch es war nicht alles unbekannt, auch Drachen und Magier sah ich auf ihm. Die Szenen waren auf verschiedenste Arten dargestellt. Mal gewebt, mal gestickt oder sogar gemalt. Zum Teil in den buntesten Farben oder aber in schwarz-weiß. Es war, als würde der Teppich die Zeit festhalten. Zusätzlich schien ein magischer Schimmer auf ihm zu liegen. Ich verfolgte den Teppich mit meinem Blick bis zum Ende, stellte dann am äußersten linken Rand fest, dass er augenscheinlich noch nicht fertig war. Fäden webten in gleichbleibendem Tempo den Teppich weiter und weiter. Wohingegen auf der rechten Seite der Teppich immer weiter eingerollt wurde und diese Rolle schon eine beachtliche Größe erreicht hatte.

Ich trat zur Linken Wand und meine Finger strichen über ihre groben, rauen Steine der. Der kalte, blanke Stein fühlte sich trostlos an, als ob jegliche Lebendigkeit aus dem Raum gewichen war.

Das faszinierendste waren aber die beiden Wände vor und hinter mir. An ihnen hingen etliche Bilder in verschiedenen Größen und Formen. Alle Rahmen waren unterschiedlich. Von festlich verziert, bis hin zu morschem Holz war alles vertreten. Vorsichtig ging ich einige Schritte darauf zu, um sie mir genauer anzusehen. Kaum ein Stück Wand blitzte zwischen den Bildern hindurch, so eng waren diese nebeneinander aufgereiht. Obwohl die Wand so von Bildern überwuchert war, wirkte sie nicht chaotisch. Es sah eher so aus, als würden sie genau dahin gehören. Als hätten sie weder mehr noch einen anderen Platz benötigt. Mit offenem Mund bestaunte ich die Wand. Betrachtete die verschiedenen Szenerien und sah dadurch Orte, von denen ich nur gehört hatte. Oder noch nicht einmal das. Ich sah Zauberwesen und Eislandschaften. Feuerwelten und nackten Stein. War das alles in Maganon? Moment, hatte sich da gerade was bewegt?

Kaum, dass ich einen Schritt nach vorne machte, zerschnitt ein unerwartetes Räuspern die Stille hinter mir. Alle

Muskeln in meinem Körper spannten sich augenblicklich an und mein Herz setzte für einen Schlag aus, bevor es wild hämmerte. Wie von Instinkten getrieben, presste ich eine zitternde Hand auf meine Brust und wirbelte herum.

„Willkommen in meiner Welt, Prinzessin!" Dicht hinter mir stand ein kleiner Kerl und zeigte mit einer, den Raum umfassenden Handbewegung, um sich. Ich erstarrte. Er war der riesige Mann von gerade eben. Der, der mich hierhergeführt hatte. Wie war er nur so klein geworden?

Fast musste ich über die Situation lachen, war er es nicht gewesen, der mich vor einigen Augenblicken noch als klein bezeichnet hatte? Und nun stand er so vor mir. Mit gebückter Haltung und sah mir aufmunternd entgegen. Ich beugte mich leicht hinunter, erstaunt über seine nun winzige Gestalt. Das verzerrte Gesicht ohne Augen, das mich wieder anstarrte, ließ mir einen Schauer den Rücken hinunterlaufen. Eine Mischung aus Faszination und Beklommenheit packte mich.

„Hab keine Angst Prinzessin, ich werde dir nichts tun.", wie um das zu bestätigen, schüttelte er seinen Kopf. „Ich werde dir helfen. Ich kann dir mehr geben als das, wonach du suchst und wozu du hergekommen bist!"

„Und was soll das bitte sein?", skeptisch musterte ich den kleinen Mann. Fragte mich, was er mir wohl geben wollte.

„Ich werde dir von diesem Ort erzählen!" Nach einer bedeutungsschwangeren Pause und ohne meine Frage zu beantworten, fuhr er fort. „Ich werde dir das Messer der Magier geben, wenn du dich als würdig erweist und dir den Weg zu einem Heiler weisen, der dir weiterhelfen kann." Seine kryptischen Worte ließen mich aufhorchen und doch verstand ich nicht, worauf er sonst hinauswollte.

„Weiterhelfen womit?", ich stand auf dem Schlauch.

„Ich kann dich von hieraus zu jemandem bringen, der deinen inneren Kampf zu bändigen weiß. In Maganon existieren weit mehr Reiche als du oder die deinen sich vorstellen können. Ich kenne jedes einzelne und wie du siehst", er zeigte auf die Wand uns gegenüber, die mit den unzählbar vielen Bildern „kann ich sie alle von hier aus betreten. Ich bin Philios, der Wächter der Reiche. Der mächtigste Magier den Maganon aufzuweisen hat. Ohne meine ausdrückliche Einladung und die Prüfung darf niemand diesen Ort betreten. Und, Prinzessin, seit euch gewiss, ihr seid die Erste, die jemals herkommen durfte und ihr werdet für lange, lange Zeit die letzte sein."

Verdutzt glotze ich ihn an. Jap, ich glotzte. Völlig verdattert von dem, was hier geschah, setzte mein Hirn kurz aus. Keine Ahnung, was auf einmal in mich gefahren war, aber ich wedelte mit meiner Hand vor seinen Augen herum, um zu prüfen, ob er wirklich nichts sah.

„Du kannst das lassen. Ich sehe zwar nichts, aber ich spüre, was du tust." Er wandte sich von mir ab und ging in die Mitte des Raumes. Fasziniert starrte ich ihm hinterher. Er sah nichts und bewegte sich dennoch wie jemand, der des Sehens mächtig war.

„Lass uns nicht weiter sinnlos hier herumstehen, lass uns beginnen. Komm zu mir, Prinzessin." Er schmunzelte, als würde er meinen Gesichtsausdruck sehen können. Ich sah ihn selten dämlich an. Mein Mund weit offen, ebenso wie meine Augen. Sie sahen ihm wahrscheinlich etwas panisch entgegen. Es schien ihn zu erheitern, dass mein Puls schlagartig wieder nach oben schoss, als er von weitermachen sprach.

Angst durchzog meine Adern und ich war mir nicht mehr sicher, ob ich der Sache gewachsen war. Dieser Ort hier war mir unheimlich und ich spürte die Magie, die auf ihm lag, bis in den letzten Teil meines Körpers. Doch ich war genau aus diesem Grund hier. Also trat ich auf ihn zu und sah ihn fragend an. „Schließe deine Augen und strecke deine Hände vor!" Er bewegte seine Hände vor, als würde er mir zeigen wollen, wie er es meinte.

Also schluckte ich ein letztes Mal, verstaute meine Angst im hintersten Teil meines Bewusstseins und schloss die Augen. Und während ich das tat und meine Hände vorstreckte, als würde ich was in Empfang nehmen, begann sich die Atmosphäre des Raumes zu verändern. Mächtig und unheilvoll. Oder doch eher magisch und beschwörend? Immer mehr Magie pulsierte in der Luft und legte sich schwer auf mein Herz, meine Seele aber auch auf meine Lunge. Das Atmen fiel mir immer schwerer und gerade als ich dachte, ich würde in Ohnmacht kippen, sprach der Wächter weiter.

Er verfiel in eine Art Sprachgesang, aber die Worte, die er wählte, hatte ich noch nie gehört. Immer wieder wiederholte er seine Worte und in mir stellte sich ihm etwas entgegen. Ich spürte die Barriere, auf die er traf, spürte, dass er nicht weiterkam und wurde immer nervöser. Überlegte, was ich tun konnte und vor allem, zu was das führen sollte. Er unterbrach seinen Sprechgesang und richtete seine Worte nun wieder in normalem Ton, aber mit deutlicher Anstrengung an mich. „Lass los Prinzessin, stelle deinen Geist ruhig. Du denkst viel zu viel nach. Eine Barriere kann normal sein. Doch du musst dich der Magie öffnen."

Mit tiefen Atemzügen versuchte ich zu vergessen, was so wichtig und wieso ich hier war. Versuchte nicht darüber nachzudenken, was passieren sollte, wenn das alles nicht klappen würde. Ich schaltete alles aus. Und dann wurde es still. Mein Kopf war leer, meine Gedanken stumm. Philios' Stimme schwebte in einem singenden Ton in der Luft, sanft und beruhigend, wie eine ferne Melodie. Langsam ließ mein pochendes Herz nach und meine Lungen füllten sich mit tiefen Atemzügen. Eine wohlige Wärme durchströmte meinen Körper, als eine unsichtbare Energie mich umhüllte. Plötzlich spürte ich etwas Schweres in meinen Händen; ein stark pulsierendes Objekt, das schien, als trüge es eine uralte, unbändige Macht. Vor Schreck wollte ich die Augen aufreißen und meine Hände ausschütteln, was Philios aber geschickt verhindern konnte. Er lenkte meine Aufmerksamkeit auf den Sprechgesang zurück. Zeigte mir so, dass das alles dazugehörte.

Am Ende des Sprachgesanges angekommen, tippte er mir auf das linke Schlüsselbein und flüsterte, „Ein Platz nahe dem Herzen, wie es gewünscht." Dann brannte diese Stelle kurz auf. „Du darfst die Augen öffnen, Prinzessin!"

Ich traute mich kaum, dem Folge zu leisten. Erst atmete ich einmal, zweimal tief ein. Die Luft wurde wieder leichter und auch meine Gedanken wurden wieder klarer. Ein wenig ängstlich vor dem, was ich gleich zu sehen bekam, öffnete ich langsam die Augen. Mein Blick richtete sich wie von selbst direkt auf meine Hände. Und darin lag es. Ein Messer. Etwa halb so groß wie mein Schwert, dass ich in meiner Kriegergestalt trug, aber nicht weniger faszinierend. Es war aus glänzendem Silber und das Heft war mit Rubinen verziert. Bei näherer Betrachtung bemerkte ich, dass die Rubine geformt waren wie kleine Federn. So filigran und wunderschön strahlte es mit entgegen. Ich nahm es in die Hand, als würde ich es benutzen wollen und spürte die Wärme seiner Macht auf meiner Haut.

Philios sah mich abwartend an und ich fragte mich, worauf er wartete. Ich wusste nicht, was er von mir wollte. Ich überlegte, ob ich irgendwas nicht mitbekommen hatte, als er sich schon räusperte und zu erzählen begann. „Du hast wirklich keine Ahnung, was du machen musst?"

Ich schüttelte den Kopf und senkte das Kinn.

„Du spürst es aber, oder?"

„Ja, ich spüre was. Es ist warm und zieht die eine zu meiner anderen Hand hin. Aber ich verstehe nicht …", ich sah ihn irritiert an. Schon wieder stand ich auf dem Schlauch und fühlte mich mit einem Mal echt blöd.

„Du musst diesem Impuls folgen. Das Messer kann dich schützen, wenn du es ihm erlaubst. Du solltest lernen ihm zu vertrauen, seine Macht basiert auf einer uralten Magie. Einer, die nicht mal ich beherrsche und die ich nur dank der Erzählungen des Wächters vor mir kenne. Das Messer wird dich leiten und dir Schutz und Freund sein. Es wird in dir Ankern und dich behüten. Du musst lernen es zu verstehen. Hör in dich hinein, was möchte das Messer von dir?"

Ich schloss die Augen und überließ dem Messer die Führung, weil es genau das war, was sein Impuls in mir weckte. Ich erschauderte und sah auf meine Hände. Beobachtete wie die Schneide des Messers sich immer weiter zu meiner Handfläche bewegte, als mich auch schon der stechende Schmerz traf. Scharf zog ich die Luft in die Lungen. Ich hatte mich selbst verletzt. Ich hatte mir die Handfläche aufgeschnitten und das konnte man nicht als Kratzer bezeichnen. Das Blut tropfte aus der Wunde und mir wurde schlecht. Normalerweise hatte ich kein Problem mehr mit Blut, durch meine Erfahrungen beim König war ich dahingehend doch ein wenig abgehärtet, aber die Sache sah ganz anders aus, wenn es mein eigenes Blut war. „Was? …" stotterte ich los.

„Warte, du wirst sehen!", unterbrach mich Philios.

So wartete ich und es dauerte nicht lange bis sich das Messer zu verändern begann. Ganz langsam lösten sich die ersten Partikel der Schneide. Es schien sich aufzulösen. An der

Spitze angefangen bis zum Heft. In winzige Staubkorn große Stücke gespalten tanzte das Messer wie eine Wolke um mich herum. Umkreiste mich. Mal liebevoll, wobei es meine Haut, mein Gesicht und meine Seele liebkoste. Mal stürmisch, als es an meinen Haaren zog und mir meine schwarzen Strähnen ins Gesicht peitschte. Dann zog es an meiner Kleidung und ließ mich von links nach rechts schwanken. Als ich mich gerade daran zu gewöhnen glaubte und dem Schwung immer mitging, änderte sich die Richtung. Sich nicht mehr um mich drehend brauste es nun in einem irrsinnigen Tempo auf meine Hand zu und verschwand in der Wunde, die sich daraufhin in Sekundenschnelle verschloss. Es sah aus als hätte es weder das Messer, noch die Wunde jemals gegeben. Geschockt starrte ich auf meine Hand. Wie war das möglich?

Doch grotesker wurde das, was folgte. Ich spürte, wie sich das Messer einen Weg durch meine Adern zu meinem Herzen bahnte. Spürte jeden einzelnen Millimeter, den es sich weiterbewegte und bekam Panik. Umso näher dieses Gefühl meinem Herzen kam, umso heftiger schlug es. Kurz fühlte es sich so an, als drohte es zu platzen. Mein Atem kam nur noch stoßweise, Schweiß bildete sich auf meiner Stirn. Hilfe suchend sah ich zu Philios, doch er sah nur abwartend zurück. Na ja, was man eben als sehend bezeichnen konnte. Immerhin war er blind. Wie konnte er das zulassen? Wie konnte er mit ansehen, dass ich von innen heraus vernichtet wurde? Kurz bevor ich durchdrehte, löste sich der Tumult genau an der Stelle auf, wo der Wächter mich. Die Haut dort brannte kurz, aber heftig auf und dann war alles vorbei.

Verwundert und erleichtert zugleich sah ich mich um, als Philios wieder kryptisch zu sprechen begann. „Das Messer ist jetzt ein Teil von dir. Wirst du es rufen, wird es kommen", er nickte kurz, „Sieh nach, du müsstest sein Zeichen tragen."

Ich verstand nur Bahnhof.

Der Wächter wirkte amüsiert. „Schau auf dein Schlüsselbein."

Also zog ich den Kragen meines Shirts herunter und prüfte, wie befohlen, das Schlüsselbein. Ich traute meinen Augen kaum. Wo kam das denn her? Auf meinem linken Schlüsselbein präsentierte sich eine Tätowierung. Das Zeichen, was ich dort erkannte, sah genauso aus wie das Zeichen, dass ich auf dem Rahmen in meiner Küche gesehen hatte. Ein Unendlichkeitszeichen mit einer filigranen Feder als eine der Mittellinien. Es war wunderschön, aber ich verstand immer noch nicht ganz was genau das zu bedeuten hatte. Fragend drehte ich mich zu Philios. Der aber nichts anderes tat, als mich anzugrinsen.

„Es wird sich dir zeigen, wenn du es brauchst. Solange möchte es weder gesehen noch bemerkt werden, deswegen verschwindet es in seinem Träger. Ich habe noch nie zuvor gesehen, wie es das macht. Ich kannte nur die Geschichten. Es war mir eine Ehre!" Als er daraufhin vor mir niederkniete, wäre ich am liebsten im Boden versunken. Natürlich hatte ich mittlerweile verstanden, dass dieses ganze geknickse dazugehörte, weil ich eben die Prinzessin war. Und auch, dass er sich damit bedankte, bei der Prozedur anwesend gewesen zu sein. Dennoch errötete ich nicht wenig. Es war mir furchtbar unangenehm, wenn Magier wie Philios einer war, sich niederknieten. Er hatte so viel Macht, war schon so lange Teil dieser Welt, dass ich es einfach nicht ertrug.

Ich bat ihn darum wieder aufzustehen, reichte ihm meine Hand und er kam meiner Bitte nach.

„Dann lass uns mal an dein anderes Problem lösen."

Wieder fuhr mir die Angst durch die Knochen. Welches Problem meinte er nun? Vielleicht das Böse, was in mir weilte? Ich war mir nicht sicher und genau deswegen schwoll ein Kloß in meinem Hals an. Unsicher nickte ich und sah ihn abwartend an. Bis mir einfiel, dass er mich ja gar nicht sehen konnte. Deswegen flüsterte ich ein kurzes ‚okay'.

Er drehte sich von mir weg und lief zu einem Ende des Raumes, genau zu einer der Wände, an denen die vielen Rahmen hingen. Langsam lief ich hinter ihm her. Bestaunte die Wand und ihre Rahmen, die Bilder und Philios, wie er mit ihnen umging. Beinahe zärtlich ließ er seine Hand über jeden einzelnen Rahmen wandern und hielt an jedem kurz inne. Holte tief Luft und wartete. Es war so, als prüfte er etwas. Ich wagte es kaum zu atmen, so hoch war meine Anspannung. Was passierte jetzt? Er lief weiter an der Wand entlang und blieb seinem Prozedere treu. Hielt immer wieder an und konzentrierte sich. An einem mittelgroßen Holzrahmen, der eher aussah, als würde er bald auseinander bröseln, blieb er stehen. Neugierig richtete ich mein Blick auf die Szene. Mir strahlte eine Dünenlandschaft entgegen. Sonne und Sand so weit das Auge reichte. Philios atmete erleichtert auf und drehte sich zu mir um. Sein Blick war aufmunternd, scheinbar hatte er den passenden Rahmen gefunden.

Kurz nickte er mir zu bevor seine Worte an mich wandte. „Hier wirst du finden, was dir weiterhelfen wird. An diesem Ort lebt ein Heiler, der in seiner Magie so mächtig ist, wie ich in meiner. Vertraue auf dich und dein Gespür. Denke daran, dass du nicht alleine bist und lasse zu, dass das Messer dir den Weg weisen wird. Versuche zu übersehen, was nicht übersehen werden will und lasse dich nicht von dem verleiten, was hier angeblich auf dich wartet. Die

Prüfung der Heiler ist anders als die Meine. Lerne zu Vertrauen. Lerne, dich auf andere einzulassen." Mit diesen Worten drehte er sich um, tastete erneut an verschiedenen Rahmen und verschwand dann in einem anderen. Er ließ mich hier alleine stehen. Allein mit der Entscheidung, ob ich durch dieses Portal gehen wollte oder nicht. Ich atmete tief ein und aus. Versuchte meinen Puls zu normalisieren. Er hatte mich allein durch das, was er sagte zum Schaudern gebracht. Was genau wartete hinter diesem Portal auf mich. Nervös überlegte ich, ob ich nicht einfach wieder gehen sollte. Einfach zurück nach Hause. Zugegeben, die Möglichkeit das Böse ohne einen Kampf zu bannen, war zu verlockend. Zumindest hatte es sich für mich so angehört, als würde genau das hinter diesem Portal auf mich warten. Und da das Messer ebenfalls in die Richtung des Rahmens, hinter dem der Heiler sich verbarg, wies, ließ meinen Entschluss wachsen. Ich wollte hindurchtreten. Dennoch drehte ich mich noch einmal um, vielleicht sah ich ja noch einen Rahmen mit meiner Küche und Elias. Den anderen Weg. Aber die andere Wand, an der ebenfalls Rahmen hingen, war zu weit weg, als das ich hätte irgendwas Genaues erkennen können. Ich schluckte schwer gegen den Kloß in meinem Hals, fasste allen Mut zusammen und griff in den Rahmen.

Kapitel 13

Sam

Ein scharfer Schmerz durchzuckte meine Knie, als sie den sandigen Boden berührten. Ich biss die Zähne zusammen, um einen Schrei zu unterdrücken, und spürte das vertraute Brennen in meinen Beinmuskeln, die jede Landung ein bisschen schwerer tragen mussten. Meine Hände waren Sandbedeckt und ich konnte von Glück sagen, dass ich nicht mit dem Gesicht voran gelandet war. Ob ich mich darüber wirklich freuen sollte?

Langsam richtete ich mich auf und suchte die Gegend nach möglichen Gefahren ab. Meine Augen schweiften über den endlosen, bräunlichen Sand, der unter meinen Füßen knirschte, während meine Blicke sich an den schroffen Silhouetten der Dünen orientierten. Kein Grün, kein Leben, nur der leise Tanz von Staubkörnern im heißen Wind. Fast, als wäre ich auf einem toten Fleck gelandet. Oder eben in der Wüste. Der Wind pfiff mir ungehindert und mit voller Wucht entgegen. Durch den hohen Druck blieb mir die Luft im Halse stecken. Kurzerhand drehte ich mich mit dem

Rücken zu ihm, um wenigstens normal atmen zu können. Ich schützte meine Augen vor dem grellen Sonnenlicht und blickte auf die zerfallenen Hütten, die sich vor mir auftürmten. Der Staub blies in die verwitterten Fensterrahmen und ich fragte mich, ob Philios wirklich wusste, wohin er mich gesandt hatte.

Als ich keine Gefahr entdecken, weil hier eben gar nichts war, lief ich weiter. Ich konnte nicht einfach hier stehen bleiben und hoffen, die Lösung käme zu mir. So folgte ich dem Weg, den das Messer mir wies. Ich spürte es unter meiner Haut, wie es mich zog. Als würde es meine Seele in eine bestimmte Richtung schieben oder ziehen. Und da sie aus meinem Körper nicht raus konnte, musste ich folgen, damit es seine Richtung fand. Damit ich fand, wohin ich musste. Und wie konnte es auch anders sein? Natürlich musste ich dem Wind entgegengehen. Augenrollend lief ich los. Gebückt und die Arme um mich geschlungen trotzte ich dem Wind und lief immer weiter.

Ein warmer Schauer durchflutete mich, als ich den Namen auf meinen Lippen formte. „Fons", murmelte ich, und es fühlte sich so an, als würde jemand tief in meinem Inneren aufleuchten. Ein vertrautes, stilles Einvernehmen, wie das einer alten Freundschaft, erfüllte mich. Jemandem oder etwas mit Namen konnte man eher Vertrauen, als jemandem dem man nur einen Begriff zuordnet.

Unter meiner Haut spürte ich Fons und durch die Wärme, die er abstrahlte als Reaktion auf seinen Namen, machte er klar, dass er ihn wohl für gut befand. Es fühlte sich an, als würde er mich von innen umarmen. Wohlige Wärme breitete sich von seinem Platz aus durch meinen Körper aus. Gemeinsam stellten wir uns dem kalten Wind entgegen.

***

Nach etlichen weiteren Schritten veränderte sich meine Umgebung und ich erkannte in weiter Entfernung schemenhaft ein Dorf. War es eine Fata Morgana? Die Ränder schimmerten, wie wenn man über eine Hitzequelle sieht. Doch umso näher ich kam, desto klarer wurde alles. Mit halb zusammengekniffenen Augen, um sie zu schützen, erkannte ich dennoch genug. Ich erhaschte einen Blick auf Hütten, die wild verteilt auf einer Ebene standen. Vorsichtig trat ich an das Dorf heran und sah mich aufmerksam um. Sollte ich hier hin? War hier der Heiler, der mir helfen sollte? Es wirkte fast nicht so. Denn das Dorf wirkte alt und heruntergekommen. Eher so, als würde hier schon lange keiner mehr leben. Auch die Löcher in den Wegen und der Müll, der sich an den Hauswänden stapelte, bestärkten diesen Eindruck.

Anders aber war es mit dem Geruch und mit den Geräuschen, die mir das Dorf entgegenwarf. Denn sie straften das Bild Lügen. Gerüche nach gemähtem Gras und Dung aber auch nach Feuer und frischem Brot drangen mir in die Nase. Von dem köstlichen Duft angestachelt, überlegte ich, wann ich das letzte Mal etwas gegessen hatte. Und als Antwort darauf knurrte mein Magen lautstark. Ich hatte solche einen Hunger. Alles in mir schrie nach Essen. Mir lief das Wasser im Munde zusammen, als ich mich dem Dorf schrittweise näherte. Der Drang nach der Stillung des Hungers barg für mich die pure Erlösung.

Fons jedoch wurde nervös, er zuckte in mir hin und her. Wollte mich zum Umkehren bewegen und zog mich unerbittlich nach rechts. Wollte mir wohl zu verstehen geben, dass ich um das Dorf herum gehen sollte. Wie sollte ich auf ihn hören können? Er verstand das Gefühl nicht, dass sich in meinen Eingeweiden breit machte. Als Messer konnte er ja schlecht nachvollziehen, wie es ist, Hunger zu leiden.

Auch schrien meine Beine nach einer Pause. Mein gesamter Körper schien der Erschöpfung mit einem Mal so nahe, dass ich nicht mehr anders konnte. Ich steuerte geradewegs auf das Dorf zu.

Ich biss die Zähne zusammen und spürte, wie meine Beine vor Erschöpfung zitterten. Philios' Worte hallten in meinem Kopf, aber der gestochene Schmerz in meinem Magen und die bleierne Müdigkeit in meinen Gliedern ließen das Flüstern verstummen.

***

Mittlerweile war ich in dem Dorf angekommen und ging ich durch seine schmalen Gassen. Ich wunderte mich über die Gerüche und Geräusche. Denn tatsächlich sah es auch von nahem betrachtet so aus, als würde hier keiner wohnen. Die Hütten, einst gebaut aus Stein und Dächern aus einfachem Holz und Stroh, wiesen deutliche Verfallerscheinungen auf. Teilweise waren ganze Wände rausgebrochen und lagen als Steinhaufen auf der Erde. Suchend blickte ich in einzelne Hütten, vielleicht lebte hier noch jemand? Doch weder sah ich jemanden, noch regierte jemand auf mein Rufen. Ich war also einer Fata Morgana auf den Leim gegangen? So dumm und starrköpfig konnte auch nur ich sein. Ich erschauderte und gerade, als ich überlegte zurückzugehen und Fons die Führung zu überlassen, vernahm ich ein unheilvolles Rascheln hinter mir. Ich stockte, blieb wie erstarrt stehen. Was sollte ich jetzt tun? Das Blut gefror in meinen Adern und hielt mich in meiner Erstarrung fest. Ich schloss vor Angst die Augen, als Fons sich in mir rührte und mich voranzutreiben versuchte.

Er wird kommen und dich holen, lachte es in meinem Inneren.

Na klasse, das hatte mir jetzt noch gefehlt. Ich versuchte nicht in Panik zu geraten, atmete durch. Denn ich wusste, ich durfte dem Bösen kein Futter bieten, um an mich heranzukommen. Nicht nur, dass das Böse dadurch die Chance hatte einfach weiterzumachen, lockte meine Angst auch diese Viecher an, von denen das Mädchen erzählt hatte. Denn mit einem war ich mir sicher: Das Geräusch kam von eben jenen Wesen, denen ich definitiv nicht begegnen wollte.

Lass es einfach zu, Prinzessin. Wir wissen beide, dass du das hier nicht überleben wirst.

Das unheimliche Lachen, was daraufhin folgte, machte die Situation noch unerträglicher.

Verdammt … Entspann dich, Sam, komm schon, das Geräusch konnte auch nur vom Wind gekommen sein. Kurz schloss ich die Augen und atmete einige Male durch. Ich sprach mir Mut zu, kratzte jeden Funken davon zusammen. Dann drehte ich mich in Zeitlupe um. Bei der Drehung erkannte ich aus dem Augenwinkel, dass sich eine Person hinter mir befand. Da Fons mich jedoch mit aller Gewalt von ihr fortzuzerren versuchte, rechnete ich mit dem Schlimmsten. So ließ ich meine Kriegerin raus brechen, beschwor Schild und Schwert und stellte mich, erhobenen Hauptes, der Person gegenüber. Hasserfüllt und zu allem bereit, stellte ich mich meinem Gegner. Ging in Gedanken in Bruchteilen einer Sekunde durch, was ich bei den Drachen gelernt hatte: Stand festigen … Ruhig atmen … Gefühle außen vorlassen. Adrenalin rauschte durch meine Adern und machte mich stärker. Doch als ich erkannte, wer da vor mir stand, war das alles nicht mehr nötig. Ruckartig ließ ich die Kriegerin in mir fallen und rannte auf die Person zu. Es war kein anderer als Elias, mein Elias. Schwungvoll warf ich mich in seine Arme und hielt ihn fest, während Tränen der Erleichterung und der Freude meine Wange hinunter kullerten. Anders als erwartet, erwiderte Elias die Geste nur halbherzig und sah sich fragend um. Schenkte mir kaum Beachtung.

„Was tust du hier?", fragte er total überrascht.

Ich starrte ihn etwas perplex an, während ich meine Antwort formulierte. „Öhm ... Ich soll hier jemanden treffen. Philios sagt, dieser Jemand wird mir mit dem Bösen helfen können."

„Wer ist Philios? Und wie soll dir jemand helfen können?", beherzt griff er nach meinen Schultern und schob mich von sich weg. Die Geste war fast grob und ich erschauderte, wurde sauer. Anstatt sich darüber zu freuen, endlich einen Ausweg gefunden zu haben, tat er genervt. Es war, als störte ihn, dass ich so etwas überhaupt in Erwägung zog. Dass ich eine Lösung für das Problem in greifbarer Nähe wähnte. Ich sah in sein Gesicht, dass mir so vertraut und gleichzeitig fremd vorkam. Ich suchte nach dem Elias, den ich kannte. Nachdem ich mich sehnte. Doch in seinem Blick lag etwas Unbeständiges, etwas Unruhiges. „Was ist los mit dir?", ich wich einen Schritt zurück. „Woher wusstest du wo ich bin?"

„Ich habe gespürt, wo du bist", ein kurzes Achselzucken, bevor er weitersprach „Ich konnte dir aber von der Küche aus nicht folgen. So habe ich ein anderes Bildportal gesucht und bin dann über Umwege hier gelandet."

„Wie kann man spüren, wo jemand ist?" Total verdattert starrte ich ihn an. Ich wurde mir immer sicherer, dass mit ihm irgendwas nicht stimmte. Doch ich wusste nicht, was genau es war und er wirkte nicht so, als wollte er darüber sprechen.

„Das erkläre ich dir später. Lass uns hinter uns bringen, was auch immer du hier vorhattest. Dieser Ort ist gefährlich!" Mit diesen Worten drehte er sich um, ging voran und ließ mich einfach verdutzt stehen.

Das Gefühl verloren und allein zu sein nahm immer mehr von mir Besitz. Was war nur los mit ihm? Wo ist mein Elias?

Gemeinsam stapften wir durch das Dorf. Na ja, es war weniger gemeinsam, als das wir hintereinander herliefen, mit deutlichem Abstand. Weiterhin zog Fons mich unerbittlich in die andere Richtung. Aus dem Dorf raus, von Elias fort. Fons wollte merklich nicht, dass ich ihm folgte. Weder ihm als Person, noch dem Weg, den er eingeschlagen hatte. Immer wieder ließ er mich straucheln. Warf sich mit seiner Macht gegen die Bewegungen, die ich tat. Aber Fons verstand nicht. Ich vertraute Elias und das sollte er auch. Um Fons zu beruhigen, legte ich meine rechte Hand beruhigend auf sein Zeichen und flüsterte ihm gut zu. Doch alles war egal, er ließ sich nicht beirren und machte weiter wie bisher. Egal, wie sehr ich versuchte ihn zu überzeugen, er ließ sich nicht umstimmen.

„Wo musst du denn hin?" Elias blieb unvermittelt stehen und ich wäre fast in ihn hineingerannt. Obwohl er mich nur einen Sekundenbruchteil angesehen hatte, ließ mich sein Blick erschaudern. Kurz meinte ich Ungeduld und Hass aus seinen Augen blitzen zu sehen. Doch jetzt liegen sie wieder ruhig in ihrem Höhlen. Blau, wie eh und je. Und doch ganz anders, als ich sie kannte. Weniger Leben und vor allem fand ich in ihnen weniger Elias. Ich schluckte mein

Unbehagen runter, sah ihn stoisch an und wollte mir von meiner Unsicherheit nichts anmerken lassen, die aber mit jeder Silbe, die ich sagte, mitschwang. „Ich weiß es nicht genau, beim letzten Mal sagte mir jemand, wo ich hinmusste." Ein Ruck ging durch Elias Körper und er sah mich aus großen Augen an. Seine Muskeln spannten sich an, als wollte er sich für einen Kampf bereit machen. Ängstlich sah ich mich um. Doch als er zu reden begann, wusste ich, dass nichts um mich herum war. Es waren meine Worte, die ihn so aufgewühlt hatten. „Was meinst du mit ‚letztem Mal'?" Also erzählte ich ihm, was passiert war, nachdem wir getrennt wurden. Erzählte, wo ich gelandet war, als ich das Portal der Küche betreten hatte. Mit wem ich sprach und wie ich hier gelandet war. Allerdings sagte irgendwas in mir, dass ich die Information mit Fons lieber außen vorlassen sollte. So sagte ich ihm nicht davon. Es fühlte sich nicht richtig an, ihm auch diese Information anzuvertrauen.

Als Elias mich fragte, ob ich schon weitergekommen war und vielleicht einen Gegenstand gefunden hätte, log ich ihn kurzerhand an. Nicht nur, dass ich ein komisches Gefühl hatte, auch Fons verbot mir über ihn zu sprechen. Ich bekam kein Wort über ihn über meine Lippen, ob ich wollte oder nicht.

***

Nach einiger Zeit schweigenden Gehens waren wir in der Dorfmitte angekommen. Nebeneinander standen wir an einem großen Platz, der einst ein Marktplatz gewesen war. Zumindest sprachen die wild verteilten Verkaufswagen dafür. Überall standen oder lagen sie herum. Teilweise so bestückt, als würde der Markt jeden Moment öffnen. Andere hingegen waren nur noch ein Haufen Schrott und lagen in ihre Einzelteile zerfallen herum. Natürlich ließ sich meine Neugier nicht bändigen und ich trat näher heran, um zu sehen, was hier wohl so verkauft wurde.

Meinen Fehler bemerkte ich sofort, als ich durch eine seidige Wand trat. Direkt als ich es bemerkte, blieb ich wie versteinert stehen. Elias war fast fünf Schritte vor mir. Er musste also auch vor mir durch diese Wand gelaufen sein. Hatte er denn gar nichts bemerkt? Wir waren in einem magischen Raum gelaufen. Einfach so?

Habe ich es nicht gleich gesagt, er kommt, um dich zu holen? Er wird nicht lockerlassen, um dich wiederzubekommen. Du wirst nie frei sein. Immer auf der Hut, immer in Angst und niemals allein.

Wir saßen in der Falle.

„Elias?", rief ich panisch. Aber er reagierte nicht auf mich. Ich versuchte es nochmal, diesmal lauter und endlich drehte er sich zu mir um. Mit vor Schreck geweiteten Augen sah er mich an. Na ja, eigentlich sah er nicht mich direkt an, sondern sah knapp über meine Schulter hinweg hinter mich. *Oh, bitte … Nein …*

Langsam drehte ich mich um. Und als ich erkannte, wieso Elias aussah, als hätte er den Tod persönlich getroffen, ließ ich die Kriegerin aus mir herausbrechen. Um uns herum versammelten sich etliche, grauenhafte Kreaturen. Genau die Kreaturen, vor denen das kleine Mädchen mich gewarnt hatte. Sie sahen in Natura noch viel schlimmer aus, als auf der Zeichnung. Und da waren sie schon angsteinflößend. Magnics.

Mindestens zehn von ihnen umzingelten uns. Sie ließen uns nicht aus den Augen und machten einige Schritte hin und her. Sie beobachteten unser Verhalten. Doch noch hatten wir uns kaum bewegt. Jetzt aber kam Bewegung in Elias. Er schloss zu mir auf und nahm mich schützend in den Arm. „Wir schaffen das, Prinzessin. Ich hole uns hier raus." Da war er wieder, mein Elias.

Ich versuchte mich daran zu erinnern, was das kleine Mädchen über diese Kreaturen sagte und ein Satz war mir in Gedanken haften geblieben, der uns jetzt vielleicht helfen könnte. „Elias, sie leben von unserer Angst. Wir dürfen ihnen keine Angst zeigen!"

Genau in dem Moment, in denen meine Worte zu Elias durchdrangen, wirbelte er schon herum. Er hatte keine Angst, so viel stand fest. Einen nach dem anderen griff er die Magnics an. Ohne seinen Krieger herausbrechen zu lassen, erledigte er den ersten Magnic mit bloßen Händen. Ich konnte nicht anders, als ihn anzustarren. Er hatte nur die Hände erhoben und den Magnic nicht mal berührt, da fiel er auch schon in sich zusammen. Als hätte er all seine Inneres verloren, inklusive Muskeln, Sehen und Knochen, fiel die Hauthülle wie ein Stofffetzen einfach zu Boden. Mit einem kurzen Tritt dagegen wurde dieser mit dem nächsten Windstoß einfach davongetragen.

Ungläubig klappte mein Mund auf. Denn ich hatte noch keine Schwachstelle an ihnen gefunden. Auch das Mädchen hatte doch behauptet, dass sie keine Schwachstellen aufwiesen. Wie war es Elias möglich, diese Viecher so schnell und ohne eine Berührung zu vernichten?

Die übrigen Magnics wirkten ebenso irritiert wie ich und folgten Elias mit ihren Blicken. Regten sich aber ansonsten nicht. Ich hätte nicht für möglich gehalten, was ich hier gerade sah. Ich war hin- und hergerissen. Natürlich wollte ich ihm helfen, aber hatte keine Ahnung wie ich das hätte machen sollen. Anders als Elias hatte ich keinen Plan und auch keinen Trumpf im Ärmel. Ich suchte weiter nach einem Punkt, an dem ich zum Angriff ansetzen konnte. Und beobachtete Elias weiter. Vielleicht entging mir auch nur der Schlag, den er setze, das Geschoss was er gezielt platzierte oder wie er das Schwert präzise in seinen Gegner senkte. Doch ich sah nichts dergleichen. Elias war wie im Rausch. In einer einzigen fließenden Bewegung wirbelte er herum, nahm sich schon den nächsten vor. Es sah so einfach aus. Ich verstand es nicht. Wieso meinte das Mädchen, dass sie so gefährlich wären, dass es kaum ein entkommen gab?

Als Elias den dritten Magnic in die Knie gezwungen hatte, riss ich mich aus meiner Starre. Mit einem Schrei beschwor ich die Kriegerin herauf und stürmte auf die Kreatur zu, die am nächsten bei mir war. Elias' unermüdliche Angriffe schienen mich anzutreiben, mein Herz schlug wilder und meine Schritte wurden schneller, entschlossener.

Du kannst sie nicht töten, du bist viel zu schwach. Du hast keine Ahnung.

Es wollte Zweifel sähen, doch ich ließ mich nicht beirren. Nicht dieses Mal. Also rannte ich voller Zuversicht auf mein Opfer zu und ließ ein Geschoss nach dem nächsten auf ihn niederregnen. Ohne jegliche Wirkung. Anstatt den Magnic zu treffen, verpufften sie bevor sie seine Haut berührten. In eine einzige Rauchschwade lösten sie sich auf. Der Magnic sah mich abwartend und belustigt an. Sofern man an seiner merkwürdigen Fratze so etwas absehen konnte. Doch sein riesiges Maul öffnete sich einen Spalt breit und er präsentierte mir eine Reihe rasiermesserscharfer Zähne. Ich rannte unbeirrt weiter auf ihn zu. Durch das Training beflügelt, war ich mir sicher, dieses Vieh zur Strecke bringen zu können. Als ich den Magnic endlich erreichte, zog ich mein Schwert. Sprang und ließ es schwungvoll auf seinen Kopf nieder krachen. Ohne Erfolg. Das Schwert berührte ihn ebenso wenig wie meine Magie. Der Schwung wurde ein paar Zentimeter vor seiner Schädeldecke gebremst, ich flog in hohem Bogen durch den Aufprall zurück und landete rücklings auf dem Boden. Während ich mich quälend aufrichtete, wurde mir mulmig zumute und zog einen Schild um mich. Ich würde nicht aufgeben. Niemals. Doch ich ließ ihm auch seinerseits keine Chance an mich heran.

Da fiel mir auf, dass ich gar nicht angegriffen wurde. Es war, als wollte der Magnic abwarten. Aber worauf wartete er?

Egal. Besser ich setzte dem ein Ende, bevor er sich überlegt hatte, wie er mich zerreißen wollte. Um ihm keine Chance zu lassen mich anzugreifen, holte ich wieder mit dem Schwert aus und stieß es ihm in die Brust, wieder kein Erfolg. Wieder prallte das Schwert vorher ab, schwang zur Seite und ließ mich durch den Schwung fast gegen den Magnic laufen. Hart bremste ich ab und rannte im wahrsten Sinne des Wortes an meinem Gegner vorbei. Was war nur los? Bei Elias sah es doch so einfach aus. Egal, nicht ablenken lassen.

Jetzt, wo ich dem Magnic wieder gegenüberstand, überlegte ich mir eine andere Taktik. Ging verschiedenes durch. Doch vergeblich. Ich wusste nicht, wie ich durch sein Schild kommen sollte. Ich traute mich nicht erneut zu Elias zu blicken und mir etwas abzugucken. Das hätte an der jetzigen Situation nichts mehr geändert, denn der Magnic setzte sich langsam in Bewegung und sah mich aus seinen kugelrunden, hasserfüllten Augen drohend an. Langsam kam er Schritt für Schritt immer weiter auf mich zu. Wie in einem einstudierten Tanz ging ich im Gleichschritt rückwärts.

Ich konnte es nicht mehr leugnen. So langsam bekam ich es doch mit der Angst zu tun. Das konnte nicht mit rechten Dingen zugehen. Elias schaffte es selbst, ohne seinen Krieger die Dinger zu besiegen, also was machte ich falsch? Plötzlich erscholl ein schriller, schmerzender Laut. Der Magnic vor mir hatte angefangen zu kreischen. Mit weit aufgerissenem Maul und zurückgelegtem Kopf stand er nur drei Schritte von mir entfernt und brüllte aus vollster Seele. Die Schmerzen, die dieser Schrei in mir auslöste, waren kaum auszuhalten. Ich presste mir die Hände auf die Ohren, um das Geräusch zu dämpfen. Kniff die Augen zusammen um dem Grauen zu entkommen. Und nichts half. Logischerweise. Als er immer lauter wurde, sank ich vor lauter Schmerzen auf die Knie. Von Angst war keine Spur mehr, denn mittlerweile hatte ich Panik. Absolute und allumfassende Panik. Ich spürte, wie sie meinen Körper lahmlegte und wie der Magnic sich an ihr bediente. Als hätte er einen Strohhalm in mein Innerstes gelegt und würde meine Seele nach und nach aussaugen. Sie mir wie Muskeln von den Knochen ziehen. Stück für Stück.

Fons Zeichen an meinem Schlüsselbein brannte kurz auf. Als ich blinzelnd die Augen öffnete, hielt ich nicht mehr mein Schwert in der Hand, sondern ihn. Unerschrocken zog er mich auf den Magnic zu. Er wollte, dass ich mich ihm stellte. Weil ich lange genug nicht auf ihn gehört hatte und ich eh kaum mehr in der Lage war mich zu bewegen, ließ ich ihn führen. Es war, als hätte er meinen Körper übernommen. Ihm neue Kraft geschenkt. So stand ich auf, richtete meine ganze Aufmerksamkeit auf meinen Gegner. Sprang so hoch ich konnte, griff nach dem Teil des Flügels, der am nächsten am Rücken saß, zog mich an ihm hinauf und setzte mich kurz hinter die Flügel. Wild schlugen sie um sich, als würden sie nach mir greifen wollen, aber Fons ließ mich weitermachen. Jedoch ließ der Magnic nicht locker, er wehrte sich mit allem, was ihm zur Verfügung. Nachdem das Flügelschlagen keinen Erfolg gebracht hatte, ich nur immer wieder von ihnen gestreift wurde, begann er sich hin- und herzudrehen. Wie bei einem Rodeo bewegte er sich vor und zurück, von links nach rechts. Drehte sich verzweifelt um sich selbst und begann erneut zu schreien. Diesmal ließ Fons es nicht zu, dass ich mir die Hände auf die Ohren presste. Im Gegenteil. Er trieb mich an und ließ mich die Beine fester an den Magnic pressen. Meinen Halt verbessern. Und es zeigte Wirkung. Der Magnic wurde langsamer und Fons leitete mich. Ich setzte ihn an und schnitt unter größter Anstrengung erst den einen und dann den anderen Flügel ab. Das Geräusch reißender Haut, Knochen und Sehnen dabei so gut es eben ging ignorierend richtete ich meine volle Aufmerksamkeit auf das, was getan werden musste. Nachdem die Flügel auf dem Boden gelandet waren, packte ich Fons fester am Griff und stieß ihn mit aller Gewalt in die entstandenen Wunden. Unmittelbar darauf verlor der Körper des Magnics seine Spannung und fiel wie ein nasser Sack zusammen. Ich fing mich gerade noch ab und landete nicht gemeinsam mit ihm auf dem harten Boden.

Ich hatte es geschafft. Fast wurde ich euphorisch. Aber eben nur fast, denn ich wusste, wie knapp das gewesen war. Kaum hatte ich den Gedanken zu Ende gedacht, verschwand Fons ebenso schnell, wie er gekommen war und ich hielt wieder mein Schwert an seiner Stelle. Ich drehte mich um, suchte nach einem weiteren Gegner, als Elias auch schon auf mich zu gerannt kam. Die pure Wut stand ihm ins Gesicht geschrieben. Verdutzt sah ich mich um und wischte mir die verschwitzen Hände an meinem Rock ab. Mir fielen fast die Augen aus den Höhlen. In der Zeit, in der ich einen Magnic erledigt hatte, hat er alle anderen erledigt. Was für eine Niederlage. Hieß es nicht, ich sollte stärker sein als er? Ein klein wenig kratzte es schon an meinem Selbstbewusstsein. Ich ließ es mir aber nicht anmerken.

„Wie hast du das gemacht?", fragte Elias aufgebracht, als wäre er wütend auf mich.

Oh, wow. Ich dachte er würde sich darüber freuen, dass ich mich zu wehren gewusst hatte, aber er wirkte alles andere als erfreut. „Ich habe ihm die Flügel abgeschnitten." Ich tat cool und zeigte auf die verstümmelten Flügel des Magnics.

„Aber das ist unmöglich, man kann sie nicht besiegen." Sein Ton war anklagend, so als hätte ich sein Haustier getötet. Fons zog mich weiter von Elias weg. Was ging hier vor sich?

„Und was hast du dann bitte mit ihnen gemacht?", fuhr ich ihn keifend an.

„Ich habe sie mit einem Fluch belegt!" Elias sah mich von oben herab an.

Es wurde immer seltsamer. Ich wusste gar nicht, dass Elias Flüche sprechen konnte. Wusste nicht, dass Kriegern auch diese Macht zustand, aber vielleicht war es für ihn so normal, wie für mich das Atmen oder so.

Wieder versuchte ich mir einzureden, dass es okay wäre, wenn er Geheimnisse vor mir hätte, auch wenn es mir einen heftigen Stich versetzte. Es war mir nicht egal und okay fand ich daran auch nichts. Von meinem inneren Schmerz ließ ich mir nichts anmerken. Ich wollte ihm gegenüber keine Schwäche zeigen. Denn irgendwas stimmt hier nicht und ich würde noch herausbekommen, was es war.

Zumindest waren die Magnics vorerst verschwunden. Dennoch traute ich der Ruhe nicht. Vor allem deswegen nicht, weil Fons mich unbeirrt fortzog. Diesmal folgte ich diesem Impuls, blieb in meiner Kriegergestalt und ging in die Richtung, die er mir wies.

Auf direktem Wege verließen wir das Dorf und traten abermals durch eine seidene Wand. Kurz zuckte Angst durch meine Adern, weil ich nicht wusste, ob wir den magischen Raum verlassen oder nur in einen anderen gewechselt hatten. Doch da Fons keine Anstalten machte wieder umzukehren, vertraute ich weiterhin darauf, dass er das Richtige tat. Derweil bemerkte ich, dass mich Fons immer weiter von Elias fortzog, umso näher er mir kam. Ich wurde immer unruhiger. Was sollte das heißen?

Kapitel 14

Sam

Das Dorf hatten wir nun schon lange hinter uns gelassen. Die einstige Dünenlandschaft wurde immer mal wieder durch verschiedenste Vegetationen abgewechselt. So liefen wir zeitweise über Felder, die nicht bestellt waren, über einen lehmartigen Boden, in den man teilweise einzusacken drohte und dann wieder über Sand. Mal gab es Bäume, Sträucher oder Gras, mal nicht. Die Büsche, die wir passierten, waren verdorrt und knorrig, als hätten sie Jahrzehnte ohne Wasser überstanden. Vereinzelt blitzten farbenfrohe Blüten durch das Grau der Landschaft, ein Hauch von Leben in der Monotonie des Staubs. Und wieder rauschte nichts außer Wind um uns herum. Staub wurde aufgewirbelt und stach unangenehm in den Augen. Immer wieder hielt ich meine Arme vors Gesicht, lugte zwischen den Fingern hindurch und versuchte unseren Weg zu finden. Oder zumindest irgendeinen. Scheinbar planlos schritten wir durch die Landschaft. Anders, als es den Anschein machte, steuerten wir geradewegs auf unser Ziel zu. Fons wies unbeirrt in die Richtung, in die wir traten. Aber ich sah nichts, kein Ziel und kein Ende. Außer dem ewigen Horizont vor und dem Dorf hinter uns, war weit und breit nichts zu entdecken. Der Verdacht, dass der Wächter mir das falsche Bild gewiesen hatte, erhärtete sich immer mehr. Steuerte Fons uns auf ein weiteres Portal zu? Denn woher sollte Philios auch wissen, wo genau ich hinmusste, er sah ja nicht mal was.

Mein Verstand verbitterte. Ich hielt das Ungewisse nicht mehr aus. Ich durchschaute auch Fons Verhalten Elias gegenüber nicht. Kapierte nicht, was das hier sollte. Jeder Schritt fühlte sich an, als ob ich durch zähen Sirup waten würde. Meine Beine waren schwer, meine Kehle trocken und meine Gedanken kreisten beständig um das gleiche Thema: Wieso mache ich das hier überhaupt?

***

Irgendwann, nach gefühlten Stunden, Tagen oder Wochen – es konnte alles gewesen sein, mein Zeitgefühl war mir im Laufe dieses Abenteuers abhandengekommen. Ich ließ mich schnaufend und erschöpft an Ort und Stelle auf den Hintern fallen. Der staubige Boden fühlte sich kalt und unwirtlich an, unter mir, ein Spiegelbild meiner inneren Zerrissenheit. Keine Ahnung, wohin wir steuerten, aber irgendwie war mir klar, dass es in eine neue Gefahr enden würde. Vielleicht sollte ich einfach aufgeben? Jeder Schritt war eine Qual und ich merkte, wie meine Schultern sich immer weiter verkrampften, während ich meine schmerzenden Beine weiterschleppte. Die einstige Entschlossenheit wich und ich biss mir auf die Lippen, um nicht laut aufzuschreien. War das vielleicht der Sinn hinter dem ganzen umher Gerenne?

Mich so lange Gefahren auszusetzen, bis ich die Fahne hisste und aufgab? An meinem Schlüsselbein brannte die Zeichnung auf. Auch Fons machte es mir nicht leichter. Er forderte, dass ich weiterlief, zerrte an mir, spornte mich an. Es half alles nichts, ich konnte nicht mehr und brauchte jetzt echt mal eine Pause. Ich war doch auch nur ein Mensch. Mit meinen Händen fuhr ich mir erst über mein Gesicht und dann über meine Haare, strich sie mir nach hinten. Das hätte ich wohl nicht tun sollen, denn sie rochen widerlich. Wieso war mir das vorher noch nicht aufgefallen? Ein lilafarbenes Sekret klebte an meinem Körper, vor allem aber an meinen Händen, vermutlich war es das Blut der Magnics. Es roch nach Fäulnis und Ether. Ekel überfiel mich und ich atmete ganz bewusst durch den Mund. Der Geruch, der nun auch in meinem Gesicht und in meinen Haaren klebte, ließ mir die Magensäure hochsteigen. Ich schluckte gegen den Würgereiz und sah auf meine Hände hinab.

Innerlich verdrehte ich die Augen. War ja klar, dass ich mir den Mist direkt ins Gesicht schmierte. Konnte ja nicht anders kommen, oder? In einer Welt, die mir immer wieder vor Augen führt, wie hilflos ich doch bin. Ein kurzes, hartes Lachen brach aus meiner Kehle, doch es fühlte sich leer an. Tränen brannten in meinen Augen und ich wischte sie hastig weg, verärgert über meine eigene Schwäche. Ich hätte ja auch einfach mal nachdenken können, bevor ich mir wie Hain Blöd durch Gesicht streifte. Wo hätte ich mir denn seit dem Kampf die Hände waschen sollen? Im Sand? Notdürftig holte ich es nach, nahm den Saum meines mittlerweile versifften Shirts und versuchte das Gesicht und die Hände abzuwischen, mit mäßigem Erfolg. Es war zu klebrig und klebte letztendlich überall.

Fons wurde unruhig und fing nun wirklich an, mich zu nerven. Er wollte, dass ich aufstand und weiterging. Verstand er nicht, dass Menschen auch mal Pause benötigten, oder war hier wirklich was Gefährliches? All sein Quengeln nutze nichts. Ich konnte nicht mehr. Selbst wenn ich gewollt hätte, hätte mich meine Beine keinen Meter mehr weit getragen. Zumindest würde ich hier schnell sehen, wenn sich mir Gefahr nähert.

Nachdem er mich die ganze Zeit nur beobachtete hatte und mir keine Unterstützung war, trat Elias nun neben mich. Er musste doch auch erschöpft sein. Sein Weg war nicht kürzer und sein Kampf nicht weniger anstrengend wie meiner. Doch anstatt sich hinzusetzen, mich aufzumuntern oder ähnliches, wie er es sonst immer tat, blickte er mich von oben herab an. Ich zog den Augenbrauen zusammen. Ein sehr arroganter Zug lag um seine Lippen. Nie hatte ich ihn so gesehen, vor allem nicht mir gegenüber.

Mir platzte der Kragen und ich entlud mich in einem Tornado aus Wut und Unverständnis. Adrenalin pumpte durch meine Venen, mein Herz schlug wie verrückt. Egal wie viel Stress er die letzten Wochen gehabt hatte, so konnte das nicht weitergehen. „Verdammt, Elias. Hast du ein Problem?", spie ich ihm entgegen, meine Stimme ein scharfer Kontrast zur unheimlichen Stille unserer Umgebung. Seine Augen verengten sich, doch seine Miene blieb unbewegt, was mich nur noch mehr zur Weißglut brachte. Ich hatte keine Kraft mehr für Nettigkeiten. Meine angestaute Wut musste raus. Meine Wut auf die Aufgabe, auf die Umstände und auf ihn. Und leider – oder zum Glück – war kein anderer da.

„Seit Tagen bist du so … So anders. Du bist abweisend, bist arrogant und genervt, unaufmerksam und verbittert. Das bist nicht du. Was ist los? Bist du es leid, mir auf Schritt und Tritt zu folgen?" Enttäuschung und Verzweiflung mischten sich in meine Stimme, als ich ihn anschrie. Es fühlte sich an, als ob mein Herz in tausend Stücke zerbrach, als ich ihn herausforderte. Warum konnte er nicht sehen, wie sehr ich seine Unterstützung brauchte? Wutentbrannt stand ich auf und stellte mich ihm gegenüber. Stach mit dem Finger gegen seine Brust und funkelte ihn zornig an. Am liebsten hätte ich ihn geschüttelt, gepackt und geschubst. Holte schon Schwung. Ich wollte Antworten, besser jetzt als später.

Elias' Augen blieben kühl und distanziert, als ob eine Barriere zwischen uns aufgebaut worden war. Sein Verhalten fremdelte mir und sein Schweigen ließ meine Unsicherheit und Angst ins Unermessliche steigen. Der Mann, der vor mir stand, wirkte wie ein Fremder. Seine Augen, einst voller Wärme und Tiefe, waren nun kalt und undurchdringlich. Der vertraute Ausdruck war verschwunden und mit ihm schien auch mein Herz zu zerfallen. War ich ihm vielleicht wirklich zu viel? Mit meiner Quengelei, dem nicht können oder wollen. Mit der Verantwortung? Wollte er vielleicht jemand ruhigeres? Jemanden weniger anstrengendes als mich? Ich hätte es verstanden. Das hätte er mir sagen können. Er musste nicht hier bleiben, wenn er es nicht wollte. Und doch ruderte ich fast panisch zurück, ich hatte Angst ihn zu verlieren. Meine aggressive Haltung aufgebend blieb ich einfach reglos vor ihm stehen, senkte den Blick und presste die Hände zu Fäusten neben meinem Körper. Ich schaffte das. „Elias, ich verstehe, dass das alles viel ist und du wahrscheinlich kein Bock hast immer hinter mir herzurennen, aber das musst du auch nicht. Lass mich allein weiter gehen."

Ich konnte keine Reaktion an ihm ausmachen. Konnte nicht sehen, was diese Worte in ihm anrichteten, denn seine

Miene blieb unbewegt. Kein Zucken eines Augenlids oder der Mundwinkel. Er reagierte einfach gar nicht. So als hätte ich nicht mit ihm gesprochen. Meine Handflächen wurden feucht, meine Hände begannen zu zittern und auch meine Knie gaben nach. Ich landete erneut im Sand. Am Kloß in meinem Hals vorbei schluckend hoffte ich, er würde dieses Angebot nicht annehmen. Ein Sandkorn fixierend wartete ich darauf, wie er entschied. Egal wie stark ich hier tat, brauchte ich ihn doch mehr als mir lieb war. „Ich kann das auch allein, ich werde das richten und wenn alles vorüber ist und du mich dann vielleicht noch willst, könnten wir nochmal neu anfangen?", meine Stimme zitterte und es brach mir das Herz auch nur daran zu denken, ihn nicht bei mir zu haben oder ihn gänzlich zu verlieren.

Meine Seele zersplitterte als er zurückwich und dann zu einer Antwort ansetzte. Er war schon mindestens drei Meter entfernt, blieb stehen und sah mich verbittert an. „Ich werde dich ..."

Mehr hörte ich nicht. Denn zeitgleich zu seinen Worten ging ein Beben durch den Boden. Der Boden unter meinen Füßen begann plötzlich nachzugeben und ich spürte, wie der feste Untergrund sich in tückischen, saugenden Sand verwandelte. Mein Herzschlag beschleunigte sich, als ich spürte, wie ich immer tiefer sank. Stück für Stück. Fast so, als hätte sich der Boden spontan in Treibsand verwandelt, begann er mich kurzerhand zu verschlucken. Die Erde um mich herum zischte und brodelte, als ob eine unsichtbare Macht sie manipulierte. Mein Herz raste, während ich um mich schlug, in der verzweifelten Hoffnung, einen festen Halt zu finden. Der Sand war kalt und nass, schnitt in meine Haut und zog mich gnadenlos nach unten. In blinder Panik rief ich Elias' Namen, meine Stimme brach in verzweifelte Schreie aus. Meine Arme ruderten in der Luft, in der verzweifelten Hoffnung, dass er mich packen und aus dieser tödlichen Falle ziehen würde. Doch Elias war zu langsam. Ich wusste nicht, ob er nicht schneller konnte oder nicht wollte. Sein Gesicht zeigte, dass er zwar überrascht aber nicht sehr aufgebracht war. Langsam bewegte er sich auf mich zu. Vielleicht versank auch er ja im Boden. Zumindest redete ich mir das ein.

Von ihm keine Hilfe erwartend versuchte ich mühsam mich selbst zu befreien, doch umso mehr ich versuchte raus zu kommen, umso tiefer sank ich ein. Dann griff ich nach meiner Magie. Ließ immer wieder Portale entstehen, um mit ihrer Hilfe zu entkommen. Zumindest war das mein Plan, aber es funktionierte nicht. Doch es baute sich erst gar nicht auf. Keine Magie, kein Sog, kein Nichts. Mein Herz schlug mir bis zum Hals. Und wieder griff ich nach der Macht in mir, bündelte meine Magie, wollte Geschosse in meinen Händen erschaffen, um die Erde anzugreifen. Aber nichts geschah. Es war, als wäre ich ein einfacher Mensch. Verdammt dazu, hier zu sterben.

Mein Mantra wurde immer leiser. Denn auf einmal war ich mir nicht mehr so sicher, dass ich hier und heute nicht sterben würde. Als ich bereits bis zum Kinn eingesackt war, erreichte Elias mich endlich. Doch half es nicht mehr. Er bekam mich nicht zu fassen und ich versank. Vollends.

Dann verhüllte die Dunkelheit meine Sinne und eine unheilvolle Stille legte sich über mich. Die Erde lag kalt und feucht dicht an meinem Körper gedrängt, wie ein Lebewesen, das mich in seinen eisernen Griff nahm. Jeder Atemzug wurde zur Qual und das Gewicht drohte, meine Knochen zu zerdrücken. Panik breitete sich wie giftiges Efeu in meinen Gedanken aus. Die Erde würde mich zusammenpressen bis ich so patt war, wie ein Stück Papier.

Meine Reise quer durch das Erdreich war noch nicht vorbei. Ich spürte die Bewegungen um mich herum. Merkte, wie Sand an mir vorbeifloss und in Erde überging. Mein Umfeld wurde härter, undurchdringlicher. Ich versank immer weiter. Die Luft wurde knapp. Der Druck auf meinen Lungen war zu hoch. Sie schrien nach Sauerstoff. Und obwohl ich mir ziemlich sicher war, dass es zum Scheitern verurteilt war, öffnete ich meinen Mund einen Spalt weit. Der Millimeter reichte. Sofort wollte mein Umfeld die freie Lücke nutzen und sich ausbreiten. Erde quoll mir in den Mund. Hastig presste ich ihn wieder zu. Mein Herz schlug immer schneller. Panik stieg in mir auf. Aber ich erkannte, dass es chancenlos war und wartete panisch auf mein Ende. *Scheiße ... Bei lebendigem Leibe begraben.* Für mich eine der grauenvollsten Vorstellungen eines Todes.

Ein unruhiges Flattern durchzog meinen Geist, Fons' Unruhe vibrierte durch meine Sinne. Selbst er, der mir sonst immer ein Gefühl der Sicherheit schenkte, schien von einer unsichtbaren Angst ergriffen. Wie sollte ich da noch Hoffnung schöpfen? Und das passierte natürlich genau das Gegenteil. Mein Herz pumpte langsamer. Meine Lippen zuckten, sie wollten sich für den rettenden Atemzug öffnen. Mein Körper begann zu zucken und meine Lunge krampfte. Wenn ich nicht langsam zu Sauerstoff käme, würde ich doch hier und heute sterben. Ich konnte meinen Körper kaum mehr davon abhalten, sich die Luft zu holen, die er brauchte. Denn anders als ich, wusste er nicht, dass bei einem Atemzug nur Erde in sie gepresst würde. Ich spürte, wie sich der Atemzug aufbaute und Tränen liefen in die umliegende Erde. Fons wurde ruhig und ich wusste, es war zu Ende.

Schlagartig änderte sich die Masse um mich herum. In Sekundenschnelle wurde die Erde lockerer, hatte mich nicht mehr so fest im Griff. Ich konnte mich ein klein wenig bewegen, traute mich aber kaum. Da ich keine Wahl mehr hatte und zwischen Pest und Cholera stand, um mich für den einen oder anderen Tod zu entscheiden, wagte ich es und öffnete den Mund. Am liebsten hätte ich losgeheult, wenn ich nicht so kurz vorm Zusammenbruch gestanden hätte, als ich bemerkte, dass mir keine Erde in den Mund kam. Ich wollte gerade den erlösenden Atemzug nehmen, als die Erde mich vollends freigab und ich fiel.

Kapitel 15

Sam

Ich war nicht weit von der Zielgeraden meiner Reise entfernt, als das Unheil in Form eines Sturzes über mir hereinbrach. Er dauerte nicht lange, doch der Aufprall auf dem Boden war dafür umso heftiger. Ich landete unvorteilhaft auf dem Rücken und die letzte Luft, die noch in meinen Lungen umherschwirrte, verließ stoßartig meine Lunge. Ich drohte zu ersticken. Panisch riss ich die Arme hoch und zwang meine Lunge zur Arbeit. Jeder Atemzug war ein erbitterter Kampf gegen die lähmende Panik, die sich wie ein eiserner Griff um meine Brust legte. Der kalte Schweiß auf meiner Stirn vermischte sich mit der heißen Angst, die in meinem Kopf pulsierte. Ich konzentrierte mich nur auf das Atmen. Alles andere war Nebensache. Und es klappte. Obwohl mein Körper hastig Atemzüge fordern wollte, zwang ich ihn zur Ruhe. Hyperventilieren dauerte nur länger, bis ich wieder klar wurde. Nachdem - nach einigem ein und aus - endlich wieder frischer Sauerstoff in der Lunge umherwirbelte, traten mir augenblicklich die Tränen in die Augen. *Ich lebte noch.*

Noch immer am Boden liegend tastete ich alles an mir ab und lächelte ich in mich hinein. Alles war da, alles war ganz. Meine Hände zitterten noch immer von dem knappen Entkommen, während mein Herz wie wild gegen meine Rippen pochte. Noch in meinem Hochgefühl gefangen, hatte ich völlig vergessen, wieso ich mich so freute zu leben. Denn gerade eben noch trug mich der Sand wie durch Zauberhand unter die Erde und hielt mich eine ganze Weile in sich gefangen. Irgendwas musste also hier sein. Fons war nach dem Aufprall so ruhig geworden, als wäre er nicht mehr da. Er zeigte mir nichts an. Kein Misstrauen und keine Gefahr dafür aber auch kein Gefühl, dass es hier sicher war.

Gerade als ich mich aufrichten wollte, wurde mir die Mühe abgenommen. Als würde ich von unsichtbaren Händen gepackt, half mir jemand auf die, noch sehr wackligen, Beine. Und jetzt bemerkte ich auch endlich, wo ich mich befand. Um mich herum tat sich eine riesige, karge und nicht weniger imposante Höhle auf. Anders als das Versteck des Hauptmanns und seiner Leute, sah diese nicht aus, als wäre sie provisorisch in den Berg gehauen. Diese hier war akkurat und geradlinig, als hätte eine fremdartige Macht sie mit akribischer Präzision erschaffen. Bei genauerer Betrachtung wurde ich stutzig. Ich sah mich noch mal um. Es änderte sich aber nicht. Es gab weder Türen noch Fenster in dieser Höhle oder Raum. Hier kam man also nicht rein oder raus. *Jap, ich war also in der nächsten Falle gelandet.* Fast hätte ich gelacht, wenn es nicht so traurig und so dumm gewesen wäre. Ich starrte zur Decke und suchte nach dem Loch, aus dem ich gefallen sein musste. Und es wurde immer suspekter. Ich war definitiv von oben auf diesen Boden geklatscht und nicht durch ein Portal gereist oder ähnlichem. Wie konnte es also sein, dass die Decke vollständig geschlossen und nicht verriet, dass ich aus ihr gefallen war? Ich raufte mir die Haare. Wieso warf alles immer noch mehr Fragen auf? Hinter mir ertönte ein Rascheln und Gänsehaut bereitete sich unverzüglich auf meinem Körper aus. Aufgescheucht und zu allem bereit, ließ ich den Krieger aus mir herausbrechen und Geschosse in meinen Händen entstehen. Na ja zumindest war das der Plan. Doch außer, dass ich mich umgedreht hatte, war nichts passiert. Weder war meine Kriegergestalt, noch meine Geschosse waren da, wo sie hinsollten. Verunsichert versuchte ich es wieder. Versuchte meine Magie zu konzentrieren, zu bündeln und musste mit Schrecken feststellen, dass ich sie nicht mal mehr spürte. Nicht mal mehr den winzigsten Funken. Meine Finger lagen auf der kalten Erde, doch sie fühlten sich kraftlos und taub an, als ob sie nichts anderes mehr sein könnten außer einfache Haut und Knochen. Eigentlich etwas, was ich mir wünschte, doch jetzt genau das, was ich nicht gebrauchen konnte. *Gar nicht gut.*

Über meinen Magieverlust noch sehr irritiert, starrte ich durch meine Drehung genau auf das, was das Rascheln oder vielmehr buddeln, verursachte. Während es weiterhin zu hören war, gesellte sich ein Grunzen, und Wühlen dazu. Ähnlich dem Geräusch, wenn Schweine sich durch die Erde schnüffelten, um etwas Essbares zu finden. Doch hier, so tief unter der Erde ließ es mir die Haare zu Berge stehen. Ein tiefes, kehliges Grunzen und das schwere Scharren im Untergrund verrieten, dass das, was mich erwartete, furchteinflößender sein musste als ein harmloses Tier. Und, während die Geräusche immer lauter wurden, konnte ich ihren Ursprung weiterhin nicht ausmachen und wurde nervöser. Etwas anderes nahm ich dahingegen sehr wohl wahr. Die

Höhle, der Raum, in dem ich stand, fing an sich zu verändern. Zwar war es die ganze Zeit schon taghell gewesen, ohne eine Lichtquelle zu sehen, doch es begann noch einen ticken heller zu werden. An den Wänden bildeten sich Rahmen. Fensterrahmen um genau zu sein. In ihnen sah ich, wie als würde ich in einem Haus stehen und durch das Glas blicken. Zwar sah ich immer dieselbe Landschaft, immer einen minimal anderen Ausschnitt davon. Und dass, obwohl ich unter der Erde war? Wie konnten die Fenster nach außen zeigen? Oder war der Raum etwa nach oben gereist? Nein, das konnte nicht. Oder? Meine Gedanken überschlugen sich. Hatte ich was verpasst?

Mehrmals drehte ich mich um die eigene Achse und verschaffte mir einen Überblick, sog alle Details in mich auf und versuchte die Geräuschquelle zu identifizieren. Aussichtslos. Es war nichts zu sehen. Die Höhle, der Raum oder was auch immer, hatte weder Eingänge noch Ausgänge. Nur diese ins nichts führenden Fenster. Was eine Flucht praktisch unmöglich machte. Mein Blick huschte rastlos durch den Raum, tastete die Wände nach einem einzigen greifbaren Gegenstand ab, an dem ich meine Hoffnung auf Verteidigung klammern konnte. *Verdammt ...* In diesem Raum war einfach nichts. Wie sollte ich mich denn wehren? Selbst Fons ließ sich nicht rufen. Die Zeit bei den Drachen hatte mich gelehrt, nicht immer direkt in Panik zu verfallen. In realen Stresssituationen ist das schwieriger getan als gesagt. Dennoch versuchte ich Zos Taktik. Ich rief mir ihre Worte ins Gedächtnis, als sie mir riet, mich auf das zu besinnen, was mir gegeben war, auch ohne Magie. Die Magie, die keiner Magie bedarf. Mein Sein, meine Seele. Mein Ich, mein Tun. Meine Rolle in dieser Welt. Also stellte ich mich aufrecht hin und wartete auf das, was unausweichlich bevorstand.

Obwohl ich total abgeklärt wirken wollte, tobte ein Tsunami in meinem Inneren. Und da ich wusste, dass es egal war, ob ich ihn beruhigen konnte, ihn auslebte oder ihn einfach ignorierte, weil es am Ausgang dieses Schauspiels nichts änderte, wurde ich ruhig. Und wartete.

Nur kurze Zeit später schwollen die Geräusche an, dröhnten in meinen Ohren und ihre Quelle schien mir immer näherzukommen. Als sich etwas zu meinen Füßen bewegte, sprang ich hektisch einen Schritt zurück. Brachte ein wenig Anstand – zu was auch immer. Dann veränderte sich der Boden und vor mir entstand ein stetig wachsender Erdhaufen. Skeptisch betrachtete ich, das Aufhäufen der Erde. In Gedanken ging ich alle Tiere durch, die ich kannte, die Erdhaufen produzieren. Es waren nicht all zu viele. Und die, die mir einfielen, schaufelten auf keinen Fall solche riesigen Erdhaufen. Was auch immer sich hier einen Weg nach draußen bahnte. Es war nichts, was ich kannte. Ich schluckte die ansteigende Angst herunter. *Nicht jetzt,* sagte ich mir immer wieder. Dennoch war ich mir bewusst, dass mir die Zeit davonlief. Der Erdhügel wuchs immer weiter an und maß mittlerweile etwa einen knappen Meter Höhe.

Als sich dann etwas anderes als Erde daraus hervor zubewegen schien, hätte ich am liebsten geschrien. Ich presste mir die Hand auf den Mund, um den Schrei zu unterdrücken, mein Herz raste in Höchstgeschwindigkeit und jagte Adrenalin durch meine Adern. Um keinerlei Schwäche zu zeigen, nahm ich die Hand runter und zwang mich an Ort und Stelle stehenzubleiben.

Es war grotesk und ein beeindruckendes Schauspiel zugleich. Genau so, wie ich gerade Stück für Stück von der Erde verschluckt worden war, so wurde dieses Geschöpf ausgespuckt. Okay. Vielleicht buddelte es sich auch aus eigenen Stücken heraus. Dennoch ein sehr schräges Bild. Mit jedem bisschen, was sich mir von diesem Wesen präsentierte, schlug mein Herz schneller und meine Atmung stockte. Was war das? Die Hände – zumindest glaubte ich, dass es welche sind – stachen immer an die Oberfläche und verschwanden dann direkt wieder. Die Erde wirbelte und brodelte, breitete sich wie eine wabernde Wunde aus, bis ein düsteres Loch klaffte, das das Wesen mit bedrohlicher Langsamkeit ausspie. Und als es vollends daraus hervorgetreten war, verfiel ich in eine Schockstarre. Ohne Chance mich zu bewegen. Meine Muskeln erstarrten in ihrer Bewegung, wie eingefroren in einer unsichtbaren Umklammerung, während mein Geist verzweifelt Signale an meinen Körper schickte, sich zu rühren — vergebens. Irgendwas nicht Natürliches, hielt mich an Ort und Stelle fest. Etwas, das nicht in meiner Macht lag. Gegenwehr war nicht möglich. Mein Körper gehorchte mir nicht mehr.

Vor mir stand ein Wesen, wie ich es noch nie gesehen hatte. Seine Haut schimmerte in einem unheimlichen Erdton und seine Augen glommen in einem fahlen Rosa, das selbst die dunkelste Ecke der Höhle zu erleuchten schien. Eigentlich sollte mich das hier auf Maganon nicht wundern, war mir diese Welt doch viel zu fremd und dennoch …

Während es sich langsam und bedächtig auf mich zubewegte, verschwand der Erdhaufen hinter ihm und hinterließ wieder den makellosen Boden. Als wäre die Erde nie da gewesen. Ich versuchte die Absichten meines Gegenübers zu ergründen. War er mir friedlich gesinnt oder war er ein Feind? Ich beobachtete seine Gesichtszüge, seine Körperhaltung. Und doch konnte ich mir keinen Reim darauf machen. Sein Gesicht blickte mir neutral entgegen. Keine Mimik deutete in irgendeine Richtung. Dabei ruhten seine wachen Augen aber genau auf mir. So als wollte auch er abschätzen, wie es um mich bestellt war. Doch, wenn dies hier sein Reich war, wusste er mit ziemlicher Wahrscheinlichkeit, dass ich ihm hilflos ausgeliefert war, wenn es zu einem Kampf kommen sollte.

Mit jedem schleppenden Schritt zog er seinen Fuß über den Boden, als ob eine unsichtbare Last auf seinen Schultern ruhte. Auch sein Rücken war gekrümmt von einem unsichtbaren Gewicht. Was auch seinen Gang erklären könnte. Gebeutelt hingen seine Schultern herunter und die langen Arme lagen schlaff an den Seiten seines Körpers. Als ich den Armen bis zu ihren Händen folgen wollte, erschauderte ich. Denn die Hände, die ich erwartet hatte, waren eher Schaufeln. So waren die Finger bis kurz vor den Fingerkuppen zusammengewachsen. Wenn das Geschöpf sie spreizte, hatte es eine Menge Grifffläche. Wie große Schaufeln. Die Finger wurden durch kleine Krallen anstelle der Fingernägel gekrönt. So schienen sie das perfekte Werkzeug um sich unter der Erde fortzubewegen.

Außer diesen kleinen Modifizierungen, sah es aus wie ein Mensch, dessen Haltung halt ein wenig Schaden genommen hatte. Oder etwas mehr als ein wenig. Aber Moment mal. Ich stutzte. Er zieht irgendetwas hinter sich her. Ich versuchte an ihm vorbeizuschauen. Wie, als las er meine Gedanken, drehte er sich ein wenig zur Seite und gab den Blick auf das frei, was hinter ihm hergezogen wurde. Ein Schwanz. Ein langer brauner Schwanz mit einem weißen Stachel an dessen Ende. Das erstaunlichste und erhabenste an seiner ganzen Erscheinung waren mit Abstand sein Gesicht und seine Augen. Sein Gesicht war das eines x- beliebigen Menschen. Doch diese Augen. Ich musste noch einmal hinsehen. Sie waren von einem ganz hellen rot, man konnte es schon fast als rosa bezeichnen. Trotz der ungewöhnlichen Farbe sorgten sie nicht dafür, dass ich vor Angst erschauderte. Wer wäre ich, das zu verurteilen? Sprangen meine Augen doch auch jede Norm. Was mich aber viel mehr gefangen nahm, war der Blick, der in ihnen lag. Sie strahlten pure Sicherheit aus. Ob Trick oder nicht ließ sich auf die Schnelle nicht herausfinden. Das zeigte dann wohl nur die Zeit.

Direkt vor mir blieb er stehen und verneigte sich tief. Irritiert zog ich die Augenbrauen zusammen, brachte aber ansonsten keine Reaktion zustande. „Entschuldigt die Vorsicht, Prinzessin. Ich habe Euch erwartet. Doch Euer Ruf eilt Euch voraus."

Ob er damit das Böse meinte oder meine allgemeine Macht konnte ich nicht bemessen. Ich ließ es jedoch einfach geschehen. Wartete ab. Er sprach ruhig, aber mit sehr rauer Stimme. Langsam erhob er sich und sah mich abwartend an. Sein Gesicht nahm weichere Züge an. Und auch eine Spur Mitleid legte sich in seinen Blick. Irritiert zog ich die Augenbraue noch höher. Noch so einer, der mich hat kommen sehen? Und was sollte dieser Blick? Da ich weiterhin keine Anstalten machte, ihm etwas zu erwidern – was denn auch? Ich war total überfordert – fuhr er fort.

„Ich weiß, wieso Ihr hier seid. Wer Euch geschickt hat und was Ihr Euch von mir erhofft.", er atmete tief, bereitete sich auf das Kommende vor und sah mir tief in die Augen. „Doch muss ich Euch leider enttäuschen. Eure Hoffnungen sind zu hoch angesetzt. All, das was Ihr Euch wünscht, kann ich Euch nicht geben." *Ähm …* „Aber ich kann Euch helfen, es leichter zu machen", beendete er seinen Monolog.

Weiterhin machte ich keine Anstalten mich zu bewegen, bzw. auf ihn zu reagieren. Wie denn auch? Ich hatte eine Reise hinter mir, die ich mir hätte schenken können. Das, was Philios mir zusagte, meine Hoffnung, hatte dieses Wesen gerade mit zwei Sätzen zunichtegemacht. In Sekunden zerschmettert. Den Ausweg wegradiert, wie eine Skizze aus

Bleistift. Meine Beine zitterten, meine Hände ballten sich automatisch zu Fäusten. Ob es Frust oder Wut war, die sie dazu bewog? *Keine Ahnung.* Gerade war es ein schmaler Grat zwischen diesen beiden Empfindungen.

Das Wesen neigte den Kopf ein wenig in meine Richtung und ich wünschte sofort, er hätte es nicht getan. Sein Gesicht verrutschte kurz. Zumindest hatte es den Anschein. „Ich werde Euch nichts tun, Prinzessin. Wir sind in diesem Krieg auf derselben Seite und ich versichere Euch, dass ich und die Meinen Euch im letzten Gefecht zur Seite stehen werden." Wieder verneigte er sich vor mir. Und diesmal nahm ich die Geste an. Schluckte den Kloß in meinem Hals hinunter und sah mein Gegenüber an.

Ungefiltert fragte ich das Erste, was mir in den Sinn kam. Meine Stimme zitterte, als ich endlich einen Ton herausbekam „Was genau seid ihr?"

„Ich bin ein Gräber", wieder verneigte er sich kurz „Wir gehören zur Gattung der Unterweltler. Normalerweise sind wir ein sehr friedliebendes Volk, aber zu diesen Zeiten sehen wir uns gezwungen, Position zu beziehen. Und wenn wir das schon tun müssen, dann doch wenigstens die der richtigen Seite. So stehe ich vor Euch, Prinzessin, neige stellvertretend für mein Volk das Haupt und biete Euch und Euren Gefolgsleuten unsere Unterstützung an."

Schwer atmend versuchte ich mich auf dem Boden niederzulassen, aber der Bann hielt mich noch immer gefangen. „Würde es Euch etwas ausmachen mich freizugeben, sodass ich mich bewegen kann?", fragte ich kurzatmig.

„Selbstverständlich, Prinzessin, entschuldigt." Er ließ den Bann fallen.

Endlich befreit, ließ ich mich, wie ein nasser Sack auf der Stelle nieder, vergrub die Hände in den Haaren. Also bekam ich hier nicht die Hilfe, die Philios mir zugesagt hatte? Aber etwas anderes? Ich griff nach dem Strohhalm, der mir hingehalten wurde. Aufgeben war keine Option. „Wie heißt Du? Und wie genau meinst Du, mir helfen zu können?", langsam legte sich die neue Autorität in meine Stimme und verschaffte mir so ein wenig mehr Kontrolle über mich.

„Mein Name ist Revar, Prinzessin." Erneut neigte er den Kopf, doch auf die Frage nach der Hilfe ließ er unbeantwortet.

Ich versuchte Geduld zu bewahren. Zu irgendwas wird das hier schon führen. Dachte ich. „Revar, sagt mir, was ist das hier für ein Ort? Und wie komme ich wieder zurück?" Ich sah mich um, der Raum um mich herum hatte sich kein bisschen verändert. Noch immer gab es keinen Ausweg.

„Ihr kommt nur zurück, wenn ich Euch zurückgehen lasse." Diese kryptische Bemerkung, gesprochen in seinem rauen Ton, verpasste mir eine Gänsehaut, die meinen gesamten Körper überzog.

War das als Drohung zu verstehen? War ich doch in Gefahr und er wollte mich nur in Sicherheit wiegen? Ich spürte, wie mir die Farbe aus dem Gesicht wich, als ich erkannte, dass ich allein hier unten diesem Gräber ausgeliefert war. Nur auf sein Gutdünken angewiesen. Seinem Urteil unterworfen. Ein eisiger Schauer raste durch meine Adern, wollten alles zu Eis erstarren lassen, was in mir noch zu Leben fähig war. Abhängig von einem Wesen, dessen Existenz mir bisher verschlossen blieb. An einem Ort, an dem es allein kein Entkommen gab. Noch eine meiner größten Ängste. Abhängigkeit und absoluter Kontrollverlust. Und was sollte das hier sonst sein? Ich presste meine Hand auf mein Herz. Versuchte es in seinem Schlagen zu bremsen. Es machte sich mit der Angst selbstständig und raste fast ungebremst in meiner Brust.

„Keine Angst Prinzessin", unterbrach Revar mein Tun, „ich werde Euch nichts tun. Weder jetzt noch in Zukunft. Nichts wird hier ohne Eure Erlaubnis stattfinden. Und ich versichere Euch, ich werde Euch zu gegebener Zeit zurückschicken." Langsam kam er auf mich zu. „Doch sollten wir nun mit dem beginnen, weswegen Ihr hergekommen seid. Setzt Euch bitte genau in die Mitte dieses Raumes!" Er deutete in die Richtung und ein Grollen lief durch den Raum, ließ den Boden erzittern. Und noch während ich mich aufrichtete, erstarrte ich schon wieder. Diesmal nicht, weil mich jemand mit einem Bann überzog, sondern erst vor Erstaunen, dann vor Unbehagen. Hatte er nicht gerade gesagt, er würde mir nichts tun? Gerade fühlte es sich anders an und sah auch anders aus. In der Mitte des Raumes materialisierte sich etwas. Ein Stuhl. Aber nicht irgendeiner. Er sah aus wie ein Folterinstrument. Er schimmerte in einer merkwürdigen Färbung. Wenn man es nur flüchtig betrachtete, hätte man es für einen primitiven Stuhl halten können. Doch bei genauerer Betrachtung erkannte man die kunstvoll eingearbeiteten Fesseln und die kalt glänzenden Metallbeschläge, die nur einem Zweck dienten: Schmerz zuzufügen. Die Lederbänder, die mit einem metallischen Schloss endeten, waren auf Höhe der Handgelenke, der Knöchel, aber auch an Brust und Stirn. Ich schluckte. War das wirklich für mich? Ich wurde, wenn möglich, noch blasser. Auf Gedeih und Verderb war ich diesem Gräber ausgeliefert und er könnte mir erzählen was er wollte, am Ende könnte er mich eigenhändig auf diesen Stuhl setzen.

So langsam, als würde ich meiner Hinrichtung entgegengehen, lief ich auf den Stuhl zu. Einen Fuß vor den anderen. Atmen nicht vergessen. Umgebung im Auge behalten. Schwere Schritte verfolgten mich und der Atem des Gräbers fraß sich in meinen Nacken. Den Stuhl nicht aus dem Auge lassend erkannte ich ein rötliches Schimmerte an ihm, je nachdem wie mein Blick darauf fiel. Kam die Färbung von vergangenen Opfern? War es Blut? Oder vielleicht doch nur ein besonderes Holz? Ein Klacken riss mich aus den düsteren Gedanken, als die Fesseln aufsprangen. „Bitte setzt Euch", ertönte Revars Stimme hinter mir. Obwohl er es als Bitte äußerte, spürte ich dennoch, dass er Widerworte hier nicht dulden würde.

Abermals schluckte ich, meine Kehle war mittlerweile staubtrocken, als ich mich behutsam auf dem Stuhl niederließ. Erhobenen Hauptes starrte ich meinen vermeintlichen Verbündeten an. Würde es jetzt hier enden?

„Wieso kann ich meine Magie nicht verwenden, Revar?", fragte ich um noch etwas Zeit zu schinden, obwohl ich das Unvermeidliche dadurch nur hinauszögerte. Doch ich wollte Antworten. Musste wissen, wieso ich hier sterben würde. Wieso er es tat!

„Das ist zu unserem Schutz. Ihre Magie ist stärker als die, die wir kennen und beherrschen können. Um uns herum sitzen etliche meiner Untertanen und blockieren sie."

Noch mehr von dieser Sorte? Und als ich endlich begriff, wie ausweglos diese Situation war, ließ ich alle Anspannung fallen und sackte auf dem Stuhl in mich zusammen. Ein erneutes Klacken und die Fesseln schlugen zu. Meine Hände und Beine, meine Brust und mein Kopf waren am Stuhl fixiert. Probeweise versuchte ich mich zu bewegen. Natürlich klappte es nicht. Kaum das ich mich bewegt hatte, zogen sich die Fesseln etwas mehr zusammen. Es war ausweglos. Schweißperlen bildeten sich auf meiner Stirn.

Im Augenwinkel sah ich einen Schatten in den Raum huschen. Und er blieb nicht allein. Ihm folgten noch einige. Als sie sich in einem Kreis um mich herum versammelten schloss ich meine Augen. Meinem Schicksal, egal wie es in diesem Moment aussah, hatte ich nicht mehr entgegenzusetzen.

Um mich herum erhob sich leises Gemurmel. Innerhalb weniger Sekunden verwandelte es sich in eine melancholische Melodie, die sich wie eine kühle Hand um mein Herz legte. Sie war wunderschön und doch durchdrungen von einer tiefen Traurigkeit, die mich immer weiter in die Leere zog. Dann, plötzlich, wurde die Melodie hektisch und aggressiv, als spräche sie zu meinem tiefsten Zorn. Es war, als würde jede Note einen Funken meiner Wut entzünden, bis ich schließlich in meiner Wut versank, unfähig zur Realität zurückzukehren.

Meine Augen füllten sich mit Tränen. Eine nach der anderen kroch langsam meine Wangen hinunter und fiel in meinen Schoß. Ich spürte die Feuchtigkeit, die entstand und bemerkte den Sturm, der in mir tobte.

Von jetzt auf gleich änderte sich die Melodie und damit auch mein Gefühl. Sie wurde hektisch und aggressiv. Ich wurde unsagbar wütend und wehrte mich gegen die Fesseln, versuchte aufzustehen und ihnen zu entfliehen. Zwecklos, wenn möglich zogen sie sich noch enger. Ich schrie meinen Zorn hinaus. Ich konnte meine Augen nicht mehr öffnen, ich driftete in meiner Wut ab, an einen anderen Ort, in ein anderes Leben.

Kapitel 16

Meine rasenden Atemzüge verlangsamten sich und meine Schultern sanken. Die Anspannung, die meine Muskeln zum Zittern gebracht hatte, wich allmählich. Ein warmes Kribbeln durchzog meine Finger, während meine Gedanken sich wie im Nebel verloren. Mit jedem ruhigen Herzschlag kehrte Klarheit zurück. Diese plötzliche Ruhe ließ mich an den Anblick des Tunnels um mich herum bewusstwerden – und an die subtile, aber tiefgreifende Veränderung in mir.

Zum einen saß ich nicht mehr auf diesem Folterinstrument von Stuhl, sondern stand in einem Hohlraum. Fast war es, als befände ich mich in einem Tunnel, doch meine Augen könnten mir auch einen Streich spielen. Denn das Bild, was ich sah, war mit nichts zu vergleichen. Vor allem sollte es eigentlich nicht möglich sein, dass ich es sah. Die Wand dieses Tunnels schimmerte in einem eigenartigen Glanz. Sie waren mit kleinen leuchtenden Steinen gespickt, die diesen Glanz verursachten. Verschiedene Farben

246

strahlten mir aus ihnen entgegen und bereiteten mir ein wohliges Gefühl. Der Boden unter meinen Füßen fühlte sich kühl und weich an, als war er noch nicht festgetreten. Es roch nach frisch aufgewühlter Erde und eine kleine Note eines mir unbekannten Geruchs. Dieser Duft rief etwas wie Erinnerungen an lange verschwundene Kindheitstage in mir hervor. Zusätzlich durchströmte mich eine wohlige Wärme, als ob ich nach langer Reise endlich wieder nach Hause käme. Doch diese wohligen Empfindungen blieben nicht lange. Mich verunsicherte, dass meine Augen nicht wie gewohnt funktionierten. Noch nie war ich Brillenträger gewesen, doch genau so musste sich einer fühlen. Egal wie sehr ich meine Augen anstrengte, die Welt blieb in einem milchigen Schleier gehüllt, als ob ich durch ein schmutziges Fenster blicken würde. Und zum anderen sah auch ich anders aus. Das bemerkte ich jedoch erst, als ich meine Hände hob, um mir über die Augen zu streichen. Sofort stolperte ich erschrocken zurück. Und stolperte umgehend, konnte mich aber noch auf meinen Beinen halten. Das, was ich mir vors Gesicht gehoben hatte, waren nicht mehr meine Hände. Ich streckte sie von mir, besah sie genau und schluckte. Sie sahen aus, wie die eines Gräbers. Doch wie war das möglich? Wie sollte ich an dessen Hände gekommen sein?

Ich drehte mich langsam im Kreis, meine Augen suchten hektisch die erdigen Wände ab. „Revar? Bist du da?" Meine Stimme hallte an den leuchtend glitzernden Stein zurück. Kein Rauschen, kein Schritt. Nur Stille. Stattdessen zuckte ich erneut zusammen, als ich an meinem unteren Rücken etwas spürte, was ich vorher noch nie gefühlt hatte. Als würde ein Gewicht an meinem unteren Rücken hängen, zog es mich unerbittlich runter. Und doch stützte es mich gleichzeitig. Ich sah hinab und starrte auf das, was an mir zog und riss die Augen auf. Ich besaß einen Schwanz. Auch genauso einen, wie Revar einen hatte. Mir wurde speiübel. Was war hier los? Wie war ich einer von Ihnen geworden? War das meine Aufgabe?

Doch umso mehr ich darüber nachdachte und dahinter zu steigen versuchte, desto langsamer wurde mein Verstand. Zäh zogen die Gedanken durch mein Sein. Ich bekam nichts mehr zu fassen. Alles, was ich andachte, verlor sich im Sand. Vielleicht sollte ich mich mit dem abfinden, wie es jetzt war. Ich war jetzt hier und einer von denen. Irgendeine Aufgabe wartete bestimmt schon auf mich. Woraus diese bestand, würde ich noch herausfinden müssen. Doch zuerst sollte ich damit anfangen, dass ich darauf vertraute, dass Revar mir nichts anhaben wollte. Dass er einen Grund dafür gab, mich herzubringen. Gerade als ich in mich ging und dieses Vertrauen suchte, danach greifen und es erhärten wollte, erscholl eine Stimme.

„Eleonora, kommst du endlich?" Der Ruf hallte durch die Gänge.

Mit aufgerissenen Augen wirbelte ich herum, mein Herz schlug schneller. Doch außer drückender, kühler Erde war für mich hier nichts erkennbar. Nicht nur, dass meine Augen kein scharfes Bild erzeugten, sah ich auch keinen sich bewegenden Schatten oder ähnliches. Der Ruf kam erneut, diesmal so nah, dass ich ihn auf meiner Haut spürte. Bevor ich reagieren konnte, griff eine starke Hand erbarmungslos nach meinem Arm. Ein leises Wimmern entkam meinen Lippen. Obwohl die Stimme weder aggressiv noch irgendwie böswillig klang, hatte ich Angst vor ihr. Eine riesige Portion Respekt schwang in dem Gesagten. Ich schluckte und sah mein Gegenüber an.

„Eleonora, kannst du mir sagen, wieso du einfach stehen geblieben bist?", fauchte es mich an.

Das Wesen, das vor mir stand, schien ebenfalls ein Gräber zu sein. Ich konnte es nicht ganz erkennen. Doch die Abmaße ließen darauf schließen. Anders als Reval hatte mein gegenüber jedoch eine feminine Tonlage und schien daher eher ein weiblicher Gräber zu sein.

Obwohl sie vor mir stehen blieb, sah ich mich ungläubig um, meinte sie wirklich mich? *Sam, reiß sich zusammen.* Ich wischte meine schweißnassen Hände an meinem Shirt ab, das schon vor Dreck stand. *Das wird sich aufklären.* Ich erkannte die Frau vor mir noch immer nicht und diese verschwommene Sicht machte mich immer nervöser. Wie sollte ich denn so gefahren erkennen können? Hecktisch sog ich die Luft ein. *War sie eine von den Bösen? Sollte ich lieber wegrennen?*

Gerade, als ich mich bereit machte, mich ihr abzuwenden und loszurennen, meckerte sie in meine Gedanken herein. „Du sollst mir helfen, hat dein Vater gesagt. Du weißt, dass ich den Tunnel sonst nicht rechtzeitig fertigstellen kann."

„Den Tunnel?" Meine Stimme klang fremd in meinen eigenen Ohren. Ein Knoten bildete sich in meinem Magen, als die Erkenntnis langsam sickerte. Ich bin Eleonora? Sollte ich wirklich ... Schaufeln?

Sie wurde langsam echt sauer und zog mich mit sich weiter in den Tunnel hinein. Der Ton, mit dem sie sprach, wurde immer rauer. So langsam bekam ich immer mehr Angst vor ihr. „Jetzt glotz nicht so blöd in der Gegend herum, sondern mach dich endlich an die Arbeit." Sie ließ meinen Arm los, drehte sich um und lief in den Tunnel hinein.

Meine Füße verfingen sich ineinander und mein Schwanz schlängelte sich unbarmherzig zwischen meinen Beinen, brachte mich immer wieder aus dem Gleichgewicht. Wie war es möglich, dass er sich zwischen meine Beine warf, während ich lief. Doch ich tat wie mir befohlen und folgte der Gräberin zum Ende des Tunnels. Dabei sah ich mich neugierig um. Eigentlich müsste es hier stockdunkel sein, immerhin waren wir weit unter der Erde und hier hingen weder Lampen, noch waren Fenster zu entdecken. Und dennoch konnte ich gut sehen. Von der Schärfe mal abgesehen.

„Komm. Wir müssen ein klein wenig weiter nach Norden und dann müssten wir in etwa einer dreiviertel Stunde durch sein. Es sei denn, du willst wieder auf der Stelle Wurzeln schlagen.", sie betrachtete mich von oben bis unten.

Natürlich wollte ich das nicht. Ich würde der Gräberin helfen. Irgendwie. Kurz beobachtete ich sie bei ihrem tun. Sah, wie sie Dreck nahm und verschwinden ließ. Wahrscheinlich schob sie es zu Seite oder ähnliches. Genau sehen konnte ich es nicht. Stand sie mir doch bei den Betrachtungen ein wenig im Weg. Sie stand gebückt und arbeitete gerade am unteren Rand des Tunnels. *Also gut.* Dann mal los. Ich tat es ihr nach, stellte mich neben sie und ahmte ihre Bewegungen nach. Immer mehr Dreck bewegte ich so von einer Seite zur anderen. Mit diesen riesigen Händen war es wirklich einfacher. Mit meinen menschlichen Ausmaßen hätte ich hier wohl kaum etwas anrichten können. Ich war stolz auf mich, dass ich so schnell lernte.

Doch nach etwa drei Händen voll Dreck sah sie mich fassungslos an. „Willst du mich vera …?", sie atmete tief durch und besann sich auf eine nettere Wortwahl. Verstanden hatte ich dennoch, ich zuckte zusammen und senkte beschämt den Kopf. „Willst du mir jetzt den letzten Nerv rauben? Wieso schiebst du die Erde von links nach rechts? Was meinst du, wer soll da alles darübersteigen?", sie zeigte auf den Erdhaufen, der sich neben mir gebildet hatte und den Weg nach hinten versperrte. „Wenn du so weiter machst, schaufelst du den ganzen Weg, den wir eigentlich fertig haben, wieder zu. Eleonora, das kann nicht so schwer sein. Setz verdammt noch mal deine Magie ein und räum das sofort hier weg!"

Ihre Wut zog durch meine Adern, als sie sich wegdrehte und ihren Teil weiter machte. Ich versuchte zu verstehen, wie diese Magie funktionieren sollte und rief mir die Bilder ins Gedächtnis, wie sie den Tunnel grub. Da ich mich nicht traute von meinem Erdhaufen wegzusehen, musste es so gehen. Sie grub, hielt die Erde kaum in den Händen und dann verschwand sie. Zumindest war das es, was ich erkannt hatte. Also musste es irgendwas in den Händen sein. Ich beugte mich zu dem kleinen Erdhaufen hinunter und nahm ein wenig Erde in die Hand. Doch es passierte nichts. Genervt schüttelte ich meine Hand, drehte sie in alle möglichen Richtungen, verkrampfte das Handgelenk und stierte nur auf die verdammte Erde, die einfach nicht verschwinden wollte. Vielleicht war ich zwar optisch eine von ihnen, doch ihre Magie hatte ich nicht erhalten.

Gerade als ich die Erde einfach fortwerfen wollte, damit sie sich dann gleichmäßig im Tunnel verteilte und nicht so auffiel, verschwand sie. Einfach so. Sollte es wirklich so einfach sein? Als ich das nächste bisschen Erde in die Hand nahm und es einfach in meiner Handfläche betrachtete, erkannte ich die Magie. In einem kleinen Wirbel, kaum zu erkennen, stob die Magie um die Erde auf. Leuchtete kurz und nahm sie fort. Um die Gräberin nicht noch saurer zu machen, drehte ich mich der Wand zu, in der wir den Tunnel gruben und machte mich gemeinsam mit der Gräberin ans Werk.

Doch die eigentliche Magie begann erst jetzt. Denn während ich Erde um Erde auflöste, spürte ich eine Veränderung. Etwas formte meinen Körper und meinen Geist. Ich tauchte immer weiter in diese Welt ein. Mit jedem Erdteil, den ich verschwinden ließ, wurde meine Sehkraft stärker. Ich konnte Konturen erkennen und Farben unterscheiden. Wo vorher alles in einer braunen Masse ertrank, sah ich nun auch grau und schwarz Töne. Vor allem der Glanz wurde deutlicher. Intensiver. Überall da, wo wir die Erde wegnahmen und mithilfe von Magie fortschafften, entstand dieser Glanz. Darüber hinaus spürte ich, wie ich von der Erde zehrte. Fast so, als wäre sie meine Nahrung. Unsere Hände gruben tief in den weichen Erdboden. Nach jeder Bewegung nahmen wir uns kurze Augenblicke, um Luft zu holen. Plötzlich brachen unsere Hände durch die Wand aus Erde und stießen auf einen offenen Raum.

„Endlich!" Die Gräberin drehte sich zu mir, ihr Gesicht schimmerte im Tunnellicht, und ihre Augen strahlten. „Komm, Eleonora. Zeit, das Essen für deinen Vater zuzubereiten."

Faszinierend wie schnell sie umschalten konnte. Erst wutentbrannte Gräberin, jetzt Hausfrau? Etwas ganz anderes irritierte mich viel mehr. War sie etwa meine Mutter? Oder arbeitete sie für meinen Vater? Und wer war mein Vater überhaupt? Immer mehr Fragen taten sich auf. Vollkommen überfordert starrte ich der Gräberin hinterher. Mir schwirrte der Kopf, doch ich beschloss es einfach hinzunehmen und ihr zu folgen. Was blieb mir auch anderes übrig?

Eine ganze Weile folgten wir irgendwelchen Tunneln, bis wir an einer Nische ankamen, die mir vertraut zu sein schien. Es fühlte sich bekannt und heimisch an. Vorsichtig lugte ich um die Ecke und sah hinein. Als ich von hinten angerempelt und unsanft in die Nische geschoben wurde, stolperte ich erneut und fiel wie ein Sack einfach um. Der Schwanz legte sich schwer auf mich und hielt mich unten.

Ich stütze mich auf den Unterarmen auf und kämpfte mich nach oben, als eine fremde Stimme an mein Ohr drang. „Musst du mitten im Weg stehen bleiben, Ell?", sagte die tiefe Stimme, während sich jemand an mir vorbeischob. Wütend schüttelte ich mir den Dreck des Sturzes von den Händen und setzte gerade zum Loskreischen an. Mir war – verdammt nochmal – gerade danach. Immerhin schien ziemlich alles schief zu gehen und einfach ätzend zu. Dazu kommt noch, dass ich noch immer kein Plan davon habe, was genau von mir verlangt wird. Doch ich verstummte noch, bevor ich loslegte, als ich in das Gesicht des Schubsers sah. Ich starrte einen jungen Mann an. Er war vielleicht sechzehn oder siebzehn und sah verboten gut aus. Kantiges Kinn, hohe Wangenknochen, braune Augen und braune Haare. Die Augen hatte er definitiv von seiner Mutter. Denn dir Form und die Farbe waren identisch. Sie mussten verwandt sein. Andres konnte es nicht sein. Noch mehr Fragen stellten sich in die Reihe zu den vorherigen, zu denen ich noch keine Antwort hatte. War ich vielleicht sogar Teil dieser Familie?

„Guten Tag Eleonora, bist du gut angekommen?" Der ältere Gräber, der nun in der Nische ankam und nun vor mir stand, war niemand anderer als Revar. Er zwinkerte mir kurz zu bevor er der Gräberin einen Kuss auf die Stirn gab und sich auf einem Hocker niederließ. Ich verstand nur noch Bahnhof. Was soll das alles heißen und wieso war ich hier? Wieso kannten mich alle? Und wieso kannte ich außer Revar niemanden? Mir schwirrte der Kopf.

Die Gräberin, wahrscheinlich tatsächlich meine Mutter, drehte sich zu mir um und gab mir zu verstehen, dass ich mich neben sie in die Küche zu begeben hatte. Aber als ich neben ihr stand, wusste ich nicht, was ich tun sollte und beobachtete mal wieder fasziniert, was meine Mutter mit ihren Händen anstellte.

Erst war auf der Arbeitsplatte nichts zu entdecken. Keine Utensilien, keine Zutaten, nur die glatte Fläche als solche. Kurz darauf glühten die Hände der Gräberin in einem dunklen orange, fast rot. Sie drehte die Hände und ließ sie umeinanderkreisen, als würden sie eine imaginäre Kugel halten. Als sie die Hände nun mit den Handflächen nach oben hielt und leicht nach vorne neigte, floss etwas aus ihnen heraus und klatschte auf die Arbeitsfläche. Sprachlos starrte ich auf das Schauspiel. Wie heiße Lava ergoss sich ein Strom auf das Holz der Küche und wurde durch die Bewegungen der Hände meiner Mutter geformt. Erst sah die Masse aus wie ein leuchtender Matsch- Haufen, roch jedoch angenehm süßlich. Ich staunte über die Leichtigkeit mit der die Gräberin Dinge erschuf, bis mir auffiel, dass sie mich dabei musterte. Scheinbar sollte ich es ihr nachtun. Panisch überlegte ich, wie ich es anstellen sollte, als Revar von hinten an uns herantrat und mir seine Hand auf die Schulter legte. Er schob mich von der Küchenzeile weg und neigte seinen Kopf zu seiner Frau.

„Liebste? Ich entführe dir nur ungern unsere Tochter, aber ich muss noch schnell etwas mit ihr besprechen!", flüsterte Revar seiner Frau ins Ohr, drehte sich vollends zu mir und schob mich vorsichtig aus der Nische heraus, dirigierte mich nach rechts und ließ mich los. Er ging voran, erhobenen Hauptes und bedeutete mir, ihm zu folgen.

Wir liefen endlose Tunnel entlang und begegneten niemandem. Es war wie ausgestorben. Ich sah mich um, aber alles sah gleich aus. Tunnel reihte sich an Tunnel und der Schimmer an den Wänden war auch überall vertreten. Revar lief weiter, drehte sich nie um. Er war sich wohl sicher, dass ich ihm folgte. Was sollte ich auch anderes machen?

Wenn ich mich hier von ihm trennen wollte, wäre ich in diesem Labyrinth gefangen. Gerade als ich mich fragte, wie lange meine Beine mich wohl noch tragen würden, landeten wir in einer Sackgasse.

„Hier können wir in Ruhe reden, Prinzessin!" Verständnisvoll sah er auf mich herab. Der Blick eines Vaters zu seiner Tochter.

Gänsehaut überzog meinen Körper, als ich an meinen Vater dachte, der mich noch nie so angesehen hatte. Meine Augen begannen zu brennen, doch ich schluckte alles hinunter. Dafür war jetzt kein Platz. Zurück zum hier und jetzt. „Ähm …, also …" *Wow* … Ich wusste nicht wie mir geschah, wo mir der Kopf stand. Revar wusste also genau wer ich war? Er hatte mich in seine Familie geholt? Er …

„Eins nach dem anderen", unterbrach er meine Gedanken „Ich vermute, ihr möchtet wissen was ihr hier tut?" Revar klang fast vorsichtig bei diesen Worten. Auch seinen Ton wählte er mit bedacht.

Vor Erstaunen kam mir kein Wort über die Lippen, mein Mund öffnete und schloss sich, wie bei einem Fisch auf dem trocknen. Hoffnungslos da ein Wort herauszubekommen. Also nickte ich bloß.

„Ich werde es erklären. Unsere Hilfe bekommt man nicht einfach geschenkt. Man muss sie sich verdienen. Man muss verstehen, wer, was und wozu wir fähig sind", er drehte sich erhaben im Kreis. Genau jetzt sah man ihm seinen Stand an. Stolz und Macht schlugen mir entgegen. Mit jeder Silbe gab er mir zu verstehen, wie wichtig das hier war. Was das für eine Chance für mich in meinem Kampf wäre, wenn ich das hier nicht vergeigen würde.

„Das geht natürlich am einfachsten, wenn man lebt, wie wir es tun. Denn nur von Erzählungen etwas verstehen oder sogar fühlen zu können ist schwierig. Deswegen seid Ihr in

Gestalt meiner Tochter hier. Einer Tochter, die es in Wahrheit nicht gibt.", er sieht mir tief in die Augen. „Meinen Sohn, Edwin, gibt es wirklich. Den habt Ihr auch schon kennengelernt. Dank meiner Magie ist es mir möglich, jedem, dem Ihr begegnet zu suggerieren, dass Ihr wirklich meine Tochter seid. Genau so, als hätte es diese Tochter schon immer gegeben. Wenn Ihr wieder geht, wird meine Magie jeden wieder vergessen lassen, dass es eine Tochter gab."

Stille. Wie mächtig war er, so etwas so vielen einzupflanzen?

„Also soll ich einfach leben wie ihr? Das ist alles?", fragte ich skeptisch nach.

„Na ja alles ist das nicht. Aber das werdet Ihr zu gegebener Zeit erfahren. Nun lasst uns zurückkehren, Eure Mutter war gerade dabei uns das Essen zu bereiten", lächelnd drehte er sich weg und schritt langsam voran.

Aber ich hatte noch viel zu viele Fragen. „Wie macht man denn Essen? Und wie funktioniert eure Magie? Könnt ihr mir nicht ein wenig helfen? Ihr wisst wie wenig Zeit ich habe!", drängelte ich. Ich hatte nicht die Zeit hier ‚Urlaub' zu machen während in mir jemand meinen Körper für sich beansprucht.

„Gewiss weiß ich das, Prinzessin. Doch weiß ich auch besser als jeder andere, was in Euch steckt. Ihr werdet es schnell erlernen und verstehen."

Ich bildete mir ein ihn Schmunzeln zu sehen. Was genau war denn jetzt witzig gewesen? Erneut spürte ich, wie der Zorn sich losreißen wollte und mich verhöhnte. Wie er mein Blut zum Kochen brachte. Ich durfte ihm nicht nachgeben. Den Zorn nicht gewinnen lassen. Eine Aufgabe wollte erfüllt werden und dafür wollte ich auch diese Hürde meistern. Ich musste einfach daran glauben, dass es klappte.

Durch die Gänge schlurfend blieb ich immer wieder hängen. Ich nahm die Kurven viel zu eng und bei jeder von ihnen wurde ich unsanft daran erinnert, dass ich jetzt einen Schwanz hinter mir herzog. Allein der Gedanke daran machte etwas mit mir. Es war ein dauerndes Störgefühl, welches ich nicht ignorieren konnte. Es machte mir deutlich, dass ich nicht hergehörte, dass ich normalerweise eine andere Gestalt hatte. Ich versuchte zu verstehen, was ich tun musste, damit das alles klappte. Versuchte die Magie dahinter zu verstehen. Und während ich Antworten auf meine Gedanken suchte, wurde es stockdunkel. So als wäre keinerlei Licht hier unten. Ich blieb stocksteif stehen.

Von weiter vorn dran Revars Stimme zu mir, er klang belustigt aber auch weit weg und irgendwie hohl. „Prinzessin, ihr solltet aufhören so viel zu denken. Ich bin mir sicher, dass Ihr heute Abend wieder hier weg sein werdet, sofern Ihr das Denken ausschaltet. Es gibt Dinge, die kann der Verstand nicht greifen. Wenn Euch solches begegnet, müsst Ihr Euer Herz und Eure Seele öffnen. Nur dann wird sich offenbaren, was sich Ihnen nun verschließt."

Pfff …

Obwohl ich über den Klang seiner Stimme sauer wurde, versuchte ich dennoch seinem Rat zu folgen. So schloss ich die Augen, atmete tief ein und aus und versuchte mein Denken einzuschränken. Ließ die Antworten, die ich suchte, fallen. Ließ los, was mich zu einem Menschen machte. Den Gedanken an Luft und Sonne. Die Gedanken an normal lange Arme und eine gerade Haltung. Und den Gedanken an ein Leben, welches eigentlich meins war. Der Wunsch, diese Aufgabe zu erfüllen und Heim zu kehren wurde so groß, dass ich spürte, wie er Magie erweckte und alles hinter dicken Mauern wegschloss.

***

Ich riss die Augen auf und blinzelte verwirrt. Seit wann waren meine Lider schwer wie Blei? Vor mir schritt mein Vater zügig dahin und warf mir einen drängenden Blick über die Schulter zu. „Beeil dich!" Die Vorstellung von Mutter, die ungeduldig mit dem Kochlöffel auf die Tischkante klopfte, ließ mich schneller laufen. Mutter wurde immer ungehalten, wenn ich zu spät war.

Als Familie des Oberhauptes und des Ältesten der Gräber besaßen wir die größte Nische. Mein Vater war schon stolze 247 Jahre alt und seit etwa 36 Jahren im Amt des Oberhauptes. Alles, was ich in meinem Leben wissen musste, lernte ich von ihm und meiner Mutter. Egal ob es Clan Führung, Kämpfen oder Kochen betraf. Obwohl die Nische größer war, war es doch hin und wieder bedrängt, wenn wir alle vier zu Hause waren. Aber diese Momente waren mir die liebsten. Wenn wir alle daheim waren, uns austauschten, uns gegenseitig auf die Palme brachten. Einfach eine Familie waren.

Im Gegensatz zu mir hatte meinen Bruder Edwin ein schwereres Los getroffen. Denn er sollte irgendwann einmal die Clan Führung übernehmen. Allein der Gedanke an ihn als Clanführer ließ mich beinahe laut loslachen. Natürlich tat ich dies nicht und ich konnte mich bremsen. Denn ich wusste genau, dass es sich nicht gehörte zu Lachen. Nicht in Zeiten wie diesen. In denen immer mehr Gräber zur falschen Seite wechselten.

Generell war ich sehr streng erzogen worden und wusste genau, was es hieß sich selber zurückzunehmen, um es anderen recht zu machen. Nie durfte ich einfach spielen oder herumalbern. Immer saß ich brav bei Tisch, bei Besprechungen oder folgte gehorsam den Befehlen des Kampfleiters, wenn ich wieder einmal einen Kampf bestreiten sollte. Doch ich wusste, wofür ich es tat. Wieso es so streng einherging. Und doch hatte ich immer die Liebe meiner Familie gespürt. „Lass mich das machen." Mit diesen Worten schob ich meine Mutter sanft auf einen Hocker, stellte mich nun selber an die Arbeitsplatte und bereitete das Essen vor. Ich deckte den Tisch, während ich meiner Magie freien Lauf ließ und das Essen wie von selbst fertigstellte. Als ich zu meiner Mutter hinübersah und ihr Gesicht betrachtete, entdeckte ich eine kleine Spur von Stolz in ihren Zügen. Ich war heilfroh, endlich wieder etwas anderes als Furcht und Sorgen darin zu sehen, sodass mir ein kleines Lächeln über die Lippen kam. Das dort jedoch sofort gefror, als mein Bruder mich unsanft anrempelte. Er war größer und athletischer als ich und logischerweise genauso streng erzogen. Mit einem Unterschied. Er war der nächste Clanführer und ich nur seine jüngere, bedeutungslose Schwester. Seufzend nahm ich das Essen und stellte es auf den Tisch. Aus jahrelanger Erfahrung wusste ich, dass es sich nicht lohnte, mit ihm die Auseinandersetzung zu suchen.

Nach dem Essen lief ich schnell ich zum Übungsplatz. Mein Training stand an. Ich liebte das Training, denn kaum ein Gräber, geschweige denn eine Gräberin, konnte mit mir mithalten. Rasch zog ich mich um und stand wenige Minuten später auf dem Übungsplatz. Dieser bestach durch seine Größe. Denn anders als die Tunnel und die Nischen, war es hier nicht eng, nicht verwinkelt. Sie war groß genug, dass man ausgiebig rennen und springen konnte.

Mit mir waren fünf weitere junge Gräberinnen und der Trainer in der Halle. Der Trainer, Herr Knerft, wies uns harsch an, uns aufzuwärmen und uns dann in zweier Teams aufzustellen. Erst jetzt wurde mir bewusst, dass die anderen jungen Gräber scheinbar Abstand zu mir hielten, sie tuschelten und mieden mich. Fieberhaft überlegte ich, wie das zustande kam. Roch unauffällig unter meinen Achseln, sah an mir herunter und beides blieb ohne erkennbaren Grund für den Abstand. Ich stank nicht und hatte auch korrekte Kleidung am Leib. Kurz verpasste mir das Verhalten der anderen einen Stich in der Brust. Aber mein Vater hatte mir ein Leben lang erklärt, dass es immer Gräber geben wird, die nicht verstehen, wofür wir stehen und dass mir nie allen gleichermaßen wohlgesonnen sein wollten. Dann zuckte ich mit den Achseln, ich hatte keine Ahnung, wieso sie Abstand hielten.

„Einer muss mit Miss Eleonora in ein Team, wie oft soll ich euch das denn noch sagen? Sie wird doch keinem von euch den Kopf abreißen!"

Ich zuckte innerlich zusammen. Hoffentlich war das als Scherz gemeint.

Eine junge Gräberin, ich glaube, ihr Name war Jane, kam schüchtern auf mich zu. Sie sah ängstlich zu Boden und nickte kaum merklich, als ich sie begrüßte.

Und dann begann endlich das Training. Ich schloss die Augen und verband mich mit der Erde, entzog ihr ihre Energie. Durch das ganze Training war das Entziehen der Magie aus der Erde wie atmen. Es war intuitiv, als hätte ich noch nie etwas anderes gemacht, als wäre ich dafür geboren. Ich spürte in meinen Adern, wie ich mehr und mehr davon nahm und sie meine eigene Magie erweiterte. Und dann geschah das, was unweigerlich immer geschah, wenn ich mich in dieser Art mit der Erde verband. Ich wurde Teil der Erde und konnte durch sie hindurchsehen.

So gab es keine Grenzen mehr in meiner Sicht. Dabei hatte ich die Augen weiterhin geschlossen. Es sah aus als würde ich die Welt als Infrarotbild wahrnehmen. Die Erde selbst erschien mir dunkelblau. Hier und da wurde sie etwas heller, eben dort wo Steine verborgen lagen. Mit ihrem unverkennbaren Glanz. Blau war die dominanteste Farbe um mich herum. Etwas weniger vertreten aber nicht weniger weit weg, war dahingegen gelb. So zeigten sich mir gelbe Figuren innerhalb der Erde. Als gelb zeigte sich alles, was eine geringe Wärme in sich trug. So wie wir Gräber. Ich entdeckte und nahm einige um uns herum wahr. Am wenigsten vertreten und am weitesten von meinem jetzigen Standpunkt aus war rot. Rote Gestalten bewegten sich weit über mir. Auf der Erdoberfläche, dort wo die Magier lebten.

Ein Schaudern ging durch meinen Körper, als ich an diese Magier dachte. Sie waren schon ein irrwitziges Volk. Ich stieg nicht ganz dahinter, wie man so leben konnte wie sie. Immer in diesem Stress, immer auf der Suche nach dem Sinn. Dabei war doch alles so einfach, so vorherbestimmt. Wozu also all die Sorgen machen?

Ich konzentrierte mich wieder auf das Training und sah mich in meinem näheren Umfeld um, ließ die Gedanken an anderes aus meinem Kopf hinaus gleiten und richtete meinen Blick auf Jane, die ebenfalls in einem satten gelb leuchtete. Ich spürte wie sie zurückzuckte, eher als Echo, dass die Erde mir in der Magie übermittelte, als ich es sah. Mein Sein wurde eins mit der Erde. Mein Verstand funktionierte nun auf einer Zwischenebene. Langsam bewegte ich mich auf Jane zu, bereit sie anzugreifen, als ein lauter Schrei mich aus meiner Zwischenebene riss.

Vor Schreck öffnete ich ruckartig die Augen und sah, dass Jane zusammengesunken war. Sie kauerte auf dem Boden und bewegte sich nicht mehr. War ich das? Wie war das möglich? Ich hatte mich ihr doch nur genähert. Ich hatte sie nicht mal erreicht.

„Eleonora? Kannst du mir sagen was das soll?", erscholl die drohende Stimme des Trainers, der mit schnellen Schritten auf mich zu kam und mit seinem Blick erdolchte. Hochgewachsen und vollends aufgerichtet stand Herr Knerft vor mir. Von oben herab sah er mich an und in seinen Zügen lag blanker Hass. Alle Höflichkeit war verschwunden.

„Ich habe nichts gemacht", beschwichtigend hob ich meine langen Arme. „Sie ist einfach zusammengebrochen. Ich hatte mich nur umgesehen und dann ...", versuchte ich mich zu verteidigen.

„Nur umgesehen?", sein Gesicht schoss in meine Richtung, Speichel traf mich im Gesicht, den ich mich nicht traute zu entfernen. „In der Ebene oder warst du hier bei uns?"

Ich verstand nicht ganz, ich habe den Raum doch nicht verlassen.

„In der Ebene?", fragte ich.

Doch kam meine Frage bei ihm als Aussage an. Er hatte nur auf einen Fehler gewartet. Und als er sich umdrehte, sah ich das schelmische Grinsen auf seinem Gesicht. „Ich werde deinen Vater kontaktieren, er weiß dich zu zügeln. Du weißt, dass du nicht die Ebene betreten darfst. Niemals!", donnerte er mir mit einem letzten Blick über die Schulter entgegen.

„Aber ich ..."

„Genug jetzt!", schnitt er mir das Wort ab, fragend sah ich zu den Anderen. Ich hoffte auf Beistand, erhielt aber genau das Gegenteil. Sie wichen immer weiter vor mir zurück. So als wäre ich die Gefahr.

***

Nur wenige Augenblicke später stand mir mein Vater gegenüber. Ich schluckte hart. Ernst sah er mir in die Augen. „Eleonora, möchtest du mir das erklären?", er nickte in Richtung Hallenmitte. Nachdem Knerft sich aufgemacht hatte, meinen Vater zu holen, hatte ich mich an den Rand gesetzt und abgewartet. Auf das Ungewisse. Denn ich wusste nicht, was so schlimm an dem war, was passiert war. Wir sollten doch trainieren. Sollten uns doch gegenseitig ausschalten und angreifen. Ich verstand es nicht. Was war mein Fehler?

„Vater ich wollte nicht, ...", setze ich an, wurde aber jäh unterbrochen.

„Keine Ausreden. Du weißt, dass ich das nicht leiden kann. Wieso warst du auf der Ebene?", seine Stimme troff vor Wut. Doch ich hörte auch tiefe Sorge heraus.

Als er mich grob am Arm packte und mich hinter sich her aus der Halle zog, konnte ich seinem Gesicht leider nicht ansehen, wie sauer er wirklich war. Verunsichert strauchelte ich mehr hinter ihm her, als dass ich lief. Mir blieb nichts anderes übrig, als ihm zu folgen. In Erwartung einer ausgewachsenen Standpauke drehten sich meine Gedanken im Kreis. Was hatte ich getan? Wieso war die Ebene etwas Schlimmes? Ich habe doch nichts getan, außer mich umzusehen. Nach weiteren Schritten startete ich einen Versuch und hoffte bei meinem Vater Gehör zu finden.

„Vater bitte, lasst mich erklären!"

Doch er hörte nicht auf mich, reagierte nicht mal und ging schnurstracks weiter. Etliche Abzweigungen später blieb er stehen und ließ mich endlich los. Vor mir kam er zum Stehen und sah von oben lächelnd auf mich herab. So als sei er stolz auf mich. Ich verstand nur noch Bahnhof. Und seine folgenden Worte machten es nicht besser.

„Na, da habt Ihr wirklich schnell gelernt, was wir können, Prinzessin. Ich wusste, dass Ihr schnell sein werdet, aber so schnell? Damit hatte ich nicht damit gerechnet."

Ähm ... „Ich verstehe nicht, Vater!", verwirrt starrte ich zu ihm hoch. Was redete er denn da?

„Ihr habt herausgefunden, dass unsere Magie auf der, der Erde basiert, richtig? Und Ihr habt sogar direkten Zugang zu ihr gefunden. Das können selbst von unserer Art nur äußerst wenige. Ich war mir nicht sicher, ob Ihr es in diesen Zustand schaffen würdet. Aber siehe da, ihr seid einfach so auf die Ebene gewechselt."

Mein Puls beschleunigte sich. Meine Nerven spannten sich. Ich wurde immer nervöser. War er jetzt verrückt geworden? Was redete er denn da? So als wäre ich nicht seine Tochter. So als würden wir uns nicht kennen. So distanziert. Und wieso, zum Teufel, nannte er mich Prinzessin? Die Miene meines Vaters änderte sich von Stolz zu Unbehagen.

„Prinzessin?", fragte er vorsichtig.

Meine Angst schürte mir die Brust zu. Was ging hier vor. Ich reagierte nicht. Ich verstand immer weniger, was hier vor sich ging. Seine Miene wurde argwöhnisch, als er sich langsam näherte. Steif vor Angst konnte ich mich nicht rühren, mein Atem stockte. Ich spürte seinen Griff um meine Oberarme und sah ihm ins Gesicht. Die Stirn in Falten gelegt, schloss er die Augen. Ich sah ihm seine Konzentration in seiner ganzen Haltung an, ebenso wie sie in seiner Atmung zu hören war. Erst als er die Augen wieder öffnete, erlaubte ich mir einen vorsichtigen Atemzug zu nehmen. Panik befiel mich und so langsam sorgte ich mich um meinen Vater.

„Was habt Ihr getan?", fragte er skeptisch.

Diese Worte ließen etwas in mir reißen. „Vater? Ist alles in Ordnung?", besorgt sah ich ihn an. Konnte er krank geworden sein? Von jetzt auf gleich? „Mit mir schon, aber mit Euch nicht. Wie ist Euer Name?" fragte er geradeheraus. „Sag mal, spinnst du? DU weißt genau, wer ich bin!" Tränen bildeten sich in meinen Augen, wie konnte mich das mein eigener Vater fragen? Ich wollte mich losreißen und wegrennen, aber der Griff meines Vaters war zu stark und er verstärkte sich noch, als er merkte, dass ich zu fliehen versuchte. Die Panik schürte mir alles zu, ließ meine Adern gefrieren und gleichzeitig das Blut überkochen. Zu viele Reize bohrten sich gerade zeitgleich durch meinen Körper. Ich bettelte ihn an, mich gehen zu lassen. Doch nun war er an ihm nicht mehr auf mich zu reagieren.

Stattdessen begann er ganz langsam eine schaurige Melodie zu summen. Und mit dem ersten Ton hatte ich keine Chance mehr zu entkommen. Die Noten tanzten durch meine Moleküle und ließen erstarren. Als wären sie zu Eis gefroren. Mein Herzschlag beschleunigte sich. Adrenalin versuchte gegen die Umklammerung zu drücken, sich zu wehren. Aber es half alles nichts. Ich wurde an Ort und Stelle gehalten. Mein Vater ließ mich los, fixierte meinen Blick mit seinem und ließ die Melodie emporwachsen. Sie hallte in mir nach und durchdrang meinen gesamten Körper. Meine Zellen vibrierten im Takt der Melodie, sprangen auf sie an und wollten sich lösen. Der Klang veränderte sich und gleichzeitig spürte ich es auch. Als wäre meine Seele in einem Schraubstock gefangen gewesen, löste sie sich nach und nach. Befreite sich aus den Zwängen und löste sich ganz. Immer weiter drang die Melodie in mich ein bis die Umklammerung schließlich vollständig aufbrach und ein Echo seiner Macht von den Wänden widerhallte.

Ich hörte noch einige schwere Atemzüge bevor sich die Welt um mich veränderte.

Kapitel 17

Sam

Das Leben kehrte kribbelnd in meine Glieder zurück. Meine Hände tasteten über raues Holz, fühlten harte Fesseln an meinen Gelenken. Ich ruckte an den Armen – nichts. Langsam formten sich die Schatten um mich herum zu klaren Konturen. Ein harter Stuhl. Fesseln wie bei einem Schwerverbrecher. Mein Herz setzte einen Schlag aus. Angestrengt schluckte ich und ein schweres, resigniertes Seufzen brach über meine Lippen. Am liebsten hätte ich den Kopf eingezogen und mich hängen lassen. Durch die Halterung war es jedoch nicht möglich. Fast unbändiger Frust baute sich in mir auf. Der Druck war kaum mehr auszuhalten. Es fühlte sich an, als führte man mich zur Schlachtbank. Ohne, dass ich jedoch selber laufen musste.

Mein Blick an mir herabwandern lassend, sah ich meine normal langen Arme, meinen eigenen Körper und meine Kleidung. Also war ich wieder ich? Ich kam nicht mehr mit. War ich also nur gedanklich ein Gräber gewesen und in Wirklichkeit hatte ich die ganze Zeit hier rumgesessen? Es fühlte sich alles so irreal an. Etwas das viel weiter weg war als die Realität.

Ich blinzelte und das Bild wurde endlich scharf. Die wohlgeformte Höhle mit ihren glatten Wänden bereitete sich vor mir aus. Revar stand noch immer vor mir und um uns herum summten seine Anhänger weiterhin eine Melodie. Auf ein Zeichen Revars hin, hörten sie auf und verzogen sich durch die Wände. Sie schritten einfach in die Wände hinein und aus meiner Sicht. Obwohl ich sie nicht mehr sehen konnte, spürte ich ihre Anwesenheit dennoch ganz deutlich. Denn meine Magie war immer noch geblockt. Ein Duft von feuchter Erde und exotischen Kräutern lag in der Luft, der mich gleichzeitig beruhigte und beunruhigte. Brodelnd erhob sich das Böse in meinem Inneren, als würde es gegen unsichtbare Fesseln ankämpfen. Ein dunkles Grollen, wie ein Sturm, der nur darauf wartete, entfesselt zu werden. Die Dunkelheit in mir tobte und rüttelte an den Ketten, die es gefangen hielt. Und ich wusste genau, sollten die Gräber sich jetzt dazu entscheiden, meine Magie nicht mehr zu blocken, hätte ich keine Chance mehr. Und sie auch nicht. Es wird stärker, mit jedem Tag, den es in mir verweilt.

„Willkommen zurück, Prinzessin!" Revar lächelte mich wohlwollend und aufmunternd an. Doch dieses Lächeln war verstörend. Denn es erreichte seine Augen nicht, er sah mich bedrückt an. Vielleicht spürte er die Größe des Bösen auch schon. Der Schein unsichtbarer Fackeln warf flackernde Schatten auf seine ernste Miene.

„Könnt ihr mich vielleicht losmachen? So richtig bequem ist das hier nämlich nicht." Ich versuchte mein Kinn trotzig vorzustrecken, was mir aufgrund der Fesseln um meinen Hals nur ansatzweise gelang. Ein unkontrollierbares Zittern ergriff mich. Innerlich spürte ich das Böse jubeln, es zerrte an seinen Schranken, als würde es jeden Augenblick hervorbrechen.

„Ich kann euch nicht losmachen. Noch nicht!" Er nickte jemandem zu. Tatsächlich waren wir gar nicht allein zurückgeblieben. Jemand stand hinter mir. Also waren noch nicht alle Gräber wieder hinter die Wand zurückgekehrt. Obwohl ich ihn nicht sehen konnte, hörte ich das Rascheln seiner Kleidung und sah seinen Schatten, der sich nun langsam an mir vorbeibewegte. Als der Gräber in mein Sichtfeld kam, erkannte ich ihn sofort, Edwin. Meinen „Bruder" aus meiner Zeit als Gräber. Er lächelte mich kurz an, so als ob er mich ebenfalls erkannt hätte.

„Edwin war so gut und hat euch auf Eurer mentalen Reise begleitet. Er war genau wie Ihr wirklich in unserem Dorf. Doch war er gleichzeitig auch als Schatten immer bei euch. Er weiß genau wer Ihr seid und was Ihr in der kurzen Zeit bei uns erreicht habt. Wir waren sehr beeindruckt. Aber, Prinzessin, erzählt mir doch bitte selbst, was ihr erlebt habt!"

Revar ließ einen Stuhl aus der Erde entstehen und setzte sich hin, während Edwin sich neben ihn stellte. Irgendeinen Gegenstand in der Hand haltend, den ich leider nicht erkennen konnte. Über diesen war ein Tuch ausgebreitet und bewahrte es vor unseren Blicken. Anhand der Umrisse, die das Tuch schlug, konnte ich mir kein Bild daraus machen. Nicht erraten, was es sein konnte. Doch egal was sich darunter verbarg, das Böse in mir reagierte mit Angst darauf. Es versuchte sich aufbäumen, ich spürte sein zerren, als sich gleichzeitig der Druck in mir erhöhte. Die Gräber gaben sich alle Mühe es zu dämmen. Doch wie lange würden sie es schaffen?

Da die beiden warteten und ich ja auch noch etwas von ihnen brauchte, begann ich zu erzählen, wie ich das Leben bei den Gräbern erlebt hatte. Berichtete von der Magie, die ich entdeckt hatte, sowohl beim Tunnel graben als auch beim Kochen oder die im Training. Ich schilderte den Teil mit der Ebene und auch, dass ich mir darauf nicht wirklich einen Reim machen konnte. Sie stoppten meinen Redefluss nicht, bis ich am Ende ankam. Als ich geendet hatte, starrte ich sie an. Hoffte meine unbeantworteten Fragen beantwortet zu bekommen. Revar nickte seinem Sohn zu und Edwin ergriff das erste Mal das Wort.

„Die Magie die du zu spüren und zu sehen bekommen hast, kennen nur sehr wenige von uns und noch weniger können sie nutzen und beherrschen. Sie ist vor allem den Oberhäuptern und den mächtigsten Kämpfern von uns vorbehalten. Dass du so schnell Zugriff darauf hattest, zeigt uns, dass deine Grundmagie sehr viel größer ist, als wir dachten. Leider weißt du das noch nicht zu nutzen. Die Ebene, die du betreten konntest, ist etwas, das kein anderer außer dir sehen kann. Während du in der Ebene bist, ist dein Körper noch genau dort, wo du standest, als du sie betreten hast. Doch dein Körper wird nicht starr oder unbeweglich. Für Außenstehende ist kein Unterschied zu erkennen. Dein Körper gaukelt sogar vor sich an Gesprächen zu beteiligen, sich fortzubewegen oder zu essen. Deswegen ist diese Art der Magie sehr gefährlich. Du kannst niemals genau wissen, wo dein Gegenüber gerade wirklich ist. Deswegen ist es auch verboten, die Macht, sofern man sie besitzt, in unserem Dorf zu verwenden."

Ich schluckte. Gräber waren gefährlicher als ich am Anfang angenommen hatte. Sahen sie auf den ersten Blick doch eher verschlafen und ungefährlich aus.

„Daher fiel Jana auch einfach um. Auf der Ebene hast du dich ihr genähert, um sie anzugreifen", ergriff Edwin erneut das Wort.

„Ich wollte das nicht, ich ...", sprang ich dazwischen, doch Edwin überging meinen Einwand.

„Du wolltest sie angreifen, schließlich wart ihr im Training. Niemand sagt dir böse Absichten nach. Dennoch ist ein Angriff über die Ebene viel erfolgreicher und einfacher, als wenn man nicht auf der Ebene ist. Schließlich weiß dein Gegner im Zweifel nicht, dass du nicht mehr wirklich vor ihm stehst."

Ich war sprachlos. Wenn wir Feinde unter den Gräbern hatten, die diese Macht besaßen, dann wüssten wir nicht einmal, ob wir angegriffen wurden oder nicht. Was würde dann passieren? Angestrengt dachte ich nach.

„Kann man es nicht doch irgendwie erkennen, also ich meine spüren, ob jemand auf der Ebene mich angreifen möchte oder sogar einfach nur um mich herumschleicht?", ich ließ keine Zeit zu Antworten, die andere Frage brannte ebenso auf meiner Seele. „Ist schon jemand auf des Königs Seite gewechselt, der diese Gabe besitzt?" Gänsehaut bildete sich auf meinem ganzen Körper.

„Sehr feinfühlige Magier, also Magier die eine bestimmte Form der Weitsicht besitzen, sind in der Lage auch die Ebene zu erspüren. Und zu deiner anderen Frage", Edwin suchte den Blick seines Vaters und wartete sein Nicken ab, bevor er fortfuhr. „Nun ja, es ist so: seit der König das Land in Angst und Schrecken versetzt, sind viele unserer Leute einfach verschwunden. Von einigen wissen wir, dass sie einfach untergetaucht sind. Im wahrsten Sinne des Wortes, denn diese Gräber leben nun unter den Meeren, tief im Erdinneren. Unter ihnen gibt es zwei Gräber, die diese Magie beherrschen. Andere sind, wie unsere Nachforschungen ans

Licht brachten, auf die Seite des Königs gewechselt. Von denen, die jetzt in den Diensten des Königs stehen, wissen wir nicht mit Sicherheit, ob sie die Gabe haben oder nicht. Denn nicht jeder hat sie anmelden wollen. Dabei regeln wir das hier tatsächlich per Gesetz, dass diejenigen, die die Gabe besitzen, sich melden müssen. Uns bleibt also nur die Hoffnung darauf, dass sie keinen mit dieser Macht auf ihrer Seite haben."

Nachdenklich sah ich die beiden an, wirklich beruhigt war ich dadurch jetzt nicht.

„Doch das alles ist nicht das, worum Ihr Euch jetzt Sorgen machen solltet. Die Zeit wird kommen, zu der Ihr alles klar sehen werdet."

Wieder gab Revar seinem Sohn nickend Zustimmung bevor Edwin auf mich zukam. Immer noch dieses Ding in der Hand, was von einem Tuch verhüllt wurde. Ein flaues Gefühl überkam mich, als Edwin Schritt für Schritt näherkam und das Tuch behutsam von dem Gegenstand nahm. Darunter kam eine Waage zum Vorschein. Eine sehr alte Waage. Dennoch glänzte sie in einem reinen Gold. So sehr, dass sie mich blendete, obwohl hier gar kein richtiges Licht zum Reflektieren war. Ich kniff die Augen zusammen um sie betrachten zu können. Sie war schlicht und dennoch von wunderschöner Erhabenheit. Sie strahlte Ruhe aus. Ihre zwei Waagschalen waren nicht golden, sondern die eine schwarz und die andere weiß. Sie war perfekt austariert. Doch das änderte sich, umso näher Edwin mir kam. Denn mit jedem Schritt, den er tat, bewegte sich die schwarze Waagschale weiter nach unten. Gleichzeitig schwang der Zeiger der Waage immer weiter in den dunklen Bereich hinein und immer weiter aus dem hellen heraus. Ich spürte das Unheil tief in mir, das darauf wartete raus zu brechen. Das

Böse in mir wurde euphorisch, freute sich und wurde stärker, es wollte endlich raus.

„Edwin, warte!", scholl Revars Stimme durch die Höhle. Harsch befahl er seinen Sohn zurück zu seinem Platz. Sofort, nachdem Edwin den ersten Schritt wieder zurückgetreten war, bewegten sich die Waagschalen wieder, bis sie letztendlich wieder in Waage waren.

„Wir können ihr die Waage der Heiler nicht geben", sagte Revar und legte seinem Sohn die Hand auf die Schulter. Sein Kopf ruckte kurz zu mir. Sie warteten ab. Und ich verstand mal wieder nichts. War ich nicht genau wegen dieser Waage hergeschickt worden? Sollte ich sie nicht überreicht bekommen und endlich etwas tun zu können? Hitze schoss mir in die Wangen, meine Fäuste ballten sich unwillkürlich. Ein roter Schleier senkte sich über meine Sicht, als die Wut in mir hervor brodelte.

„Was?", schrie ich ihm entgegen. „Das kannst du nicht machen. Ich brauche doch die Waage. Wie soll ich den König aufhalten und meine Mom retten, wenn ich die Waage nicht habe? Ich …", Verzweiflung drohte mich zu ersticken, ohne die Waage war alles aus. Mein Atem stockte.

„Ganz langsam Prinzessin, keiner sprach davon, Ihr würdet sie gar nicht erhalten. Doch vorher müssen wir das Böse schwächen. Am besten versuchen wir, es zu dämmen oder einzuschließen."

„Moment, wieso schwächen? Philios sagte mir, dass du mir mit meinem inneren Kampf mehr als nur helfen kannst. Da hatte ich die Hoffnung, dass du es sogar entfernen würdest, nicht nur einschränken. Das soll nicht undankbar klingen, aber ich hatte so sehr gehofft es endlich hinter mir zu haben. Ich kann damit nicht mehr Leben. Es zerreißt mich", niedergeschlagen senkte ich die Stimme. War es mir nicht vergönnt, es etwas einfacher zu haben? Musste mein Weg derart beschwerlich bleiben? Gehörte das zu meiner Prüfung?

„Und wenn ihr es nicht langsam zu Ende bringt, wird eben dies tatsächlich geschehen!"

Erschrocken von diesen Worten, versuchte ich zurückzuweichen. Was aufgrund der Fesseln aussichtslos war. Betreten sah Revar zu Boden. Fast so, als schämte er sich, es laut ausgesprochen zu haben. Auch Edwin neben ihm zuckte bei den Worten seines Vaters zusammen und sah mich dann aus großen, besorgten Augen an.

Ich musste erst einige Male schlucken, bis ich meine Stimme wiederfand. „Wie? Du meinst es zerreißt mich wirklich?"

Nachdem ich keine Antwort auf meine Frage erhalten hatte, verstand ich langsam, dass die Zeit immer schneller gegen mich lief. Und ich verstand auch die Zwischentöne, eben dass ich kaum noch eine Chance hatte. Aussichtslosigkeit machte sich breit. Als das Gefühl in mir anschwoll, ging plötzlich ein heftiger Ruck durch den Raum. Die Atmosphäre veränderte sich, drückte mich nieder und legte sich so schwer auf mich, dass ich kaum mehr in der Lage war zu atmen. Die Luft schwoll unter der Macht an, die mit den Gräbern, die nun den Raum betraten, ausstrahlten. Frauen in langen Gewändern schritten hoheitsvoll auf Revar zu. Die Gesichter durch die tiefhängenden Kapuzen verdeckt, erkannte ich nichts außer die langen Haare, die ihnen aus den Kapuzen herausfielen, als waren sie so drapiert. Allesamt waren sie weißhaarig. Im Gleichschritt kamen sie in die Mitte des Raumes, dabei sah ihr Gang eher nach einem langsamen Tanz aus, denn die Bewegungen waren so geschmeidig, als würden sie keinen Widerstand beim Laufen verspüren. Und bei genauerer Betrachtung sah ich es. Sie schwebten wirklich. All ihre Bewegungen waren weich und samtig. Ihre Haltung war gerade, ihre Hände vor der Brust verschränkt, als würden sie beten. Ruhig und bedächtig kamen sie näher und sahen dabei auf den Boden, sahen niemanden von uns an.

Revar, der die Frauen nicht sehen konnte, weil sie hinter ihm den Raum betreten hatten, sah mir tief in die Augen. „Sie sind die Weisen unserer Welt. In ihnen wurzelt und wächst das Wissen der Sphären. Nicht nur der unseren auch der Euren, der aus Eurer Tarnung und jeder anderen. Sie werden helfen können, wo ich nicht mehr helfen kann. Sie werden ergänzen, was mir in meinem Wissen fehlt, um Euch zu helfen."

Die Frauen blieben kurz hinter Revar stehen, hoben ihre Blicke und sahen mir direkt in die Augen. Als sie begannen, zu sprechen wurde mir mulmig. Sie redeten alle zeitgleich so als wären sie eins.

„Wir verstehen Eure Sorge um das Böse in Euch. Und Ihr sorgt Euch mit Recht. Der Wunsch es zu zerstören wird immer weiterwachsen, genauso aber auch der Wunsch des Bösen, Euch zu zerstören. Ihr befindet Euch in einer vergleichsweise schlechten Position. Das Einzige, was das Böse gänzlich aus Euch entfernen kann, wird das Ritual sein, für dieses Ihr die Gegenstände sammelt. Leider ist es anders nicht möglich. Hier aber kann Revar Euch soweit helfen, dass er das Böse verschließt. In Euch. In der Hoffnung, Zeit für Euch zu gewinnen. Doch bedenkt, Prinzessin, umso stärker Ihr werdet, umso stärker wird auch das Böse. Irgendwann wird es wieder ausbrechen und bald wird es nicht mehr zu vertreiben sein. Ihr müsst euch beeilen."

Mein Herz blieb für einen Moment stehen. Und stolperte dann in einem holprigen und schnellen Tempo los. So deutlich hatte ich nicht hören wollen, dass die Zeit ablief. *Wie sollte ich das alles schaffen? Also war das Training gar keine gute*

Idee gewesen? Hätte ich einfach schwach bleiben sollen? Aber die Vision die ich hatte … Ich versank in meinen Gedanken. Taumelte in ihnen rum. Und driftete fast vollends ab, bis mich die Stimme der Frauen wieder ins Hier und jetzt holte.

„Auch wenn Ihr das jetzt nicht glaubt, war das Training wichtig für das Danach. Ihr werdet einen Krieg gewinnen müssen, um den letzten Gegenstand zu erhalten. Ihr werdet nach dem Ritual verstehen, dass es wichtig war sich herauszufordern und zu stärken. Nicht nur körperlich."

Meine Augen brannten, eine stumme Träne durchbrach denn Damm und lief mir die Wange hinunter. Ich versuchte mich zu beherrschen, versuchte mich nicht der Trauer hinzugeben. Es war schwerer als gedacht. Mit geschlossenen Augen versuchte ich mich zu beruhigen und der Panik, die in mir aufkam, keine Fläche zu bieten. Das war alles so leicht gesagt.

Leise drang eine Stimme an mein Ohr. Eigentlich sogar mehrere. Die Weisen begannen abermals zu sprechen. „Ihr seid nicht alleine, Prinzessin. Auch, wenn sich das immer wieder so anfühlt. Denkt nur daran, was Ihr bisher erreicht habt. Nicht viele Magier können von sich behaupten in so kurzer Zeit eine solche Macht zu bändigen gewusst zu haben. Viele Magier scheitern an noch viel geringeren Mengen Magie. Doch Ihr, obwohl Ihr noch nicht alle Macht nutzt, strotzt vor Energie und Kampfeswille. Ihr seid mutig und stark. Viele Magier verneigen bereits jetzt ihre Häupter vor Euch, obwohl Ihr erst so kurz in dieser Welt weilt. Vergesst nicht Eure Rolle in diesem Kampf. Nicht die Befreiung der Königin, sondern der Sieg über den König ist das, was ihr anstreben solltet."

Trotz der enge in meiner Brust versuchte ich tief durchzuatmen und sah Revar an. Er nickte mir zu und drehte sich dann zu den Weisen, knickste vor ihnen und kam dann auf mich zu. Als er unmittelbar vor mir stand, streckte er einen Arm aus und berührte mit einem Finger meine Stirn. Ich spürte wie etwas aus seinem Finger in meinen Kopf wanderte und nahm den Weg wahr, den das Etwas ging. Spürte wie es warm in meinem Nacken hinab wanderte, kurz ein Schulterblatt streifte und dann in meiner Brust explodierte. Kurzzeitig fühlte es sich so an, als wäre mein Brustkorb aufgesprengt worden. Als prangte in meiner Brust eine riesige Wunde. Die Schmerzen wurden unmenschlich und ich schrie auf. Obwohl er sah, wie ich litt und dass ich versuchte ihm zu entkommen, ließ Revar nicht von mir ab. Zwar wusste ich tief in meinem Inneren, dass hier nicht mein Feind vor mir stand und er mir helfen wollte, doch wie sollte ich etwas für gut befinden, wenn es so sehr schmerzte. Wenn es mich so sehr verletzte, dass es mich fast zerriss?

Sein leises Flüstern durchbrach meinen Schrei. Es wuchs an, als auch die Stimmen der Weisen und Edwins hinzukamen, und zusammen webten sie eine Art magisches Netz um mich. Magie streifte über meine Haut, kroch in meine Adern und umschloss den brennenden Schmerz, zog ihn wie einen Dorn heraus. Ein Schauer durchlief mich, gefolgt von einem Gefühl erlösender Leere. Während Revars eine Hand noch immer auf meiner Stirn ruhte, zeichnete er mit der anderen Hand verworrene Symbole in die Luft. Noch nie hatte ich solche gesehen. Wusste weder ob es Symbole oder Schriftzeichen waren und betrachtete erstaunt deren Entstehung. Wie sie in der Luft hingen, als wäre diese ihr Blatt Papier, auf dem sie haften würden. Nach einer kurzen Weile schwebend flogen die Symbole auf mich zu und verschwanden in meinem Körper. Sie verpufften auf meiner Haut als wären sie nur aus Rauch, etwas ganz Feines und Sinnliches. Ganz zart spürte ich den Hauch, den sie auf meiner Haut hinterließen, bevor sie gänzlich verschwanden.

Mit dem Verschwinden der Symbole schrumpfte mein Sein kurzzeitig zusammen. Wurde so klein, dass es beinahe zu erlöschen drohte. Dann wurde es getrennt. Wie ein Puzzle, dass man von vorn beginnen wollte, nahm man Stück für Stück meiner Seele und legte sie fort. Solange, bis nichts mehr eine Einheit bildete. Ich spürte, wie aussortiert und dann wieder neu zusammengesetzt wurde. Meine Seele wurde zusammen gepuzzelt. Doch ganz war sie nicht. Ich erkannte Lücken und auch klaffende Leere. Sie stimmten mich traurig und zugleich wütend.

Nachdem er sein Werk vollbracht hatte, ging Revar einen Schritt zurück und sah mich entschuldigend an, ehe er seine Worte an mich richtete. „Leider kann ich nicht mehr tun. Die Lücken, die Ihr bestimmt spüren werdet – wenn nicht heute, dann aber bestimmt irgendwann – sind die Seiten, auf denen das Böse schon zu sehr lastete. Die Teile sind nicht weg, nur gut verschlossen. Ich weiß nicht, wie viel Zeit Euch der Zauber jetzt bringt, doch hoffe ich zu tiefst, dass es reicht. Denn das Böse wird irgendwann auch aus diesem Gefängnis ausbrechen können. Ich habe es abgekapselt und in euch verschlossen", er sah sich kurz um, heftete seinen Blick auf die Weisen „Ich denke jetzt können wir fortfahren. Danke!" Jeder einzelnen nickte er huldvoll zu.

Nachdem die Weisen wieder durch die Wand verschwunden waren, drehte Revar sich wieder zu mir. Mit einer einfachen Handbewegung öffnete er meine Fesseln. Sie fielen ab und endlich konnte ich mich wieder frei bewegen. Den Kopf im Kreis drehend sah ich, wie Edwin mich beobachtete. Immer auf der Hut. Immer bereit die Seinen vor mir zu beschützen. Ich richtete mich auf, doch innerlich sackte ich zusammen. Obwohl ich wusste, dass er es nicht böse meinte, tat es weh. Ich wusste, dass in mir immer noch das Potenzial lag, der Feind zu werden. Nur weil das Böse eingedämmt wurde, sollte ich nicht vergessen, dass es eine Prophezeiung gab, in der ich alles zerstören würde.

Kapitel 18

Sam

Revar begab sich in die Mitte des Raumes, Edwin folgte ihm kommentarlos. Sie warfen mir Blicke über die Schulter zu, die keine Widerrede duldeten. Widerwillig setzte ich mich in Bewegung. Mit jedem Schritt zur Raummitte schien etwas Unheimliches vorzugehen. Die Wände verzerrten sich, zogen sich langsam zusammen und rückten bedrohlich näher. Meine Schritte wurden schwerer, und mein Atem beschleunigte sich. Mit dem nächsten Schritt drehte ich mich etwas zur Seite und stellte erschrocken fest, dass meine Augen mir keinen Streich spielten, sondern die Wände wirklich näherkamen. Mein Magen rebellierte, und eiskalter Schweiß sammelte sich auf meiner Stirn. Die Wände rasten auf mich zu, und meine Kehle schnürte sich zu. Jeder Atemzug wurde zu einem verzweifelten Ringen nach Luft. Panik setzte sich in meiner Brust fest, spürte ich in jedem Muskel. Als ich beim Zurückdrehen sah, dass sich „mein" Stuhl wieder in die Erde verabschiedete, hätte ich am liebsten kurz hysterisch aufgelacht. Ich war im falschen Film. Definitiv.

Mein Herz schlug wild in meiner Brust, als ob es gegen die sich enger ziehenden Wände ankämpfte. Die Luft wurde dünner und jeder Atemzug fühlte sich wie ein Kampf an. So wie die Mauern immer näherkamen, wurde der Griff immer enger. Gemeinsam hielten sich mich in Schach. Und an Ort und Stelle. Mit großen Augen sah ich die beiden Gräber fragend an. Gleichzeitig rasten meine Gedanken. *Was geschah nun?* Etliche Szenarien spielten sich in meinem Kopf ab. Doch allesamt waren wenig positiv. Sie wechselten, von meinem Versacken im Boden und dem Zerquetscht werden durch die Wände, hin und her. Leider waren sie wenig hoffnungsvoll und keine von ihnen endete halbwegs okay für mich. Das Gefühl, dieses Szenario nicht zu überlebten, überdeckte alles. Hecktisch überprüfte ich abermals den Raum um mich herum, fuhr mit den Augen über den Stein, betrachtete die immer weiter schrumpfende Bodenfläche. Der Raum schien zu schrumpfen, bis Revar, Edwin und ich Schulter an Schulter standen. Mein eigener Atem prallte von den Wänden zurück, die jetzt so nah waren, dass ich sie hätte berühren können, wenn ich nur den Arm ausgestreckt hätte. Was hatte das zu bedeuten? Wollten sie mir wirklich etwas antun? Aber wofür dann der gesamte vorherige Aufwand? Hatten sie jetzt doch entschieden, dass das Risiko zu hoch war? Ich musste wissen was hier los war.

Mit zitternden Fingern strich ich mir die Haare aus dem Gesicht und versuchte, Revars Blick zu fangen. „Revar, wieso…?" Mein Mund war trocken, als Edwin mich abrupt unterbrach.

Er näherte sich vorsichtig, machte eine kleine, fast nicht wahrnehmbare, Handbewegung und hinter mir entstand ein Stuhl aus Erde. „Setz dich doch", bot er mir an. „Nein, danke. Ich stehe lieber", kam es mir patzig über die Lippen. *Nicht mit mir.* So schnell würde ich mich hier auf keinen Stuhl mehr setzen.

Da ich mich weigerte, mich zu setzen, marschierte Edwin entschlossen auf mich zu. Die Waage in seinen Händen strahlte eine eigenartige, magnetische Macht aus, die mich beinahe überwältigte. Auch über die Entfernung hinweg zerrte diese Kraft an mir, versuchte mich in Balance zu bringen. Als ich einen Schritt zurückweichen wollte, weil diese ausgleichende Magie etwas mit mir anstellte, stand ich schon mit dem Rücken an der Wand. Diese Macht zerrte in meinem Innern. Sie ließ Dinge verrutschen und ich spürte, wie das, was gerade gebändigt worden war, sich schon wieder aufzubäumen versuchte. Fragend sah ich in Edwins Augen.

Ich sah den Schalk in ihnen aufblitzen, als er sich ein klein wenig näher zu mir beugte. „So machtvoll wie du bist, solltest du keine Angst vor Niemandem haben. Kein uns bekannter Magier könnte es mit dir aufnehmen. Und dennoch hast du Angst. Ausgerechnet vor mir?"

Wellen von Zorn durchtosten mich, ließen meine Eingeweide krampfen. Ich stand kurz vor dem Ausbruch. Um mich zu beruhigen, drückte ich mich fest gegen die kühle, erdige Wand. Die Bodenhaftung schien in der Kälte Trost zu versprechen. Nahm die beruhigende Wirkung in mich auf und ließ dann meine Wut dosiert an Edwin aus. Herausfordernd ging ich einen kleinen Schritt auf ihn zu. „Entschuldige bitte, dass dich mein Verhalten zu stören scheint", höhnisch neigte ich kurz den Kopf „Immerhin bin ich nicht mit der Magie aufgewachsen so wie du!" Ich ging weiter auf ihn zu. Stieß ihm mit dem Zeigefinger in die Brust und sah ihn aus blitzenden Augen an. Er wich vor mir zurück. Und umso näher ich kam, umso weiter zog er sich zurück. Mit jedem seiner Schritte zurück wurde der Raum wieder größer. „Ich habe es satt, dass mir jeder zu sagen versucht, was ich empfinden soll und was eben nicht. Ich soll die Welten retten? Fein.", wieder ein Stich gegen die Brust. „Ich soll super mächtig sein? Auch fein", erneut ein Stich „Ich soll euch alle befreien? Verstanden." Noch ein Schritt, noch ein Stich. „Doch so ich habe echt kein Bock mehr auf die ganze Sache. Anstatt mir blöd zu kommen, könntet ihr mir auch helfen mit meiner Magie zurechtzukommen!" Ich blieb stehen, verschränkte die Arme vor der Brust und sah ihm mit vorgestrecktem Kinn in die Augen. Doch anstatt Angst in ihnen zu sehen, wie ich erwartet hatte, sah ich dort nur Bewunderung und Stolz.

„Ich wollte dir nicht sagen, was du empfinden sollst. Ganz im Gegenteil. Ich wollte dich nur darauf aufmerksam machen, wie mächtig du in Wirklichkeit bist und dass diese Furcht, die du empfunden hast, unbegründet ist", lächelnd sah er auf mich herab.

Eine unerwartete Leichtigkeit durchströmte mich. Seine Worte hatten etwas in mir gelöst. Und der Knoten aus Frust und Angst begann sich endlich zu lösen. Ein schwaches Lächeln huschte über mein Gesicht.

„Genug jetzt Edwin. Lass uns endlich beginnen!" Revar wurde ungeduldig. Um ihn herum stoben Funken in der Luft. Edwin zog scharf die Luft ein.

„Natürlich, Vater!"

Edwin sah mir ein letztes Mal in die Augen, bevor er sich mit der Waage in der Hand hinunterbeugte und sie vor mir auf dem Boden abstellte. Als sie stand, zog er magisch einen Kreis aus Erde um mich herum, ging zu seinem Vater und stellte sich neben ihn. Auf den Platz des nächsten Oberhauptes. So standen sie da und beobachteten mich ganz genau. Wieder machte sich ein beklemmendes Gefühl in mir breit, woher sollte ich wissen, was ich tun sollte? In Ermanglung an Alternativen starrte ich einfach auf die Waage.

Und plötzlich veränderte sich etwas innerhalb meines Kreises. Ich spürte eine reine Macht. Sowohl gut als auch böse. Ich sah auf die Waage und beobachtete ihre Bewegungen, denn sie neigte die Waagschalen mal zur einen und dann zur anderen Seite. Um sie herum begann die Welt zu flimmern, so als würde sie verschwinden. Langsam wurde sie durchsichtig, ließ Bilder entstehen, die ich nur verschwommen und konturenhaft wahrnahm. Es waren abwechselnd verstörende und wunderschöne Bilder. Helle, fröhliche Farben in Kontrast zu den darauffolgenden dunklen und angsteinflößenden. Mit den Bildern schlug auch der Zeiger mal ins Gute und mal ins Schlechte aus. Mit ihm auch die Waagschalen. Eine gefühlt ewig andauernde Abfolge. Es war so, als würde sie mit den Seiten spielen, sowohl mit der Guten, als auch mit der Schlechten. Nach einigem hin und her stand die Waage schließlich wieder still. Genau wie vorher war sie nun wieder austariert. Mittig. Im reinen.

Etwas perplex, dass es das schon gewesen sein sollte, stand ich noch einen Augenblick einfach nur da und starrte die Waage an. Doch als sich nichts mehr tat, ging ich davon aus, dass das Ritual somit beendet war. Dass ich die Waage nun einfach mitnehmen konnte. Ich ging auf Revar und Edwin zu, um mich von ihnen zu verabschieden.

Doch als ich den Erdkreis passieren wollte, durchströmte mich ein Zauber. Wie etliche Peitschenhiebe prallte er auf meine Haut und zog schmerzhaft seine Bahnen. Er hielt mich an Ort und Stelle gefangen. Die Magie ließ mich erstarren. Mit größtem Aufwand versuchte ich ihm zu entkommen. Schweißperlen aus Anstrengung und vor Schmerz standen auf meinem Körper, doch es gab kein Erbarmen. Erneut schickte der Zauber eine Schmerzwelle durch mich hindurch, schleuderte mich in die Mitte des Erdkreises und ich sank auf die Knie. Ich wusste nicht, wie mir geschah, wieso das passierte.

„Verdammt!", hörte ich Edwin durch das Knistern der magischen Wand fluchen.

Ich sah auf und erkannte, dass er auf mich zukommen wollte, jedoch von seinem Vater am Kragen gepackt wurde. „Warte Edwin! Sie muss jetzt versuchen allein daraus zu kommen.", er nickte in meine Richtung und sah dann seinen Sohn an. „Sie hat das Ritual unterbrochen und hat jetzt nur noch eine Chance. Nur wenn sie sich jetzt als würdig erweist, findet sie den Ausweg."

Aus halb geöffneten Augen sah ich, dass er mich aufmunternd betrachtete.

„Warte ab, ich bin sicher, sie wird es schaffen."

Erneut raste ein Zauber durch mich hindurch. Mein Bewusstsein wollte schwinden, doch ich hielt eisern daran fest. Gequält kam mir ein Laut über die Lippen. Irgendwas zwischen Schmerzensschrei und Schluchzen. Revar, der immer diese unerschütterliche Gelassenheit ausstrahlte, schien diesmal nervös. Edwin, sein Sohn, versuchte, die Kontrolle zu behalten, aber ich konnte die Anspannung in seinen Augen sehen.

„Sie hin, Vater. Es tötet sie!" Erneut machte Edwin Anstalten zu mir zu kommen. Diesmal hielt sein Vater ihn auch nicht auf. So gelang er zu mir, ging genau vor mir auf die Knie und sah mir in die Augen. „Sam, hörst du mich?"

Ohne eine Antwort abzuwarten, sprach er weiter. „Du schaffst das. Wenn nicht du, wer dann? Versuche dich an das Gute in dir zu klammern. Halte daran fest. Dann wird die Waage dir nichts tun.", er suchte meinen Blick „Doch, wenn sie spürt, dass du im Ungleichgewicht bist, wird sie dich zerstören."

Ein Krächzen entwich meiner Kehle. Ich war fassungslos. Sie konnte mich einfach so zerstören? Und das nur, weil ich ungeduldig gewesen war? Mit einem Zittern in den Fingern zog ich tief Luft ein und schloss fest die Augen. Erinnerungen fluteten meinen Geist: das Lächeln meiner Mutter, die Umarmung einer besten Freundin, das unbeschwerte Lachen unter einem sonnigen Himmel. Diese Bilder waren mein Anker, ein sanftes Licht, das die drohenden Schatten verdrängte.

Anders als gehofft, wurde der Schmerz, der mich auf die Knie zwang immer stärker, er pulsierte heiß durch meine Adern bis ich kaum noch die Kontrolle über meinen Körper hatte. Als ich dachte, ich konnte nicht noch mehr aushalten, wurde alles schwarz. Ich sah und spürte nichts mehr. Alles ging verloren. Alles. So wusste ich nicht mal mehr wer ich war und was ich wollte. Mein Körper ließ mich im Stich und ich verlor den Kampf um mein Bewusstsein.

Bilder flogen an mir vorbei, Bilder eines dicken blonden Mädchens, das auf dem einen Bild weinte und auf dem nächsten lächelnd mit einem Mädchen im Sandkasten spielte. Dasselbe dicke Mädchen wurde auf einem anderen Bild von einer hübschen Frau in den Armen gehalten. Etliche Bilder verschiedenster Arten gaben sich von diesem Mädchen preis. Immer etwas unterschiedlich. Mal nur Nuance, die anders waren. Mal viel deutlicher. Und nicht immer war das Mädchen allein. Hin und wieder war eine bildhübsche Frau an ihrer Seite, mal waren es andere Kinder oder Jugendliche. Und bei jedem wirkte es, als wären sie miteinander vertraut. Zwischendurch blitzen Bilder eines hübschen jungen Mädchens mit schwarzen langen Haaren und wunderschön glänzenden Augen auf. Sie war nie allein. Oftmals war ein junger schwarzhaariger Mann an ihrer Seite. Beschützend hielt er seinen Arm um ihre Taille, tastete nach ihrem Gesicht oder zog sie nah an sich heran. In seinem Blick für sie lag unendlich viel Liebe. Diesen Blick erwiderte das schwarzhaarige Mädchen. Sie wirkten als würden sie sich ihr Leben lang schon kennen. Mein Herz wurde von einem Schmerz durchbohrt, den ich nicht einordnen konnte. Gerade als ich mich in die Bilder hineinfühlte, wurden sie düsterer. Ich sah wieder das schwarzhaarige Mädchen. Auf den ersten Blick wirkte es wie dasselbe junge Mädchen, doch sie waren so verschieden in ihrer Ausstrahlung. Die Augen waren schwarz und matt, das Lächeln, das sie zur Schau stellte, war genauso unheimlich, wie das Schwert in den vor Blut triefenden Händen. Mir lief ein Schauer über den Rücken. Diese Bilder wollte ich nicht sehen, sie waren zu unheilvoll, zu verstörend und nichts, mit dem ich was zu tun haben wollte. Ich wusste instinktiv, dass ich das nicht wollte. Ich presste mir die Handballen auf die Augen, um die Bilder aus meinem Kopf zu verdrängen, doch kamen sie aus meinem Inneren und ich konnte mich davor nicht verstecken. So sah ich weiter die Bildershow, diesmal nur ohne die Augen geöffnet zu haben. Es quälte mich zu sehen, ohne zu wissen.

Ich hatte keine Ahnung, wer diese Personen waren und was ich damit zu tun haben sollte. Eine gefühlte Ewigkeit liefen diese Bilder an mir vorbei. Wunderschöne und Grausame. Liebevolle und von Hass erfüllte. Als ich dachte, ich würde an dieser Zerrissenheit sterben, ging ein Beben durch die Bilder. Sie erzitterten und sortierten sich. Sie ordneten sich neu an und ich spürte, wie das Gleiche in meinem Inneren geschah. Meine Sicht klarte auf und ich konnte wieder etwas sehen, doch wusste ich, dass das nicht die Realität sein konnte. Das, was ich sah, war so absurd, dass es einfach nicht wahr sein durfte.

Der Raum, den ich vor mir sah, war in der Mitte getrennt. Aber nicht durch einen Raumtrenner oder ähnliches, sondern nur durch Farben. Die eine Seite des Raumes war weiß, die andere schwarz. Vor dem weißen Hintergrund erschienen die Bilder des dicken Mädchens und des hübschen Mädchens mit den leuchtenden Augen. Vor dem schwarzen Hintergrund, sortierten sich die Bilder des dämonischen Mädchens, die mit den matten schwarzen Augen.

Ich stand genau in der Mitte vor diesen Räumen und spürte einen unheilvollen sog, welcher mich in die Richtung des dunklen Zimmers zog. Auf keinen Fall wollte ich diesen Raum betreten.

Kaum hatte ich den ersten Schritt in Richtung der schönen Seite gemacht, spürte ich ein Ziehen an meinen Füßen, das mich unsanft der Länge nach zu Boden warf. Die unsichtbare Kraft zerrte unerbittlich und all mein Aufbäumen gegen den Sog blieb erfolglos. Ratlos versuchte ich weiterzukämpfen, doch meine Bemühungen blieben vergebens. Obwohl ich meine Finger in den Boden zu bohren versuchte, meine Beine gegen die unsichtbare Macht an strampeln ließ, war es Chancenlos. Meine Kraft verließ mich, ich konnte nicht mehr verhindern, dass es mich zur dunklen Seite zog. Gerade als ich meine Augen Schicksals-ergebend schließen wollte, blitzte das Bild des jungen Paares vor mir auf. Den Blick, den sie sich zuwarfen, wie sie so voller Liebe einander betrachtete, ließ mich neuen Mut fassen.

Das ist es, was ich wollte. Ich wollte lieben und geliebt werden. Ich wollte jemandem auch so viel bedeuten, wie die beiden sich gegenseitig. Einander waren sie ihre Welt. Mit aller Macht stellte ich mich auf die Beine. Hielt an dem Gedanken an Liebe und Hoffnung fest und kämpfte gegen den Sog an, der immer stärker wurde. Wie am Fleck gehalten stand ich da und brachte all meine Kraft dazu auf, nicht wieder zu fallen. Meine Arme rechts und links weit ausgestreckt, um das Gleichgewicht zu halten. Mein Puls jagte das Blut nur so durch meinen Körper und erneut bildete sich Schweiß auf meiner Stirn. Doch ich ließ nicht locker. Vor Anspannung erzitterten meine Muskeln. Sie schrien mich förmlich an, sie endlich freizulassen. Doch es ging nicht. Egal wie anstrengend es noch werden sollte, ich hatte aber nicht vor aufzugeben.

Mich zu dem schwarzen Teil des Raumes drehend schnappte ich hastig nach Luft. Der Raum verhöhnte mich. Als würde er leben und wissen, dass ich nicht stark genug war, um ihm zu entkommen. Mich überrollten Wut und Hass auf diese Dunkelheit. Sie sammelte sich in mir und drohten mich zu ersticken. Der Druck dieser Gefühle war zu groß. Zu groß die Furcht davor, auf die falsche Seite gezogen zu werden. Ich hielt es nicht mehr aus. Ein Schrei voller Verzweiflung entwich meiner Kehle. Wie eine Druckwelle verließ sie meinem Körper und noch bevor ich sehen konnte was geschah, wusste ich, dass ich verloren war. Hatte ich mich doch genau den Gefühlen übergeben, die ich auf der schwarzen Seite sah.

Die Welt um mich verstummte. Und mit den Geräuschen verschwanden auch alle Gefühle. Ich spürte keine Zerrissenheit mehr, kein Kampf mehr zwischen Gut und Böse. Ich spürte einfach nichts mehr. Vergeblich versuchte ich zu verstehen was los war, doch in meinem Kopf war nur Matsche, kein klarer Gedanke ließ sich erahnen. Noch immer nicht wissend, wer ich war und was ich wollte legte ich mich ganz eng umschlungen auf den Boden und versuchte mich selbst zu halten, mich zu heilen und so zu finden. Versuchte wenigstens mich zusammenzuhalten, während die Welt um mich zerbrach. Mit geschlossenen Augen lag ich da und wartete. Irgendwann musste ich eingeschlafen sein, denn ich hörte eine Stimme in meinem Kopf, die mir versuchte etwas zu erklären. Ich hörte sie zwar, doch verstehen konnte ich es nicht.

„Du hast die Prüfung bestanden. Die Ehre, die dir zuteilwird, birgt auch Gefahr. Setzt du ihre Macht nicht zum richtigen Zeitpunkt oder nicht zum Wohle aller ein, wird sie dich vernichten, noch ehe dir Bewusst wird, einen Fehler begangen zu haben. Sie wird dich in sich aufnehmen und ewiglich einer Folter unterziehen, sodass du dir wünschst, du wärest gestorben."

Ein brennen jagte über meine Haut und an meinem rechten Knöchel flackerte es intensiv auf, bis es letztendlich verschwand und ich wieder allein war. Die Worte hallten in meinem Kopf nach, hinterließen eine unauslöschliche Warnung: 'Die Ehre, die dir zuteil wird, birgt auch Gefahr.'

Kapitel 19

Sam

Eine kühle Berührung strich über meine Stirn und ließ mich aus der Dunkelheit des Schlafs auftauchen. Feuchtigkeit kühlte meine Haut, während leise Stimmen wie ein ferner Fluss durch meinen benebelten Verstand flossen. Ich war nicht in der Lage zu verstehen, was diese Stimmen sagten. Alles war noch zu weit weg. Konzentriert sammelte ich mich und als ich die Augen aufschlug, sah in dunkle leuchtende Augen. Erschrocken versuchte ich zurückzuweichen, doch da ich lag, konnte ich nicht weiter zurück. Mein Gegenüber entfernte sich ein Stück, genau so weit, dass ich ihn erkennen konnte. Edwin beugte sich über die Liege, sein Lächeln breitete sich bis in die tiefen Falten um seine Augen aus. „Willkommen zurück, Sam." Sein Blick traf mich wie ein Sonnenstrahl, der in einer kühlen Winternacht mein Herz erwärmte. Also hatte ich nicht verloren? Ich hatte es geschafft?

Langsam richtete ich mich auf meine Unterarme auf, spürte das pochende Echo meines Herzschlags. „Ich hab' es geschafft?" Meine Stimme zitterte, während meine Augen in seine suchten, als könnten sie die Antwort darin finden.

„Ja das habt ihr, Prinzessin." Revar näherte sich meiner Liege. „Es war aber ganz schön knapp und so lange wie ihr geschlafen habt war es für euch alles andere als einfach. Könnt ihr euch erinnert, was geschehen ist?"

Mein Geist durchforstete fieberhaft die Dunkelheit der Erinnerung, griff nach flüchtigen Bildern und Fragmenten. Ein greller Blitz trennte einen Raum in zwei Hälften, und eine unsichtbare Kraft zog mich zum dunklen Teil hinüber. Mit einem zaghaften Kopfschütteln murmelte ich: „Ich kann mich kaum erinnern. Nur Farben und dieses Ziehen ..."

„Wisst ihr, wo die Waage ist, Prinzessin?"

Perplex sah ich Revar und Edwin abwechselnd an. „Nein, ich weiß nicht. Ich habe die Waage das letzte Mal gesehen, als ich noch in dem Erdkreis stand. Ist sie denn nicht noch da? Also in dem Erdkreis?"

„Sam? Kannst du dich noch an etwas erinnern?" Edwins Stimme war plötzlich angespannt, fast flehend. „Irgendwo muss die Antwort liegen, irgendwo muss die Waage sein. Sie wird sich nicht in Luft aufgelöst haben. Bitte, Sam, konzentriere dich und versuche, dich zu erinnern! Wir sind auf dich angewiesen." Edwin packte mich mit beiden Händen an den Oberarmen und erhöhte den Druck, als würde sein Leben von meiner Antwort abhängen.

Plötzlich durchfuhr es mich wie ein Blitz und die Erinnerung an meine brennende Haut, vor allem die am Knöchel, kam zurück. Ich zog die Beine an und lugte heimlich zu meinem Knöchel. Tatsächlich. Ein kleines Stück über dem Knochen sah man etwas, das wie eine Tätowierung aussah. Doch bis eben noch hatte ich dort keine. Es war ähnlich wie bei Fons, dessen Symbol ich auf meinem Schlüsselbein trug. Ich zog mein Bein noch näher und schob den Socken runter, so dass ich uneingeschränkte Sicht darauf hatte. Auch Edwin und Revar beugten sich über meinen Fuß. Beide atmeten zeitgleich scharf ein. Auf meiner Haut zeigte sich ein wunderschönes Bildnis. Es sah aus wie eine grade erblühte Blume. Doch ihre Art konnte ich nicht bestimmen, so eine hatte ich noch nie gesehen. Sie hatte weiche Ränder und große Blüten ihr Farbverlauf ging von weiß im inneren bis ins dunkelrot im äußeren. Bewundernd strich ich über die Blume und sie schien sich darüber zu freuen, denn ganz kurz wurde mir warm ums Herz und die Blume zuckte unter meiner Berührung.

„Die Waage ist in ihr?" Edwin konnte den Blick nicht von der Blume wenden, sprach jedoch ganz klar mit seinem Vater.

„Ja, die Prinzessin trägt sie in sich und wenn es Zeit ist und sie zu gebrauchen, wird sie sich dazu entscheiden sich wieder von der Prinzessin zu trennen." Revar deutete eine Verbeugung an und verließ den Raum.

Edwin stand noch neben meine Liege, unschlüssig darüber, ob er gehen oder bleiben sollte. Irgendwie sah er gleichzeitig niedergeschlagen und erleichtert aus. Dann blickte er mich fragend an.

„Was ist los?" richtete ich mich direkt an ihn.

„Ich… Es fasziniert mich zu sehen, dass unsere Legenden nicht nur Geschichten sind. Ich kann kaum glauben, dass ich es war, der es miterleben durfte. Ich danke dir, Sam." Er verbeugte sich sehr tief. Als er wieder hochkam sah ich pure Bewunderung in seinen Augen.

„Ich habe gar nichts gemacht Edwin, die Waage hat sich ja selber dazu entschieden."

„Das würde ich an deiner Stelle nicht auf die leichte Schulter nehmen. Die Waage hat in der letzten Zeit immer wieder Magier prüfen sollen, die den ersten Test unseres

Lebens gemeistert hatten. Keiner von denen konnte auf die Ebene wechseln und dennoch waren sie ehrenhaft genug, dass mein Vater annahm, sie würden Würdig sein und genug Magie besitzen. Viele dieser Magier haben diese Hallen nie wieder verlassen. Diejenigen die überlebt haben, fristen hier ein Leben, das man als solches schon nicht mehr bezeichnen sollte. Sie sind nicht mehr Herr ihres Körpers. Was den Geisteszustand betrifft können wir noch keine abschließenden Prognosen abgeben. Wir vermuten aber, dass in deren Köpfen nichts mehr ist, was sie einst zu der Person machten, die sie waren. Auch unsere Alten konnten nicht mehr helfen, also gaben wir ihnen Obdach."

Ich schluckte schwer. „Ihr habt mich dieser Prüfung unterzogen, obwohl ihr wusstet, dass ich verlieren könnte? Seid ihr verrückt?" Meine Stimme brach aus mir heraus wie ein aufstäubender Sturm. Hitze stieg in meine Wangen, und mein Herz pochte so wild, dass es mein gesamter Körper widerhallte. Meine Hände ballten sich zu Fäusten, die Nägel gruben sich in meine Handflächen und schickten kleine Schmerzenswellen durch meine Haut. Zeitglich betrachtete ich angestrengt meine neue Zeichnung und bemerkte dennoch erst spät, dass sie sich veränderte. Sie bewegte sich, wurde größer und dunkler. In der Mitte wurde sie dunkelblau und nach außen hin erstrahlte sie in einem dunklen Violett. Sie erstreckte sich bis weit in meine Wade hinein und auch Teile meines Fußes waren bedeckt. Vor Schreck zuckte ich zusammen und schrie auf. Ein Brennen ging von der Blume aus und steigerte sich immer weiter. Durch den Schreck ebbte glücklicherweise meine Wut ab und mit ihr wurde die Zeichnung kleiner und färbte sich wieder zurück. Ich ließ mich zurück auf die Liege fallen und drehte mich zur Wand. Darüber musste ich erst einmal nachdenken.

„Sam, so darfst du das nicht sehen. Wir hätten dich dieser Gefahr nicht ausgesetzt, wenn wir uns nicht sicher gewesen wären, dass du es schaffst. Die Magier, die es nicht geschafft hatten, waren auf eigenen Wunsch hier. Wollten es mit eigener Macht schaffen, um sich dem König zu stellen. Die Angst und Frustration in Maganon steigen ins unermessliche. Die Magier suchten nach Auswegen. Unter anderem halt auch diesem der Waage. Denn die Waage allein kann schon bewirken, dass man die Magie des Gegenübers wenden kann. Doch nimmt sie nicht jeden für sich an. Man muss schon jemand ganz besonders, mit bestimmten Fähigkeiten und einer Aufgabe sein. Man muss uneigennützig die Macht nutzen wollen ..."

Ich erschrak, so uneigennützig ist meine Sache doch gar nicht. Edwin bemerkte mein Zucken und sprach weiter.

„Auch wenn es dir so vorkommt ist dein Ziel nicht eigennützig. So wie wir deine Magie erspüren, so konnten wir auch deinen Weg erahnen. Wir wissen über die Voraussage eines Schächters und das du dieser sein solltest. Also ist es nicht uneigennützig. Weder den Schächter aufzuhalten, noch den König zu stürzen oder die Königin zu retten. Dies alles geschieht zum Wohle Maganons. Vergiss nie, dass dein Ziel ein größeres ist, als nur das kurzfristige das du im Moment gerade siehst." Er legte mir eine Hand auf meine Schulter, er wollte, dass ich mich umdrehte, doch dazu hatte ich keine Kraft mehr. Ich sank immer weiter in mich zusammen, bis ich in einen unruhigen Schlaf fiel.

***

Ein Alptraum hüllte mich ein. Elias, mein Elias, saß in einem düsteren Raum, die Hände in schwere Ketten gelegt, die ihn an die Wand banden. Sein Gesicht war eingefallen, seine

Augen vor Erschöpfung halb geschlossen. Ein Schauder überlief meinen Rücken, als ich seine kraftlos hängenden Schultern sah, der fahle Schein eines aufgebenden Kriegers. Er taumelte obwohl er saß. Er wirkte gebrochen und so, als wäre er kurz davor aufzugeben. Hilflosigkeit griff nach mir und lähmte mich fast. Doch ich besann mich. Wusste ich doch, dass ich ihm sonst nicht helfen konnte. Ich rief seinen Namen, wollte ihn auf mich aufmerksam machen. Doch mein Schrei bleib mir im Hals stecken. Er war nicht mehr als ein Flüstern. Erneut füllte ich meine Lungen und ließ seinen Namen durch den Raum brechen. Doch wieder war er zu wenig, zu dünn. Er kam nicht bei ihm an. Es war, als würde ich in einem Albtraum feststecken. Dann musste es eben anders gehen. Mich aufraffend sprintete ich los. Meine Beine brannten, weil ich sie so sehr anstrengte. Auch dieses Unterfangen war vergebens. Sie gehorchten mir nicht. Erneut war es zum Scheitern verurteilt. Keinen Zentimeter weit war ich gekommen. Meine Kraft verließ mich. Wie ein nasser Sack fiel ich zusammen. Ich landete auf den Knien und meine Hände bohrten sich in den losen Erdboden. Tränen durchnässten den dürren Sand. "Elias …?", flehend versuchte ich, mir Gehör zu verschaffen. Erneut sah ich auf. Wollte in seine Augen sehen. Doch er erwiderte den Blick nicht. Schlaff hing er in den Ketten. Sein Kopf auf seiner Brust ruhend hatte er wohl das Bewusstsein verloren. „Nein …!", flüsterte ich, denn auch jetzt war ein Schreien nicht möglich.

Urplötzlich wechselte das Bild. Mit vorgestrecktem Kinn und erhobenen Hauptes stand ich vor dem Hauptmann. Er überragte mich noch mindestes um eine Kopflänge. Kampfbereit erklärte ich dem Oberhaupt der Garde – meinem Vater – von den Vorkommnissen der letzten Wochen und auch davon, dass ich die ersten Gegenstände bereits gefunden hatte. Ließ auch nicht aus, dass mir leider noch zwei fehlten.

Ich berichtete ihm von den Verbündeten, die ich für uns gewinnen konnte. Voller Stolz sah er auf mich herab. Unterschwellig nahm ich jedoch seine Sorge wahr. Seine gefurchte Stirn, sein trüber Blick und das falsche Lächeln. Was beunruhigten in noch so sehr? Obwohl ich schon größer war als in meiner Tarnung, überragte er mich um mindesten eine Kopflänge. Er berührte gerade meine Hand, als ich hochschreckte und aufwachte.

***

Ein Kloß bildete sich in meinem Hals, als die Realität einschlug. Elias war doch mit mir in der Wüste gewesen – wie konnte er nach so kurzer Zeit so gebrochen aussehen? Panik rollte wie eine Flutwelle durch meine Adern. War alles umsonst gewesen? Doch ich besann mich schnell wieder. Es war doch alles nur ein Traum. Oder? Schweißperlen sammelten sich auf meiner Stirn. Die Panik griff nach mir. Doch bevor ich mich in ihr hätte verlieren können, drehte ich mich wütend um, versuchte alles von mir zu werfen und spürte, dass irgendwas anders war als das letzte Mal als ich wach war.

„Sam! Warte, stopp! Du bist wach, es passiert dir nichts. Sam, bitte, hörst du mich?" Edwins Stimme war kontrolliert, aber seine Augen verrieten die Angst, die in ihm aufkeimte. Jede seiner Bewegungen war bedacht, so als würde er sich einem wilden Tier nähern. In der Wand hinter ihm klaffte ein rauchendes Loch, das gerade dabei war, sich langsam zu schließen. Jetzt wusste ich auch, was sich so anders anfühlte. Meine Magie wurde nicht mehr blockiert. Ich spürte sie mit jeder Faser meines Körpers. Spürte, wie sie sich in meinen Adern hin und her bewegte und mein Herz in Aufruhr versetzte. Ich entdeckte auch Fons wieder, der sich freute, mich endlich wieder bei sich zu haben. Denn die Dämmung der Magie hieß eben auch, dass wir nicht verbunden waren. Bedacht sah ich mich um, noch immer lag ich auf der Liege auf der ich eingeschlafen war. Nichts hatte sich verändert. War es möglich, dass ich sehr lange Bewusstlos gewesen war? „Edwin? Wie lange bin ich schon bei euch hier unten?" Ich hätte mir am liebsten die Ohren zugehalten um die Antwort nicht zu hören. Aber ich musste es wirklich wissen. War es ein Traum oder die Wirklichkeit.

„Du hast insgesamt zwei Tage geschlafen und bist alles in allem etwa drei Tage hier unten." Skeptisch beobachtete er meine Reaktion und diese schien ihn zu beunruhigen.

„Die Zeit an der Oberfläche, läuft die parallel zu eurer Zeit? Oder gibt es da Unterschiede?"

Edwin kam immer weiter zu mir, bis er schließlich genau vor mir stand, sanft eine Hand auf meine Schulter legte und mir tief in die Augen sah. „Keine Unterschiede, die Zeiten laufen gleich. Was ist passiert, Sam? Was hast du gesehen?"

„Was heißt gesehen? Es war ja nur ein Traum." Ganz leise flüsterte ich ein „hoffentlich" und erklärte ihm, was ich gesehen hatte.

Nach meiner Erzählung schloss er kurz die Augen und kurz darauf erschien Revar im Raum. Er trat schnell auf mich zu und sah mich forschend an. „Prinzessin, dies war kein Traum. Ihre Gabe hat Ihnen etwas mitgeteilt. Nehmen Sie es ernst und versuchen Sie danach zu Handeln." Er nickte seinem Sohn zu und Edwin verschwand.

„Aber das würde heißen, dass Elias irgendwo gefangen genommen wurde. In meinem Traum lag er in Ketten. Das kann nicht sein. Er war, bis ich von der Erde verschluckt wurde, bei mir. Es kann nicht sein Revar. Wie soll das möglich sein?" Meine Verzweiflung und mein Unglaube fraßen sich durch mich hindurch. Elias war bei mir gewesen, die ganze Zeit.

Von der Liege aufgesprungen lief ich nun in dem kleinen Raum auf und ab. Wie die anderen Räume hier unten hatte auch dieser keine Tür. Ich wäre am liebsten fortgelaufen, wieder an die Oberfläche und hätte Elias in die Arme geschlossen. Sicher wartete er oder versuchte zu mir zu kommen, indem er buddelte, bis er mich fand. Wenn Revar aber recht hatte und dies war kein Traum, dann war es nicht Elias, der bei mir gewesen war. Aber wer oder was war es dann?

„Ich muss wieder an die Oberfläche, ich muss versuchen herauszufinden, was es damit auf sich hat. Ich muss wissen, ob Elias noch da ist." Flehend sah ich Revar an. Hoffte, dass er mich einfach gehen ließ.

„Ihr wart nie unsere gefangene Prinzessin, ihr konntet immer gehen, wenn ihr gewollt hättet. Wir haben unseren Teil der Aufgabe erfüllt und warten auf unseren Einsatz unter eurem Befehl."

„Dann bitte, lass mich wieder nach oben."

Und ehe ich mich verabschieden konnte umhüllte mich ein riesiger Erdhaufen und transportierte mich nach oben, genauso, wie ich auch nach unten gekommen war.

Mich ließ der Gedanke nicht los, dass ich eine wichtige Frage vergessen hatte zu stellen. Das Gefühl das daraufhin in mir entstand, ließ mich nicht mehr los.

Kapitel 20

Sam

Anders als bei der Reise nach unten war die nach oben deutlich angenehmer. Vielleicht lag es daran, dass ich wusste, worauf ich mich einließ und mich vorbereiten konnte. Oder aber die Reiserichtung machte es mir leichter. Ich kam zurück. Zurück nach Hause. Doch was erwartete mich hier? Während mein Körper, umhüllt von Erde, zu nichts anderem in der Lage war, außer zu warten, spielte mein Verstand verrückt. War Elias tatsächlich etwas zugestoßen? Meine Handflächen wurden feucht und mein Herz stolperte regelmäßig. Mit jeder Sekunde, die verstrich, wuchs in mir das unruhige Kribbeln, das mich hin und her trieb. Hätte ich gekonnt, hätte ich in irgendeiner Art und Weise gezappelt.

Meinem Ziel nahe wurde die Erde langsam lockerer. Und als ich an der Oberfläche ausgespuckt wurde, blieb ich liegen. Alle viere von mir gestreckt mit dem Rücken im Sand. Tief einatmend blinzelte ich in die Sonne. Sah den blauen Himmel und spürte die frische Brise auf meiner Haut. Ein plötzlicher Adrenalinstoß schickte mich auf die Beine.

Meine Augen huschten nervös von einem Punkt zum nächsten, meine Sicht von grellem Sonnenlicht geblendet. Suchte Elias. Ich legte mir die Hände über die Augen, um die Sonne abzuschirmen, doch er war nirgends zu sehen. Ein wohliges Gefühl durchströmte meinen Körper, als ob Fons zufrieden schnurrte, doch es verstärkte nur den Knoten in meinem Magen. Konnte mein Traum also doch der Wirklichkeit entsprechen? Nervös trat ich von einem Fuß auf den anderen, raufte mir die Haare und ließ meinen Blick rastlos umherschweifen. Ein tiefes Seufzen entfuhr mir, während ich versuchte, meinen wirren Gedanken zu ordnen. „Was soll ich tun?", flüsterte ich in die Stille um mich herum.

Meine Füße traten Rillen in den Sand, zogen ihre Spuren vom hin und her Gerenne. Wo befand sich wohl dieser Kerker, in dem ich ihn gesehen hatte? Wer hielt ihn gefangen? Ich strich erneut durch meinen Zopf. *Verdammt ...*

Ruckartig blieb ich stehen, erstarrte zur Salzsäule. Meine Beine fühlten sich schwer wie Blei an, meine Füße waren am Boden verwurzelt. Gedanken wirbelten in einem chaotischen Durcheinander durch meinen Kopf, wie ein Sturm, der nicht zur Ruhe kommen wollte. Bilder und Sorgen brausten durcheinander und ich konnte keinen fassen, bevor der nächste sich in den Vordergrund drängte. Bis mir klar wurde, dass ich es allein nicht schaffen würde und überlegen musste, wie ich schnellstmöglich den Hauptmann erreichen konnte. Klar hätte ich einfach ein Portal erschaffen können, aber was wäre dann mit Elias? Also verwarf ich den Gedanken und lief erstmal wieder in Richtung des unheimlichen Dorfes. Doch umso näher ich kam, desto unruhiger wurde Fons.

„Was soll ich denn deiner Meinung nach tun? Einfach zum Hauptmann gehen und Elias im Stich lassen? Wie hast du dir das vorgestellt? Ich kann das nicht so einfach", fuhr ich ihn patzig an.

Fons schien genau von dieser Idee begeistert zu sein, denn bei dieser einen Frage sandte er mir ein wohliges Gefühl durch meinen ganzen Körper.

„Aber was ist, wenn ihm wirklich was passiert ist?" Meine Schultern sanken und mein Kinn streifte meine Brust. Jede Faser meiner Arme war angespannt, meine Hände ballten sich unwillkürlich zu schmerzhaften Fäusten. Verzweifelt holte ich Luft. Denn selbst, wenn es so wäre, könnte ich ihn allein nicht finden. Ich brauchte Hilfe. Ob ihn jemand gesehen und Hinweise hatte? Es brachte nichts, einfach umherzustreifen. Ich kannte mich hier nicht aus. Meine Beine strauchelten kurz, als mir bewusstwurde, wie sinnlos dieses Unterfangen war. Kurz darauf jagte eine Art Blitz durch meine Hirnwindungen. Keine Schmerzen. Ganz im Gegenteil: Eine Eingebung: „Natürlich, die Karte!"

Obwohl ich wusste, dass die Chancen schlecht standen, versuchte ich Lena zu kontaktieren und erreichte sie ... nicht. Auch vorher schon war es mit nicht mehr gelungen zu ihr durchzudringen. Es gab wohl immer noch irgendetwas, das die Verbindung störte. So überlegte ich nicht lange und konzentrierte mich auf Elias Wohnung und auf Lena, wie sie an dem kleinen Tisch saß und uns über die Karte beobachtete. Kaum visualisierten sich meine Gedanken, bahnte sich bereits Magie durch mein Inneres, sie pulsierte und wurde auch auf meiner Haut und in meiner unmittelbaren Nähe spürbar. Die Umrisse meiner Umgebung wurden unscharf und der Sog nahm mich mit sich. Wie jedes Mal, fühlte es sich an als würde mein Inneres durchgewühlt und langsamer als meine Hülle reisen. Allmählich wurde meine Seele ruhiger und setzte sich wieder in mir zusammen. Stück für Stück. So dass ich nicht mehr das Gefühl hatte schneller zu reisen als meine Organe. Ich war bereits wieder vollständig, bevor das Portal mich wieder ausspuckte. Es war ein berauschendes Gefühl. Das erste Mal, dass ich nicht Katapult artig von meiner Magie ausgespuckt wurde und hilflos aufschlug. Ich grinste in mich hinein. Gänsehaut überzog meinen Körper und ich erfreute mich an meinem Fortschritt.

Das Portal setzte mich behutsam in Elias Wohnung ab. Erstmalig seit ich durch Portale reiste, war ich auf meinen Füßen stehend angekommen. Gerade als ich begann mich dafür beglückwünschen zu wollen, ließ mich das Chaos, in dem ich gelandet war, in der Bewegung einfrieren. Ich trat in die Wohnung und sah die zerschmetterten Überreste eines Tisches. Umgestürzte Stühle lagen wie gefallene Soldaten auf dem Boden und die zerrissenen Vorhänge waberten leicht in der Brise, die durch das kaputte Fenster hereinwehte. Es sah aus, als hätte jemand etwas gesucht. Mir gefror das Blut in den Adern. Ich roch kalten Rauch, bemerkte aber keinen. Prüfend ließ ich meinen Blick über die Verwüstungen fahren, als ich ein Geräusch vernahm. Stocksteif blieb ich stehen und lauschte. Da war es wieder: Ein Schluchzen.

Es drang aus einer Ecke zu mir. Vorsichtig ging ich darauf zu. Nur auf den Laut konzentriert, nahm ich meinen Untergrund kaum wahr und es passierte, was passieren musste. Ich trat auf etwas Unebenes und fiel der Länge nach hin. *Shit!* Schmerzvoll landete meine Hand auf etwas scharfkantigem. Als ich meine schmerzende Hand hob und dabei neben sie sah, erkannte ich einem schwarzen Stein. Mir wurde heiß und kalt zugleich. Ich ließ den Blick über den Boden schweifen und erkannte, dass auch mein Stolperstein einer der Steine der Karte war. Erschrocken erweiterte ich den Radius und entdeckte mehr der Steine und zu guter

Letzt auch die zerrissene Karte. Doch damit müsste ich mich später beschäftigen, denn das Schluchzen wurde lauter.

„Lena, bist du das?" Wo bist du?", flüstere ich in den Raum hinein und wartete auf eine Antwort. Aber es kam keine. Das Einzige, was ich wahrnahm, war, dass jemand mit mir hier im Raum war, denn ich spürte die Angst, der Person, ebenso wie den Schrecken, den ich mit meinem Auftauchen wohl ausgelöst hatte.

„Lena? Ich bin es, Sam. Es ist alles gut."

Damit Lena sich raustrauen konnte, hockte ich mich hin und saß völlig ruhig inmitten des Chaos`. Lange dauerte es nicht bis die Angst, die ich spürte, weniger wurde und von einer kleinen entflammten Hoffnung vertrieben wurde.

„Bist du es wirklich Sam?" Zaghaft drang Lenas Stimme zu mir durch, so leise, dass ich es kaum verstanden hatte.

Raschelnd fing ein Haufen Wäsche an sich zu verschieben. Instinktiv ließ ich ein Geschoss entstehen, nur ein kleines, denn sicher ist sicher und starrte auf die Bewegungen. Tatsächlich aber war es Lena die aus dem Wäschehaufen hervorgekrochen kam. Meine Augen blieben an ihrem Gesicht hängen. Rote, geschwollene Lider rahmten ihre Augen, und Tränen bahnten sich unaufhörlich ihren Weg über ihre Wangen, hinterließen glänzende Spuren auf ihrer blassen Haut. Ich suchte nach Verletzungen und sah zumindest keine Körperlichen. Die seelischen ließen sich jedoch nicht leugnen. Lenas Hände zitterten wie Espenlaub und ihre Knie schienen unter der Last ihres Körpers zu beben. Sobald ich sie erkannt hatte, verpuffte das Geschoss in meiner Hand und trotz aller Eskapaden machte sich ein Lächeln auf meinem Gesicht breit. Klein und vorsichtig. Ich wollte ihr zeigen, dass alles gut werden würde, auch, wenn ich es im Moment nicht so empfand. Auf allen vieren rutschte ich näher an sie heran. Doch sobald ich mich bewegte, wich sie wieder zurück. Was war hier bloß geschehen? Lenas Augen verengten sich zu schmalen Schlitzen, während sie ihr Kinn trotzig anhob und mich fixierte. „Beweise, dass du Sam bist!"

„Lena was soll das? Wer soll ich denn bitte sonst sein?" Ich schluckte.

Wieder wollte ich mich ihr nähern, diesmal stand sie ruckartig auf und ergriff den erstbesten Gegenstand, den sie als Waffe nutzen konnte. Bei genauer Betrachtung, war es nur eine kleine Vase, die mir höchstens Kopfschmerzen verpasst hätte. Mehr aber nicht. Ich erhob die Hände, um ihr zu zeigen, dass ich unbewaffnet war.

„Mach dich nicht lächerlich. Du kannst mich auch mit erhobenen Händen vernichten, also lass den Blödsinn und beweise lieber das du *meine* Sam bist!" Ihr Ton wurde immer aggressiver und drohender. Sie machte keinen Spaß.

„Ich bin Sam, die Sam, mit der du bereits im Kindergarten gespielt hast, die Sam mit der du aufgewachsen bist... Ich weiß nicht, wie ich es beweisen soll, Lena. Bitte, ich bin es wirklich." Flehend sah ich sie an, doch ihr blick wurde immer irrer.

„Das reicht mir nicht. Wenn du Informationen über Sam gesammelt hast, kennst du das alles. Erzähl mir etwas was nur *meine* Sam wissen kann!" Sie schrie regelrecht. Sie verlor die Nerven.

„Okay, beruhige dich bitte. Lass mich kurz überlegen. Hmm ... Vielleicht ... Als wir zusammen im Sommer am See waren, hast du dich an einen Typen ran gemacht ... Ich glaube, sein Name war Rico oder sowas. Er hat es genossen so von dir umgarnt zu werden und ihr habt euch anschließend fast jeden Tag getroffen. Derweil saß ich mit am See, als fünftes Rad am Wagen, denn beachtet habt ihr mich nicht. Stattdessen habt ihr eure Zeit ausgekostet. Als sich die Ferien dem Ende näherten, war Rico auf einmal verschwunden. Zumindest kam er nicht mehr an den See. Später stellte sich heraus, dass er eine Freundin hatte und dich nur zum Zeitvertreib gebraucht hat, solange sie mit ihren Eltern in Spanien war. Das hat dich sehr getroffen. Nach außen hast du so getan, als hättest du ihn nur als *dein* Spielzeug benutzt, doch einige Tage später hast du dich mir anvertraut und mir gesagt, dass du dich in ihn verliebt hattest. Du wusstest nicht, wie du damit umgehen solltest. Wir haben die ganze Nacht telefoniert und uns einen Racheplan ausgedacht, den wir aber nie in die Tat umgesetzt haben."

Nach dieser Ansprache geschah einige Zeit gar nichts. Lena schien abzuwägen und zu überlegen, wer die Geschichte sonst noch kannte. Plötzlich, wie eine Irre, rannte sie auf mich zu. Ich ging in Deckung und hob meine Hände über den Kopf. Egal wie klein die Vase war, sie würde dennoch wehtun, wenn sie mich mit voller Wucht traf. Aber es kam gar nicht dazu, ich bekam kein Porzellan über den Schädel gezogen, sondern Arme um meinen Körper gewickelt. Sie glaubte mir. Ein bedrückendes Gewicht, von dem ich nicht gewusst hatte, dass ich es trug, löste sich aus meiner Brust, als ich sie fest in meine Arme schloss. Wir sanken auf den Boden und Lena weinte still in sich hinein während ich versuchte sie zu trösten und mir ein Bild davon zu machen, wie sie glauben konnte ich wäre nicht ich selbst gewesen. Nach einiger Zeit wurde das Schluchzen leiser und der Atem von Lena wieder gleichmäßiger, sie hatte sich beruhigt.

„Lena, was ist hier passiert?"

Ihre darauffolgenden Ausführungen ließen mir das Blut in den Adern gefrieren, wie viel Schrecken konnte ein Mensch ertragen, bevor er den Verstand verlor?

Flüsternd begann sie: „Es war ganz merkwürdig. Kurz nachdem ihr weg gewesen wart, kam Elias wieder zurück. Ich fragte, ob etwas schiefgelaufen sei. Aber anstatt mir zu antworten, begann er alles auseinander zu nehmen. Ich schrie ihn an, was das alles soll und dann sah er mich das erste Mal an. Seine Augen glühten rot auf und er war außer sich vor Wut. Er brüllte vor Zorn und fragte immer wieder nach einem Buch und wo ich es versteckte oder wo du es versteckt haben könntest. Ich hatte keine Ahnung, wovon er sprach. Er wütete einfach weiter, stieß mich zur Seite und warf die Steine der Karte zu Boden. Dann zerriss er die Karte. Unentwegt zischte er irgendetwas, dass ich nicht verstehen konnte. Das ging eine ganze Weile so, ohne dass er mich beachtete. Es war beinahe so, als hätte er vergessen, dass ich da war. Nachdem er alles verwüstet hatte, fiel ich ihm wohl wieder ein. Er flüsterte irgendwas und dann wurde alles schwarz. Vermutlich hatte ich das Bewusstsein verloren. Als ich wieder zu mir kam, war ich allein und habe mich versteckt. Kurz darauf bist du hier angekommen."

Mir lief eine Gänsehaut über den Körper. Konnte das wirklich sein? War der Elias, der die ganze Zeit bei mir gewesen war, gar nicht mein Elias? Das erklärte dann zumindest sein seltsames Verhalten. Es hatte gar nichts mit mir zu tun. Er war einfach nicht Elias gewesen. Jetzt ergab vieles einen Sinn. Eben auch, wieso Fons mich immer von ihm fortgezogen hatte.

„Wir müssen hier verschwinden, eher dieser Typ wieder auftaucht!" Schnell half ich Lena auf die Beine und stellte sie aufrecht hin. Die ganze Sache schien sie sehr mitgenommen zu haben und ich entschied mich dazu, sie nicht mehr allein zu lassen.

„Aber wer war es?" Lena verstand die Welt nicht mehr.

Diese Frage übergehend, teilte ich ihr meinen Plan mit. „Wir müssen zu meinem Vater, er wird wissen, was zu tun ist und kann uns helfen. Ich kann dich nicht hier lassen, ich …"

Lena unterbrach mich. „Wie? Dein … dein Vater lebt? Ich dachte, er sei Tod oder so? Wie?"

Ich stoppte sie bevor sie richtig loslegen konnte. Wir hatten keine Zeit mehr, also sammelte ich, während ich sprach, die Überbleibsel der Karte und die Steine auf und stellte mich wieder neben Lena. „Langsam, langsam! Ich werde dir alles erzählen, doch bitte nicht hier. Wir wissen nicht, wer oder was es war, was sich als Elias ausgegeben hat. Mein Vater ist der Hauptmann, der Krieger Maganons. Ich werde dich mit dorthin nehmen. Lena, das ist die Welt der Magier. Normalerweise dürftest du diese Welt nicht betreten und ich kann dir nicht versichern, dass alle begrüßen werden, dich dort zu sehen, aber es ist mir egal. Und ich werde dich beschützen."

Die roten Flecken, die sich auf ihrem Hals ausbreiteten und das Zittern ihrer Hände verrieten, dass ihre Angst wieder aufloderte. Jede Bewegung schien von Nervosität und innerer Unruhe geprägt.

„Keine Angst Lena, niemand wird dir etwas tun!" Mit aller Zuversicht in der Stimme wollte ich sie überzeugen.

„Woher willst du das wissen, Sam? Du kannst ja schlecht in ihre Köpfe gucken oder alles unterbinden, was sie machen wollen."

Wenn sie nur wüsste, wie sehr sie genau damit ins Schwarze getroffen hat. „Na ja, doch das kann ich." Meine Stimme wurde immer leiser.

„Wie denn, bitte?" Lena hob das Kinn und sah mich abwartend an. Dennoch hatte sie mit dieser Antwort wohl nicht gerechnet.

„Weil ich die Prinzessin von Maganon bin und sie sich meinem Befehl zu unterwerfen haben, wenn es sein muss."

Lenas Stirn legte sich in Falten, Zweifel schossen über ihr Gesicht. Ohne zu zögern, griff ich nach ihrer Hand. Die hektisch pulsierende Magie formte das Portal, das uns in die Welt meines Vaters katapultierte. Mit einem Knall waren wir aus der Menschenwelt verschwunden.

Kapitel 21

Seit fast zwei Wochen saß ich schon in diesem stinkigen Loch. Ein faulig feuchter Geruch waberte dauerhaft um mich herum. Wie ich hierhergekommen war, wusste ich nicht genau, meine Erinnerung daran waren brüchig. Das, was ich wusste war, dass Sam und ich gerade einen Weg aus dem inneren Teil des Brunnens nach draußen suchten, als mich jemand von hinten packte und durch die Wand zog. Ich wehrte mich. Suchte nach dem Krieger in mir, doch es war, als wäre alles weg. Als würde er nicht mehr existieren.

Um mich herum wurde alles schwarz und ich spürte, wie der Stein sich an mich schmiegte, sich fließend bewegte und mir Platz zum Passieren schuf. Jedoch nicht genug, um Sauerstoff zu erhalten. Der Durchtritt dauerte zu lange, als dass ich ihn mit Luftanhalten gemeistert hätte. Schließlich verlor ich in dem Steinmassiv mein Bewusstsein. Meine letzten Gedanken galten Sam. Was geschah jetzt mit ihr? Hatte sie einen Ausweg gefunden? War sie in Sicherheit?

Als ich wieder zu mir gekommen war, lag ich zusammengesunken auf dem dreckigen Boden dieses Loches. Und dort lag ich noch immer oder schon wieder. Wie man es nahm. Exakt in der Mitte der fast fünf Meter hohen Decke war ein kleines Gitter eingelassen, durch das ich notdürftig versorgt wurde. Jeden zweiten Tag gab es etwas Wasser und jeden Vierten auch etwas Brot dazu. Sie, wer immer sie waren, wollten mich zwar lebend, aber nicht unbedingt in gutem Zustand.

Sonst war in meinem Gefängnis, das gerade mal groß genug für mich war, nichts. Die Wände waren aus massivem Stein und relativ glatt. Es hatte vielleicht einen Durchmesser von einem Meter fünfzig. Also zu klein um sich ausgestreckt hinlegen zu können. Nach langer Suche war die bequemste Position, die ich finden konnte angelehnt an der Wand im Schneidersitz sitzend.

Pausenlos drehten sich meine Gedanken um Sam. Die Vorstellung davon, was sie mit ihr angestellt haben könnten, brachte mich fast um. Ob sie hier auch irgendwo war? Zumindest hatte ich sie bisher nicht gehört. Anfangs hatte ich nach ihr gerufen, hatte versucht an den Wänden emporzusteigen oder so zu tun, als sei ich Tod, damit jemand zu mir herabsteigen musste. Doch es kam nichts. Weder eine Antwort von Sam noch jemand, der mich herausholte.

Meine Verzweiflung wuchs von Tag zu Tag, drohte mich in den Wahnsinn zu treiben. Ich musste hier irgendwie raus und Sam retten. Ich wusste, ich spürte, dass sie in Gefahr war. In sehr großer Gefahr.

Meine Entführer waren auf Informationen aus. Sie fragten nach den Aufständischen, nach denen, die sich gegen den König wandten. Sie fragten, was die Prinzessin vorhatte und wollten wissen, wo die Garde ihren Stützpunkt hatte. Aber egal wie sie versuchten diese Antworten aus mir herauszubekommen, ich gab nichts preis, obwohl ich manches Mal dachte, ich würde sterben. Doch darauf wurden wir trainiert. Lieber man stirbt, als man verrät irgendetwas. So hatten sie, um an das zu kommen, was sie wollten, einmal mein Loch geflutet. Bis zur Decke empor kletterten die Wassermassen. Sie spülten mich mit hoch. Schwimmend war dann das Gitter meine einzige Chance auf Luft. Nachdem mein Loch randvoll mit Wasser vollgelaufen war, griff ich panisch nach den Gitterstäben. Zog mich hoch und streckte meine Nase und meinen Mund an den Stäben vorbei ins Trockene. Ich brauchte Luft. Doch immer, wenn ich mich an den Gitterstäben hochzog, traten sie mir auf die Hände oder ins Gesicht. Je nachdem wie schnell oder langsam ich eben war. Zwischen den Tritten gingen sie ihren Fragenkatalog durch, den ich unter Wasser kaum verstand. Das Wasser wurde scheinbar abgelassen, als ich wie ein nasser Sack auf den Grund sank.

Bei einem war ich mir sicher, sie genossen ihre Macht. Ich sah es an ihren Gesichtern, an ihrer Art mit mir umzugehen. Aber egal, wie sehr sie es versuchten. Ich hatte ein Ziel und aufgeben war für mich keine Option.

Ein anderes Mal hatten sie eine Echse in mein Loch geworfen, die ich vorher noch nie gesehen hatte. Sie sah eigentlich aus wie jede andere Echse, wenn da nicht dieses unheimliche Glitzern in den Augen gewesen wäre. Ihr schwarzer Körper begann urplötzlich zu zucken und sie wuchs heran zu einem riesigen Etwas. Während sie unnatürliche Ausmaße annahm, krabbelte sie die glatte Wand empor.

Ein ungutes Gefühl überrollte mich, Angst mischte sich mit Wut und Hass.

Die Echse sah fast aus wie vorher. Nur ihre Augen, die jetzt rot und hungrig leuchteten und ihre Körpergröße hatten sich verändert. Einen Schritt nach hinten tretend hoffte ich aus ihrer Reichweite zu entfliehen. In meinem winzigen Loche hatte ich jedoch keine Möglichkeit zu entfliehen. Ich tänzelte mit ihr hin und her. Bewegte sie sich nach rechts, tat ich es ihr nach. Immer den größten Abstand wahren, der möglich war.

Als die Kreatur plötzlich ein Fauchen ausstieß, bei dem sich der Körper kurzzeitig ausdehnte, ahnte ich, was mir blühte. Ich holte Luft, machte mich bereit. Doch ich war bereits geschwächt. Ein langer Kampf würde das nicht werden. Sie machte einen Satz und startete ihr Spiel. Und ich wusste, ich durfte jetzt nicht in Panik geraten, aber das, was ich zu Gesicht bekam ließ mich meine Hoffnung verlieren. Denn gleichzeitig mit ihrem Sprung auf mich zu, entstanden am ganzen Körper Stacheln, aus denen grünes Sekret tropfte.

Während ich auswich, suchte ich nach einer Schwachstelle und hörte im Hintergrund ein Grölen von oberhalb meiner Zelle. Wetten wurden abgeschlossen, nicht über den Ausgang des Kampfes, nur um seine Dauer.

Ohne Chance, doch mit viel Mut, setze ich mich schnell in Bewegung. Der Krieger brach aus mir heraus, ohne Kraft für einen Kampf, aber wenigstens mit einem Schwert. Meine Reserven hatte ich während der anderen Foltertage schon verbraucht.

Mit erhobenem Schwert stieß ich mich von der Wand ab und hechtete auf die Kreatur zu. Kurz vor ihrem Kopf ließ ich mich fallen und landete unter dem Baum. Dieser war ohne Stacheln der am wenigsten gefährliche Ort. Anders als erhofft, schien das Wesen meinen Plan durchschaut zu haben denn in dem Augenblick, als ich das Schwert hob, entstanden auch an seiner Unterseite die tropfenden Stacheln.

Und etliche drangen in meinen Körper. Mein Schrei hallte durch mein Gefängnis.

Anscheinend brauchten sie mich lebend, denn ich wurde wieder wach, als jemand eine Spritze aus meinem Arm zog. Ein Gegengift, wie ich vermutete.

Die ersten Tage nachdem ich wieder wachgeworden war, wütete ich in meinem Loch und versuchte nach oben zu kommen. Aber egal wie zu klettern vermochte, meine Hände dabei mit den Nägeln voran beinahe in den Stein grub, das Gitter kam nicht näher. Es schien wie verhext. Na ja, Magie wird wohl tatsächlich im Spiel sein.

Als ich verstand, dass diese Versuche zu entkommen nutzlos waren, bastelte ich mir einen neuen Plan. Doch schien der schwieriger umzusetzen zu sein als ich vermutet hatte. Nichtsdestotrotz versuchte ich ihn durchzuziehen, es war meine einzige Chance, hier raus zu kommen. Zu Sam. Ich musste, wer auch immer mich bewachte, in dem Glauben lassen, dass ich schwach wurde.

So begann das Spiel, von Tag zu Tag.

Mit Glück konnte ich von mir behaupten ein wenig der Magie und mehr noch der Heilung mächtig zu sein. Tagsüber gab ich meine Schauspielkünste zum Besten, ich spielte den Verschreckten, den Niedergeschlagenen, ganz einfach den, der aufgegeben hat. Nachts heilte ich mich und über die Heilung hinaus versuchte ich mithilfe meiner Magie den Hunger zu stillen. Mehr schlecht als recht, aber es genügte, um den Muskelabbau zu verringern.

Nachts trainierte ich, um meine Muskeln nicht gänzlich zu verlieren und um für den Fall der Fälle gewappnet zu sein. Ich beschwor meinen Krieger, ging mit ihm sämtliche Angriffe und Verteidigungen durch. Baute ein Schild auf und zog es um mich oder spann es auf. Kämpfte mit dem Schwert gegen die Luft und ließ Geschosse entstehen, zum

Vernichten oder zum Heilen. Morgens, wenn die ersten Geräusche von oben zu mir durchdrangen, tarnte ich mich. Augenringe, eingefallene Wangen, trockene, aufgeschürfte Haut. Einfach alles, was mich zum perfekten Gefangenen machte. Dann schlief ich. Dies hielt ich einige Zeit durch, dennoch sollte das heute mein letzter Tag in diesem Loch sein.

Diese Nacht hatte ich nur während der ersten Hälfte trainiert. Die Zweite hatte ich geschlafen, denn ich brauchte einen kühlen Kopf um den Tag zu überstehen.

Oben wurden die ersten wach.

Showtime.

Heute war wieder ein Tag, an dem ich etwas zu essen bekam, perfekt für meinen Abgang. Das Brot, das mir nach unten geworfen wurde, war staubtrocken, doch ich würgte es runter. Beim letzten Bissen tat ich, als würde ich mich verschlucken und hielt dabei die Luft an um es etwas glaubwürdiger zu gestalten. Ohne dabei unnötig Energie zu verbrauchen. Zwar dauerte es länger als gedacht, bis jemand bemerkte, dass etwas nicht stimmte, aber immerhin bekam es jemand mit.

Dann wurde es hektisch. Der Erste kam herunter, ein Zauber wurde gesprochen. Was dieser bewirken sollte, wusste ich nicht, weil sich nichts Offensichtliches verändert hatte. Als sich der Typ vor mich hockte, ließ ich mich auf den Boden fallen und tat so, als sei alle Hilfe zu spät. Mit meinen Heilkräften verlangsamte ich meinen Puls. Mein Herz schlug nun so sachte, dass man es nicht mehr ertasten konnte. Durch die Lippen sog ich vorsichtig etwas Luft ein um das Schwirren, was in meinem Kopf schon durch den Sauerstoffmangel begann, wieder zu stoppen. Ich merkte, wie sich ein Zweiter in meine Nähe traute und mich unsanft gegen den Rücken trat. Ich bewegte mich nicht, nicht einen

Millimeter. Jetzt kam es darauf an durchzuhalten. Sie mussten denken ich wäre Tod um mich – hoffentlich – unbeobachtet zu lassen. Ich betete, dass es klappte und dachte nur an Sam, sie würde mir helfen hier raus zu kommen. Sie war bei mir, das spürte ich.

Grunzlaute ertönten und weitere Stiefel kamen neben mir auf dem Boden auf. An den Haaren hochgerissen schlug mir jemand wiederholend ins Gesicht. Es wurde immer schwieriger diese Farce aufrechtzuerhalten. *Fuck.* Konnten die jetzt nicht einfach glauben, dass ich Tod war?

„Idioten!", schrie einer den Rest an „Ihr hattet nur eine verdammte Aufgabe. Er sollte sprechen. Er sollte erzählen, was die Prinzessin plant und wer ihr hilft. Aber nein! Ihr Schwachköpfe habt es nicht mal geschafft, ihn am Leben zu halten! Was seid ihr für Idioten? Wie soll ich das dem Boss erklären? Ihr werdet den Kopf dafür hinhalten müssen, das schwöre ich euch!" Er ließ mich los und ich krachte schmerzhaft zu Boden. Ich hatte ja schlecht meinen Arm nehmen können und mich aufzufangen.

Um mich herum wurde viel Wirbel gemacht. Mein Loch schien immer größer zu werden, wie sonst sollten so viele Wesen hier reinpassen? Ich hörte Schwerter gegeneinander krachen und Flüche, die gesprochen wurden. Irgendetwas fiel auf mich darauf, ich wagte es kaum noch zu atmen und hoffte darauf, dass sie schnell gehen würden. Lange konnte ich dieses Theater nicht mehr spielen. Das, was auf mir lag, drohte mir die Luft abzuschnüren. Ich würde wirklich ersticken, wenn nicht endlich die Wendung kam.

Wie als hätten sie meine Gebete erhört, wurden die Kampfgeräusche leiser und dann wurde es still. Vorsichtig öffnete ich ein Auge. Nur einen Spalt, ich wollte nicht riskieren vielleicht doch noch enttarnt zu werden und somit alles verspielt zu haben. Das Loch war voll. Doch alles, was in dem Loch zugegen war, lebte nicht mehr. Auf mir lag einer meiner Entführer. Zum ersten Mal sah ich einen aus der Nähe und konnte erkennen was sie waren. Tatsächlich waren es Fagris. Sie waren mitunter die dämlichsten Wesen die Maganon zu bieten hatte. Zwar besaßen sie genug Verstand um zumindest reden und Magie betreiben zu können. Doch die Fähigkeit zu logischen Schlussfolgerungen und strukturiertem Denken war bei ihnen kaum ausgeprägt. Nur wenige von ihnen konnten sich Dinge merken. Sie sahen aus wie zu große Schweine, die auf den Hinterbeinen standen. Neben der klassischen Schweinenase hatten sie ein menschenähnliches Gesicht. Es sah aus, wie ein Schweinekopf mit Menschenohren, Menschenaugen und Mund. Groteske Gestalten diese Fagris. Ihre Dummheit machten sie jedoch mit ihrer Brutalität wieder wett. Sie genossen Blutbäder und Folter und folgten blind den Befehlen ihres Oberhauptes. Egal, ob sie dabei selbst sterben würden oder nicht.

Nachdem ich sicher gewesen war, dass hier unten keiner mehr lebte, schob ich den schweren Körper von mir runter und holte einige Male tief Luft. Derweil lauschte ich angestrengt nach oben. War noch jemand in der Kammer über mir oder waren alle fort gegangen, nachdem hier niemand mehr zu bewachen übriggeblieben war? Ich wartete, doch es blieb still.

Da neben mir genug tote Fagris lagen, wollte ich mir auf ihnen eine Art Treppe bauen, auf der ich dann nach oben klettern konnte. So war zumindest der Plan. In der Realität waren diese Wesen jedoch viel schwerer als angenommen und so reichte mein Haufen gerade mal zwei Fagris weit nach oben. Das musste reichen, hoffte ich.

Meine behelfsmäßige Treppe erklimmend fragte ich mich, wie ich den Zauber, der die Decke in die Höhe wachsen ließ, umgehen sollte. Meine Füße auf das wabbelige Fleisch stellend kletterte ich. Dabei hielt ich mich stützend an der Wand fest. Ich bekam einfach keinen festen Stand, bei all der weichen Masse unter mir. Es war fast so, als würden meine Füße in diesem Vieh versinken. Nachdem ich es geschafft hatte und am obersten mir möglichen Punkt angekommen war, stellte sich die Frage als sinnlos heraus, da die Decke beim höher klettern tatsächlich näherkam.

Dann war der Zauber, den einer der Fagris sprach, vielleicht der gewesen, der die Wirkung neutralisierte. Erleichterung sprudelte durch meine Venen. Meine Hoffnung stieg. Ich kam vielleicht wirklich hier raus.

Mit einem gezielten Sprung ergriff ich die Kante des Gitters. Zum Glück war es offengelassen worden. Mit den Füßen stemmte ich mich gegen die Wände während ich mich mit aller Kraft hochzuziehen versuchte. Schwer atmend kam ich oben an. Blickte mich suchend nach Gefahren um, doch der Raum war leer. Ich sah eine kleine Sitzgruppe, auf dessen Tisch einige Krüge standen. Weiter hinten entdeckte ich eine alte, heruntergekommene Küche und daneben eine Tür. Hier oben roch es noch abgestandener als in meinem Loch. Doch zum Glück entdeckte ich kein lebendes Wesen.

Weil die Zeit im Loch nicht ohne Spuren an mir vorbeigegangen war, brauchte ich schon jetzt eine Pause. Völlig außer Puste legte ich mich flach mit dem Rücken auf den Boden und sah mich dabei weiterhin neugierig um. Versuchte zu ergründen was das hier alles sein sollte. Als ich den Kopf nach links wandte, traf mein Blick auf ein kleines Fenster, aus dem ich jetzt den Himmel sehen konnte. Mein Herz machte einen Satz und einer meiner Mundwinkel zog sich fast von allein nach oben. Ein schmerzendes Ziehen entstand dabei. Durch den Wassermangel war meine Haut rissig und dünn. Aber egal, ich kam hier raus.

Meine Knie als Stütze zu Hilfe nehmend stand ich auf und ging langsam auf das Fenster zu und sah hinaus. Ich blieb wachsam, achtete auf die Geräusche um mich herum, aber auch auf den Wechsel der Magie im Raum. Doch nichts passierte. Mein Blick fiel auf eine Horde Fagris, die sich immer weiter von mir entfernten. Ansonsten sah ich nur weite Felder und noch viel weiter hinten ließ sich ein Dorf erahnen. Vielleicht war dies sogar das Dorf, in dem die Fagris lebten. Aus dem Unterricht wusste ich, dass die Fagris sehr zurückgezogen und unter sich in Westen Maganons lebten und sich möglichst von Magiern fernhielten.

Langsam drehte ich mich um und ging zu dem einzigen Ausgang aus dieser Kammer. Die Tür fest im Blick näherte ich mich ihr und zog sie vorsichtig einen Spalt zu mir. Knarrend öffnete sie sich. Kühle Sommerluft drängte mit entgegen und meine Lunge sog sie tief in sich auf.

Vor mir präsentierte sich ein wunderschöner Wald. Meine Knie gaben fast nach vor Freude. Ich war draußen. Ich sah zurück in die Kammer. Oder vielmehr in das Häuschen, das mein Gefängnis dargestellt hatte.

Wieder huschte mein Blick über meine Umgebung und da ich niemanden entdecken konnte, wagte ich den Versuch und sprintete in den Wald hinein. Nachdem ich die ersten Baumreihen hinter mir hatte, lehnte ich mich an einen Baum und schloss erschöpft die Augen. Nur kurz, sagte ich mir. Nur kurz Luft holen und dann weiter.

„Elias", ein leises Flüstern ließ mich die Augen wieder öffnen.

Ich erblickte eine Elfe. Doch sie verließen normalerweise nie ihren eigenen Wald. Und ich war mir sicher, dass das hier nicht der verzauberte Wald war. Denn dafür waren wir hier viel zu weit im Westen. Irgendwas musste geschehen sein …

„Elias?", fragte die Elfe zaghaft. „Ich bin geschickt worden, um dir zu helfen nach Hause zu kommen!", sprach die Elfe in süßem Ton.

Ich wurde misstrauisch. „Wer soll dich geschickt haben? Und woher wusstest du, dass du mich hier finden wirst?"

Die Elfe kam mir anders vor, als die Elfen die ich bis dahin angetroffen hatte. Zwar hatte sie eine gewisse Ähnlichkeit mit einer Arbor Elfe, jedoch wirkte ihr Auftreten ganz anders. Viel weniger märchenhaft, eher menschlich. Genau ließ sich dieses Gefühl nicht in Worte fassen. Aber sie konnte keine Elfe aus dem Zauberwald sein.

„Mein Name ist Mihira und ich lebe tief in den Bergen im Osten Maganons zusammen mit meinem Gebieter und Freund dem Weissager."

„Warte, was?", unterbrach ich sie. „Du lebst bei dem Weissager? Bei dem, der Sams Prophezeiung gesehen hat?", mir verschlug es die Sprache. Würde sie mich zu ihm führen können?

„Ja genau bei dem lebe ich und nein ich werde dich nicht zu ihm führen. Du hast eine wichtigere Aufgabe als dir etwas anzuhören, was ein alter Mann, dir erzählen könnte. Ich soll dich nach Hause bringen, auf schnellstem Wege. Die Prinzessin schwebt in höchster Gefahr. Nur du kannst sie retten Elias. Hier trink das!"

Eilig sprach sie diese Worte und der drängende Unterton machte mir bewusst, wie schnell jetzt alles gehen musste. Also nahm ich, ohne zu fragen, um was es sich handelte, das kleine Gefäß entgegen und spülte die rosa glitzernde Flüssigkeit mit einem Schluck hinunter.

Ende Band 2